KB033039

구경하는 들괴리앙

구원하는 틀리리앙 I

엘리아냥 장편 소설

초판 1쇄 찍은 날 | 2016년 12월 19일
초판 11쇄 펴낸 날 | 2024년 1월 19일

지은이 | 엘리아냥
펴낸이 | 예경원

기획 | CL프로덕션
편집책임 | 박우진
편집 | 이즈플러스

펴낸곳 | 예원북스
등록번호 | 제396-2012-000132호
등록일자 | 2012. 7. 25
WFN | 제3-0010호

주소 | 경기도 고양시 일산동구 호수로 646-24 위너스21II빌딩 206A호 (우)10401
전화 | 031-819-9431 팩스 | 031-817-9432
E-mail | paperbook@kwbooks.co.kr

ISBN 979-11-5845-385-5 04810
979-11-5845-386-2 (set)

※ 이 도서의 국립중앙도서관 출판시도서목록(CIP)은 서지정보유통지원시스템 홈페이지(http://seoji.go.kr)와 국가자료공동목록시스템(http://www.nl.go.kr/kolisnet)에서 이용하실 수 있습니다.

I
구경하는 들러리양
Watching Deulleoriyang
엘리아냥 장편소설

Contents

프롤로그

크크, 너는 평소 네 머리카락을 소중히 하지 않았어. 자, 게임을 시작하지.

"……."

나는 별 거지 같은 환청을 들으며 눈앞에 놓인 거울을 응시했다. 십 대 후반 정도로 보이는 소녀가 갈색 눈을 느리게 깜박거리며 제 머리를 관찰하고 있다.

사방으로 뻗친 꼴이 아주 볼만하다. 세발자전거를 타고 다니는 정신이상자 놈이 내가 잠든 사이에 내 머리 위에 폭탄이라도 터뜨린 걸까. 어찌나 이쪽저쪽으로 뻗쳐 있는지 갈기 싸움으로 동물의 왕을 이길 수 있을 것만 같았다.

어휴, 이놈의 잠버릇. 어릴 적 유독 잠자리를 뒤척인 다음 날, 산발이 된 내 머리를 보고 '와, 이거 완전 까치집이네' 하고 혼자 웃음을 터뜨렸던 기억이 난다. 그리고 나는 그날 밤 웬 까치가 등장해 제 집을 소중히 품에 안으며 '엮지 마, X발!' 하고 절절히 외치는 꿈을 꿔야 했다.

아, 회상하지 말걸. 아침부터 진짜 사람 슬퍼지게…… 흑흑.

"아가씨, 일어나셨…… 에구머니나!"

늘 그렇듯 내 기상을 확인하러 온 벨벳 유모가 내 파격적인 자유 갈구 머리 스타일에 깜짝 놀라 입을 가린다.

응, 놀랄 만하지. 오늘따라 상태가 더 심각한 거 나도 인정. 내가 어제 뭔 짓을 했더라?

"간밤에 잠자리가 좀 뒤숭숭하셨나 봐요. 많이 뒤척이셨네."

"으응…… 조금."

뒤척임 정도로 만들어질 머리가 아니었지만 어쨌든 그렇게 말해주니 고마웠다. 유모는 에슐라를 불러온다고 했고, 난 그에 잔말 없이 고개를 끄덕였다. 에슐라는 전생에 미용실 가위가 아니었을까 싶을 만큼 남의 머리를 잘 정돈하는 재주를 지니고 있었고, 그러한 그녀의 재주는 지금처럼 내게 대단히! 몹시! 유용했다.

기다리는 동안 세수라도 할까? 준비된 세숫물에 손을 담그며 나는 습관처럼 재차 거울을 쳐다봤다. 아침이라 조금 부은 눈을 한 폭탄 머리 소녀가 멀거니 이쪽을 응시한다. 익숙해지는 데만 몇 개월이 걸렸던 옅은 색소의 갈색 눈과 금발 머리가 이젠 당연히 내 것인 양 자연스러웠다.

새삼스럽지만 내 얼굴을 평가하자면 눈은 제법 예쁘다. 피부도 깨끗한 편이었다. 머리카락은…… 후, 말을 말자. 아오! 끝이 살짝 내려간 눈이 어딘가 비굴한 듯하면서도 귀여운—뭐! 왜! 뭐!—인상의 거울 속 소녀는 엑트리 자작가의 무남독녀로 풀 네임은 라테 엑트리라고 한다. 나이는 열여덟, 키는 161, 발 사이즈는 230. 바로 내가 '들어와 있는' 몸이었다.

뭔 소리냐고? 나 빙의했거든. 전엔 나이 스물다섯의 중등부 학원 강사 김혜정이었는데, 지금은 귀족 가문의 외동딸 라테 엑트리 영애다. 덧붙이자면 여긴 한국은 물론이거니와 심지어 지구도 아닌 무려 소설 속 세계였다. 나는 지금 소설 속에 들어와 웬 극 중 캐릭터를 내 몸으로 삼은 채 숨을 쉬고, 세수를 하고, 밥을 먹고, 거지 같은 머리카락을 욕하고 있는 것이다. 그리고 그게 벌써 10년째였다.

내 인생…….

Chapter 1 이상한 나라의 엑스트라

별거 없는 날이었다. 아이들 시험도 끝났겠다, 곧 방학도 다가오겠다, 수업을 일찍 마치고 퇴근한 금요일 오후였다. 간만에 맥주 한잔하며 즐겨 찾는 사이트에 들어가 몇 개월 전부터 작가가 잠수 탄 소설을 1편부터 정주행 했다. 제목은 '야수의 꽃'.

음, 제목만 보면 야수처럼 거친 폭군 황제의 격정 집착 로맨스 소설 같지만, 실제는 그냥 유학생 여주인공이 제국에서 가장 잘난 남자 셋을 동시에 어장 치는 가벼운 소설이었다.

무슨 일을 겪어도 늘 잃지 않는 밝은 웃음과 순수함을 지닌 천사표 여주인공이 황태자, 최연소 공작, 마탑의 후계자를 차례로 퐁당퐁당 어장에 넣는 내용은 보기보다 재미있었다.

클리셰 범벅에 뻔한 플래그가 주를 이뤘지만 작가의 필력이 좋은지 문장이 매끄러워 읽기 편했고, 무엇보다 남자 주인공들이 워낙 멋진 놈들이라 보는 맛이 났다. 다만, 아쉬운 점이 있다면 초반에는 밥 먹고 글만 쓰나 싶을 정도로 성실 연재를 하던 작가가 어느 순간 생업 전선에라도 뛰어든 건지 두문불출 중이라는 정도랄까. 덕분에 최신 회의 댓글란에는 작가의 귀환을 간절히 염원하는 절규들로 가득했다. 물론 나도 그중 한 명이었고.

「"이벨린."

"전하……."

"그놈의 전하라는 호칭 좀 집어치워. 이름으로 불러달라고 몇 번이나 말했지 않나?"

"하지만……."

이벨린의 긴 속눈썹이 가늘게 떨렸다. 붙잡힌 손목에서 전해져 오는 따뜻한 체온이 유달리 신경 쓰였다. 달빛 때문일까? 늘 보던 얼굴이었지만, 어쩐지 유독 수려하게 느껴지는 론드미오의 얼굴에 이벨린이 얼굴을 붉혔다. 얽히는 시선에 그녀의 심장 고동이 점차 빨라질 때였다.

"그 손 놓아주시죠, 전하."

"……케니스."

가감 없이 질투를 드러내는 중저음의 목소리가 둘 사이를 갈랐다.

케니스 폰 에스반데.

에스반데가(家)의 주인이 황태자를 향해 비뚜름한 웃음을 흘렸다. 달빛만이 가득한 어두운 정원에서 그는 연적을 향한 적의를 숨기지 않았다.

"이거 명백히 룰 위반 아닙니까?"

"룰이라……. 난 내 행동을 제약하는 룰 따위에 동의한 기억이 없는데?"

"하…… 전하, 정녕 이리 나오시겠……."

"어라? 룰 파기야? 그럼 나도 내 맘대로 해야겠네."

"……아윈!"

언제 나타난 것일까? 소년같이 장난기 가득한 얼굴로 아윈 헤브림이 불쑥 사이에 끼어들었다. 빙글빙글 웃음 짓는 아윈은 마치 개구쟁이 소년처럼 보였지만, 그런 그가 자신을 마주할 때면 완연한 남자의 얼굴을 한다는 것을 이벨린은 알고 있었다.」

다시 읽어도 흥미진진한, 삼자대면도 아닌 사자대면에 침을 꼴깍 삼켰다. 이후 내용이 궁금하지만 다음 편으로 넘어가지 않는 회에 분노하며 세 번째 독촉 댓글을 막 입력하려던 참이었다.

어, 뭐지?

갑자기 머리가 핑 도는 느낌이 들었다. 난 편두통 따위를 달고 사는 가녀린 체질이 아니었다. 그리고 여인네들 만고의 질병이라는 빈혈도 생리 중이 아니라면 겪는 일이 없었다. 더군다나 멀미도 안 하는 체질이라 이런 식의 현기증은 내게 대단히 생소한 일이었다. 설마 한 시간 정도 모니터 좀 쳐다봤다고 이러는 건 아닐 테고, '요즘 내가 일을 너무 열심히 했나……' 하는 생각이 든 직후였다.

"어?"

눈앞의 풍경이 갑자기 확 바뀌는 경험을 한 적이 있는가? 롤러코스터를 탔을 때 말고. 마치 영화 속에서 장면이 바뀌듯 내 시야 전부가 한순간에 뒤집어졌다. 난데없이, 한 톨의 예고도 없이 뒤바뀐 세상이 나를 그대로 집어삼켰다.

덩그러니 놓인 새로운 세계는 모든 게 낯설었다.

"……어어?"

성대를 타고 나오는 목소리가 낯설다는 것을 인지할 정신도 없었다. 나는 내가 정신착란을 일으켜 헛것을 보는 것인지, 아니면 꿈을 꾸는 것인지를 먼저 판단할 필요가 있었다.

꿈인가? 아니, 꿈이라면 대체 어디서부터?

기능을 잃은 듯 제대로 사고하지 못하는 뇌를 애써 열심히 돌려보았으나 내 상황을 파악할 수는 없었다. 어지러운 기분으로 전면을 응시하자 아무것도 없던 허공에 하나씩 글자가 새겨지는 게 눈에 들어왔다.

아니, 시발! 이젠 폴터가이스트냐?

절로 치미는 욕을 한마디 뱉고 나자 문장은 완성되어 있었다.

「소설 '야수의 꽃'의 세계에 오신 것을 환영합니다.」

……어어 ……뭐? 뭐라고? '야수의 꽃'?

그 거지같이 친절한 안내문 덕분에 깨달았다. 나는 도저히 말도 안 되고 믿을 수도 없지만, 내 집구석에서 한순간에 소설 속 세계로 들어온 것이다. 그것도 인터넷에 연재 중인 로맨스 판타지 소설 속으로.

처음 깨달은 것이 그것이었고, 다음으로 알아챈 것은 내가 내 몸뚱이 그대로 이동하지 않았다는 사실이었다. 드라마 세트장 같은 방 안에서 찾아낸 전신 거울이 비춘 것은 만년 달고 사는 다크서클이 안쓰러운 스물다섯의 한국인 김혜정이 아니라, 웬 일곱 내지 여덟 살 정도로 보이는 금발의 서양인 여자아이였다.

위아래, 위위 아래.

시험 삼아 팔을 흔들자 거울 속 여자아이가 충실히 내 동작을 따라 했다. 아직 어려서 짧은 팔이 열심히 파닥거렸다.

허허허, 이런 미친. 아무래도 이 쪼그만 여자아이가 다름 아닌 '나'인 모양이었다. 다른 세계로 들어온 것도 모자라 인종도 바뀌고, 나이도 바뀌고. 원치 않은 지나친 회춘에 내가 할 수 있는 반응이라고는 허망한 웃음을 내뱉는 것뿐이었다.

그 뒤로 내가 무얼 했느냐면, 일단 울었다. 몸이 어려지니 덩달아 정신도 어려진 건지 그냥 울컥울컥 눈물이 나서 빼액 떼를 쓰며 울었다. 당장 달려온 하녀복을 입은 서양인 언니가 어쩔 줄 몰라 했지만 무시하고 계속 울었다. 울다 울다 지쳐 잠들고, 깨어나면 다시 울었다. 종내에는 목이 쉬어 울음소리도 내기 힘들었다.

나중에 들은 얘기지만 나이에 비해 조숙하던 아이가 갑자기 며칠을 목 놓아 우니 부모님은 물론이거니와 온 저택의 사용인들까지 당황해서 안절부절못했었다고 한다. 어쨌든 울 만큼 울고 나자 문득 떠오르는 격언이 있었다.

아는 것이 힘이다.

만에 하나 이게 꿈도 아니고 헛것도 아닐 상황을 대비해 까먹기 전에 내가 아는 모든 것을 적어놓을 필요가 있었다. 학습용인지 장식인진 모르겠지만 책상 한편에 놓여 있던 종이와 펜을 이용해 머릿속에 떠오르는 것을 하나씩 꾹꾹 눌러 가며 쓰기 시작했다. 그나마 다행인 것은 내가 이 세계의 글을 읽고 쓸 줄 안다는 점이었다.

그때 정리한 내용은 다음과 같았다.

나 : 라테 엑트리(울 때 이렇게 불렸음. 아마 맞을 듯).

특징 : 모르겠음. 일단 귀족인 듯.

여주인공 : 이벨린 도트.

특징 : 예쁘다. 밝고 순수. 천사표. 늘 위험에 처한다. 유학생임.

능력 : 어장술 10.

남주인공 1 : 론드미오 드 헤일론.

특징 : 잘생겼다. 황태자다. 신비주의. 늘 여주인공을 위험에서 구한다.

능력 : 검술 8, 마법 7(확실하지 않음).

남주인공 2 : 케니스 폰 에스반데.

특징 : 잘생겼다. 최연소 공작이다. 여성 혐오증. 얘도 여주인공을 위험에서 구한다.

능력 : 검술 10.

남주인공 3 : 아윈 헤브림.

특징 : 잘생겼다. 마탑의 주인이다. 여자 보기를 돌 보듯. 얘도 함께 여주인공을 위험에서 구한다.

능력 : 마법 10.

배경 : 헤일론 제국.

특징 : 강대국이다.

"……."

작성을 끝내고 나는 기함했다. 아는 것이 이게 다였던 것이다. 세 번, 아니, 네 번이나 소설을 반복해서 읽어놓고도 배경지식이 고작 이따위라는 사실에 기가 막혔다. 이건 뭐, 학원 강사 주제에 기억력이 빠가사리 수준이 아닌가. 한심함을 넘어 신기함이 몰려왔다. 내가 원래 이렇게 머리가 나빴나?

다행히 충격에 의한 일시적인 기억장애였던 건지, 시간이 좀 흐르자 다른 것들이 추가로 떠오르기 시작했다. 가령 라테-나-의 가문이 자작가라는 것과 라테는 미래에 끝판 악녀의 곁에 붙어 알랑거리면서 여주인공을 소소하게 괴롭히다 털릴 조연이라는 것-슬픈 기억이었다, 그리고 여주인공인 이벨린이 제국에 유학을 오는 나이가 열여덟이라는 것 등이었다. 그리고 추가로 남주인공 2가 여주인공에게 반했을 때 한 대사도 떠올랐다.

"그대는 내가 아는 '여자'라는 생물과는 참 다르군."

"……."

음, 아무짝에도 쓸모없었다. 내가 저걸 왜 기억하고 있는지 모르겠다. 아무튼 그리하여 대충이나마 현재 처한 상황과 지닌 지식수준을 파악하게 된 나는, 일단 일상생활을 했다. 씻고 밥 먹고 숨을 쉬면서 내가 살고 있는 집과 주변 사람들을 조금씩 눈에 익혀 나갔다.

거울에 비친 내 모습에 흠칫 놀라지 않기까지는 한 달 정도 걸렸고, 어색함을 느끼지 않기까지는 반년이 걸렸다. 또한 내가 가진 인적, 물적 재화를 온전히 내 것이라 받아들이는 데에는 약 일 년 정도가 소요되었다. 그리고 2년 후, 나는 온전한 '라테 엑트리'가 되었다.

과거를 홀라당 까먹었다는 말이 아니다. 그저, 더 이상 현실도피를 하지 않게 되었다는 것이 맞았다.

나는 이곳을 내가 숨 쉬며 살아가는 하나의 세계로 인정했다. 비록, 소설 속이긴 했지만. 그렇게 자작 영애 라테로 다시 태어난 나는 한때 원대한 야망을 품기도 했다. 말하자면 내 비중을 대폭 늘려보겠다는 포부였다.

원작 속 라테는 여주인공에게 주스를 끼얹는 치졸한 짓이나 하다가 남주인공에게 영혼을 탈곡당해 사라지지만, 나는 그렇게 놔두지 않겠노라 다짐한 것이다. 마침 나이도 어릴 때 들어왔겠다, 나와 비슷하게 어린 세 남주인공을 찾아 인연을 만들어나가면 딱 알맞지 않겠는가. 그러다 잘되어 여주인공 대신 셋의 사랑이라도 받는다면…… 예! 그야말로 금상첨화!

그러한 나의 야망이 실현되려는 듯, 나는 호기심에 들어갔던 황실의 정원에서 길을 잃어 마침 그곳에서 낮잠을 자던 황태자를 만났다. 그리고 재미 삼아 구경하던 연무장에선 아직 어려 여성 혐오증이 나타나기 전인 공작-미래-을 만나 그의 유일한 여성 친구가 되었고, 또 놀러나간 저잣거리에서는 우연히 휘말린 사건을 통해 마탑의 주인-미래-에게 도움을 받았다.

여주인공이 등장하기도 전에 나는 보란 듯이 세 명의 남주인공과 모두 인연을 만들어낸 것이다. ……와 같은 일은 꿈에도 일어나지 않았다. 어린 나이에 이곳저곳을 쏘다니며 내가 얻은 것이라곤 셋과의 인연은커녕 한번 조연은 영원한 조연이라는 쓰디쓴 인생의 교훈이 전부였다.

악녀 역으로 배정된 조연 라테와 남주인공들 사이에는 넘을 수 없는 현실의 벽이 존재했다. 그것도 아주 굳건한 벽.

우선 황실의 정원. 그래, 여기서 뭘 만나긴 만났다. 다만, 황태자가 아니었을 뿐. 처음 뒤편에서 들려온 부스럭거리는 소리에 '황태자?!' 하며 설렜던 나를 쥐어박고 싶다. 부스럭거림의 주인공은 황태자는커녕 사람도 아닌, 바로 토끼였다. 나는 이날, 하루 종일 정원을 누비며 토끼들과의 극적인 만남만 잔뜩 하고 돌아와야 했다.

그리고 연무장. 여기도 마찬가지로 답이 없었다. 후끈한 열기와 훅 끼쳐 오는 땀 냄새, 쇠붙이들끼리 맞부딪히는 챙챙 소리만이 나를 반겨주었다. 응, 그게 다였다. 나는 그날, 아저씨들—당시 라테의 나이 기준—의 화끈한 근육을 온종일 구경하다 지친 심적 상태로 집에 돌아왔다.

마지막으로 저잣거리……. 아…… 내가 왜 거길 갔는지 모르겠다. 그냥 소설 속에서 흔히 '여주인공 놀러나감 → 시비 털림 → 위험 → 남주인공이 구해 줌'의 코스를 밟는 곳이라 생각 없이 무턱대고 뛰어들었던 게 아닐까.

지금 와서 생각하면 살짝 돌았던 모양이다. 저잣거리는 의외로 진짜 사건 사고의 메카였고, 나 또한 사건에 휘말려 들었다. 그리고 당연하게도 나는 위험에 처했다. 그리고 그 꼴이 된 나를 구해 준 것은 남주인공이 아니라 아버지가 몰래 붙여놓은 비밀 호위였다. 근래 들어 외출이 잦아진 날 걱정한 아버지의 안배가 아니었다면, 난 지금처럼 태평하게 회상 따윌 하고 있진 못했을 것이다. 여주인공에게 찻물을 끼얹기는커녕 찻물처럼 사라질 뻔했다.

난 그날 이후 아버지에게 3일을 내리 혼나고, 한 달간 외출 금지와 혼자서는 절대 저택 바깥으로 나가지 않겠다는 약조를 해야 했다.

이쯤 일을 겪고 나면 싫어도 깨달을 수밖에 없다. 조연 자작 영애와 제국 최고 능력남 남주인공을 이어주는 플래그 따위는 0.1도 존재하지 않는다는 사실을. 참으로 원작에 충실한 세상이었다.

기실 따지고 보면 신비주의 황태자와 여성 혐오증을 가진 검술 천재 최연소 공작, 그리고 자타 공인 마법 천재 마탑의 주인이 길에 널린 조연과 엮이는 게 더 신기한 일이리라.

나는 미처 현실을 직시하지 못했던 허황된 야망을 고이 접어 저 멀리 날려 보냈다. 그리고 방년 열여덟, 소설 속에 들어와 라테가 된 지도 어언 십 년째다. 나는 여태 남주인공 셋을 코빼기도 보지 못했다. 슬슬 어떻게 생겼었는지도 까먹을 지경이었다. 그렇다고 내 지난 시간이 의미가 없었던 건 아니다. 나는 그 긴 시간을 그저 숨만 쉬면서 보내진 않았다.

푸드덕!

익숙한 날갯짓 소리가 때마침 기다리던 것의 도착을 알렸다. 안 그래도 올 때가 됐다 싶어 창문을 활짝 열어두고 있던 터라 더욱 반가운 알림이었다.

자연스레 손 안에 내려앉은 전서를 돌돌 펼치자, 너른 종이에는 유려한 필체로 기대하던 내용이 적혀 있었다.

이번 작품도 대단히 반응이 좋습니다, 선생님. 장르 1위는 물론이고 종합 순위에서도 잘만 하면 1위를 노려볼 수 있을 것 같습니다. 정말 축하드립니다. 그리고 혹시 다음 작품은 구상하셨는지요? 이와 관련해서 이야기를 조금 나눠보고 싶습니다만…… 언제쯤 시간이 되시는지 궁금합니다.

답신 기다리겠습니다.

전문을 훑어 내린 나는 입꼬리가 저절로 올라가는 걸 느꼈다. 일편 당연한 결과라는 생각도 들었지만, 비실 웃음이 새어 나오는 것은 막을 수 없었다.

그래, 이번 신작 '황실 기사단의 여러 가지 사정'도 순풍에 돛 단 듯 잘나가고 있다는 말이렷다. 뿌듯하게도. 그렇다. '야수의 꽃' 속 생활도 어언지간 십 년, 나는 그간 BL 소설을 써내어 그야말로 대박을 치는 거보를 이루었다. 어찌 보면 본래의 야망보다도 더 큰일을 달성한 셈이다.

첫 출판은 열다섯의 봄, 그러니까 3년 전이었다. 그때까지도 완전히 버리지 못한 행여나 하는 마음이 나를 꾸준히 사교계에 집어넣은 지도 2년이 다 되어가는 무렵이었다.

이 연회, 저 연회를 가리지 않고 누볐지만 남자 주인공들은 머리털도 보지 못했음은 물론이요, 어찌 그리 짠 것처럼 일률적으로 재미가 없는지…… 하루하루 생기를 잃어가던 나날이었다.

고작 열다섯에 입시를 족히 세 번은 치른 꼬락서니를 하고 있던 날 되살린 것은 어느 남작저의 하녀들이었다.

"한슨X로데반일까, 로데반X한슨일까?"

"어머? 당연히 한슨X로데반이지."

"얘 좀 봐, 요즘 누가 키로 순서를 정하니?"

"그럼?"

"성격, 중요한 건 그거지! 몇 번을 관찰해 봐도 어울리는 조합은 로데반X한슨이야."

'오호라.'

그야말로 시들어 있던 날 단박에 깨우는 대화였다. 그들의 속닥임은 마치, 나를 한순간에 '야수의 꽃'이 아닌 대한민국 어느 한복판으로 옮겨놓은 듯한 감흥을 주었다. 마음 맞는 친구들과 하하 호호 떠들며 나누던 담소가 절로 떠오르며 향수가 이는 기분이었다.

라테를 제치고 김혜정이 튀어나와 외쳤다.

BL 소설을 쓰자!

그 즉시 자택으로 돌아온 난 책상 앞에 붙어 앉아 글을 써 내려갔다. 하릴없이 백 년이고 만 년이고 나뒹굴 것만 같았던 펜과 종이가 드디어 제 구실을 하는 순간이었다.

누런 건 종이요, 검은 건 글씨라. 읽히는 게 신기한 꼬부랑거리는 문자는 적어도 한글보다는 빠르게 적혔다. 속독도 못 했던 내가 속기를 할 줄이야.

소위 신들린 듯한 작문을 통해 나 자신도 놀랄 만큼 첫 작은 순식간에 완성되었다.

「방랑 기사 에드윈은 더 이상 자유롭지 않다.」

지금에 와 생각해도 썩 마음에 드는 제목을 달고, 내 첫 작은 단편으로 출간되어 대형 서점 한편에 자리할 수 있었다. 몹시 수월한 출판 과정을 거치며 나는 내가 귀족가 여식인 것에 감사했다. 그리고 그 신들린 노고의 첫 작품이 입소문을 타고 날개 돋친 듯 팔려 나가 종내 비모르-여기에선 BL을 비모르라 일컬었다-장르에서 판매 부수 1위를 찍기까지는 그리 오래 걸리지 않았다.

내 작품을 담당했던 출판사는 쌍수를 들고 좋아했고, 나는 갓 열다섯에 돈을 긁어모으는 쾌거를 이루었다. 심지어 저 작품은 아직까지도 프리미엄이 붙어 종종 거래되는 중이다.

"아가씨, 뭘 그리 읽으세요?"

"……어? 으응, 그냥 편지."

추억에 잠겨 있느라 에슐라가 들어오는 줄도 몰랐다. 나는 숙련된 손길로 종이를 말아 책상 한구석에 갈무리했다.

내 아버지, 그러니까 엑트리 자작은 일반적으로 자애로운 부친이었지만, 딸이 BL 소설을 출간하는 것까지 그냥 보아 넘길 만큼 개방적인 사람은 아니었다.

상식적으로 남남 간의 사랑을 다루는 것만으로도 기함할 일인데, 가뜩이나 내 소설은 그리 플라토닉한 편마저 아니었던 터라……. 아니, 그도 그럴 게 내 정신연령이 몇인데…….

하여튼 내가 소설 출간을 통해 돈을 쓸어 담고 있다는 사실은 양친에게 철저히 비밀이었다. 특히 아버지에게 그러했고, 그런 점에서 에슐라는 대단히 주의를 요하는 인물이었다.

그녀는 다 좋은 반면, 유달리 입이 가벼웠다. 에슐라는 '다물지 못하는 입'으로 자작저에선 이미 유명한 인물이었다.

"오늘 다과회에 참석하실 거죠?"

"그랬지, 참……. 깜박하고 있었네."

"아직 시간이 여유로우니까 천천히 준비하셔도 될 거예요. 머리 먼저 만져 드릴게요."

"응, 부탁할게."

늘 생각하는 거지만 머리를 매만지는 에슐라의 손길은 어느 때든 감탄이 나올 만큼 부드러웠다. 그 마법의 손이 만들어내는 결과물도 마찬가지로 훌륭하기 짝이 없었고.

그녀는 내 머리카락을 매만지는 것에서만큼은 수도 내에 다시없을 뛰어난 인재였다. 다시 생각해도 유일한 단점이 아쉬웠다. 그놈의 입만 아니면.

“짠! 다 됐어요. 어떠세요?”

“당연한 말이지만, 마음에 들어.”

“에헤헤.”

에슐라가 한쪽으로 곱게 땋아준 내 금발은 언제 망나니였냐는 듯 가지런하고 예뻤다. 이 세계에서 가장 마음에 들지 않는 것은 매직펌이 없다는 것이다. 이 거지 같은 곱슬머리! 암만 생각해도 에슐라는 내 사교 활동의 은인이었다.

“원피스는 뭘 입을까?”

“아가씨는 예쁘시니까 뭘 입어도 잘 어울리실 거예요.”

“정말? 칭찬 고마워.”

에슐라는 습관처럼 잊을 만하면 내 외모를 치켜세우곤 했다. 일종의 아부였지만, 기실 그녀는 나를 좋아하는 편이었다. 저택 내에서 은근히 내 비호를 받고 있으니 당연한 건지도 몰랐다.

난 에슐라가 칭찬해 준 얼굴을 거울 앞에서 요모조모 한번 살펴보곤, 그녀와 함께 원피스를 골랐다. 원피스에 화장, 장신구까지. 시간을 들여 외출 준비를 마친 내 모습은 내가 봐도 그럭저럭 꽤 괜찮았다. 경국지색까지는 아니더라도 지나가다 한번쯤 돌아볼 만했다. 문제는 머리와 화장의 힘이 크다는 거랄까.

뭐, 과거 김혜정이었을 때는 신부 화장 수준으로 찍어 발라야 간신히 미녀 소릴 들었으니…… 그때에 비하면 백배쯤 낫긴 하다.

"다녀오겠습니다."

"조심해서 갔다 오렴."

어머니에게 인사를 하고 저택을 나왔다. 내 목적지인 올리브 백작저는 여기에서 제법 가까웠으므로 나는 수행원이 필요치 않다 주장했지만, 어머니는 한사코 내게 호위를 붙여주셨다. 그것도 꽤나 든든한.

난 마차도 필요 없을 만큼 인접한 장소에 가는데 대체 왜 호위가 필요한지 의문이었다. 옆을 힐끗 돌아보니 오늘도 위풍당당한 한스 경이 근육을 뽐내며 걷고 있었다. 그는 엑트리 가문 내에서 알아주는 실력자였는데, 팔이 움직일 때마다 꿈틀거리는 이두박근이 인상적이었다.

'탈모만 아니었다면 인기가 제법 많았을 텐데…….'

나는 그의 이성적 인기를 좀먹는 원형 탈모에 심심찮은 애도를 보냈다. 성격도 괜찮은 사람이거늘. 시대를 가리지 않는 탈모의 위용 따위를 생각하며 걷다 보니 금세 목적지였다. 나는 올리브 백작가의 둘째 영애가 주최한 다과회에 늦지 않게 도착할 수 있었다.

앞서 당도한 영애들이 수행원들을 제법 대동한 모양인지 한스 경은 자연스레 따로 안내를 받았다.

"오랜만이에요, 엑트리 영애."

"간만에 뵙니다, 올리브 영애. 그간 무고하셨나요?"

"저야 별일 없었답니다. 영애는 어땠나요?"

"저도 무난히 보냈지요."

그냥저냥 한, 기실 생략해도 될 법한 인사를 나누며 준비된 자리에 앉았다. 먼저 착석해 있던 옆자리의 카노가 내 앞으로 티라미스 한 조각을 밀어주며 먹으라고 손짓했다.

아메리 남작의 장녀인 카노는 이 중에서 그나마 나와 가장 허물없는 사이였다. 나는 그녀에게 눈짓으로 고맙다고 인사한 뒤, 케이크를 한 스푼 입에 떠 넣었다.

"오늘 이렇게 모인 이유는, 사실 다들 잘 알고 계실 거라 생각해요."

저번에도 그랬지만 올리브 백작저에서 제공하는 티라미스는 참 맛이 좋았다. 나는 입안 가득 퍼지는 달달함과 약간의 느끼함을 음미하며, 올리브 영애의 말에 집중했다. 오늘은 웬일로 이 차의 이름은 뭐고, 어디에서 수입해 왔으며, 향은 어떠하고 따위의 서론을 건너뛰려는 모양이었다. 나야 지루함이 덜하니 환영이었지만.

"물론이죠. 보름 뒤에 있을 로젤리아 황녀 전하의 탄신 연회 때문이 아닌가요?"

카놀라 영애가 재빨리 말을 받았다. 그녀는 카놀라 백작가의 독녀로 이 모임에선 올리브 영애 다음으로 권세가 높았다.

올리브, 카놀라. 나는 처음 그녀들의 가문을 들었을 때 '야수의 꽃' 작가가 조연들의 이름을 짓기 위해 부엌을 뒤진 게 아닌가 하는 의심을 지울 수가 없었다. 마찬가지로 카노 아메리와 라테-나-도. 그녀와 내가 친한 게 어느 정도 납득이 되는 네이밍이었다.

"맞아요. 황실에서 열리는 이번 연회는 대단히 중요합니다. 왜냐하면……."

뒤이어 제 말을 이어주길 바라듯 올리브 영애가 말끝을 흐렸다. 그러자 그를 놓치지 않고 그녀의 좌측에 앉아 있던 비스켓 영애가 문장을 덧붙였다.

"론드미오 황태자 전하께서 참석하시기 때문이죠."

론드미오, 오랜만에 듣는 남주인공 1의 이름이었다. 한데 지금 와서 들으니 얘도 이름이 좀 성의가 없다. 얘 이름 그냥 로미오 늘린 거 아니야?

"저도 들었어요. 한데 정말일지는 잘……."

한 명이 조심스레 의심의 기색을 표했다. 거기에 두어 명 정도 더 동의하듯 고개를 끄덕였다. 그도 그럴 게 '신비주의' 콘셉트를 겁나 잘 지키시는 황태자께선 어디 어디에 등장한다는 소문이 무색하게 실제론 두문불출이 쩔어주셨던 것이다.

한때나마 사교 파티를 열심히 좇아다녔던 내가 여태껏 머리털 한 올조차 본 적이 없으니 말 다했다. 나뿐 아니라 이 자리에 동석한 제법 많은 영애가 비슷한 경험이 있을 터였다. 그녀들의 학습 능력이 제로 수준이 아니라면 이번 소식의 신빙성에 의문을 품는 것이 당연했다. 사실, 나도 좀 회의적인 입장이었고.

그러나 이어진 영애의 말에 난 하마터면 들고 있던 스푼으로 티라미스를 뭉갤 뻔했다.

"이번만큼은 진짜일 거예요. 올해는 로젤리아 황녀 전하께서 열일곱이 되시는 해니까요. 즉, 황녀 전하께서 성년을 맞이하는 탄신 연회란 거죠."

세상에……. 난 스푼을 내려놓고 입을 가렸다. 내가 어떻게 이걸 까먹고 있었을까? 아무래도 그간 지나치게 소설 집필에만 신경을 쏟은 모양이었다. 이토록 중요한 사실을 잊고 지냈다니.

로젤리아 황녀의 열일곱 번째 생일 파티. 그곳은 여주인공인 이벨린이 처음으로 등장함과 동시에 남주인공 1과 극적인 만남을 갖게 되는 장소였다.

"어머, 그 말은……."

"정말 가능성이 있겠군요."

굳이 나처럼 여주인공의 등장 따위를 모르더라도 황녀의 성년회 겸 탄신회는 황태자의 출현을 예견하기에 마땅한 배경이었던지라 한 순간에 술렁임이 일었다.

하긴 상식적으로 매년도 아니고 평생에 한 번 있는 여동생의 기념일에 참석을 아니 하는 못된 오라비는 없을 것이다. 더군다나 론드미오 황태자와 그의 여동생 황녀는 사이도 제법 돈독한 편이었다. 그놈의 신비주의 콘셉트만 아니었다면 매년 생일 연회마다 뻰질나게 얼굴을 들이밀지 않았을까 싶을 만큼.

"드디어 론드미오 전하를 뵙겠네요."

"기대가 됩니다. 풍문에 따르면 인세에 다시없을 미남이시라지요."

"전하의 용안을 눈에 담은 후엔 한동안 다른 사내들을 보아선 안 된다는 농도 돌더군요. 그들이 갑자기 사람이 아닌 해물로 보인다며."

"올리브 영애께선 뵌 적이 있지 않습니까? 어떠셨나요?"

모임의 분위기가 고조되었다. 영애들은 하나같이 상기된 기색을 숨기지 않으며 기대에 찬 사견을 늘어놓기 바빴다. 이 집단에서 가장 얌전한 편인 카노 또한 눈망울에 설렘을 가득 담고 그네들의 대화에 귀를 기울인 마당이었다.

올리브 영애는 그 질문으로 인해 온 시선이 제게 쏟아진 것이 나쁘지 않은 듯 우쭐한 기색으로 제 경험을 열심히 늘어놓기 시작했다.

"그분의 용모는 정말이지 직접 보지 않고서는 감히 상상조차 할 수 없을 만큼…… 블라……."

미주알고주알 쏟아지는 찬사를 듣고 있자니 소설을 통해 읽었던 황태자에 대한 묘사가 떠올랐다. 뭐였더라? 햇빛이 부서지듯 찬란한 백금발에 바다처럼 깊은 푸른 눈동자였나? 간단히 말해 론드미오는 금발, 벽안의 소유자였다. 덤으로 굉장히 잘생긴. 소설에서 서술한 남주인공 1은 그야말로 동화 속 왕자님의 표본 같은 생김새였던 걸로 기억한다.

'야수의 꽃'에서 남주인공 1, 2, 3의 외모는 잊을 만하면 잘생겼다고 하고, 가물가물할 법하면 환상적이라고 꾸준히 언급되었었기에 나도 실상 열띤 대화를 나누는 영애들만큼이나 기대가 일긴 했다.

과연 어떻게 생겨먹었을까? 작가가 그리 잘생겼다 강조했던 그들의 비현실적인 외양을 이 세계가 어찌 구현해 놓았을지 호기심과 여망이 동시에 떠올랐다.

"참, 저는 이번에 에뛰르 살롱에서 드레스를 맞추기로 했답니다."

"어머, 안 그래도 아리따르 살롱에 예약을 잡아놓았었는데요."

"전 개인적으로 미르 살롱이 마음에 들더군요."

황태자의 외모를 주제로 타올랐던 대화는 이내 다른 것으로 넘어갔다. 연회에 입고 갈 드레스를 어디서 맞추느냐 하는 문제였다.

그것은 단순히 제 단골 매장 기호를 뽐내고자 하는 목적보다는 기왕이면 비슷한 차림새는 피하자는 일종의 사전 합의에 더 가까웠다. 눈에 띄겠다는 포부로 고르고 고른 드레스가 하필 옆 사람과 겹치기라도 한다면 서로에게 하등 좋을 것이 없었으니까. 점찍어둔 살롱이 겹칠 경우 발생하는 은근한 신경전은 보는 맛이 있었다.

나야 뭐, 어차피 제국 제일 살롱의 드레스를 입던, 누더기를 뒤집어쓰던 황태자의 시선을 받을 이는 오로지 여주인공뿐이라는 사실을 알고 있었으므로, 그네들의 담합에 끼고자 하는 의사는 단 한 톨도 없었다. 나는 대충 호응이 필요한 상황마다 그럭저럭 영혼 없는 리액션을 선보이며 시간을 흘려보냈다.

"오늘 즐거웠어요, 올리브 영애."

"저도요. 영애 덕분에 유익한 시간을 보냈습니다."

"다음에 또 티타임을 열거든 꼭 불러주세요."

어느덧 파장을 맞이한 모임은 주최인인 올리브 영애를 향한 참석인들의 알랑거림을 다소 첨부한 인사말들로 마무리를 지었다.

올리브 영애는 유난할 정도는 아니었지만 오만한 성정이었고, 무엇보다 뒤끝이 제법 긴 편이었다. 나는 공짜 다과에 유용한 정보를 얻어놓고는 그 베풂을 행한 이에게 인사 한 마디 없이 사라지는 후안무치한 사람이 되어 그녀의 빈축을 사고 싶지는 않았기에, 이처럼 복된 티타임에 초대되어 영광이었다는 적당한 아부를 남겼다.

나는 백작저를 나와 다시금 대단히 가까운 거리를 한스 경과 동행했다. 티타임이 진행되는 동안 나는 혹 그가 동떨어진 곳에서 몹시 무료한 시간을 보내지는 않았을까 걱정했으나, 다행히도 한스 경은 나름대로 즐거운 한때를 보낸 모양이었다.

그는 집으로 돌아가는 길에 밝은 기색으로 '역시 잘 맞는 사람끼리 나누는 대화가 재밌는 법입니다. 아가씨도 그렇게 생각하시죠?'라고 말했다. 수행원 중에 죽이 척척 맞는 이가 있었나 보다. 잘된 일이다.

저택으로 돌아온 나는 무관심한 것보다는 낫지만 그래도 약간의 피곤함을 안겨주는 걱정 많으신 어머니께 아무 일 없이 무사히 다녀왔음을 어필하고 곧장 내 방으로 향했다.

식사나 목욕을 준비할까 묻는 시녀를 고갯짓과 함께 물린 뒤, 책상 앞에 털썩 걸어앉았다. 일단은 생각을 좀 정리할 필요가 있었다.

습관처럼 손에 쥔 펜 끝으로 종이를 톡톡 치며 '야수의 꽃' 전개를 떠올렸다. 상념 속에서 떠오른 것은 종전 티타임에서 기억해 냈던 것과 별반 다르지 않았다.

로젤리아 황녀의 성년회 겸 탄신 연회에서 유학생인 여주인공, 이벨린의 첫 등장. 그리고 이벨린과 남주인공 1인 황태자의 첫 만남.

흐으음……. 나는 뜻 모를 신음을 내뱉으며 보다 자세한 것을 상기하려 애썼으나, 추가로 달리 생각나는 것은 없었다. 다만, 원래부터 어렴풋이 기억하고 있었던, 여주인공이 연회장에서 남들과 다른 특이한 행동을 한다는 사실만 약간 더 또렷이 기억났을 뿐이었다. 아무래도 황태자가 여주인공에게 관심을 가지도록 만드는 일종의 당위적 장치였던 것 같은데…….

아, 뭐더라? 나는 더 이상 떠오르지 않는 소설의 첫 화에 과거 독자이던 시절의 나를 질책했다. 이 등신! 이럴 줄 알았으면 정주행할 때 초반부도 빠짐없이 눈여겨 읽는 건데! 그놈의 사자대면 신만 죽어라 반복해서 정독한 덕에 10년이 지난 지금도 최신 화의 장면만은 여전히 뇌리에 선명했다.

"……뭐, 어쨌든."

난 펜을 놓고 침대로 몸을 옮겼다.

푹신한 침대에 퍼질러 자리 잡은 나는 익숙하다 못해 지겨운 천장 무늬를 보며 새삼 내가 이 세계로 들어온 지 꽤나 오랜 시간이 지났다는 것을 상기했다. 간혹 과거의 꿈을 꾸는 날에는 잠자리를 설치고 볼썽사나운 몰골이 되곤 했지만, 그뿐이었다. 딱히 울거나 크게 우울해하지도 않고, 놀랄 만큼 잘 먹고 잘 지냈다. 돈도 잘 벌었고 말이다.

온갖 콘텐츠가 범람하던 대한민국보단 다소 할 게 없고 심심하다는 것만 빼면 기실 여긴 썩 괜찮은 곳이었다. 인자한 양친에 늘 배부르고 등 따시며 적당한 사치를 매일같이 즐길 수 있는 여건에서, 원생들에게 시달리고 원장과 학부모에게 시달리는데다 이혼한 부모님에게마저 쥐어 짜이던 스물다섯 솔로의 삶을 굳이 추억할 이유는 없었다. 과거는 미화되기는커녕 갈수록 힘들었던 기억으로만 채워져서 어쩔 때는 내가 이곳으로 온 것이 나를 가엽게 여긴 하늘의 선물이 아닐까 하는 우스운 생각도 들었다.

조연만 아니었다면 더 좋았을 텐데…….

배부르고 등은 따시지만 멋진 남자와의 연애는 꿈꿀 수 없다는 사실에 울적해졌다. 나는 새삼 이곳 남자들의 외모를 원기옥 모으듯 긁어모아 남자 주인공 세 놈에게 몰빵해 준 '야수의 꽃' 작가가 원망스러웠다. 아니, 조금쯤은 남겨줘도 되잖아요!

지금껏 지내며 목격해 온, 남주인공들을 빛내주느라 흐릿한 이목구비를 지닐 수밖에 없었던 수많은 남자가 떠올라 나는 괜스레 더 슬퍼졌다.

좌우간, 고대하던 이벤트가 코앞으로 다가오자 가슴이 좀 두근대는 것은 사실이었다. 나는 이제부터 여주인공이 세 남주인공을 차례로 어장에 집어넣는 과정도, 솜털 하나 볼 수 없었던 잘난 남자들의 눈부시게 미려한-소설에 따르면-용모도, 그리고 뒷내용이 궁금해 잠을 이루지 못했던 사자대면의 결과까지 직접 눈으로 확인할 수 있게 되는 것이다.

심장이 떨려왔다.

'설렌다.'

앞으로 열흘밖에 남지 않은 터라 나는 차기작 구상을 좀 뒤로 미뤄야겠다고 마음먹었다. 출판사의 부크가 아주 죽는소릴 하겠지만 어쩔 수 없었다. 여주인공의 어장질을 쫓아다니며 구경하려면 아무래도 시간이 모자랄 테니까. 나는 앞으로의 열흘이 제법 느리게 갈 것 같다는 생각을 했다.

팝콘이나 만들어볼까?

열흘 중에서 고작 하루가 지난 날의 아침이었다.

에슐라는 이젠 특이할 것도 없는, 용맹한 사자 머리를 한 나를 앞에 두고 난리 법석을 떨었다.

"드레스! 드레스를 사러 가요, 아가씨!"

"으응?"

에슐라가 잔뜩 상기된 얼굴로 아침 댓바람부터 밑도 끝도 없이 쏟아낸 말은 아침을 먹고 나서야 그 연유를 들을 수 있었다.

"잘 보여야죠! 연회장에서! 황태자 전하께!"

언제 알았을까. 열흘, 아니, 이젠 아흐레 남은 황녀의 탄신 연회와 그 연회에 황태자가 참석한다는 소식은 에슐라의 귀에도 빠지지 않고 들어간 모양이었다.

이미 자작저의 사용인들은 다 알고 있겠군. 하긴, 어차피 완벽남의 표본인 론드미오 황태자는 늘 모두의 화젯거리였으니 놀라운 일도 아니었다. 기대에 부푼 얼굴로 이쪽을 바라보는 에슐라에게 나는 단호히 말했다.

"드레스 안 사."

"네? 왜요? 왜 안 사요? 분명 뷰티 살롱에 최신 유행하는 드레스가……."

"로지에 이모께서 새 드레스를 보내주신 게 고작 2주 전이야. 그걸 놔두고 뭐하러? 낭비야."

"네에?! 그렇지만……."

에슐라가 울상을 했지만 난 뜻을 굽히지 않았다. 현실의 벽을 느끼고 사교 파티를 끊은 이후부터 드레스는 내 관심 밖의 영역으로 밀려난 지 오래였다. 나는 특별히 검소하거나 사치를 마다하는 성정은 아니었지만, 드레스처럼 흥미 없고 비싸기만-내 기준-한 품목에 들어가는 돈은 몹시 아까웠다.

그렇다고 내 옷장에 드레스가 아주 없는 것도 아니다. 외려 생일 선물로 받은 가지각색의 드레스가 제법 빼곡히 늘어서 있었다. 더군다나 열다섯 때나 지금이나 별반 다를 게 없는 체격은 치수가 맞지 않을 걱정으로부터 날 해방시켜 주었으므로-젠장-선택의 폭이 꽤나 넓은 편이었다.

에슐라는 내 마음을 돌릴 수 없다는 걸 깨닫고 한동안 시무룩해하는가 싶더니, 오후쯤에 갑자기 돌발 선언을 했다.

"저 화장술 배우러 다녀올게요."

연회날 제 아가씨를 꾸며주기 위해 단기 출장까지 감행하겠다는 에슐라에게 난 별달리 해줄 말이 없었다. 기실 아무리 그녀가 나를 신데렐라로 만들어준다 한들 황태자와의 섬싱이 일어날 확률은 0에 수렴했지만, 나는 그러한 사실을 입 밖으로 내는 대신, 그저 잘 다녀오라는 인사와 함께 그녀를 배웅해 주는 걸 택했다. 재주가 늘면 본인에게도 좋은 일일 테니.

에슐라의 출장은 일주일짜리였고, 그녀는 정확히 이레 후 자작저로 돌아왔다. 나는 그동안 팝콘 만들기를 약 세 번쯤 실패했다.

"귀걸이는 이쪽 걸로 하고, 브로치는 어느 게 좋으세요?"

그리고 이틀이 더 지난 대망의 날. 마침내 맞이한 연회 당일에 저택의 시녀들은 아침부터 너 나 할 것 없이 분주했다.

"아무거나……."

난 그 와중에 죽을 맛이었다.

"좋아요. 그럼 아가씨의 흰 피부를 강조하는 쪽으로 골라볼게요. 드레스와의 조화도 생각해야 하니까 음, 아무래도 이게……."

"아냐, 릴리. 그거 말고 더 옆에 거. 왼쪽에서 세 번째."

"이거?"

"응, 그게 나아. 업스타일에는 그런 느낌이 어울리더라."

"아하! 그럼 이걸로. 그럼 다음은……."

공들여 치장해 주느라 바쁜 그녀들에겐 미안한 말이었지만, 난 어서 빨리 이 과정이 지나갔으면 하는 일념밖에 들지 않았다. 꼭두새벽부터 일어나 대체 이게 몇 시간째 난리인지 모르겠다. 가장 괴로운 것은 숨도 겨우 쉴 만큼 한계까지 조인 코르셋이었다. 아아, 가여운 내 허리.

"가슴께는 진주로 장식할까?"

"응, 허리 부근엔 붉은 계열이 좋겠다."

나는 그녀들이 의논까지 해가며 내 드레스에 보석을 주렁주렁 다는 것을 굳이 저지하지 않았다. 어차피 다들 이러고 나올 테니 딱히 눈에 띌 일도 없었고, 무엇보다 기대에 찬 시녀들의 눈빛이 너무……

초롱초롱했다. 난 그들이 오늘 저녁까지나마 꿈을 꿀 수 있게끔 가만히 내버려 두기로 했다.

애들아, 고생하는데 내가 주인공이 아니라서 미안.

"아가씨, 거의 다 됐어요."

"거울 한번 보실래요?"

어느새 치장이 막바지에 달해가는지 에슐라는 전신 거울 앞으로 나를 안내했다. 표정들이 싱글벙글한 것이 화장이며 다른 것들이 썩 잘된 모양이었다.

하지만 난 그다지 기대가 되진 않았다. 솔직히 타고난 생김새가 있는데 꾸며봐야 거기서 거기지, 원판 불변의 법칙이 괜히 있겠…… 괜히 있네?

"맙소사……! 너네 정말……."

난 말을 잇지 못했다. 거울에 비친 내 모습이 그야말로 사기에 가까웠기 때문이다. 와, 이거 뭐지?! 대박…… 뭐지?!

문득 과거 어느 날 신부 대기실에서 보았던 친구의 얼굴이 떠오른다. 아니, 그보다도 지금의 내가 더 놀라웠다. 이건 정말…… 민낯을 들키는 순간 곧바로 전쟁이 시작될 것만 같은 수준이랄까. 이런저런 장신구로 틀어 올린 머리가 무겁긴 했지만, 대신 화려하고, 화사하고, 또 예뻤다. 이래서 여자는 꾸며야 한다고 하는구나.

나는 항상 보던 내 얼굴이 새삼 신기하게 느껴져 거울에 대고 요모조모 뜯어보았다.

오, 암 쏘 핫!

마무리로 드레스 밑단을 정돈하고 나자 치장은 완전히 끝났다. 난 평소에 비해 실로 아리땁게 단장된 채 방을 나섰다. 마주치는 사용인들마다 내 변신을 놀라워했다. 그리고 특히 어머니께서 호들갑을 떠신 덕에 나는 약간 쑥스러워졌다.

연회의 시작이 다가오고 있었다. 자작저는 수도에 위치한 저택이었으나, 황성까지는 제법 거리가 있었기에 나는 소요될 시간을 생각하여 다소 일찍 마차에 올랐다. 마차가 달리는 동안 저절로 상념이 떠올랐다.

이벨린 도트, 론드미오 드 헤일론.

두 사람에 대한 서술이 차례로 머리를 스쳤다. 마침내, 그 모습을 두 눈으로 볼 수 있다.

"도착했습니다."

마차는 무사히 나를 황성에 데려다주었다. 나는 입구에서 신분을 확인받고 입성한 후, 곧장 연회장으로 향했다. 예정된 시각까지는 아직 여유가 좀 있었으나 홀 안은 이미 사람들로 가득 차 있었다.

"라테!"

"카노."

나를 부르는 목소리에 돌아보니 아니나 다를까 카노였다. 그녀는 경이로운 내 변신에 놀란 듯했으나, 그런 걸로는 카노 또한 나 못지않았다. 늘 수수한 멋으로 일관하던 그녀는 언제 그랬냐는 듯 장미처럼 화려한 드레스를 입고 있었다. 발그레하게 상기된 뺨을 보니 황태자를 본다는 사실이 꽤나 설레는 듯했다. 우리는 서로를 향한 칭찬-너 예뻐-과 간단한 담소를 나눴다.

잠시 후, 시곗바늘이 정각을 가리키자, 마침내 연회가 시작되었다. 들뜬 대화들로 시끄러운 홀 안에서 나는 잠자코 샴페인을 홀짝이며 주인공들의 등장을 기다렸다. 그리고 그 기다림은 길지 않았다.

마시던 잔을 다 비우기도 전에 우렁찬 목소리가 소음을 갈랐다.

"론드미오 드 헤일론 황태자 전하와 로젤리아 드 헤일론 황녀 전하께서 드십니다!"

홀 안은 순식간에 조용해졌다. 나를 비롯한 모든 이의 시선이 한 곳을 향했다. 방금 전까진 소란스러워 들리지 않았던 악단의 감미로운 연주가 연회장 내를 잔잔히 메우는 가운데, 두 인영이 나란히 걸어 들어왔다.

"……세상에."

누군가가 중얼거렸다. 그리고 어디선가 툭 하고 부채가 떨어지는 소리도 들렸다.

'미쳤구나!'

나는 생각했다. 론드미오를 보자마자 저절로 떠오른 것이었다. 남주인공 1인 황태자는 실로 미친 외모였다. 문득 과거의 기억이 되살아났다.

그날은 친한 친구가 우연한 기회로 당시 대한민국에서 가장 잘생겼다 일컬어지던-카메라로는 그 미모를 십분의 일도 담아내지 못한다는 소문이 무성했다-남자 배우를 코앞에서 보고 돌아온 날이었다. 어땠냐는 내 물음에 그녀는 한참을 침묵하다, 이렇게 말했다.

"……잘생겼어. 시발, 잘생겼어! 그냥 시발…… 어, 잘생겼어!!"

그때는 브로카 영역(손상 시 언어장애가 오는 뇌의 일부분)이라도 다쳤냐며 친구를 놀렸었지만, 이제와 나는 그녀를 십분 이해했다. 그것은 그녀가 최선을 다한 표현이었다. 그리고 동시에, '야수의 꽃'에서 남주인공의 외모를 묘사하기 위해 온갖 미사여구가 남발되었던 이유 또한 납득할 수 있었다.

소설을 집필하면서 '그는 시X 매우 잘생겼다'라고 쓸 수는 없는 노릇이 아닌가. 쌍욕을 부르는 미모. 황태자는 정말이지 기겁할 정도로 잘생긴 얼굴이었다.

나는 속으로 감탄을 연발하며 그를 계속해서 관찰했다. 같은 사람이고, 동일하게 눈 두 개, 코 하나, 입 하나인데 이만큼이나 다를 수 있다는 게 신기하다.

그림으로 따지자면 마치 일주일간 밤낮 없이 혼을 불태워 완성한 전시 작품과 집구석에서 대충 코 후비면서 발로 그린 낙서의 차이랄까. 문득 카노의 반응이 궁금해져 나는 옆을 돌아보았다.

……음, 눈 빠지겠다.

나는 깜박이기나 하는지 의심될 만큼 눈을 부릅뜨고 있는 카노에게서 시선을 떼고 다시 론드미오를 응시했다. 다시 보니 얼굴만 잘난 게 아니라 키도 크고 어깨도 넓고, 다리도 길었다. 아주 가질 건 다 가진 그는 모든 이의 뚫어질 듯한 시선을 한 몸에 받으면서도 전혀 아무렇지 않게 의연히 서 있었다.

과연 남주인공. 낯짝의 두께가 굉장하시군.

나는 론드미오를 바라보며 점차 잘 만든 조각상이나 명화를 감상하는 기분이 되어가다, 불시에 여주인공을 떠올렸다. 그러고 보니 이벨린은? 걔 거의 남주인공이랑 동시에 등장하지 않나?

그런 생각이 막 스쳐 지나간 찰나, 론드미오의 표정에 변화가 일었다. 이목이 집중된 가운데에서도 몹시 태연자약한—잘 보면 살짝 귀찮은 것도 같은—얼굴을 하고 있던 황태자가 돌연 놀라는 기색을 띠었다.

미약한 변화였으나 동시에 뚜렷했다. 어쩌면 여주인공의 등장을 미리 알고 있던 내 눈에만 쉽게 잡힌 걸 수도 있었으나, 어쨌든 황태자의 표정은 변했고, 그걸 기점으로 그의 시선도 한곳에 고정되었다.

바보가 아닌 이상 알 수 있었다. 지금 론드미오의 시야에 여주인공이 있다. 그의 눈길을 좇아 같은 곳을 주시하고자 고개를 돌렸다.

연회장 구석, 여간해선 잘 눈에 띄지 않을 법한 자리였다. 그곳에 이벨린이 긴 청흑발을 늘어뜨린 채 서 있었다. 책을 들고. 그냥 든 것도 아니고 펼친 채로.

"……."

그녀는 연회장에서 책을 읽고 있었다.

"뭐, 뭐야?"

카노의 얼빠진 목소리가 들렸다. 그녀 또한 이벨린을 발견한 모양이었다. 나는 그녀의 황당함에 십분 동감하며 침착하게 대답했다.

"그러게."

저 혼자 연회장이 아닌 도서관에라도 온 듯 독서 삼매경에 빠져 있는 이벨린은 그야말로 황태자 따위에게는 한 톨의 관심도 없는 듯했다.

하나둘 사람들이 황태자를 따라–그는 아주 망부석처럼 굳어 이벨린만 뚫어져라 쳐다보고 있었다–시선을 돌리면서 차츰 그녀에게 이목이 집중되었는데, 이벨린은 론드미오가 그랬듯 조금의 신경도 쓰지 않고 읽던 책의 페이지를 한 장 넘겼다. 팔랑. 여성스러운 손놀림이었다.

수군수군.

적막이 깨졌다. 연회장은 한순간에 소란스러워졌다. 현재 그들의 심경은 나나 카노와 별반 다르지 않은 듯했다.

주변이 시끄러워지면서 이벨린이 마침내 책에서 눈을 떼었다. 그녀의 머리 위로 물음표가 떠오르는 게 느껴졌다. 이벨린은 제게 시선이 쏠리고, 또 저를 보며 웅성대는 작금의 상황이 전혀 이해되지 않는다는 표정이었다.

나는 그 광경을 보며 잃었던 기억을 되찾았다. 그래, 이거였어. 바로 이거였다! 모니터를 통해 읽었던 소설의 초반부가 주르륵 뇌리에 떠올랐다.

「이런 종류의 무관심은 그에겐 몹시 생소한 것이었다. 혹시, 아직 저를 보지 못하였기 때문인가?

하나 그러한 론드미오의 생각을 비웃듯, 이벨린은 그를 눈에 담은 직후에도 별반 반응이 없었다.

이내 저에게서 떨어지는 무심한 녹안을 보며, 론드미오는 지금껏 경험해 본 적 없는 생소한 감정을 느꼈다.」

갑자기 비상해진 내 머리는 소설의 구체적인 서술을 마구마구 떠올리기 시작했다.

나는 이다음에 황태자가 보일 반응을 알고 있었다.

「론드미오는 재미있다는 듯 피식 웃으며 왼손으로 머리를 쓸어 올렸다.」

"……하."

대박! 나 방금 소름 끼쳤어!

황태자의 행동은 내가 떠올린 장면에 완벽하게 부합했다. 나는 한 순간이나마 예언자가 된 듯한 기분에 하마터면 박수를 칠 뻔했다.

여기 진짜 소설 속이구나.

난 새삼 실감했다. 그리고 다시 한 번 나를 놀라게 한 것은 론드미오가 진정 얼굴 깡패였다는 것이다. 얘는 진짜 얼굴로 다 해먹는 놈이었다.

그는 외모 하나로 만인의 이목을 집어삼켰을 뿐 아니라, 무려 방금의 행동을 자연스럽게 소화했다. 그러니까 '재미있다는 듯 피식 웃으며 머리를 쓸어 올렸다' 이런 짓을 했는데, 이게 세상에 멋있었다는 것이다.

아니, 어떻게…… 이게 멋있을 수 있지? 상상만 해도 오글거리고 손발이 마모될 것 같은데 이걸 그냥도 아니고 멋있게 만들다니…….

와, 얘 진짜 사람 맞냐.

황태자의 행동에 거부할 수 없는 치명적인 매력을 느낀 것은 나뿐만이 아니었던지 여기저기서 탄성이 들려왔다. 소리를 따라 응시한 곳에는 몇몇 영애가 봄날의 오후처럼 풀린 얼굴로 두 손을 가슴에 얹고 있었다.

오, 맙소사…….

론드미오는 고작 3분 만에 사랑에 빠진 소녀 떼를 만들어냈다. 나는 그의 대단함을 넘어 비범한 능력에 속으로 엄지를 치켜세웠다.

그런데 이다음 전개가 어떻게 되더라?

한순간 나를 예언자로 만들었던 비상한 기억력은 어느새 온데간데없이 사라졌다. 머릿속에 남은 것은 선명한 서술이 아닌 전처럼 큰 사건 위주로 드문드문 끊기는 구린 기억이 다였다.

뭐야…… 머리 쓸어 올리는 거 떠올리고 끝이야?

난 다시 범재의 것으로 돌아온 내 뇌에 실망을 금할 수 없었다. 용한 점쟁이처럼 남의 행동을 맞추는 기분이 짜릿했는데. 나는 잠시 아쉬워하다 문득 지금의 상황을 제삼자가 본다면 얼마나 웃긴 광경일까 하는 생각을 잠깐 했다.

그도 그럴 게 연회장 다수의 사람이 황태자만 보고 있고, 그 와중에 황태자는 여주인공만 보고 있고, 여주인공은 이게 뭔가 하는 어리둥절한 얼굴만 하고 있다.

뭐지? 이거 코미딘가?

이대로 고착된 채 가만히 흘러가나 싶던 형국은 새로운 사람의 등장으로 다른 흐름을 맞았다.

"황제 폐하와 황비 전하께서 드십니다!"

헤일론의 주인이 입장했다. 황제와 황비가 장내로 들어서면서 황태자에게 몰려 있던 시선이 분산되었다. 나도 론드미오에게서 눈을 뗐고, 그는 이벨린을 응시하던 눈길을 거뒀다. 나는 황태자에게 이처럼 치명적인 유전자를 물려준 장본인을 다소간의 기대를 가지고 돌아보았는데, 단상에 올라가 앉은 황제는 놀랍게도 그냥 옆집 아저씨처럼 생긴 풍모였다.

……아니, 그렇다면 혹시 어머니 쪽이 대륙 제일미?

또한 아니었다. 그녀는 그저 흔한 미인상이었다.

어머, 이거 설정 미스 아닌가요?

"오늘 우리 로젤리아의 열일곱 번째 생일을 축하하기 위해 이렇게 모여주어 감사하오."

생김새는 푸근하더라도 역시 황제는 황제인 모양인지, 장내를 울리는 그의 축사에는 강인한 카리스마가 가득했다. 나는 감히 황제의 외모를 품평하던 건방진 마음을 고이 접고 그의 말에 집중했다.

좌중을 휘어잡는 위엄. 음, 멋지다.

황제의 축하 말은 짧고 간결하여 금방 마무리를 맺었다. 그는 '연회를 마음껏 즐겨주길 바란다'는 말을 끝으로 황비와 함께 퇴장했는데, 원래 그럴 생각이었던지 황태자가 그 뒤를 따랐다.

론드미오는 애초에 얼굴만 잠깐 비추러 왔던 성싶었다. 그렇게 황태자는 등장한 지 5분 만에 홀에서 사라졌다. 그리고 홀 안은 그가 5분 만에 남기고 간 여파 때문에 난리였다.

"아아, 황태자 전하……."

"내가 꿈을 꾼 건 아니겠지? 세상에, 사람이 어쩜 저리 생길 수 있을까?"

"나 사랑에 빠진 것 같아."

"다시 뵙고 싶어……."

그 짧은 시간에 에로스의 화살을 맞은 수많은 영애가 론드미오가 없어진 장내에서 하나둘 상사병을 앓기 시작했다. 연회장은 순식간에 환자 집합소가 되었다.

나는 그 풍경을 바라보며 역시 팝콘이 필요하다는 생각을 하다, 문득 카노가 떠올라 옆을 돌아보았다. 그리고 난 탄식을 삼켰다.

"라테, 나…… 전하의 용안이 머릿속에서 가시질 않아."

카노는 흡사 꿈꾸는 듯한 얼굴을 하고 있었다.

이런, 내 친구가 환자가 되다니…….

나는 그녀를 안쓰럽게 바라보지 않으려 최대한 애쓰며 말했다.

"심장이 쿵쿵 떨려?"

"응."

"생각하면 막 숨이 막혀?"

"조금……."

"……파이팅."

나는 차마 그녀에게 '니가 사랑에 빠진 황태자는 곧 남의 물고기가 될 예정이니 그 거지 같은 마음 빨리 접어라'라고 솔직하게 얘기해 줄 수 없었다. 기실 듣는다고 냉큼 접어질 것도 아닐 테고. 나는 대신 카노를 응원했다.

힘내, 멘탈 잘 챙기고……. 여주인공에게 찻물 끼얹기 같은 건 하지 마렴.

본디 카노는 순한 성정이라 걱정은 없었지만, 혹여라도 악녀로 진화할 낌새를 보인다면 내 몸을 던져서라도 막아주리라 다짐했다. 난 네가 찻물을 끼얹었다가 찻물처럼 산화하길 바라지 않는단다. 그렇게 생각하며 나는 근처에 있던 샴페인 잔을 집어 들었다.

친구의 무탈한 앞날을 위해 치얼스.

복숭아 맛이 나는 샴페인이 담긴 잔을 비우며, 난 이제 뭘 할까를 고민했다. 일단 퇴장한 황태자가 오늘 다시 등장하는 일은 없을 것이다. 아마 내일도, 모레도.

순서상 그가 다시 나타나는 때는 이벨린이 남주인공 2 케니스(공작)와 남주인공 3 아윈(마탑주)을 만나고 난 뒤였다. 내가 기억하는 바에 따르면 이벨린은 케니스를 황성의 정원에서, 아윈은 수도의 저잣거리에서 만난다. 차례는 열거한 그대로인데 날짜가…… 가만 보자…….

연회 마지막 날!

이벨린은 일주일간 열리는 이번 연회의 마지막 날 공작과 마주칠 예정이었다. 아윈은 그보다 뒤에 만나는 대상이었으니, 내겐 적어도 닷새의 시간이 생긴 셈이었다.

팝콘, 팝콘을 만들자!

나는 할 일을 정했다. 작심하고 나니 멀뚱히 서서 낭비하는 시간이 급속도로 아깝게 느껴졌다. 여기서 이럴 때가 아니지. 나는 더 이상 한가한 구경꾼이 아냐. 중요한 용무가 생긴 바쁜 여자다!

얼른 움직여야겠다는 생각에 빈 잔을 내려놓고, 막 카노에게 작별 인사를 건네려던 차였다. 무심코 옮기던 시야에 연회의 본래 주인공인 황녀가 들어와 나는 그대로 잠시 그녀에게 눈길을 주었다.

로젤리아. 론드미오의 누이인 그녀는 사람들에게 둘러싸여 이따금 호응하듯 가벼운 웃음을 터뜨리고 있었다. 눈가가 접히고 입술이 호선을 그릴 때마다 황녀의 주위로 꽃망울이 여럿 피어나는 느낌을 준다. 나는 언제 호들갑을 떨었냐는 듯 다시 얌전히 관망 태세에 들어갔다. 로젤리아 황녀는 꽃 같은 미인이라는 말이 틀에 맞춘 듯 어울리는 사람이었다.

'저렇게 예쁜데…….'

그 자태를 열렬히 감상하다 나는 얼핏 그녀가 아깝다는 생각을 했다. 어렴풋이 떠오르는 기억에 의하면 황녀는 다소 미련한 캐릭터였다. 그녀는 여주인공의 어장이 무르익을 때쯤 케니스−남주인공 2−에게 연심을 품게 된다. 하지만 케니스는 누가 소설 남주 아니랄까 봐 얼굴 되고, 성격 되고, 지위도 되는 황녀에겐 눈길 한번 주지 않고 저 외에 다른 물고기가 둘이나 더 있는 여주인공만 호구처럼 좇는다. 여기까지만 봐도 충분히 비운의 인물인데, 심지어 로젤리아는 이벨린의 곁에서 그녀에게 굉장히 잘해 주기까지 한다.

당시 '……?', '……??', '……???', '……????????'만 난무하던 댓글 창의 혼란이 증명해 주듯, 로젤리아의 행동은 꽤 상식 밖의 것이었다. 나라면 벌써 이벨린의 머리채를 잡아도 네댓 번은 잡았을 텐데, 황녀는 제 오라비와 연정 상대를 동시에 어장에 넣고 관리 중인 당사자에게 '당신이 웃어야 케니스도 웃으니까요……'라고 말하며 지극정성을 다한다. 그야말로 하늘을 뚫는 호구력이었다.

나는 머지않을 그 미래를 떠올리며, 황녀에게 착잡한 시선을 보냈다.

예쁜 언니, 언닌 왜 그렇게 호구예요?

애석함에 고개를 젓고 있자니, 로젤리아가 재차 꽃처럼 웃는 게 보였다. 다시 봐도 참 예쁘다. 청초하고. 저런 미인이 목을 매는 케니스의 상판은 또 얼마나 휘황할까.

나는 조금 전 관람했던 황태자와 얼추 비슷할 공작을 머릿속으로 그려보며, 카노에게로 눈을 돌렸다. 황녀는 이쯤 봤으면 많이 봤다. 인사하고 빨리 가야지. 팝콘이 시급하다. 먼저 가겠다는 말에 카노는 제법 놀란 얼굴을 했다.

"왜? 벌써?"

"응, 그냥 할 일이 좀 생겨서. 넌 더 있을 거지?"

"어, 응. 나야 뭐……."

말끝을 흐리며 대답하는 카노의 뺨이 붉었다. 혹시 모를 황태자의 재출현을 기다리겠다는 뜻이 역력하여 난 차마 치미는 딱함을 삼킬 수밖에 없었다.

얘 오늘 여기서 밤새우겠네.

론드미오는 어장의 균형을 위해 케니스와 아윈이 등장하기 전까지는 다시 나타나지 않을 게 뻔했지만, 난 가식 어린 미소와 함께 사실과는 다른 말을 했다. 대강 내 몫까지 황태자를 영접해 달라는 말을 남기고 연회장을 나오자, 시종이 재빠르게 마차를 불러주었다.

출성하자마자 올라탄 마차에서 올 때와 같은 흔들림을 느끼며 나는 눈을 감았다. 시야가 어둠으로 덮이는 즉시 카노가 먼저 떠올랐다.

우웃, 내 친구 카노 불쌍해. 청춘이란 다들 그렇게 사랑의 쓴맛을 보며 성숙해 가는 거겠죠?

나는 친구의 성장을 기원하며 마차에 등을 기댔다. 시선을 준 창밖은 그새 해가 저물어 있었다. 난 잠깐 떴던 눈을 다시 감고 상념에 빠져들었다. 힘을 쭉 뺀 채 기대어 있자니 점차 편안해지는 신체에 덩달아 마음까지 안정을 찾는다. 잔잔한 수면처럼 고요해진 심중에서 나는 복잡한 것들은 저리 떨치고, 나를 가장 평온하게 하는 주제를 연상했다.

'……이번 작품은 인세가 얼마나 될까?'

돈 생각이었다.

자작저로 귀택했을 때는 이미 완연한 밤이었다.

난 주방으로 달려가는 것을 아침으로 미루고, 대신 드레스와 머리에서 장신구를 떼어내는 에슐라의 손길에 몸을 맡겼다. 그녀는 부지런히 보석함을 정리하고 내 머리를 빗어 내리면서도 계속해서 작은 입을 조잘거렸다.

나는 에슐라의 앵무새 같은 질문에 일단 숙지하고 있던 모든 미사

여구를 동원해 황태자의 외모를 설명했는데, 한참이나 이어지는 찬사를 반짝이는 눈으로 경청하던 에슐라는 내 말이 끝남과 동시에 '그래서 황태자 전하와는 어떤 썸이 있었는데요?' 하는 표정을 지었다.

나는 내가 그 어떤 문장을 통해 돌려 말하든 에슐라를 실망시킬 수밖에 없다는 걸 알았기에, 뱉어낸 답은 가감 없는 사실 그대로였다.

"다른 영애들과 함께 먼발치서 구경했어."

진실을 들은 에슐라는 한참이나 말이 없었다.

목욕물을 거의 다 받을 때까지 침묵한 그녀는 혹여라도 뒤에 이어질 '그런데 한참 구경하던 와중에 갑자기 전하께서 이쪽으로 다가오시는 거야'와 같은 반전을 기대한 것 같았다. 하지만 내가 별다른 말없이 씻을 채비를 하자 그제야 울상인 얼굴을 했다.

잔뜩 시무룩해진 기색에 욕실로 들어가며 조금 걱정을 했으나, 다행히 에슐라도 크게 기대했던 것은 아닌 듯했다. 목욕을 마치고 나오니 그녀는 다시 멀쩡한 낯으로 돌아와 있었다.

다음 날, 나는 꿀잠을 자고 일어나 대충 사람 꼴을 갖추자마자 주방으로 내달렸다.

"좋은 아침, 드푸!"

잠을 푹 자서인진 모르겠지만, 난 꽤 기분이 좋았다. 왠지 팝콘 따윈 한 방에 만들어낼 수 있을 것 같았다. 근거 없이 솟아오르는 자신감에 가득 찬 채로 주방에 들어서 밝게 인사하자, 날 발견한 주방장 드푸가 괴상한 소리를 냈다.

"히익!"

"……."

상처가 되는 반응이긴 했지만, 저지른 짓이 있었던지라 그를 탓할 수만은 없었다. 난 지난 일주일간 내가 팝콘을 만든답시고 주방에서 벌였던 각종 테러를 상기하며 드푸의 질겁을 이해하려 노력했다. 그런 내 침묵을 어떻게 해석했는지 드푸가 조금 민망한 기색으로 사과를 건넸다.

"흐, 흠흠. 죄송합니다, 아가씨."

그도 자신이 나를 어떤 표정으로 맞이했는지 아는 모양이다. 나는 마음 같아선 입을 댓 발은 내밀고 툴툴대고 싶었지만, 그랬다간 드푸가 얼마나 당황하며 쩔쩔맬지 알았으므로 괜찮다는 뜻으로 의연히 고개를 저었다.

나, 라테. 염치를 아는 어른스러운 여자.

"그런데 아가씨, 아침부터 주방엔 어쩐 일로……?"

조심스레 물어오는 목소리에서 의문이 아닌 공포를 읽고 난 또 새로운 충격에 휩싸였다. 드푸는 내가 지난 일의 2차전을 하러 온 것임을 거의 확신하는 눈치였다.

아니, 그래도 말이지, 공포? 공포라니? 내가 주방에 등장하는 게 그렇게 무섭단 말이야?

난 예상보다 격한 드푸의 반응에 내 기억의 왜곡을 의심하지 않을 수 없었다. 내가 그렇게까지 심한 짓은 안 저지른 것 같은데……. 아, 아닌가?

"저기, 드푸. 있잖아, 약속하는데 지난번처럼 심각하진 않을 거야."

"……."

"진짜야! 정말! 나도 발전이란 걸 하거든?"

"아, 아니, 뭐…… 딱히 아가씨께서 주방을 던전으로 만드실 거란 뜻은 아니었습니다만……."

그 정도였어?

난 드푸의 단어 선정에 떨떠름한 낯을 감추지 못했다. 가만 생각해 보니 내가 팝콘만 만들겠다고 설쳤던 게 아닌 것 같다. 그, 뭐지? 아예 영화관을 하나 차리겠다는 포부로 날뛰었던 것 같기도 하고…….

난 진심을 담아 재차 말했다.

"미안. 근데 진짜 이번엔 멀쩡히 쓸게. 날 믿어."

"……."

날 응시하는 드푸의 눈에 딱히 신뢰는 없어 보였지만, 뭐 어쩌랴. 난 일단 만들기에 돌입하기로 했다. 씩씩하게 주방 기구 앞으로 전진하는 내 뒤를 드푸가 걱정스러운 발걸음으로 뒤따랐다.

보자. 우선 프라이팬, 버터, 뚜껑, 그리고 말린 옥수수 알갱이. 난 침착하게 재료들을 한데 긁어모았다. 무식하게 맨 프라이팬 위에 옥수수부터 들이부었던 처음을 생각하면 그야말로 장족의 발전이었다.

그때 처음으로 내가 요리치라는 걸 깨달았었지……. 그야 과거엔 밥만 잘하고 라면에 물만 알맞게 맞추면 됐었으니까. 나는 전기밥솥은 잘 다뤘다.

"미리 말씀드리지만 기름에 물 부으시면 안 됩니다."

"어허, 안 그래. 내가 바보야?"

"……."

이번에도 드푸의 눈에 신뢰는 없었다. 난 그가 지난 일주일간의 기억을 송두리째 잊어줬으면 좋겠다고 생각했다.

"과거의 나는 이제 없어. 난 오늘부터 요리 천재로 다시 태어난다!"

요리치를 넘어 요리 고자인 내가 할 말은 아니라고 여겼는지 드푸가 옆에서 '네?' 하고 어벙하게 반문하는 게 들렸지만 무시했다. 그리고 이어지는 '요리…… 뭐요?' 하는 황당한 목소리 또한 무시했다.

난 몹시 진중한 태도로 불을 때고 프라이팬 위에 버터를 녹였다. 그다음, 바싹 말린 옥수수를 적당히 넣고, 뚜껑을 닫으면…….

좋아! 완벽하다.

난 타닥타닥 소리를 내는 프라이팬을 흡족하게 바라보며 팔짱을 꼈다. 실패의 요인은 없었다. 버터를 바르고 옥수수를 뿌리는 내 숙련된 손길은 한순간이었지만 마치 드라마 속의 장금이를 연상케 했다.

하하, 이제 뚜껑을 열면 새하얀 자태의 팝콘이 나를 맞이하겠군.

잠시 후, 나는 검게 변색된 옥수수 알갱이를 얻었다. 네 번쯤 새카만 옥수수를 연성한 내 얼굴은 완전히 울상이었다. 드푸는 점점 더 어두워지는 내 안색에 어쩔 줄 몰라 했다.

아니, 왜? 멀쩡히 잘한 것 같은데 왜 안 되지?

과거 학부 시절 프로그래밍 과제에서 원인 모를 오류가 발생했던 때처럼 답답함이 가슴을 가득 채웠다. 누가 내게 원인을 좀 말해줬으면 좋겠다……. 난 과거 어려울 때마다 자주 도움을 청했던 초록창 검색엔진이 너무나 그리워졌다.

네가 필요해, 엉엉.

드푸는 점차 절망의 구렁텅이로 빠져드는 날 지켜보며 안절부절못하다, 내 낯빛을 살피며 슬며시 입을 열었다.

"아가씨, 꼭 그 팝콘이란 걸 만드셔야겠습니까?"

"구경할 땐 팝콘……."

"뭔가를 보면서 먹을 거라면 굳이 그게 아니더라도, 어…… 가령 말린 과일 같은 것도 있잖아요?"

말린 과일……. 난 일순 흠칫했다.

그야 말린 과일도 맛있지. 씹는 맛과 상큼함이 아주 끝내주는 품목이다. 거기다 팝콘처럼 개고생해서 없는 걸 만들 필요도 없이 시장에만 나가도 그냥 널려 있는 걸 사면 되는…….

"아, 아냐! 난 지조 있는 관람객이야. 구경엔 역시 팝콘! 그 진리를 깰 순 없어."

하마터면 넘어갈 뻔했다. 지쳐서 약해져 있는 틈을 노리다니, 무서운 드푸.

드푸는 내 지조 있는 말에 '지킬 지조가 그렇게도 없나' 하는 몹시 불손한 눈빛을 했지만, 난 그를 타박하지 않았다. 화낼 기운도 없다. 드푸는 내가 기어코 팝콘을 완성하기 전까진 이 쳇바퀴 같은 짓을 끝내지 않을 것이란 걸 깨달았는지 곰곰이 생각에 빠져들었다.

난 그의 생각을 방해하지 않으려 입을 다물었다. 주방장이니까 뭔가 해결책을 떠올릴지도 몰라. 나는 과거 내가 주방을 엉망으로 만들 때 바로 곁에서 '아이고, 아가씨!'라고 외치는 것밖에 하지 않았던 드푸가 이번에는 뭔가 멋진 말을 해주길 바랐다.

몇 분 뒤, 드푸가 갑자기 무언가 깨우친 얼굴로 말했다.

"아가씨!"

"응? 뭔데, 뭐?"

알아낸 거야?

난 기대감에 설레어 대답했다. 드푸의 작은 눈이 믿음직스럽게 반짝였다.

"옥수수, 옥수수에 문제가 있는 것 같습니다."

"뭐? 아니, 그치만 그럴까 봐 이미 아예 안 말린 것도, 반쯤 말린 것도, 바짝 말린 것도 다 넣어봤잖아. 양도 조절해 봤고, 시간도……."

"그게 아니라, 옥수수 종자가 문제인 것 같아요. 왜, 옥수수라고 다 같은 옥수수는 아닐 거 아닙니까. 여러 종자 중 팝콘이란 거에 잘 맞는 종류가 있을지도 모릅니다."

"……!"

난 눈을 부릅떴다. 그럴듯했다. 그러고 보니 과거 마트에서 '팝콘용 옥수수'라는 걸 본 것도 같았다. 그거 그냥 말린 옥수수를 뜻하는 줄 알았는데…… 아니었어?

"시장으로 갑시다, 아가씨."

"응!"

난 힘차게 고개를 끄덕였다. 갑자기 드푸가 십 년은 회춘한 것처럼 젊어 보였다. 머리숱도 왠지 더 많아 보여. 난 그의 외모에 대해 후한 평가를 내리며 나갈 채비를 서둘렀다. 오늘은 저택에 아버지도 어머니도 안 계셨으므로 충동적인 외출이 쉬웠다.

난 짐이 많을 것을 대비해 드푸 외에 다른 사용인을 한 명 더 대동해 출발했는데, 다행인지 불행인지 말린 옥수수의 종류는 두 개뿐이었다. 하나는 자작저의 주방에 널려 있는 것이었고, 다른 하나는 저 어디 외국에서 수입해 온 것이라고 상인이 설명했다. 두근거리는 마음으로 사비를 털어 그 옥수수를 왕창 구입해 돌아오는 길은 기대와 초조가 함께 공존하는 시간이었다.

이제 내가 기댈 건 너뿐이야.

난 저가 들겠다 하는 드푸를 마다하고 직접 챙긴 옥수수 꾸러미를 꼬옥 품에 안았다. 그리고 다시 도착한 주방.

난 신세계를 만났다.

"이거 봐! 꺄악! 이거 봐봐! 팝콘이야, 드푸! 팝콘!"

"네, 네……. 축하드립니다."

팝콘 비가 내렸다.

급한 성미 탓에 뚜껑을 미리 열거나 옥수수를 왕창 넣거나 하는 바람에 팝콘이 사방으로 날아다녔지만, 어쨌든 팝콘이었다. 흰색 팝콘! 난 호들갑을 떠느라 드푸가 자유를 갈망하는 팝콘들을 보며 짜게 식은 얼굴을 하는 걸 보지 못했다.

와, 이렇게 쉬운데 그동안 꼴랑 옥수수 종류 때문에…….

난 기쁨과 성취감과 허망함이 뒤섞인 복잡한 감정을 느끼며 완성된 팝콘을 성마르게 집어 입에 털어 넣었다. 갓 만든 팝콘은 따끈따끈하고, 바삭하면서 버터 향이 제법 났다. 또,

"……맛없어."

밍밍했다. 뭐지? 모양은 익숙한데 맛은 내가 알던 것이 아니었다. 이거 왜 이래? 난 울먹이는 눈으로 드푸를 바라봤다. 드푸는 저 또한 팝콘을 두어 개 집어 먹더니 곧장 내게 한심하단 눈길을 보냈다.

"소금 치셔야죠."

"아."

그렇구나. 간단한 이유였다. 난 머쓱함에 괜히 아무렇지 않은 척 소금을 찾아 뿌렸다. 왠지 설탕도 첨가하면 괜찮을 것 같아서 그것도 소량 넣었다. 프라이팬을 이리저리 흔들어 섞은 뒤 도로 맛을 보자 그제야 추억 속의 맛이 나를 반긴다.

"와……."

팝콘이다! 완전 팝콘! 진짜 팝콘이었다. 십 년 만의 팝콘이야!

난 감격에 겨워 방방 뛰면서 지척에 있던 애꿎은 포대 자루를 끌어안았다. 드푸의 부정적인 표정 및 시선을 무시하는 패시브 스킬이

어느새 뎀으로 생긴 듯했다.

"이 감동을 나만 느낄 순 없지!"

중얼거린 나는 제자리 뛰기를 멈추고 빈 바구니에 팝콘을 가득 쓸어 담았다. 그리고 흘리지 않게 조심조심 바구니를 품에 안은 뒤 곧장 주방을 뛰쳐나왔다. 목적은 간단했다. 난 저택 이곳저곳을 누빌 것이다. 그리고 만나는 사람마다 팝콘을 먹일 것이다!

"어머, 라테 아가씨."

"좋은 점심!"

주방에서 이래저래 쇼를 하는 동안 시간은 어느새 정오를 막 지나고 있었다. 난 있지도 않은 인사를 지어내 건네며 릴리에게 바짝 다가갔다. 릴리는 내 저돌적인 접근에 깜짝 놀란 듯 복도에 서서 눈만 동그랗게 떴다. 난 그녀의 지척에 당도해 샐쭉 웃었다.

"아~ 해봐."

"네?"

"얼른!"

내 재촉에 릴리는 당황하다 마지못해 입을 벌렸다.

가타부타 설명도 없이 갑질 해서 미안, 릴리. 그치만 팝콘 주려고 그러는 거니까 뭐…….

나는 도톰한 그녀의 입술 사이로 냉큼 팝콘 몇 알을 집어넣었다.

"이, 이에 어예여?"

"과자야. 일단 먹어봐."

어리둥절해하던 릴리는 이내 시킨 대로 얌전히 입안에 든 걸 씹기 시작했다. 오물오물 팝콘을 씹어 꼴깍 넘기자마자 릴리가 커다래진 눈으로 즉각 반응했다.

"어머나! 이게 정말 뭐예요?"

"팝콘. 내가 만든 과자야, 방금."

드푸가 아주 약간 도와줬어. 난 양심 없이 덧붙였다. 릴리는 그런 내게 태어나서 이런 건 처음 먹어본다며 굉장히 맛있다고 호들갑을 떨었다. 나는 새로운 이에게 팝콘의 맛을 일깨워 주었다는 사실에 한층 뿌듯해졌다. 난 더 먹고 싶다는 그녀에게 팝콘을 한 주먹 쥐어주고, 다음 타자를 찾아 다시 복도를 누볐다. 자작저는 나름 넓은 편이었고 지나다니는 사람도 제법 되었다.

"안녕하세요, 아가씨."

"라테 아가씨, 여기서 뭐 하세요?"

"아가씨! 다 큰 숙녀분이 그렇게 품위 없이 뛰어다니면 안 된다고 제가 몇 번이나……."

마주치는 인물들마다 서로 하는 말은 달랐지만, 난 평등하게 그들 모두에게 똑같은 개수의 팝콘을 먹여주었다.

후훗, 나의 공평함이란 마르크스도 울고 가겠군.

그들은 가지각색의 반응을 보이면서도 모두 맛있다는 말은 빼먹지 않고 꼭 했다. 이미 팝콘에 빠진 눈치였달까. 나는 많은 이를 팝콘의 세계로 끌어들인 것에 몹시 뿌듯해졌다.

아, 성취감 쩐다!

편애 없는 나눔으로 인해 텅 빈 바구니를 품에 안고 난 폴짝거리며 주방으로 회귀했다. 드푸는 한가득 채워나가더니 순식간에 도로 비워 온 내 바구니를 보곤 '더 만들까요?' 하며 물어왔다. 그에 잠깐 고민하다 난 고개를 저었다. 원래 뭐든 때에 맞춰 깔짝깔짝 먹어줘야 맛있지, 아무 때나 왕창 흡입하면 질리게 마련이다. 게다가 팝콘은 살찌니까. 나는 트랜스 지방이나 콜레스테롤 같은 두려운 이름들을 상기하며 팝콘은 조금씩만 만드는 게 좋겠다고 생각했다.

아무튼 팝콘도 완성했겠다, 더 이상 걱정은 없었다. 이제 태평히 빈둥거리며 대망의 관람 일이나 기다리면 된다. 난 내일쯤 시장에 가서 옥수수를 한 아름 더 사올까 하는 일정을 짜며 싱글벙글 웃었다.

"아가씨, 살찌셨죠?"

쏜살같이 찾아온 연회의 마지막 날 아침, 에슐라는 내 코르셋을 조이며 제 주인에게 몹시 불경한 소리를 했다. 난 부러 대꾸하지 않고 눈만 가늘게 떠 그녀를 응시했다. 그런 말을 하는 에슐라가 되려 나보다 더 살이 쪘다는 사실을 알고 있었다.

내 집요한 시선에 느끼는 바가 있었는지 에슐라는 헛기침을 하며 끈을 당기던 손에 힘을 주었다.

아, 잠깐. 나 숨 좀.

"아휴, 힘들다."

예쁘게 매듭을 묶은 에슐라가 짐짓 고생했다는 듯 이마의 땀을 훔치는 시늉을 했다.

쟤가 진짜……!

난 에슐라를 곁눈으로 흘기곤 거울 앞에 서 자태를 점검했다. 깐깐한 코르셋이 잡아준 허리는 여전히 개미처럼 가늘었지만, 대신 전보다 호흡곤란이 가중되었다는 걸 여실히 느낄 수 있었다.

숨 쉬기 진짜 힘들어……. 이런, 젠장.

난 속으로 눈물을 삼켰다. 이게 다 팝콘 때문이었다. 이 마성의 팝콘.

나는 지난 며칠간 나를 비롯한 저택의 가솔들이 얼마나 신명나게 팝콘을 먹어댔는지 기억했다. 그들은 캐러멜 시럽이나 치즈 소스를 뿌리는 등 여러 조미료를 첨가하는 신박한 응용력으로 나를 놀래켰고, 번갈아 주워 먹는 여러 종류의 팝콘은 당최 질리지가 않았다.

어느새 치즈파, 캐러멜파, 스파이시파 등등으로 나뉜 여러 종파(?) 사이에서 나는 꿋꿋이 오리지널을 외치며 그들과 함께했는데, 결국 그 결과 닷새 만에 이 꼴이 나고 말았다.

난 코르셋이 내게 주는 고통에 벌써 지쳐 말했다.

"오늘은 대충 꾸미자……."

"네? 왜요?!"

에슐라가 날카롭게 반응했다. 난 그 불만에 도리어 놀라 그녀를 돌아보았다.

너 설마 아직도 미련 못 버렸니?

확실히 고생의 시간이 지나고 나면 한층 예뻐지긴 했지만, 그런다고 황태자가 이벨린을 버리고 내게 눈길을 줄 정도는 아니었다. 애초에 외모 문제가 아니기도 했거니와, 구태여 얼굴 싸움으로 끌고 가더라도 나는 완승과는 거리가 먼 외양이었다. 며칠 전 방문했던 황성에는 그야말로 절세미인들이 널려 있었으니까.

아, 떠올리니까 불만 쌓이네.

기껏 예쁜 얼굴에 빙의한 보람이 무색하게도 이 세계엔 미인이 차고 넘쳤다.

아니, 왜? 남자는 세 놈 빼고 다 흐릿하게 생겼더만.

물론 얼추 작가의 의도가 짐작되긴 했다. 그만큼 남주인공들에게 인기가 몰리도록 하고, 그런 남주인공들이 그 많은 미녀를 다 마다하며 여주인공을 선택하는 것에 특별함을 가중시키려 한 거겠지.

난 착잡함에 고개를 내저었다. 소설로 읽을 땐 좋았는데 실제로 들어오니까 여기 완전 꿈도 희망도 없다. 여하튼 나는 황태자와 나를 엮는 것이 얼마나 허황된 기대인지 에슐라에게 조곤조곤 설명해 주었다. 현실에 기반한 내 서술에 열여섯 꿈 많은 소녀의 얼굴이 점차 울상이 되는 게 보였다.

미안, 에슐라. 너도 이제 성장하렴.

설득에 성공한 덕에 난 간단한 치장만 하고 해방될 수 있었다.

하하, 개이득. 사실 예뻐지는 기분도 좋긴 좋았지만, 어차피 구경이나 할 건데 용모가 무슨 상관이랴. 고생도 고생인데다 시간이 너무 아까웠다.

나는 오늘 돌아오면 관람한 내용을 에슐라에게 최대한 흥미진진하게 설명해 주리라 마음먹으며 저녁까지 시간을 보냈다. 그리고 마차를 탈 시간이 다 되어 내가 챙긴 것은 소량의 비상금과 옥수수 알갱이였다.

"조심히 다녀오렴."

"걱정 마세요."

엑트리 자작 부인인 내 어머니는 늘 걱정이 많았다. 처음엔 그러려니 했는데 지금 보니 나름 독특한 캐릭터라는 생각이 든다.

잠시 후 난 마차를 출발시켰다.

품 안에서 옥수수 꾸러미의 존재가 느껴지니 절로 웃음이 나온다. 내가 미리 완성된 팝콘을 준비하지 않은 것은 구경 시 눅눅해진 것을 먹고 싶지 않아서였다. 마차에서 보내야 하는 시간을 생각해 볼 때

차라리 옥수수를 챙겨 입성 직전에 튀기는 것이 나았다.

한참을 달리다 나는 황성이 가까워질 무렵 마차에서 내렸다. 그러곤 눈에 보이는 아무 식당이나 들어가 은자를 하나 쥐어주며 설명과 함께 옥수수의 조리를 부탁했다. 간단한 과정이었으므로 난 손쉽게 팝콘을 얻을 수 있었다. 종이봉투 같은 것에 팝콘을 담고 나는 즐겁게 황성으로 향했다.

성문의 경비병은 내가 들고 있는 팝콘에 그다지 주위를 기울이지 않았는데, 궁금해하면 하나 먹여줘야지 하던 참이라 살짝 아쉬웠다.

나는 안으로 들어서자마자 연회장이 아닌 정원으로 방향을 틀었다. 오늘도 회장 안에선 성대한 파티가 진행 중이겠지만 내 볼일은 그곳에 없었다.

이벨린이 남주인공 2를 만나는 장소는 홀이 아닌 정원 한구석이었다.

"이쯤 맞나?"

혼잣말과 함께 난 샅샅이 정원을 뒤졌다. 기억이 맞다면 사람이 올라갈 만한 큰 나무와 아슬아슬 기울어 있는 새 둥지가 있어야 했다. 어릴 때 이 근처에서 토끼를 만났던 아련한 추억이 슬슬 떠오를 즈음, 나는 목적하던 것을 찾았다.

'유레카!'

나는 쾌재를 부르며 발견한 나무의 근방을 살폈다. 마침 운이 좋게도 몸을 숨겨 구경할 만한 장소가 눈에 들어온다.

난 냉큼 달려가 그곳에 자리를 잡고 앉았다. 두근두근. 설레는 마음으로 자세를 잡은 뒤 잠자코 여주인공의 등장을 기다렸다. 이제 곧 이벨린이 나타나 저 나무를 타고 올라갈 것이다. 왜냐하면 까마득히 위에 있는 위태로운 새 둥지를 바로잡아줘야 하거든.

얼마나 기다렸을까? 고대하던 인물이 모습을 드러냈다. 본디 연회에 관심이 없는 이벨린이 갑갑함에 정원을 산책하다 우연히 나무 위의 둥지를 발견하게 되는 전개였다.

차분히 걸음을 옮기다 이내 나무에 시선을 주는 그녀의 모습에 난 팝콘 하나를 골라 입에 넣었다. 노릇하게 튀겨진 팝콘은 아직 바삭했다.

음, 아주 좋아.

"아, 어떡한담."

이벨린의 고운 목소리가 들렸다. 그녀는 어느새 올라간 나무 위에서 다시 내려올 방법을 찾지 못해 옴짝달싹 못 하고 있었다.

어떡하긴 뭘 어떡해, 조금만 있어보렴.

생각이 끝나기 무섭게 누군가가 나무 가까이로 다가가는 것이 보였다.

오!

"……그런 데서 뭘 하는 거지?"

남주인공 2, 케니스 폰 에스반데. 잘나가는 제국 최연소 공작의 등장이었다.

난 치솟는 흥미진진함에 팝콘을 열심히 집어 먹으며 상황을 관전했다. 물론 최대한 소리는 내지 않으려 노력하면서.

근데 재 목소리 엄청 좋네.

"어…… 누구세요?"

이벨린이 제게 말을 건 공작에게 멍하니 물었다. 케니스는 그녀가 저를 모른다는 사실에 통수를 맞은 표정을 했다.

아나, 개웃겨. 유학생인데 모를 수도 있지.

이벨린의 누구냐는 물음에 굉장히 놀란 듯 반응하는 공작의 작태에 치미는 웃음을 참았다.

뻔하니까 더 재밌어.

“정말 날 모르나?”

“네, 혹시 알아야 하는 이유라도 있나요? 아, 혹시 이곳 폐하……실 리는 없는데.”

이벨린이 나무 위에서 백치미 터지는 대사를 읊으며 어리둥절해하자, 그 꼴을 응시하던 케니스가 돌연 피식 웃음을 뱉어냈다. 그리고 난 폭소를 참기 위해 입을 막았다.

황태자도 피식, 재도 피식. 혹시 그거 남주인공 패시브 스킬이니?

“저기, 웃지 말고 저 좀 도와주시면 안 될까요? 혼자선 못 내려가겠어서…….”

“애초에 그런 곳에 올라간 이유가 궁금하군.”

“둥지 때문에요…….”

“둥지?”

“네, 새 둥지가 금방이라도 떨어질 듯 기울어져 있어서 좀 잡아주려다 보니…….”

말을 마치고 이벨인이 민망한 듯 헤헤 웃었다. 케니스는 그런 이벨린에게 알겠다고 대답한 뒤 그녀가 뛰어내리는 것을 받아주었다.

오호, 이것 참 황태자에 비하면 빠른 전개로군.

물고기 2가 물고기 1을 제치고 있었다. 어차피 뒤로 가면 평등해지겠지만. 그나저나 갑자기 바람이 불어 그런지 둘의 말소리가 전처럼 잘 들리지 않았다. 난 드문드문 끊겨 들리는 그들의 대화에 조금 답답해졌다. 궁금한데.

잠시 기다려 봐도 여전히 미약한 전달에 안 되겠다 싶어 몸을 일으켰다. 조금만 가까이 가자. 한두 발자국만. 그리 생각하며 발을 딛었을 때였다.

와작!

"……?"

난 내 발치에서 들려온 시끄러운 소리에 깜짝 놀랐다.

이, 이건?

언제 흘렸는지 바닥에 떨어진 팝콘을 내가 정통으로 짓밟은 효과음이었다. 유난히 바삭한 조각이었던 듯 소리는 선명했고, 케니스는 귀가 밝았다.

"누구냐!"

걸렸네. 이런, 설마 팝콘 때문에 들킬 줄이야.

나직한 목소리에 한숨을 삼키며 주저 없이 성큼 앞으로 나갔다. 기왕 이렇게 된 거 지나가던 행인 1 행세를 할 생각이었다. 핑겟거리야 만드는 대로 나올 테니까.

그러나 태연자약하게 말을 꺼내려던 나는 가까운 거리에서 케니스의 눈동자를 마주하곤 그대로 흠칫 굳었다. 낮게 가라앉은 짙은 남색 눈. 나를 향한 시선에 속 깊은 곳부터 올라오는 기시감이 느껴졌다. 낯설지 않다.

뭐지?

난 저 눈을 알고 있었다. 나는 분명, 저런 시선을 기억하고 있다.

저건, 저건 분명…….

'아니, 이 새끼가?'

깨닫자마자 욕이 나왔다. 케니스는 다름 아닌 사생팬을 보는 눈빛을 하고 있었다.

사생? 사생이라니!

시선의 의미를 파악하고 난 아찔해졌다. 과거 사회문제 수준이었던 연예인 사생팬에 대해 친구와 열띤 담화를 나누던 기억이 주마등처럼 스쳤다.

마침 어느 인기 연예인이 사생팬 때문에 교통사고를 당했다는 속보가 들리던 때라 그들에 대한 나와 친구의 반감은 극에 달해 있었다.

난 그때 극성 사생팬을 바퀴벌레 수준으로 싫어했다. 사생이 주제로 떠오를 때면 온갖 부정적인 감정을 담고 일그러지던 내 친구, 나, 내 구남친들의 표정과 눈빛을 또렷이 기억한다.

그래, 그랬는데……. 재가 지금 날 사생팬처럼 보고 있네?

어이가 너무 없어서 할 말이 송두리째 사라지는 기분이었다. 내가 아무 말도 못 하고 우두커니 서 있자, 무슨 생각을 했는지 케니스가 미간을 찌푸렸다. 수려한 얼굴에 그늘이 지는 모습은 객관적으로 몹시 쌔끈한 광경이었으나, 난 지금 그런 걸 감상할 정신이 아니었다. 초면에 사생 취급을 받은 충격으로 넋이 나간 내게 공작이 입술을 비틀었다.

"일부러 회장엔 얼씬도 하지 않았는데…… 지긋지긋하군. 어떻게 알고 따라온 거지?"

차가운 목소리였다. 그 독설에 나는 정신이 번쩍 들었다.

너 방금 뭐랬냐? 이게 어디서 신박한 개소리야.

똑같이 반말로 받아치고 싶었지만 재는 공작이었고, 난 아무런 지위도 없는 그냥 자작가 여식이었다. 무시할 수 없는 신분 차에 애써 짜증을 억누르고 최대한 단어와 문장을 골라 꺼냈다.

"죄송하지만, 무슨 말씀이신지? 큰 오해를 하신 듯한데 전 각하보다 제 팝콘에 더 관심이 많은 사람입니다."

나는 신뢰감을 주기 위해 품 안의 팝콘 봉지까지 내밀었다. 그러나 케니스의 눈이 팝콘에 머무른 건 1초도 채 되지 않았다. 그는 그야말로 흘낏 팝콘을 쳐다보곤 다시 내게 재수 없는 눈길을 보냈다.

"그럼, 왜 그런 곳에 숨어 있었나?"

"팝콘이 냄새가 강한 편이라 회장 안에서 먹긴 좀 그래서, 편하게 먹을 만한 장소를 찾던 중이었습니다."

"지금 그걸 나더러 믿으라는 건가?"

"진짠데요."

어처구니가 없어 다듬지도 못 한 말이 튀어 나갔다. 난 케니스의 정도를 넘는 자의식 과잉과 인간 불신에 얼떨떨할 지경이었다.

"저 정말 각하 스토킹한 거 아니라니까요!"

"다들 말은 그렇게 하지."

얘 진짜 뭐냐?

난 제어되지 않는 표정을 괴상하게 일그러뜨렸다. 집안에 갑자기 출현한 돈벌레를 쳐다보는 것과 비슷할 내 얼굴에도 케니스는 아랑곳하지 않았다.

아니, 물론, 기실 그가 전혀 0.1도 이해되지 않는 건 아니었다. 소설에 따르면 그는 어릴 적부터 주변 여성들의 도가 지나친 질긴 스토킹…… 즉, 사생 짓에 노출된 삶을 살아왔고, 그로 인해 여성 혐오증까지 걸린―물론 그 여성 혐오증은 여주인공 앞에선 씻은 듯 사라진다―사람이었다. 그런 설정이니 지금과 같은 태도를 쌀알 한 톨만큼은 이해해 줄 수 있었지만, 그건 그거고 아무튼.

야, 난 아니라고.

"제가 지금 가진 게 팝콘뿐이라 팝콘을 걸고 말씀드리는데, 맹세코 저 각하 따라온 거 아니에요."

마음을 다한 내 항변에도 케니스의 싸한 시선은 바뀔 줄 몰랐다.

아오! 저게……! 다른 것도 아니고 팝콘까지 걸었는데.

슬슬 열이 뻗친 내가 저 매끈한 콧구멍에 팝콘을 꽂아 넣고 싶단 충동을 느낄 때였다.

"그만하세요."

이벨린이 나섰다. 그녀는 예쁘장한 녹색 눈을 깜박이며 나와 공작 사이에 끼어들었다. 케니스의 눈길이 곧바로 내게서 그녀로 옮겨가는 게 느껴진다. 난 시야에 들어오는 이벨린의 뒤태를 멀거니 쳐다보며 그 와중에 허리께에서 찰랑이는 머릿결이 참 좋다는 생각을 했다.

이 언니 설정상 별다른 관리도 안 하지 않나? 부럽다.

"심하시네요. 이분께서 아니라고 하잖아요."

이벨린의 조곤조곤한 목소리가 케니스를 질책했다.

어머, 이게 웬 개이득.

난 뜻밖의 아군이 된 믿음직한 뒤통수에 눈을 둔 채 그녀를 열심히 응원하기 시작했다.

언니, 파이팅! 그놈한테 욕 한 사발만 해줘요! 내가 하면 사망 플래그지만 언니가 하면 사랑 플래그니까!

"설령 그쪽 말처럼 이분이 그쪽을 따라온 게 맞다 해도, 그게 그렇게까지 피해가 되나요?"

언니 잘한…… 응? 방금 뭐요?

난 응원을 멈췄다. 이벨린은 전혀 달갑지 않은 방향으로 나를 변론하고 있었다.

잠깐만요, 저기 언니? 그거 아닌데…….

"그쪽에게 해코지라도 하려고 미행하는 게 아니잖아요. 순수하게 좋아하는 마음으로 따라다니는 걸 텐데……."

아니라니까.

"이분이 안쓰럽지도 않으세요?"

미친.

난 깨달았다. 그녀는 내 아군이 아니었다. 본인 딴에는 천사 같은 마음씨로 날 변호해 주고 있는지 몰라도, 내 입장에서 이벨린은 마치 시어머니의 오해에 쐐기를 박는 눈치 없는 남편과도 같았다.

내가 진짜 아까부터 사랑에 빠진 스토커가 아니라고 몇 번을 말해!

내 속을 터뜨리기로 작정한 듯 나불대는 이벨린의 말에 케니스는 그녀를 빤히 응시하다 입을 열었다.

"본인 일도 아닌데 참견이 지나치군."

"흥, 그럴 만하니까 그렇죠."

"왜 자기와 상관없는 사람을 나서서 변호하지? 딱히 이득이 되는 것도 없지 않나?"

"무슨 말을 하는지 모르겠군요. 그쪽은 꼭 뭔가 얻는 게 있어야만 사람을 돕나요?"

난 그 대화에 딴죽을 걸고 싶었다. 이벨린의 말엔 큰 어폐가 있었다.

너 나 도운 적 없거든?

그러나 당사자의 억울함만을 가중시키는 문장이 케니스에겐 새로운 감흥을 불러일으킨 모양이었다. 이벨린를 응시하는 케니스의 표정이 변했다. 그리고 난 느껴지는 묘한 기류에 깜짝 놀라 이마에 주름을 잡았다.

아니, 뭐야? 이 분위기는? 설마…….

난 자리를 옮겨 둘을 번갈아 쳐다봤다. 서로에게 얽히는 시선이 예사롭지 않다.

이 상황은…….

어쩐지 팝콘을 부르는 분위기 속에서 케니스가 나지막이 내뱉었다.

"특이하군. 재밌어."

「SYSTEM : 남주인공 2(이)가 물고기(으)로 진화하였습니다.」

난 저절로 그려지는 설명 창에 눈을 부릅떴다.

아니? 이럴 수가?

소설의 전개에 따르면 케니스는 두 번째 만남에서 이벨린의 어장에 안착해야 했다. 그런데 지금 이건……. 특이하다, 재밌다 따위의 남주인공 전용 대사를 입에 담는 케니스는 첫 만남에 벌써 어장으로 이주한 눈치였다.

원래 로맨스 소설에서 등장하는 대사 중 '특이하군'은 '난 이제 널 겁나 지켜볼 거야'고, '재밌다'는 '나 곧 너 좋아할 듯?'으로 해석되지 않던가. 둘을 동시에 꺼낸 케니스는 아무리 봐도 이미 훌륭한 한 마리의 물고기였다.

어라? 왜 이렇게 전개가 빠르지? 설마 나 때문?

난 그럴듯한 추측에 한쪽 눈을 찡그렸다. 아무래도 내가 이벨린의 특별함을 가중시키는 대조군으로 사용된 듯했다. 미행하다 걸려놓고 팝콘 핑계를 대는 사생팬과 조건 없이 남을 돕는 이타심 넘치는 여주인공을 한자리에 두고 보니 후자에 빠질 수밖에 없더라…… 뭐, 이런 느낌?

사생도 모자라 사랑의 양분까지 된 신세에 나는 탄식을 금할 수 없었다. 조연의 삶이란 결국 이런 걸까? 밀려오는 허탈함에 난 힘 빠진 손으로 팝콘을 한 줌 집어 입에 털어 넣었다.

그래, 너네끼리 다 해먹어라. 난 팝콘이나 삼킬 테니까.

어째 허무주의가 이해되는 기분으로 입안의 팝콘을 씹는데 열중했다. 이 와중에 맛있네.

와작와작, 와작와작. 요란스런 소리에 좀 전부터 날 병풍처럼 취급하던 케니스가 이쪽으로 시선을 주는 게 보였다. 눈빛에 담긴 짙은 혐오감은 여전했지만, 이젠 딱히 열이 뻗치지도 않는다.

그렇게 보든가 말든가. 뭐, 어쩌라고?

최대한 건방져 보이게 눈썹을 치켜 올리자 짜증 섞인 목소리가 날아든다.

"안 꺼지나?"

참 그답다는 생각이 들었다. 책으로 읽을 땐 '오~ 싸가지 결핍~ 그래, 그런 게 매력이지' 이러면서 좋아했었는데, 실제로 겪으니 이거 뭔 저혈압 치료제가 따로 없네. 나는 사생이 가란다고 가는 거 봤냐 하는 심정으로 자리를 지켰다.

한 발짝도 움직이지 않고 우두커니 선 내 작태가 제법 신경을 건드린 모양인지 미간의 주름이 짙어진다. 곧이어 꺼내는 말들은 역시나…….

"구질구질하군. 너 같은 족속은 도저히 이해할 수가 없다. 이 여자는 네가 안타깝지 않느냐고 했지만, 글쎄. 존재 자체가 혐오를 부르는 대상에게 안타까움 따위를 느끼는 것이 가능한가?"

쏟아지는 독설에 나는 종전의 생각을 수정했다. 열 안 뻗친다는 거 취소요. 혈압 올라서 돌아가시겠다. 난 결심했다. 이대로 얌전히 집에 돌아가 발 씻고 잘 수는 없었다. 그랬다간 분명 근 시일 내에 화병으로 세상을 뜨고 말 것이다. 난 맹렬한 기세로 이벨린을 돌아보았다. 형형할 게 분명한 내 눈빛에 그녀가 움찔하는 것이 보였다.

"언니, 언니도 들었죠?"

"네?"

"솔직히 이건 내가 얌전히 있는 게 이상한 거잖아요, 그죠? 언니도 이해하죠? 저 언니만 믿을게요. 언닌 착하니까 내 편 들어줄 거죠?"

쉼 없이 뱉어내는 말에 이벨린이 얼떨결에 고개를 끄덕이는 게 눈에 들어왔다. 난 긍정의 사인을 받자마자 함박웃음을 짓고 케니스에게 바짝 다가갔다. 케니스는 난데없는 내 돌진에 당황하는 듯했으나 '네 까짓 게 뭘 하겠냐' 하는 심경 탓에 방심한 기색이었다.

그래, 계속 그렇게 방심해라.

지척에 도달한 난 잽싸게 녀석의 잘생긴 콧구멍에 팝콘을 쑤셔 넣었다.

Chapter 2 이상한 나라의 물고기 세 마리

있는 힘껏 쑤셨으니 제법 타격이 컸으리라. 조각 같은 미남이 한쪽 콧구멍에 팝콘을 꽂고 있는 모습은 그야말로 절경이었다.

음, 마치 일종의 행위 예술 같달까?

예상보다 추하지 않았다는 게 충격이라면 충격이다. 나는 그 즉시 뒤도 돌아보지 않고 도망치면서 그런 생각을 했다. 내가 케니스를 팝콘과 하나로 만들고도 탈 없이 도주할 수 있었던 건 순전히 이벨린의 공이었다. 그녀는 눈이 튀어나올 만큼 놀란 와중에도 내 목숨을 위해 열심히 케니스를 뜯어말려 주었다.

정말 감사! 땡큐! 내가 진짜 언니만 믿었어!

부리나케 튀는 내 뒤로 체면 따위는 개나 준 우렁찬 고함과 '미친 여자' 따위의 욕설이 들린 것도 같았다.

하하, 짜식. 그래, 열 받냐? 난 더 열 받았었어, 인마. 이제 내 맘을 좀 알겠니?

그러나 통쾌하고 속 시원한 와중에도 현실적인 걱정을 무시할 순 없었다. 난 그 무슨 짓을 해도 죄다 사랑으로 귀결된다는 속칭 여주인공 버프가 손톱만큼도 없었기에, 내가 케니스에게 한 짓거리는 기실 사망 플래그에 가까웠다.

케니스는 지랄 맞은 성미치곤 의외로 기사도를 아는 놈이라 여자와 아이에겐 결코 검을 빼 드는 법이 없었다…… 고 원작에서는 서술했지만 글쎄, 사람이 눈 돌면 뭔 짓을 못 해. 나는 케니스가 콧구멍에 팝콘을 꽂은 채로 분노해 검을 휘두르는 상상을 하며 웃어대다 이내 숙연해졌다.

자, 이제 앞날을 걱정해 볼까.

뛰느라 엉망이 된 드레스 자락이며 머리를 정돈할 겨를도 없이 난 마차에서 생각에 골몰했다. 사고에 사고를 거듭해도 결국 답은 하나였다. 이벨린에게 빌붙자.

"꺄악, 아가씨!"

어느새 마차는 목적지에 도착해 나를 내려주었다.

흡사 태풍이라도 해친 꼴을 하고 처음 만난 대상이 에슐라라니, 다행인지 불행인지 모르겠다. 그녀는 내 상태를 목도하자마자 기겁하곤 잽싸게 사라지더니 빗을 가지고 다시 나타났다.

나는 가까운 응접실에 앉아 머리를 정리해 주는 에슐라의 손길을 느끼며, 오늘의 내 몰골이 내일이면 저택의 모든 사람에게 알려지겠구나 하는 생각을 했다.

에슐라 넌 정말이지 입에 확성기를 달고 다니는 것만 아니면 최고의 시녀야…….

"제대로 엉켰네요. 아가씨, 대체 뭘 하신 거예요?"

"권선징악."

"네?"

"정의 실현."

"……?"

알아듣지 못해 고개만 갸웃하는 에슐라에게 난 대충 얼버무리곤 정돈이 끝난 머리를 매만졌다.

미안, 에슐라. 하지만 막말하는 공작에게 엿을 처먹이고 왔노라 얘기하기엔 네 입이 너무나 가볍구나. 나중에 기회가 닿으면 자세히 설명해 줄게. 언제가 될진 모르겠지만.

난 에슐라를 보내고 곧장 방으로 향했다. 들어서자마자 친숙해진 책상 앞에 자리를 잡아 앉는다. 그리고 비장한 얼굴로 펜을 쥐었다. 현 사태를 보다 일목요연하게 글로 정리해 보자는 마음이었다.

나는 우선 작금의 내 상황을 간단히 기술했다.

케니스와 팝콘의 짜릿한 추억 = 조연의 죽음

음…… 답 없네.

난 그 밑에 살아날 방도를 적었다.

여주인공의 친구 자리를 꿰차기.

밑줄 착 긋고, 별표 다섯 개. 나는 과거 인수분해 공식을 강조하던 손목의 스냅을 상기하며 '친구'라는 단어에 마구 동그라미를 쳤다. 진부하지만 살 길은 이것뿐이었다.

그래, 이것뿐이야.

이벨린이 내가 유일하게 비빌 언덕이었다.

케니스에게 대적할 만한 상대라면 황태자나 마탑주–남주인공 3–도 있었지만, 그 둘을 꼬시느니 나뭇가지 하나를 쥐고 소드 마스터가 될 때까지 휘두르거나 다음 생엔 여주인공이길 희망하며 접시 물에 코 박고 죽는 게 차라리 더 빠른 길일 터였다.

아니면 당장 잡히면 죽일 기세인 케니스를 역으로 꼬시든가. 아, 근데 솔직히 전혀 상상이 안 된다…….

하여튼 이리 보나 저리 보나 역시 가장 이상적인 건 이벨린이다. 이벨린과 일단 친해지기만 하면 그녀가 나의 든든한 방패막이 될 것임은 확실했다. 자나 깨나 이벨린에게 잘 보이는 것에 여념이 없을 케니스가 그녀의 친구를 건드릴 리 만무할 테니까.

문제는 어떻게 이벨린의 환심을 사냐는 건데.

난 고개를 젖히고 '야수의 꽃'의 내용을 더듬었다. 소설에서 이벨린은 딱히 친구라고 부를 만한 존재가 없었다. 초반에 자주 붙어 다니던 영애가 한 명 있긴 했지만, 그녀는 후에 황태자를 사랑하게 되어 악녀의 꾐에 넘어가 여주인공의 뒤통수를 친다. 물론 걸려서 한 밤의 이슬로 사라지긴 한다만. 어쨌든 이벨린은 극 중 내내 진짜 친구라고 할 법한 이가 없는 셈이었다.

"잘하면 공략이 될 것 같은데……."

중얼거리며 고개를 바로 했다.

아, 목 뻐근해.

문득 이런 고민이나 하고 있어야 하는 내 처지가 서글프게 다가왔다. 아니, 먼저 엉망으로 군 놈에게 짭조름한 응징 좀 해줬기로서니 그게 그렇게 죽을죄냐 이거다. 욕은 좀 먹을 수 있겠다만 이승 탈출은 너무하잖아.

솔직히, 어? 지가 공작이면 다야? 남주인공이면 다냐고! ……다인 것 같긴 하지만, 그래도 이 재수 없는.

나는 투덜거리다 책상에서 침대로 비척비척 몸을 옮겼다. 안 하던 전력 질주를 해서 그런지 피곤이 몰려오는 기분이었다. 난 전신에 힘을 쭉 빼고 침대 위로 널브러졌다.

아~ 완전 푹신.

편안함을 느끼며 눈을 느리게 깜박였다.

후, 정말 여주인공이랑 무슨 수로 친해진담.

난 이벨린이 평범한 왕국민이 아닌 차원 이동녀나 환생녀였더라면 좋았겠단 생각을 하며 이불 위를 굴렀다. 이리 뒤척, 저리 뒤척, 그러다 어느 순간 잠에 빠진 것 같다. 그리고 나는 하늘에서 떨어지는 수많은 케니스에게 팝콘을 던져 맞추는 괴상한 악몽을 꾸고 깜짝 놀라 새벽에 깼다.

……후. 별 거지 같은…….

동도 트기 전 구린 기분으로 기상을 하긴 했지만, 그래도 금일은 제법 재밌는 일이 예정된 날이었다. 어제의 케니스에 이어 오늘은 아윈이 등장할 차례였기 때문이다.

아윈 헤브림, 위치는 비록 제국 내에 있으나 실상은 어디에도 속하지 않는 독립적인 단체 마탑의 주인. 천사처럼 고운 외모와 달리 손쉽게 사람을 죽이는 잔인한 성정이나, 이벨린의 앞에서는 순한 양처럼 내숭을 떤다…… 는 설정의 남주인공이었다. 이벨린은 놀러 나간 저잣거리에서 우연히 시비에 휘말리면서 그를 만나게 된다.

난 이른 시각부터 나갈 채비를 서둘렀다. 평소라면 예나 지금이나 아침잠이 많은 내가 여전히 침대에서 꼼지락댈 시점이었지만, 조금 더 지체했다간 아침 산책을 나가신 어머니께서 돌아오실 터였기에 어쩔 수 없었다.

난 오늘 저잣거리에서 이벨린과 함께 위험에 처할 계획이었으므로, 호위 따위를 대동하는 일은 피해야 했다. 미약하게 잠기운이 남은 눈을 몇 번 깜박이며, 짙은 밤색 캐플린(크라운의 높이가 낮으면서 챙이 넓은 여성용 모자 = 플로피 햇)을 푹 눌러쓰고 저택을 나왔다.

황성 근처의 저잣거리까진 거리가 꽤 되는지라 또 마차를 타야 했다. 내가 멀미를 안 해서 망정이지, 아니었다면 외출이 꽤나 고역일 뻔했다.

창밖으로 보이는 거리의 풍경은 아침부터 제법 부산스러웠다. 나는 그 부지런한 움직임들을 멍하니 구경하다 목적지 부근에서 내렸다. 아윈의 출현까지는 아직 여유가 있었으니 출판사에 잠깐 들를 생각이었다. 이 사거리에서 오른쪽으로 돌아 빨간 지붕의 제과점을 지나치면, 바로 지척에 한눈에 들어오는 출판사 건물이 있다.

위풍당당 제 풍채를 뽐내는 출판사를 올려다보며 난 으쓱한 기분으로 콧대를 세웠다. 과거 영세한 편이었던 부크의 출판사가 이만큼이나 성장한 것은 구 할이 내 덕이었다. 난 싱글거리며 웃는 낯으로 건물에 들어섰다.

"어서 오세요. 무슨 용무로 오셨나요?"

"음, 부크에게 '로즈'가 왔다고 좀 전해 줄래요?"

"사장님께요? 알겠습니다."

조금 낯부끄럽지만, 로즈는 내 필명이었다. 나는 시종을 올려 보내고 접대용 의자에 앉아 시간을 때웠다. 쿵쿵 요란한 소리를 내며 부크가 한달음에 뛰어내려오기까지는 얼마 걸리지 않았다.

"선생님, 오셨군요!"

"간만이야."

여전히 개성 넘치는 곱슬머리가 눈에 띄는 부크는 반색을 하며 날 맞았다. 그는 나를 보자마자 넙죽 허리를 굽혀 인사했다. 기실 그가 처음부터 내게 이리 호의적이었던 건 아니다.

삼 년 전 내가 다짜고짜 책을 내야겠다며 원고를 들고 찾아왔을 때, 부크는 못마땅한 기색을 숨기지 않았었다. 철없는 귀족가 영애의 장난이라고 생각했겠지. 그러나 내가 쓴 책이 판매 부수 1위를 찍는 순간 그는 손바닥 뒤집듯 태도를 바꿨다. 호칭도 아가씨에서 작가님으로, 가장 최근에 종착한 것이 선생님이다.

거, 속물 냄새 물씬 풍기는 자식.

사실 마음에 들긴 했다. 난 며칠 전 받았던 연락을 떠올리며 입을 열었다.

"다음 작품은 시간이 좀 걸릴 거야."

"아, 그렇습니까? 그럼 얼마나……."

"확답은 못 줘. 한동안 일이 생겼거든."

"앗……."

예상대로 그는 시무룩해했다. 힘없이 고개를 떨구는 게 꼭 비 맞은 늙은 개 같았다. 그러나 그런 기색은 아주 잠깐이었고, 부크의 회복은 몹시 빨랐다.

"어쩔 수 없죠! 이렇게 된 거 수출 쪽에 신경을 더 기울여야겠군요!"

목소리가 오히려 더 밝아진 것도 같다. 난 어느새 점원이 건네 온 차를 홀짝이며 그에게 물었다.

"어디로?"

"저번에 말씀드렸던 덤킹 왕국와 넨셔 왕국 기억하십니까? 거기 반응이 굉장히 좋아서요, 몇 작품을 더 계약하기로 했습니다."

"흐음."

"판매 양상을 봐서 아예 저희 지부를 각각 세울까도 고민 중입니다. 이웃인 라나 왕국은 뭐 말할 것도 없고……. 아, 라나에 지었던 출판사 지부를 세 개 늘렸습니다. 인구가 많아서 그런지 활성화가 빠르더군요."

부크는 신나서 떠들었다. 물론 죄다 내게도 좋은 소식이었다. 난 돈이 쌓이는 환청을 들으며 왠지 더욱 감미롭게 느껴지는 차를 음미했다.

후~ 후후~ 후후후후! 어쩜, 나 왜 이렇게 잘나가니.

높아질 대로 높아진 콧대가 한층 더 치솟는 기분이다. 사실 이 정도의 성공은 나로서도 얼떨떨한 것이었다. 부크의 판매 수완이나 잽싸게 관련 상품을 제작해 내다 파는 행동력 등을 감안하더라도, 난 어마무시하게 돈을 벌었다. 그 금액이 아주 졸부 저리 가라여서, 소설 집필을 비밀로 하고 있는 난 그 돈을 미처 집으로 가져가지 못해 출판사에 보관할 정도였다.

책이 팔리는 속도를 찍어내는 속도가 따라잡지 못하는 사태에 일렀을 때 내가 부크에게 물은 적이 있었다. 대체 왜 이렇게 잘 팔리는 것 같냐고. 심지어 남녀 공용 장르도 아니고 비모르인데. 당시 내 질문에 부크는 입이 귀에 걸린 채 주체하지 못하고 열변을 쏟아냈다.

그의 설명을 축약하면 내 소설은 빼곡한 전공 서적들 사이의 드래곤볼이요, 잔잔한 클래식들 사이의 서태지 음악이었다. 비교하자면 그 정도의 혁명이었다는 것이다. 그리 생각하면 이해가 안 가는 것도 아니다. 물론 대륙 공용어가 쉬운 탓에 문맹률이 바닥을 치는 것도, 책 외에는 딱히 즐길 만한 거리가 없다는 점도 한몫했을 터다. 어쨌든 참 좋으면서도 신기한 일임엔 틀림없었다.

나는 부크에게 연이어 앞으로의 판매 계획과 이번 신작의 수입을 마저 듣고 고개를 끄덕인 뒤 손을 내밀었다.

이제 슬슬 다시 나가봐야지.

부크는 활짝 펼친 내 손바닥을 보더니 품에서 주머니를 꺼냈다. 장갑 위로 내려앉는 묵직한 주머니 안엔 굳이 확인하지 않아도 금화가 가득할 것이다. 이런 식으로 나는 종종 필요할 때마다 맡긴 인세 중 일부를 부크를 통해 받아쓰곤 했다.

응, 역시 ATM이 편하다니까.

돈주머니를 갈무리한 나는 옷매무새를 다듬으며 자리에서 일어났다. 모자까지 재차 고쳐 쓰는 것을 멀뚱히 쳐다보다 부크가 말을 꺼냈다.

"항상 궁금했던 건데, 그 돈 다 어디에 쓰시나요?"

진정 궁금하다는 얼굴이었다. 하긴, 내가 쌓일 틈 없이 제법 큰돈을 쏙쏙 가져가는 건 사실이니까.

난 간단하게 대답했다.

"사치."

"네에?"

되묻는 부크의 낯엔 황당하다는 기색이 역력했다. 나는 그의 시선이 내 수수한 모자나 원피스에 머무르는 것을 느끼며 혀를 끌끌 찼다.

어허, 사장이란 놈이 저리 생각이 편협해서야. 사치의 세계가 얼마나 넓고 광활한지 몰라?

난 굳이 부연 설명을 덧붙여주는 대신 문을 열고 나왔다. 뒤에서 부크가 안녕히 가시라고 인사하는 게 들렸다. 챙이 넓은 모자는 내 얼굴을 가려주는 용도 외에도 초여름의 따가운 햇살을 차단하는 역할을 했다.

날이 벌써 덥네.

햇볕이 내리쬐는 날씨는 내게 어서 여름용 얇은 원피스를 구비하라 일러주듯 따끈했다. 난 타고난 흰 피부가 햇볕에 쉽게 타지 않음에 감사하며 주변을 둘러보았다. 사건까지는 여전히 시간이 남았을 테니 뭘 좀 먹는 게 좋을 듯싶었다.

나는 우선 발을 떼 그늘이 진 건물 뒤편으로 향했다. 허기는 지는 듯한데 어째 확 끌리는 게 없다. 이리저리 눈길만 주며 정처 없이 걷다 모퉁이를 막 돌았을 때였다. 웬 어린아이가 길가에 납작 엎드려 구걸을 하는 모습이 눈에 들어왔다. 지저분하고 남루한 행색이다. 난 발을 멈췄다.

'아.'

소설의 배경인 제국은 복지가 꽤나 잘되어 있는 나라였다. 변방은 몰라도, 최소한 수도에서 저처럼 어린애가 못 먹어 동냥을 하는 일은 드물었다. 아니, 솔직히 오늘 처음 본다. 난 눈앞의 이 아이가 이벨린과 아윈을 만나게 하기 위한 장치임을 깨닫고 탄성을 삼켰다.

그랬지, 참.

이벨린은 이유 없이 건달들에게 휩싸이지 않는다. 매개가 있었다. 여주인공은 놀러 나온 저잣거리에서 굶주린 아이를 보고 동정심에 돈을 적선한다. 문제는 그 돈이 금화였다는 것이고, 거지 아이의 금화를 발견한 건달들은 아이를 닦달해 돈의 출처를 알아내게 된다. 그리고 가진 돈을 죄다 털기 위해 이벨린을 에워싸고 협박하는 전개였다.

난 길바닥에 넙죽 엎드린 아이를 잠시 응시하다 근처의 빵집으로 들어섰다. 아윈과 만나는 이벤트가 끝나고 나면 무탈하게 고아원이나 무료 시설로 들어가게 될 터였지만, 그래도 눈앞에서 저러고 있으니 뭐라도 해줘야 할 것 같은 기분에서였다.

나 이래 봬도 왕년에 유니세프 정기 후원자였단 말이야.

사람은 본디 눈에 보이는 것에 약한 법이다. 나는 따뜻하게 데운 우유와 빵을 사서 아이의 앞에 놓아주었다. 허겁지겁 잘도 먹는 것을 보니 괜히 찡해진다.

난 다시 빵집 안으로 들어와 주스와 샐러드 따위를 깨작대며 넓은 창으로 밖을 응시했다.

후, 이제 이벨린이나 기다려야지.

타이밍에 딱 맞춰 사건에 휘말려야 했기에 전방을 주시하는 내 눈빛은 날카로웠다. 본래라면 눈에 띄지 않는 골목에 숨어 팝콘이나 끼고 구경해야 할 이벤트였으나, 지금의 나는 그 상황에 몸을 던질 필요가 있었다.

왜? 이벨린이랑 친해져야 하니까.

무릇 함께 위기에 처한 사이끼리는 각별한 동지감이 싹트지 않던가. 난 그것만을 노리며 팝콘 대신 풀떼기를 씹었다.

어서 와주렴, 내 비빌 언덕아.

"……!"

그렇게 얼마나 있었을까. 염원이 닿았는지 이벨린이 나타나 아이에게 금화를 건네주는 게 보였다. 후드로 얼굴을 가리고 있었지만, 언뜻 보이는 여리고 예쁜 턱 선이며 고운 섬섬옥수며, 그리고 아이의 구걸에 선뜻 금화를 적선하는 행동하며, 누가 봐도 이벨린이었다. 난 쾌재를 부르고 빵집 바깥으로 나갔다. 우연히 만난 척을 해야 한다.

나는 거리를 재며 이벨린에게 다가가 실수인 척하며 몸을 부딪쳤다. 그러곤 어깨를 부딪친 여파로 비틀거리는 그녀에게 화들짝 놀라 사과를 건네다 '어? 저, 혹시……' 하고 주춤거리며 말을 끈다.

이벨린은 갑자기 저를 빤히 쳐다보며 말끝을 흐리는 내 작태가 의아한지 고개를 갸웃했다. 난 후드 밑으로 설핏 보이는 그녀의 눈을 마주하며 모자의 챙을 잡고 들었다. 내 얼굴이 완연히 드러나자 이벨린이 탄성을 뱉었다.

"아! 그, 콧……."

반사적으로 무슨 말을 뱉으려다 이벨린이 제 손으로 입을 막는다.

뭐? 콧구멍?

나오다 말았지만 어떤 단어인지 충분히 알 것 같았다. 그래, 이해한다. 날 보고 떠오르는 게 그것밖에 없겠지. 얜 팝콘 이름도 모르니까. 그나저나 보는 즉시 자동으로 말이 튀어나온 걸 보면 어지간히 인상이 강했던 모양이다.

물끄러미 응시하자 그녀는 잔뜩 당황한 기색을 했다.

"아, 아니, 저기……."

"우리 어제 정원에서 만났었죠?"

선수를 쳤다. 내 아는 체에 이벨린이 반색하며 고개를 끄덕인다. 나는 어쩜 이런 우연이 다 있냐는 듯 가증스레 손뼉을 치며 함박 웃었다. 그러자 이벨린이 얼결에 날 따라 웃는 게 보였다.

이거 시작이 순조롭군.

"그땐 도망치느라 바빠서 감사 인사도 못 했네요. 정말 고마웠습니다. 제 은인이에요."

"아, 아뇨. 은인은 무슨."

"진심이에요. 영애께서 도와주지 않았다면 전 어제 죽었을지도 몰라요."

"……."

은인이라는 말에 손사래를 치던 이벨린이 뒤에 이어진 문장엔 부정하지 않고 입을 다물었다. 그 침묵이 은근 긍정의 낌새를 담은 터라 난 새삼스레 정신적 타격을 입었다.

나 진짜 죽을 뻔했던 거 맞잖아? 아니, 케니스 이 미친놈이 정말로 날 썰려고 했어?

반쯤은 장난으로 했던 가정이 진짜였다는 사실에 등 뒤로 식은땀이 흘렀다. 어쩐지 이벨린이 몸을 던져서까지 막아주더라니. 무사히 붙어 있는 목이 오늘따라 다행스럽다. 난 그녀에게 빌붙어야겠다는 결심을 한층 두텁게 다졌다.

고개를 흔들어 충격을 털어내고 나는 통성명을 시도했다.

"……그러고 보니 구해 주셨는데 이름도 모르네요. 물어봐도 될까요?"

“아, 전 이벨린 도트예요. 이벨린이라고 불러줘요.”

“그렇군요, 이벨린. 전 라테 엑트리예요. 편하게 라테라고 불러요.”

“그래요, 라테.”

좋아. 일단 이름은 텄다.

나는 그녀가 내게 경계를 없애고 호의를 가질 만한 주제가 무엇이 있을까 고민하며 머리를 굴렸다.

이럴 줄 알았으면 고대어를 좀 공부해 두는 건데.

이벨린은 고대 문자 학습을 위해 저 먼 나라에서부터 여기까지 건너온 학구열 넘치는 유학생이었다. 막상 공부는 얼마 하지 않지만. 이 때문에 원작에선 남주인공 1이 오로지 그녀와 가까워지기 위해 고대어를 배우는 부분도 있었다.

끙끙거리며 상형문자를 밤낮으로 외우는 그 열성에 독자들의 지지 기반이 좀 높아졌었지. 근데 후반부에 황태자가 그걸로 고백을 했던가, 안 했던가?

아무튼 이게 중요한 게 아니다. 아아, 좀처럼 마땅한 얘깃거리가 떠오르지 않는다. 자고로 사람은 대화를 많이 할수록 친해지는 법이거늘. 끙끙거리며 골머리를 앓고 있는데, 때마침 이벨린의 뒤편에서 껄렁한 음성이 날아들었다.

“야, 거기 후드! 네가 이 꼬맹이한테 금화를 준 놈이냐?”

어맛! 이 불량한 대사는 설마.

난 이벨린과 동시에 같은 방향으로 고개를 틀었다. 시선을 준 곳에는 아니나 다를까, 한눈에 봐도 몰염치한 건달 한 무리가 이쪽을 쳐다보며 형형한 존재감을 뽐내고 있었다.

아니, 너희는? 여주인공을 위기에 몰아넣을-그러나 옷자락 하나 건드리지 못하고 털릴-패거리가 아니더냐!

난 그들의 전형적인 등장에 감탄하며 방금 말을 던진 대상을 살폈다. 우락부락한 덩치에 험상궂은 얼굴을 보아하니, 제 친구들과 함께 뒷골목에서 한 칼빵 하고 다녔을 것 같은 인물이었다.

앗, 갑자기 내 내장이 아파오는 기분.

그러나 그 위협적인 겉모습에도 이벨린은 눈 하나 깜짝 않고 외려 분노한 기색을 했다.

"지금 설마 아이에게서 돈을 갈취한 건가요?"

"응? 그랬다면 어쩔 건데?"

선두의 건달이 낄낄거리며 손 안의 금화를 던졌다 잡았다 반복한다.

아니, 저놈이! 귀중한 10골드님께 무슨 짓이야! 저러다 떨어뜨리면 어쩌려고.

금화를 귀이 여기지 않는 건방진 작태에 분노하는데 이벨린이 옆에서 더 화가 난-물론 전혀 다른 이유로-빛으로 건달에게 언성을 높였다.

"당장 다시 돌려주세요!"

"어엉? 푸핫! 이년이 어디서 명령질이야? 지금 상황 파악이 안 되나?"

건달은 목소리로 이벨린의 성별을 파악한 듯 호칭을 놈에서 년으로 바꿨다. 왠지 놈보다 년이 더 심한 욕 같아 기분이 나빠지는 것이, 비록 남자지만 건달에게도 년을 붙여서 욕해 주고픈 충동이 일었다.

야, 이 우락부락한 년아! 당장 집에 가서 수염이나 깎아. 수염에서 냄새나게 생긴 년이 어디서!

물론 입 밖으로 내진 않았다. 그랬다간 아윈이 채 등장하기도 전에 먼저 처맞을 확률이 높을 테니까.

객체가 나일 땐 무조건 폭력 반대요.

"네년 목숨은 지금 우리한테 달린 거야, 알아? 좋게 말할 때 가진 돈 다 내놓고 꺼져라, 앙?"

언뜻 보이는 건달의 누런 이와 함께 틀에 박힌 대사가 귀에 전달된다. 근데 왜 쟤네는 맨날 돈 내놓으라 하면서 좋게 말한다고 하지? 돈 내놔가 좋은 말인가? 돈 내놓으면 살아서 꺼질 수 있으니 좋은 건가?

그럼 나쁜 말은 한 '씨X! 당장 가진 돈 다 내놔, 씨X! 근데 돈 내놔도 죽고 씨X, 안 내놔도 죽는다, 씨X. 넌 뭘 해도 뒈져 씨X. 그래도 내놔 씨X!!' 이 정도쯤 되나?

이런 실없는 생각을 하는 사이, 건달들이 눈에 확 띄게 우리에게 가까워진 게 보였다.

어, 어머! 쟤네 언제부터 이쪽으로 다가오고 있었지?

난 그들의 소리 없는 접근에 깜짝 놀랐다. 거리가 좁혀진 덕에 한층 구체적으로 시야에 들어오는 그네들의 흉악한 면상은 사람을 겁주기에 차고 넘쳤다.

으으, 진짜 이유 없이 칼빵 놓을 것처럼 생겼잖아. 소름.

그러나 이벨린은 내 공포를 조금도 공유하지 않는 듯 흔들림이 없었다. 그리고 험악한 장정들을 눈앞에 두고도 여주인공다운 배짱으로 당차게 외친다.

"지금 뭐 하는 짓이죠? 어린아이에게서 금화를 뺏는 것도 모자라 이젠 죄 없는 사람까지 겁박하다니, 정말 수준 이하군요! 다 큰 어른이 부끄러움도 모르나요?"

후훗, 역시 이벨린다운 멋진 대사야.

난 건달 무리를 향한 그녀의 비난을 들으며 아윈의 등장이 코앞에 다가왔음을 실감했다. 기실 저건 건달에게 쏘아붙이는 힐난이기도 하면서 한편으론 아윈을 소환하는 주문이기도 했다. 먼발치서 구경이나 하던 아윈이 방금의 당돌한 대사에 이벨린에게 관심을 가지고 모습을 드러내기 때문이다. 난 본능처럼 팝콘을 갈구하는 속을 진정시켰다.

참아, 여기 팝콘 없어.

건달은 이벨린의 생각지 못한-그들의 입장에선-꼿꼿한 태도에 잠시 당황하는가 싶더니, 이내 표정을 구기며 분노했다. 성큼성큼 다가오는 모습이 아주 위협적이다. 콧김을 뿜을 기세로 격하게 걸어온 건달이 이벨린의 바로 지척에 서서 더러운 표정으로 그녀를 내려다봤다. 곁눈질한 내가 다 흠칫했을 정도로 흉악한 얼굴이었다.

"이 미친년이! 너 방금 뭐라 그랬냐?"

나였다면 쫄아도 세 번은 쫄았을 텐데 이벨린은 여전히 의연했다. 저 사람이길 포기한 것 같은 얼굴에도 겁먹지 않다니, 굉장하다.

근데 잠깐만,

"나이를 헛먹어 상식 이하의 행동을 하는 것이 몰염치하다고 했습니다. 왜요, 다시 말해드려요?"

"이년이 진짜 미쳤나!"

아윈의 등장이 원래 이렇게 늦던가?

난 당장에라도 덩치의 거친 주먹이 이벨린의 가녀린 몸을 갈길 것 같은 상황에 눈살을 찌푸렸다.

좀 이상한데?

기억이 옳다면 아윈은 건달이 채 이벨린의 지척에 닿기도 전에 나타나야 했다. 이렇게까지 사태가 진행되어 자칫 이벨린이 뺨이라도 맞게 되면 너무 늦는다. 애초에 원작에선 건달들이 살아서 도망치는데, 지금 여주인공을 때리고도 그들이 목숨을 부지할 것 같진 않았다.

뭐지? 아윈 얘 왜 안 나와?

"몇 대 맞아야 분위기 파악이 되지?"

마침 건달이 허공으로 손을 올렸다. 이벨린의 얼굴을 내려치기 딱인 각도였다.

아, 아니, 잠깐만.

난 엉겁결에 측면에서 건달의 옷자락을 확 잡아당겼다.

"……뭐야?"

내 같잖은 힘에 영향을 받을 만한 덩치가 아니었는데도, 워낙 갑작스럽게 끼어들었던 탓인지 건달의 몸이 미약하게나마 이쪽으로 휘청했다. 그는 이벨린을 때리려던 것을 멈추고 제게 감히 기습을 행한 범인을 찾아 눈을 돌렸다. 고개를 획 꺾은 건달과 눈이 마주치자, 난 히익 하며 뒷걸음질을 쳤다.

쟤, 진짜 얼굴 너무 무서워.

순전히 제 생김새 하나 때문에 쫄아 있는 내게 건달이 이를 드러냈다.

"이년은 또 뭐야?"

"……."

아까부터 내내 이벨린의 곁에 붙어 있던 나를 마치 이제야 발견한 것처럼 느껴지는 건 내 착각일 터다.

응, 그럼. 착각이겠지. 아무리 그래도 조연인 라테가 엑스트라인 건달보단 비중이 10배쯤 많을 텐데, 그런 네가 나를 지금껏 공기 취급해 왔다고 말하는 거라면 난 너무나 슬플 거야.

그러나 건달은 내게 비수를 꽂았다.

“있는지도 몰랐던 년이 설치네.”

으아아! 저놈, 아니, 저년이! 이 얼굴로 뒷골목을 평정할 것 같은 년이!

기껏 살려줬더니 배은망덕한 소릴 찍찍 내뱉는 것에 난 더없이 마음이 쓰라렸다. 지가 누구 때문에 사망 플래그를 피했는데! 기껏 여주인공을 때려 끔살당하는 미래를 막아줬더니 저 흉악한 건달의 은혜 모르기가 하늘을 찌른다.

난 원통해져서 힘껏 눈을 부라렸다. 모자 때문에 잘 보이진 않겠지만. 물론 내가 건달의 생명을 위해 돌아가는 상황을 막은 건 아니었다.

저런 놈이야 죽든 말든.

그보단 이벨린에게 잘 보이기로 마음먹은 마당에 그녀가 얻어맞는 걸 멀뚱히 지켜봐선 안 됐기 때문이다. 누가 자기 두드려 맞을 때 구경이나 하던 애랑 친구하고 싶겠어. 난 자연히 나설 수밖에 없었다.

“아주 쌍으로 겁대가리를 상실해서……! 그래, 네가 대신 맞겠다 이거냐?”

그렇다고 그게 이런 의미는 당근 아니다.

뭘 미쳤다고 대신 맞아. 농담이시겠죠?

그러나 건달은 빈말이 아니었던 듯 제 주먹을 불끈 쥐었다.

아니, 근데 잠깐. 이벨린은 손바닥이었으면서 난 왜 주먹인 거야? 이게 사람 차별하네.

야무지게 말아 쥔 건달의 주먹이 천천히 들리는 걸 보며 난 결국 선택의 때가 왔음을 직감했다. 더 이상 태평히 아윈의 출현이나 기다릴 때가 아니었다. 자칫하다간 내 소중한 코뼈나 광대와 작별하게 생겼다. 저 무기 같은 주먹이 내 고운 얼굴을 뭉개기 직전 미친 타이밍으로 '잠깐!' 하는 멋진 목소리가 들려오는 전개도 일순 상상했지만, 아무래도 그것보단 그냥 내가 피떡이 된 이후 이벨린이 재차 위험에 처했을 때 '잠깐!' 하고 구원자가 나타나는 전개가 열 배는 더 가망이 많아 보였다.

하하, 그건 안 되지. 조연 피떡 엔딩 결사반대요.

어쩔 수 없군. 선택의 여지가 없다. 아윈의 얼굴 구경은 포기하는 걸로 하고 '그걸' 사용하는 수밖에. 결심을 굳힌 나는 할 수 있는 최대한의 큰 소리로 '타임!'을 쩌렁쩌렁하게 외쳤다.

건달이 동작을 멈추고 '이게 무슨 재롱을 떨려고' 하는 시선을 보내는 사이 난 재빨리 이벨린을 끌어다 내 뒤로 숨겼다.

'그걸' 사용할 때 얘가 휘말리면 안 되니까.

이벨린은 돌아가는 상황에 눈만 동그랗게 뜨고 내가 이끄는 대로 순순히 끌려왔다. 내가 이벨린을 보호하는 듯한 자세가 같잖았는지 건달이 피식피식 비웃는 게 보였다.

그래, 열심히 비웃어라. 넌 이제 끝났으니까. 지금부턴 아무도 나를 막을 수 없으셈.

나는 건달 무리가 죄다 내 전방에 있는 것을 확인하고 품에 손을 넣었다. 그러곤 능숙한 손길로 익숙한 종이 한 장을 꺼내 쥔다.

우선 이걸 쓰기 전에 한마디만 해주고.

"우락부락한 년아, 그거 아냐?"

"우락…… 뭐?"

"이 세상에 돈으로 안 되는 건 없다!!"

난 장렬하게 외치고 곧장 손에 든 종이를 찢었다.

찌익!

경쾌한 소리와 함께 돌연 바람이 인다.

주님, 오늘도 정의로운 돈지랄이 되는 걸 허락해 주세요. 가라, 매지컬☆캐시☆파워!

나와 이벨린의 옷자락을 약간 살랑일 정도의 바람은 건달 무리에게 닿는 순간 매서운 돌풍으로 급변했다.

후아아앙!

세찬 바람 소리와 함께 건달들이 사이좋게 비명을 질렀다. 너 나 할 것 없이 줄줄이 소시지처럼 나란히 하늘을 난다. 그들은 폭풍 같은 바람을 타고 강제로 공중 부양을 했다.

"끄아악!"

"으아아악!"

이내 다채로운 비명과 더불어 하나둘씩 저 멀리 쿵, 털썩 널브러진다. 그 꼴을 지켜보다 이벨린이 얼빠진 목소리로 중얼거렸다.

"……마법?"

정답!

그녀의 말마따나 방금 발생한 바람은 마법의 힘이었다. 내가 찢은 종이가 그냥 일반 종이가 아니라 마법 스크롤이었기 때문이다. 그것도 개당 기십 골드짜리 고급 스크롤. 나는 건달들의 꼴좋은 전멸에 의기양양 어깨를 폈다.

하하하하, 가소로운 것들.

부크가 궁금해했던 내 돈의 사용처가 바로 이것이었다. 난 버는 돈의 대부분을 스크롤을 사는 데 소비했다.

종이 하나로 마법사가 된 기분을 느끼는 건 겪어보지 않고는 모를 만큼 짜릿한 일이어서, 과거 어느 날 우연한 기회로 스크롤을 접한 이후부터 난 사치 품목을 하나로 고정했다.

스크롤을 전문으로 취급하는 가게에서 난 일반 우량 고객도 아니고 초! 우량 고객으로 대우를 받았다. 스트레스가 지나치게 쌓이거나 도저히 삶이 지루해서 못 견디겠다는 생각이 들면 그곳으로 가 돈을 물 쓰듯이 썼던 탓이다. 인세로 벌어들이는 금액이 천문학적이었기에 가능한 사치였다.

아무튼 이걸 여기서 꺼내게 될 줄이야. 아윈의 등장이 정해져 있던 이벤트라 이 전개는 상상도 하지 않았다.

아윈 얘는 진짜 어디서 뭘 하고 있는 걸까? 물고기 3은 당최 지금 어디에…….

원작과 어긋나는 그의 행방에 대해 고심하고 있자니, 이벨린이 얼떨떨한 어조로 물어왔다.

"저어, 라테? 방금 건 도대체……."

끝을 흐리는 물음에 퍼뜩 정신을 차리고 난 잠깐 대답을 고민했다. 눈 튀어나오게 비싼 스크롤을 한 뭉치씩 들고 다니며 내킬 때마다 펑펑 쓴다고는 할 수 없는 노릇이었으니 다른 설명이 필요하다.

나는 눈을 한 바퀴 굴리고 대강 말을 지었다.

"작년 생일 때 선물로 받은 호신용 마법 스크롤이에요. 혹시나 해서 늘 가지고 다녔는데 이렇게 쓰게 될 줄은 몰랐네요."

"아아."

이벨린은 납득한 듯 끄덕이더니 갑자기 꾸벅 허리를 접어 인사했다. 내가 놀라 쳐다보니 후드 밑으로 드러난 입매가 곱게 올라간다.

"덕분에 살았어요. 라테가 제 은인이에요."

"……어, 그럼 우리 서로 은인이네요?"

"어머, 그러게요?"

이벨린이 입가를 가리고 호호 웃었다. 난 그 웃음에서 호감을 읽고 속으로 쾌재를 불렀다.

이런 이득을 봤나.

이벨린이 처한 위기―물론 나도 함께 위기였지만―를 타파한 일로 그녀의 환심을 산 모양이었다. 생각해 보니 당연하구만. 어지간히 꼬이지 않고서야 누가 자길 구해 준 사람을 싫어하겠어. 난 예상보다 쉽게 얻은 방패막에 그녀를 마주하고 함박 웃었다.

이렇게 케니스 참살 루트를 피해가는군. 좋아, 아주 잘됐어.

이게 다 원작을 비틀고 아윈이 나타나지 않은―여전히 이유는 모르겠으나―덕이었다.

애, 정말 아리가또.

난 속으로 아윈에게 감사의 말을 건넸다. 원작의 전개와 달라졌다는 점에서 조금 의아하긴 했지만 뭐, 크게 신경 쓸 일은 아니었다. 시작이 다르더라도 어차피 그가 이벨린의 어장에 들어간다는 사실은 변치 않을 테니까. 그런 소설이었으니.

복지는 끝내주는데 치안은 구린 웃긴 예산 분배를 증명하듯, 이 난리를 벌였는데도 경비병 하나 달려오지 않는다.

난 여유로운 발걸음으로 건달에게 금화를 회수하러 다가가며 이벨린더러 밥이나 먹으러 가자고 제안했다. 재깍 그러자는 회답이 뒤에서 들려온다. 나는 귀하신 10골드님을 주우며 메뉴는 뭐로 할까 궁리했다.

❖

웬 미남자가 골목의 풍경을 한눈에 담은 채 제 턱을 매만진다. 남자는 놀랍게도 공중에 떠 있었다. 익숙한지 편안한 자세로 허공에 주저앉은 그의 은발이 마치 천상의 실로 엮어낸 듯 아름답다.

자연히 사람의 시선을 앗는 붉은 눈동자가 후드를 쓴 여인에게로 향했다.

"흐음."

잠시 뭔가를 생각하는 듯하더니 가볍게 손가락을 튕긴다. 그러자 꽤 거리가 떨어진 공간에 바람이 불며 여인의 후드가 벗겨졌다. 비단 같은 청흑발이 나부끼며 얼굴이 드러난다. 의아한 얼굴로 녹색 눈망울을 깜박이는 것이 보기 드문 미인이었다.

남자가 옅게 웃었다.

나쁘지 않군.

그는 여인의 얼굴을 기억에 담아두려는 듯 응시했다. 한낱 비렁뱅이 아이에게 금화를 내밀 때부터 여인은 눈에 띄는 인물이었다. 그런 그녀가 위험에 처했을 때 나서지 않은 것은 순전히 확인할 게 있었기 때문이다. 그녀의 일행, 모자를 쓴 또 다른 여성. 그 일행에게서 익숙한 마나가 느껴졌다.

어렴풋이 짐작 가는 마나의 정체를 눈으로 확인하기 위해 부러 참견하지 않았던 그는, 그러나 여인이 다친다면 가만있지 않을 생각이었다.

여인의 일행은 현명한 선택을 했다. 그녀가 건달에게 뺨을 맞도록 내버려 뒀다면 일행은 건달과 함께 나란히 목이 떨어졌을 것이다. 일행이 지닌 마나의 정체는 예상했듯 제 소유의 마탑에서 발행된 스크롤이었다. 감지되는 마나의 크기로 보건데 한두 장이 아닐 터다. 금액을 생각하면 용할 정도였다.

대부호의 딸이라도 되는 모양이지.

옷차림은 수수한 주제에 고액의 스크롤을 잔뜩 가지고 있다는 점이 잠시 흥미를 끌었으나 말 그대로 잠시였다. 목표였던 확인이 끝나고 남자는 일행에게서 관심을 거뒀다. 대신 여전히 흥미가 남은 건 방금 얼굴을 확인한 여인이다.

남자의 눈꼬리가 즐거운 듯 접혔다. 볼일이 있어 잠시 나온 차에 의외의 수확을 얻었다.

한동안 여인을 눈에 담은 남자가 이내 허공에서 홀연히 사라졌다. 원래부터 존재하지 않았다는 듯, 그 어떤 흔적도 남기지 않은 채.

론드미오도 봤고, 케니스도 봤는데 마지막 주자 아윈만은 보지 못했다는 게 못내 아쉬웠다. 그래서 한동안 이벨린에게 찰떡처럼 붙어 다닐 계획을 세운 게 불과 하루 전이었다.

어차피 어장을 공산주의로 운영하는 이벨린은 공평하게 남주인공 셋과 순서대로 섬싱을 만들어야 했기에, 그녀는 황태자와의 재회 전에 필연적으로 아윈을 만날 수밖에 없었다. 그것만 노리고 내 집요하게 이벨린과 일거수일투족을 함께하겠노라 다짐했더니 웬걸, 벌써 만났다. 그것도 나 없을 때.

"라테와 헤어지고 막 저택으로 돌아가려는데, 그때 생각이 난 거예요. 머리핀을 두고 왔다는걸."

건달 이벤트가 있던 날, 나와 이벨린은 밥을 먹고 거리를 좀 구경하다 해가 지기 전 작별했다. 난 그날 귀가하자마자 목욕을 한 후 일찍 잠자리에 들었고, 다음 날 아침이 밝기 무섭게 이벨린을 만나러 그녀가 머무는 백작저로 향했다. 그리고 응접실에서 시녀가 내온 차 한잔을 기울이며 들은 얘기가 바로 저것이었다.

조연을 집에 보내자마자 문득 종전에 산 머리핀이 제 품이 아닌 가게에 있음을 떠올린 여주인공. 그녀는 머리핀을 가지러 왔던 길을 되돌아간다. 그러다 우연히 소매치기를 당해 지갑을 분실하게 되는데, 잃어버린 지갑을 마침 근처에 있던 남주인공 3이 멋지게 찾아주더라는 것이다.

"……."

난 눈물 나게 슬펐다.

꼭 그렇게 둘만의 만남을 가져야만 했던 거니? 난 어차피 있어 봐야 병풍인데 좀 같은 장소에 끼워주면 안 됐던 거니?

차의 끝 맛보다 씁쓸한 아쉬움에 난 마시던 잔을 내려놓고 입맛만 다셨다. 기실 세 남주인공 중 아윈의 외양을 가장 기대했었는데.

천진난만 순진무구 천사처럼 예쁜 얼굴을 하고 뒤로는 가차 없이 사람을 죽이는 놈. 그 예쁜 미친놈의 얼굴이 정말 궁금했다. 웃으면서 사람 목을 딴다는데 대체 그런 설정의 캐릭터는 어떻게 생겨먹었을까 해서.

문득 원작 외전을 통해 읽었던 아윈의 화려한 전적이 떠오른다. 그가 처음 마탑의 주인을 뜻하는 성 '헤브림'을 얻었을 때, 마탑에서는 그를 인정하지 못하겠다는 반발 여론이 드높았다. 그도 그럴게 웬 듣도 보도 못 한 새파랗게 어린놈–심지어 아윈은 빈민가 출신이었다–이 유력한 후보였던 노익장 대마법사를 제치고 난데없이 헤브림을 달아버린 상황이었다.

반대의 목소리가 생기지 않는 게 이상한 일이다. 그 가운데서 아윈은 개미 한 마리 못 죽일 법한 나약한 얼굴로, 어찌 감히 마탑의 주인 자리를 탐내냐며 조롱하는 무리를 그들이 언급했던 개미처럼 앉은 자리에서 쳐 죽였다. 마탑에 기거하던 마법사의 삼분의 일이 몰살당했다. 고작 하룻밤 사이에.

소문은 삽시간에 제국 전역을 휩쓸었고, 아윈은 한순간에 공포와 경외의 대상이 되었다. 인원이 대폭 감소한 마탑은 전력에 막대한 손실을 입는 듯했으나, 이내 소문을 듣고 몰려든 각지의 마법사들로 인해 오히려 전보다 강한 힘을 가지게 되었다.

풍문에 의하면 은둔해 생활하던 마법사들까지 죄다 튀어나와 등록을 해댄 통에 그 증가량이 족히 두 배는 된다고 했다.

소설 속 아윈은 이런 놈이었다. 마법으로 한정 짓자면 그의 무력은 '야수의 꽃' 안에서 가장 강했다. 인터넷 소설로 친다면 세계 서열 1위 정도?

물론 검술 영역에선 케니스가 가장 강했으니 걔도 세계 서열 1위일 것이며, 론드미오도 싸우면 지진 않을 테니 그 또한 세계 서열 1위였다.

인터넷 소설에서 세계 서열 1, 2, 3위가 죄다 한국에 몰려 있는 것처럼, '야수의 꽃'에선 대륙 서열 1위 셋이 모조리 한 제국에 몰려 있었다. 솔직히 이 제국, '졸라세' 이런 걸로 개명해도 될 것 같다. 뭔 미친 대륙 최강들끼리의 소소한 모임이람.

"차 맛은 어때요, 라테? 한 잔 더 할래요?"

이벨린의 목소리가 날 상념에서 건져 낸다. 난 곧장 대답하는 대신 그녀의 얼굴을 잠시 동안 빤히 쳐다봤다.

응, 그래. 그러고 보니 서열 1위들을 어장에 넣고 관리하는 네가 바로 대륙 서열 0위로구나. 그리고 내가 그 대륙 서열 0위의 친구고.

"아뇨, 괜찮아요. 차 맛있네요. 향도 좋고."

난 금세 기분이 좋아져 회답했다. 새삼 눈앞의 인물이 더없이 단단한 방패막이라는 걸 실감한 덕이었다.

그래, 내 친구가 '야수의 꽃' 여주인공인데 뭐가 문제일까.

나는 상승된 기분에 넓어진 마음으로 아윈에 대한 미련을 손쉽게 털어냈다.

뭐, 이벨린 곁에 붙어 있다 보면 자연히 마주치겠지.

반쯤 남은 미지근한 차를 마저 들이켜고 싱글벙글해 있자니 이벨린이 돌연 산책을 제안한다. 뜬금없었지만 난 얌전히 고개를 끄덕이고 그녀를 따라 몸을 일으켰다. 졸졸 이벨린을 따라 백작저의 정원에 들어서니 햇빛과 어우러진 녹음이 싱그럽다. 자고로 여주인공이 하자는 건 웬만하면 가타부타 말없이 어울리는 게 좋다. 그래야 굿을 보고 떡을 먹을 수 있는 법이다.

그래, 마치 지금처럼.

"황태자 전하?"

"이런 데서 다 만나는군."

과거 삼 일 밤낮 황궁의 정원을 배회하고도 머리털 한 올조차 볼 수 없었던 황태자가 대뜸 이벨린네 앞마당에서 등장했다. 그 말도 안 되는 출현에 나는 속으로 감탄하며 박수를 쳤다.

과연, 역시 여주인공은 자기네 집 뒤뜰에서 길을 잃어도 남주인공을 만난다는 소리가 사실이었군.

이벨린은 황태자를 알아보았다. 그가 누군지는 아는 모양이었다. 그러나 첫 만남 때와 마찬가지로 여전히 감흥은 없어 보였다. 그녀는 황태자가 아니라 황태자의 시종을 만났더라도 비슷했을 정도의 의문만 내비쳤다.

"왜 이런 곳에……."

"백작에게 용무가 있어 들린 차라."

론드미오가 간단히 대답했다. 이벨린을 응시하는 그의 눈에는 여전히 흥미와 호기심이 어려 있었다.

저 눈이 호감에서 사랑으로 바뀌기까지 얼마나 걸리더라?

시기상 그는 아직 '이 여자가 정말 내게 관심이 없단 말이야? 뭐 하는 여자지?' 하는 단계에 속해 있을 터였다. 그런 생각을 하며 난 열심히 황태자의 용안을 살폈다.

다시 봐도 진짜 잘생겼군.

신기하게 생긴 얼굴이다. 미술 학도도 아닌 내가 비율 좀 재보자며 연필을 쥐고 달려들고 싶게 만드는 생김새였다. 저 얼굴을 만들기 위해 대체 이 세계 몇 명의 남자가 희생됐을까? 그중에 아마 내 짝—이 될 가능성이 있는 남자—도 있었겠지.

아아, 갑자기 가슴이 미어진다.

어쩌면 존재했을지도 모르는 내 남자의 희생에 대한 애도를 담은 시선이 생각보다 강렬했던 모양이다. 이벨린에게 고정되어 있던 황태자의 벽안이 도르륵 내게로 굴러온다. 예상 못 한 눈 맞춤에 의아함을 느끼자마자 말이 날아왔다.

"어쩐지 얼굴이 따갑다 했다. 뭘 그렇게 보나, 내가 그리 잘생겼어?"

난 그 물음에 고개를 약간 갸웃했다. 등신 같은 질문이다 싶었다. 자뻑이어서가 아니라 너무 당연해서. 자기가 눈 튀어나오게 잘생겼다는 건 본인이 가장 잘 알 것 아닌가. 하긴 뚫어져라 쳐다보다 걸린 마당에 눈 깔라고 안 하는 게 고마운 판이다.

나는 그의 답이 정해진 질의에 성심성의껏 그 정해져 있는 답을 뱉었다.

"예, 잘생겼습니다. 전하의 눈부신 외모에 눈이 멀어 지금 아무것도 보이지 않습니다. 맹인이 된 것 같아요. 그래서 말인데, 혹시 황실에 청구하면 보험금 나오나요?"

굳이 깊게 생각을 하고 던진 말은 아니었다. 그보단 나름 아첨하려다 보니 입안에서 자동으로 만들어져 튀어 나간 문장이었다. 황태자는 저 잘생겼다고 추켜세우는 내 말에 기뻐하기는커녕 떨떠름한 기색을 했다.

애는 웬 개소리지?

굳이 해석하자면 딱 저런 낯빛이라 난 약간 당황스러워졌다.

아니, 왜? 본인 외모가 너무 뛰어난 바람에 심봉사가 됐다는데, 이거 극상의 칭찬 아닌가? 혹시 내가 돈 달라고 해서 그러는 거니?

그러다 문득 떠오르는 생각이 있었다.

아, 여긴 보험금이라는 게 없나 보구나.

그러고 보니 딱히 황실에 보험금을 납부한 기억은 없었다. 그래도 세금은 꼬박꼬박 냈는데, 이거랑 별로 상관없나? 어쨌든 이미 뱉은 말, 주워 담을 수도 없는 노릇이라 난 눈알을 반 바퀴 굴리며 침묵으로 이 상황을 넘기려 노력했다.

여기서 보험금이란 어쩌고…… 블라블라 떠들어봤자 황태자의 안색은 더욱 구려질 게 뻔하다. 그냥 입을 다무는 게 낫지.

어휴, 뒤늦은 후회지만 개드립 괜히 쳤다.

론드미오의 '얘, 이상한 애네' 정도의 의미를 담은 시선은 금방 거두어졌다. 있지도 않았던 내 이미지가 그에게 좀 구린 방향으로 생성되었다는 걸 자연히 알 수 있었다.

하하…… 내 인생.

"……산책 중이었나?"

"예."

"둘이?"

"예."

론드미오의 담화 상대는 다시 이벨린으로 회귀했다. 그녀는 황태자의 질문에 얌전히 짧은 대답만 꺼냈다. 질의와 단답만이 이어지는 가운데 그가 재차 물음을 던졌다.

"둘이 무슨 사인가?"

나와 이벨린을 두고 하는 말이었다. 그녀는 이번에도 차분히 대답했다.

"친구입니다."

왈칵. 나는 소소한 감동에 입을 막았다. 이벨린의 대답이 여주인공과 친구 되기 퀘스트가 완전히 완료되었음을 전해 주는 알림창 같아 뿌듯함과 안도감이 교차했다.

이 영광의 일부를 건달들과 아윈에게 돌립니다.

그때, 성취감에 빠져 있는 내게 황태자가 찬물을 끼얹었다.

“왜?”

“…….”

재가 진짜! 왜긴 왜야, 나랑 이벨린이 친구인 게 뭐가 이상하냐? 개드립 하나 쳤다고 대체 사람을 얼마나 등신으로 생각하고 있는 거야!

나는 그의 열려 있지 못한 마음을 속으로 마음껏 힐난했다.

드립 하나로 그 사람의 모든 걸 알 수 있다고 여기지 마라, 이 자식아.

“흠흠. 뭐, 아니야. 방금 말은 취소하지.”

“…….”

“그보다 그댈 우연히 만나서 반가운데, 이름이…….”

“이벨린 도트입니다.”

“그래, 이벨린. 그대를 다시 보게 되어 무척 기뻐.”

그나마 염치는 있는지 말을 정정한 황태자가 이번엔 이벨린에게 작업 멘트를 날렸다. 멘트의 느끼함은 둘째 치고, 그의 눈웃음이 저절로 시선을 잡아끌었다.

우와, 미친.

‘피식’을 소화할 때부터 얼핏 짐작은 했지만 눈웃음의 파급력이 상상 이상이다. 부드럽게 살짝 접히는 눈매가 잘하면 남자도 홀릴 법했다. 하나 그만치 파격적인 눈웃음에도 이벨린의 철벽은 끄떡없었다.

“황송합니다.”

“말을 편히 해도 좋아.”

"그건…… 송구합니다."

이벨린이 곤란하다는 듯 고개를 숙여 거절했다. 부끄러워하는 낯도, 기뻐하는 빛도 없었다. 황태자는 그녀의 튕김-그의 입장에선-이 다소 마음에 들지 않는 듯 미간을 찡그리더니 내게로 눈길을 옮겼다.

뭐! 왜 또 날 봐.

"반응이 영 딱딱해. 보통은 좀 다르지 않나?"

"……?"

"이름이 어찌 되지?"

"라테 엑트리입니다, 전하."

"음, 라테. 그대를 만나게 되어 참 기쁘군."

다짜고짜 이름을 묻더니 론드미오는 이벨린에게 했던 대사를 고스란히 내게 읊었다.

뭐야, 그러니까 철벽이 아닌 일반적인 반응을 보여 달라 이거냐?

난 교과서 속 예제가 된 기분에 좁혀지려는 미간을 신경 써 폈다. 황당하긴 했지만 사실 어려운 일도 아니니 구태여 못 해줄 건 없었다. 그래 뭐, 어디 보자. 엄청나게 잘생긴 남자가 초면에 내게 만나서 기쁘다고 한다. 걸어 다니는 조각 미남. 심지어 돈도 많다. 나한테 만나서 기쁘다고……. 나는 잠깐 고민하다 반응을 정했다. 그리고 황태자에게 윙크를 날렸다.

찡긋.

"……."

"……."

이게 아니야?

아까보다 배는 무거운 침묵이 나와 론드미오 사이에 내려앉았다.

해놓고 판단하니 좀 일반적인 행동은 아닌 것 같기도 했다.

맞아, 귀족 영애란 자고로 쑥스러워함이 미덕이었지. 왜 이런 생각은 항상 사후에 드는 걸까?

뒤늦게 밀려오는 민망함에 나는 이번에도 말없이 눈을 굴렸다. 아니, 근데 대담한 성격이면 있을 수 있는 반응 아닌가? 하긴, 그래도 보통은 안 이러겠지? 황태자는 윙크를 날린 나와 이벨린을 번갈아 쳐다보더니 이내 물러가려는 듯 뒤로 한 걸음 옮겼다. 어차피 원작에서도 슬슬 퇴장할 때가 맞긴 했지만 왠지 나 때문에 앞당겨진 것만 같은 이 이상한 기분은 뭘까?

론드미오에게 내 인간상이 어떻게 자리 잡았는지 궁금하면서도 알고 싶지 않은 모순된 마음으로 난 그에게 인사를 올리려 자세를 잡았다.

그때였다.

부스럭, 확!

수풀에서 뭔가가 재빠르게 튀어나왔다. 이벨린의 지척이었다. 황태자가 순식간에 이벨린을 제 품으로 끌어당겨 보호한 것과 그 무언가의 정체가 햇빛 아래 드러난 것은 거의 동시였다.

쫑긋.

무언가가 제 귀를 빳빳하게 세우고 코를 벌름거렸다. 옆에 달린 수염이 잘게 움직인다. 토끼였다. 누가 봐도 반박할 수 없는 작고 깜찍한 토끼였다.

뭐지, 여기 토끼가 왜 있어? '야수의 꽃'에선 정원마다 토끼를 키우는 게 유행인가?

나는 과거의 추억을 상기하며 그런 생각을 했다. 그나저나 토끼라니, 뭔 몬스터나 암살자라도 나타난 마냥 이벨린을 감싼 황태자만 꼴이 우습게 됐다. 이런 민망한 이벤트가 원작에서도 있었던가? 잘 기억은 나지 않지만 한 가지 확실한 건 내가 지금 너무나 깐죽대고 싶다는 것이다.

깐죽거리고 싶다. 깐죽대고 싶어!

난 결국 충동을 참지 못했다.

"꺄악! 흉포한 맹수 토끼가 왜 이런 곳에!"

"……."

"휴, 하마터면 큰일 날 뻔했네요. 제 친구의 목숨을 구해 주셔서 감사합니다, 전하."

이 정도는 괜찮겠지?

나는 그가 여주인공의 사람에게 몹시 관대한 성격이었던 것을 떠올리며 황태자를 향해 샐쭉 웃었다.

"……크흠."

그런 내 기억은 잘못되지 않았다. 론드미오는 당장 저것을 끌고 가 경을 치라거나 허리춤의 검을 뽑아 휘두르거나 하지 않았다. 단지 상황에 대한 민망함과 내 깝침에 대한 못마땅함을 일부 담은 헛기침만 뱉었을 뿐이다. 괴성을 지르며 날뛰었던 케니스를 생각하면 놀라울 만치 자비로운 반응이었다. 물론 방금의 깐죽거림과 케니스에게 했던 짓을 비교하기엔 무리가 있었지만, 어쨌든 그걸 감안하더라도 황태자는 지금 내게 하늘처럼 관후한 게 사실이었다.

그래, 그랬다. 론드미오는 작중 물고기 중 이벨린의 지인에게 가장 후하던 인물이었다. 그가 특정인을 꼬실 때 상대의 주변 인물까지 공략하는 타입이었기 때문이다. 가령 여자 친구의 오빠, 언니, 동생, 친구들에게도 잘해 주는 사람처럼.

물론 문제라면 용모가 지나치게 잘난 탓에 미소 한 방으로 여주인공의 친구에게 환심 이상을 사고 만다는 거랄까. 그러고 보니 원작에서 이벨린의 친구 비슷했던 영애가 도중에 뒤통수를 치는 것도 다 재가 원인이었다. 저 인간이 영애에게 눈웃음만 안 날렸어도.

어휴, 죄 많은 물고기.

이벨린은 여전히 황태자의 품 안에 있었다. 그 안에서 눈만 깜박이다 이내 무안함을 감추지 못한 론드미오의 어색한 손길을 타고 다시 풀려난다. 제자리에 멀뚱히 선 그녀는 나를 잠깐 쳐다보는가 싶더니 돌연 웃음을 터뜨렸다.

"풋, 아하하!"

"어, 이벨린?"

"아하하하, 흉포한 맹수라니…… 하하하!"

이벨린은 말 그대로 청아하게 웃었다. 맑고 깨끗한 웃음소리였다. 그 티 없는 청량함을 듣고 있자니 머릿속에서 좀 된 옛날의 기억이 저절로 떠올랐다.

과거에 내가 개그 프로를 보며 뒤집어져 웃던 걸 친구가 녹음해서 들려준 적이 있었는데, 아무리 다시 들어도 분명 돼지 멱따는 소리였다. 절대 이런 아름다운 소리가 아니었다. 무시할 수 없는 선명한 대비에 나는 흐르려는 한줄기 눈물을 겨우 참았다.

그래…… 여주인공인 너는…… 나처럼 '으헥헥헥' 하고 웃지 않는구나…….

배 잡고 웃는 것도 예쁘다니, 이건 불공평하다. 난 원래부터 알고 있었던 이 세계의 차별을 새삼 깨우치며 슬픔을 삼켰다.

외로워도 슬퍼도 나는 안 울어. 나는야 들장미 조연 라테.

군센 마음을 가지자 생각하며 론드미오의 반응을 보고자 눈을 돌렸다. 그가 이벨린의 웃는 얼굴에 시선을 못 박은 게 보인다. 황태자는 이벨린의 웃음이 완전히 잦아들 때까지 그녀에게서 눈을 떼지 않았다.

응, 네가 보기에도 범인처럼 으헥헥헥켁케켁 하고 웃지 않는 게 남다른가 보구나. 아니면 그냥 예뻐서 보는 건가? 근데 벌써 호감 플래그가 꽂힐 때는 아닌데.

이벨린은 한참을 웃고 나더니 눈에 맺힌 눈물까지 닦았다. 내 회심의 깝침이 그녀에게 회심의 개그로 통했다는 게 신기할 따름이었다.

대체 뭐가 그리 웃겼을까? 세상 모든 사람이 이벨린만 같다면 난 지금 당장 개그 판에 뛰어들어도 대성할 텐데.

웃음기가 잠잠해지고 난 뒤 이벨린은 황태자에게 약간 미안한 얼굴을 했다. 내가 론드미오를 놀리겠다고 한 말에 빵 터져 웃었으니 그럴 만하다.

황태자는 사과하려는 이벨린을 선수 쳐 막았다. 그는 외려 그녀의 웃는 모습을 본 것에 만족한 기색이었다. 재차 눈웃음을 치더니 하는 말이,

"몹시 예쁘게 웃는군."

으윽, 느끼…….

……해야 정상인데 잘 어울렸다. 어울려서 당황스럽다.

뭐지? 쟤는 대체 안 어울리는 대사가 뭘까? 있긴 있는 걸까?

이벨린을 벽에 밀어붙이고 '얼마면 돼?'를 씨불여도 멋있을 것 같

은 불길한 기분이 문득 들었다. 황태자의 한계는 대체 어디인 걸까?

이번에도 이벨린은 그저 황송하다고 답했다. 감흥 없는 대답이었다. 그 너른 가슴팍에 안겼다 나왔으면 태도가 좀 바뀔 법도한데 여전히 무심하다.

론드미오는 이벨린의 태도를 예상한 듯 딱히 실망한 기색은 아니었다. 그저 그는 '말 편히 하라니까' 하고 재차 말한 후 웃음을 본 답례인지 내게도 선심을 썼다.

"그, 친구도 말 편히 해."

그새 내 이름 까먹었냐?

뭐, 별로 상관은 없었다. 친구인 것만 알아주면 됐다. 나는 론드미오의 인심에 주저 없이 냉큼 답했다.

"그럴게요."

대답이 너무 빨랐나? 황태자는 떨떠름한 얼굴로 내게 시선을 주었다.

어째 저 표정 자주 보는 것 같네. 떫은 감 먹은 표정.

"……그만 가보지. 더 지체했다간 백작이 기다릴 테니."

"존안을 뵈어 영광이었습니다. 살펴 가시길."

"얼굴 봐서 좋았어요. 잘 가세요."

"……다시 만났으면 좋겠군."

황태자는 이벨린에게만 느끼한 인사를 남기고 그렇게 사라졌다. 내 건방진 작별 인사에 흔들리던 동공이 선하다.

너무 까불댔나? 생각보다 재미있어서 그만.

물론 공식적인 자리에서까지 저런 정신 나간 입방정을 떨 생각은 없었다. 난 다음에 만날 이벤트를 고대하며 마음속으로 손을 흔들었다.

론드미오가 자리에서 떠나고 나는 전처럼 이벨린과 둘이 되었다. 내 얼굴을 보니 다시금 토끼 드립이 떠오르는지 이쪽을 향한 눈에 거듭 웃음기가 어린다. 나는 이번에는 호호 하고 웃는 이벨린과 함께 정원을 두어 바퀴 돌았다. 대화를 나누며 느껴지는 나에 대한 호감도가 폭소 이후로 조금 오른 듯했다. 의외긴 하지만 나야 잘된 일이다.

산책을 마치고 나와 이벨린은 다시 실내로 돌아왔다. 황태자를 만났으니 이제 오늘 이벤트는 끝일 거라 생각했다.

세 물고기와의 첫 만남 이후 변칙적으로 발생하는 우연한 만남들까진 세세히 기억나지 않았기에 그냥 어림잡아 하루에 한 명씩 만나지 않을까 짐작하고 있던 차였다.

주섬주섬 귀가 준비를 하는 내게 이벨린이 제안했다.

"사실, 오늘 도서관에 갈 예정이었거든요. 혹시 따로 일정이 없다면 같이 갈래요?"

도서관? 웬 도서관이지?

그러고 보니 이벨린은 고서를 빌리기 위해 국립도서관에 종종 출입했다. 물론 가서 책만 만나는 일은 거의 없었다. 여주인공답게 이벨린은 도서관에서 주로…….

'케니스구나!'

남주인공 2와 마주쳤다.

이거 잘됐네. 안 그래도 케니스에겐 한시라도 빨리 내가 이벨린의 친구가 되었음을 어필할 필요가 있었다.

넌 이제 나를 못 죽인다는 걸 어서 알려줘야지. 거 기대되는구먼.

나는 즉시 회답했다. 물을 필요도 없는 제의였다.

"좋아요!"

씩씩하게 내뱉은 나는 이벨린의 외출 채비가 끝날 때까지 얌전히 기다리고자 일어났던 의자에 다시 앉았다.

하하, 설렌다.

언제 귀택하려 했냐는 듯 냉큼 자리에 되앉아 실실거리는 내게 이벨린이 갸웃거리며 물어왔다.

"도서관을 좋아하나 봐요?"

던지는 질문에는 숨길 수 없는 의외라는 기색이 묻어 있어 나는 제어되지 않는 내 표정의 심각성을 알 수 있었다.

나 진짜 날아갈 것처럼 쪼개고 있었나 보네.

하지만 당장에라도 내 숨통을 끊고 싶어 안달 났을 케니스가 이벨린의 눈치를 보느라 나를 어쩌지 못하고 애타 하는 몰골이 생각만 해도 통쾌했기에 어쩔 수 없었다.

큭, 이런. 또 입이 제멋대로 찢어지는군.

난 다소곳이 두 손을 모으고 철면피를 깐 채 '제가 책을 참 좋아해서요'라고 문학소녀처럼 대답했다. 사실 책을 좋아하는 건 맞다. 장르가 비모르에 한정—좋아하는 걸 넘어 사랑한다—이라 그렇지.

이벨린은 내 답에 '저도 독서를 좋아해요'라고 대답하며 단아한 미소와 함께 맞장구를 쳤다. 그녀와 내가 좋아하는 책 사이에는 넘을 수 없는 간극—학문용 고서와 에로스한 비모르—이 존재했지만 난 아무것도 모르는 척 공통점이 있어 기쁘다는 말이나 날렸다. 괜히 업된 기분이라 느끼한 윙크도 함께. 이벨린은 내 근본 없는 갑작스런 추파에도 당황하지 않고 잔잔한 웃음으로 화답했다.

감동……. 역시 여주인공은 착해. 천사표야.

이벨린의 채비는 오래 걸리지 않았다. 뭇 소설의 여주인공들이 그렇듯 그녀 또한 꾸미는 것에 딱히 관심이 없었기 때문이다. 그녀는 그야말로 간단한 단장만을 마치고 시비에게 마차를 부탁했다.

나도 별로 치장에 신경을 쓰는 성미는 아니어서–잘 보일 대상이 없다는 이유도 한몫했지만–인간적으로 너무한 내 곱슬머리가 단정히 땋여 있는 것만 대충 확인한 채 그녀를 따랐다.

백작저의 마차는 나와 이벨린이 정문까지 향하는 그새 준비되어 있었다. 이벨린의 친부에게 신세를 졌었다는 설정의 백작은 그녀한테 상당히 극진했는데, 그래서인지 준비된 마차는 희고 커다란데다 어찌 관리한 건지 윤기마저 반짝 흘렀다.

여기 마차 담당에게 세차 방법이나 좀 물어볼까–자작저 소유의 마차는 얘에 비하면 살짝 꼬질했다–고민하고 있는데, 이벨린이 난감한 기색으로 시비에게 뭐라 뭐라 이야기를 건네는 게 눈에 들어왔다.

아, 그렇지.

수수한 걸 선호하는 그녀의 설정상 간단한 외출에 이런 마차를 타는 것은 부담스러운 일일 터다. 나는 이벨린의 조금 고지식할 수도 있는 면모를 잠자코 지켜보다 이내 바뀐 자그마한 마차에 올라탔다.

다각 다각.

이동하는 동안은 딱히 할 게 없었다. 나는 앉은 자리에서 발이나 까딱이며 창밖을 구경하다 돌연 '쿡쿡쿡…… 이것이 바로 인간들의 이동 수단인 마차라는 것인가? 드래곤의 딱딱한 비늘 위보다는 조금 푹신하군그래. 크크큭' 따위의 정신 나간 상황극이나 지껄였다. 이벨린은 벌써 면역이 된 듯 내 헛소리에 크게 반응하지 않았다. 다만 살포시 웃었을 뿐이다.

이런 저질 상황극에 웃어주다니, 거듭 생각하는 거지만 참 착해. 응, 마음이 하늘처럼 넓고 자애롭다. 내심으로 이벨린의 너른 이해심을 칭송하고 있으니 도착은 금세였다.

애초 백작저에서 국립도서관까지는 그리 멀지 않았다. 따지자면 걷기엔 멀고, 마차를 타기엔 가까운 애매한 거리랄까?

친절하게 입구까지 태워다 준 덕에 나는 마차에서 내리자마자 크고 웅장한 도서관을 마주할 수 있었다. 생각보다 건물이 되게 높다.

신분증을 제시하고 이벨린과 함께 들어선 내부는 겉에서 보이는 것보다 한층 광활했다. 복층으로 구성된 실내는 나선형의 계단으로 죽 연결되어 있었는데, 이어진 계단은 끝이 보이지 않는 것 같았다. 게다가 무미건조하게 책만 가득할 거라 여겼던 상상과 달리 이곳저곳에 조형물이 장식되어 있었다.

뭐, 뭐야? 여기 왜 이렇게 예뻐?

나는 책을 좋아한다고 어필했던 주제에 도서관을 처음 방문하는 모순적인 티를 팍팍 내며 이벨린을 졸졸 뒤따랐다. 익숙한 발걸음으로 향한 행선지는 아니나 다를까, 보기만 해도 어지러운 고서 코너였다. 현란한 상형문자들의 향연에 없던 편두통이 생기는 기분이다.

으윽, 저 괴상한 획들의 모임이 정녕 글자란 말이렷다.

나는 서재로부터 멀찍이―그래 봤자 한 네댓 발자국―떨어져 이벨린이 책을 고르는 걸 멀거니 지켜봤다.

고서도 당연히 시대별로 나뉘었는데 시기가 이르면 이를수록 해당 문자의 기괴함이 높은 편이었다. 이벨린은 그중에서도 진정 그 시대에 살았던 게 인간이 맞는가 싶은 수준의 고대어를 좋아했다. 그 설명도 어려운 문자를 보고 있노라면, 단순히 이벨린의 관심을 얻고자 저런 걸 공부한 황태자가 존경스러워질 따름이었다.

생선 씨, 당신의 집념을 인정할게요.

나는 몇 분 지나지 않아 따분한 기분이 되어 케니스의 등장을 가늠했다.

얘가 언제쯤 나오려나?

마음 같아선 다른 층을 구경하다 내려오고 싶었지만, 그사이 아윈 때처럼 케니스가 홀랑 나타났다 홀랑 사라지기라도 하면 낭패였다.

나는 너를 꼭 만나고 싶단다! 케니스야! 어디 있니?

내 염원이 통한 건지 때마침 기다리던 케니스가 등장했다. 그는 꽤 떨어진 곳에서 막 이벨린을 발견한 눈치였다. 첫 만남의 그 어두운 와중에도 느꼈었지만, 역시 황태자에게 꿀리지 않는 대단한 외양이었다. 이 거리에서도 감출 수 없는 미모가 눈에 들어온다.

하하, 잘생겨서 재수 없어.

미남이 짜증 나기는 또 처음이다. 생각하는 그사이 이벨린의 머리 위로 책 한 권이 떨어져 내렸다.

턱!

놀랄 새도 없이 케니스가 낙하하는 것을 잡아챘다.

뭔 움직임이 저리 빠르담.

그는 말 그대로 순식간에 이벨린의 지척으로 이동해 그녀를 보호했다. 반쯤 품에 안긴 이벨린은 갑작스런 사태에 당황이 역력한 기색이었다. 그런 이벨린을 내려다보며 케니스가 나직이 말했다.

"……하마터면 다칠 뻔했군."

하고 내뱉는 케니스의 모습이 마치 한 폭의 그림 같아 나는 진심으로 내 눈을 찌르고 싶어졌다.

저놈이 저런 대사를 하는데 멋지다니. 인정하고 싶지 않았다.

난 애써 케니스가 콧구멍에 팝콘을 꽂고 있던 몰골을 떠올리며 그의 멋짐을 상쇄시키려 노력했다. 나를 사생팬 취급했던 인간을 멋진 놈으로 인식할 순 없었다. 이건 자존심의 문제다. 난 케니스가 영원히 내 맘속에 콧구멍남으로 남아 있어주길 바라며 둘에게 다가갔다.

"이벨린! 괜찮아요?"

"아, 라테."

일부러 약간의 호들갑을 담아 말을 꺼내자, 이벨린이 곧장 내게로 몸을 틀었다. 제 품에서 벗어나는 이벨린이 못마땅한지 미약하게 표정을 굳힌 케니스는 이내 날 발견하고는 험악하게 얼굴을 구겼다.

표정 없는 냉미남 다 죽었네. 어쩜, 낯을 저렇게까지 찌푸리지?

케니스는 극명히 부정적인 눈빛으로 날 응시했다. 그러다 지척에 딱 붙어 있는 나와 이벨린을 번갈아 돌아본다.

"도대체……."

케니스가 짧게 뱉었다. 그 한 마디에 담긴 것은 의문이었다. 왜 둘이 함께 있냐는 뜻이겠지. 론드미오 때와 달리 이번에는 내가 대답했다.

"나들이 삼아 도서관에 같이 왔습니다. 친구라서요, 이벨린과 제가."

"……친구?"

"네! 친구."

그의 반문에 씩씩하게 대답한 난 과시하듯 이벨린에게 더 가까이 몸을 디밀었다. 케니스는 살다가 친구라는 단어가 이렇게 기분 더럽긴 처음이라는 얼굴로 한숨을 뱉었다.

아, 아니, 이놈! 한숨마저 남주인공스럽군.

말이 끊기고 내려앉은 적막 속에서 이글거리는 시선이 내게 닿았다. 당장에라도 내게 요단강 편도 티켓을 끊어주고 싶어 하는 그의 의지를 읽고 난 속으로 춤을 췄다.

꿈 깨렴, 케니스야. 넌 이제 내 목 위를 공중 부양시키는 건 포기해야 한단다. 껄껄.

표 나지 않게 내심으로만 깨방정 댄스를 남발하는데 그의 눈길이 한층 매섭게 변했다. 아니, 왠지 숨이 턱턱 막히는 것이 그냥 시선은 아닌 것 같았다. 그래, 왕년에 판타지 소설깨나 읽은 내가 판단하기에 이건 살기였다.

아이고, 이놈이! 물고기가 내게 살기를 뿌렸어!

"이벨린, 각하께서 저한테 살기 뿌려요."

난 주저 없이 냅다 고자질했다. 거침없는 일러바침에 이벨린이 곧장 케니스에게로 시선을 돌렸다. 그 힐난이 담긴 눈빛에 케니스가 살짝 주춤한다. 그의 찔려 하는 기색을 통해 내가 받은 살기가 실재였음을 알 수 있었다.

아니, 찍은 건데 진짜였어!? 검술 천재의 살기를 간파하다니!

놀라운 나의 직감에 저절로 감탄이 나왔다.

하하, 역시 내 통찰력. 누가 날 죽이려고 하는 건 귀신같이 알아챈다니까. 근데 왜 갑자기 슬픈 기분이 든담…….

"각하, 그녀는 제 은인이자 친구입니다. 저를 존중해 주실 의향이 있다면, 부디 그녀 또한 마찬가지로 대우해 주시길."

이벨린이 차분히 말을 마치고 케니스를 올려다보았다. 마주한 이의 녹색 눈을 응시하는 그의 표정에서 복잡한 심경이 엿보였다.

그래, 혼란스럽겠지. 잡아 죽이려 벼르고 있던 사생팬이 잘 보이고 싶은 예쁜이의 절친이라는데.

케니스는 제 코앞에서 알짱거리는 내 얄미운 목을 비틀지 못해 괴로운 듯 보였다.

호호홋, 여주인공 실드가 짱이다.

난 케니스의 불타는 애탐을 전혀 모르는 사람처럼 해죽 백치처럼 웃었다. 제 머리색과 똑같은 새카만 눈썹이 꿈틀거린다.

잘생긴 케니스야, 니가 빡칠수록 난 더욱 즐겁단다.

내가 원래 남의 고통에 행복을 느끼는 그런 사람이 아닌데. 이게 다 케니스 때문이다. 물고기가 내게 신세계를 알려줬다.

케니스는 결국 현 상황에 순응하기로 했는지 내게서 일체의 시선을 거뒀다. 실수로라도 내 쪽은 쳐다보지 않겠다는 의식적인 눈 돌림이었다. 하긴, 시야에 비쳐 봤자 열불밖에 더 날까. 현명한 선택이었다. 난 그의 가련한(?) 고개 돌림을 칭찬했다. 이렇게 보면 남주인공 자리도 참 안쓰럽다.

아니, 물고기라서 슬픈 건가?

어쨌든 여주인공을 가장 우위에 두어야 하니까. 나였다면 짝남(짝사랑하는 남자)의 친구든 은인이든 일단 명치를 휘갈기고 봤을 텐데. 짝남이야 시간이 지나면 언젠가 다시 생기는 거고, 일단은 내 혈압이 더 중요하니.

그런 나와 달리 소설 속 캐릭터인 그들에겐 여주인공이 이 세계의 유일한 여성이요, 놓칠 수 없는 연인일 터였다. 애초에 선택지가 없는 단 한 명뿐인 인물. 결코 거스를 수 없기에 곁에 붙어 나대는 조연조차 건드리지 못하는 것이다. 프렌드 실드를 믿고 깝죽대는 내가 할 말은 아니었지만 나름 불쌍한 친구들이었다.

아무튼 그건 그거고, 내 목숨이 달린 마당에 남 생각이 어디 있담. 난 한층 안락하게 느껴지는 이벨린의 옆에 꼬옥 붙었다.

저는 죽는 날까지 이 명당을 떠날 생각이 없사옵니다.

재수 없게 달라붙는다고 생각했는지 케니스가 다짐도 잊고 날 힐끗거렸다. 난 그 찰나의 시선을 놓치지 않고 재차 백치 미소를 날렸다.

오오, 표정 썩는다. 내가 웃는 게 그만치 아니꼽니?

어지간히 보기 싫다는 낯빛에 난 더욱 환하게 웃어주었다.

방긋방긋.

"……이만 물러가지."

왠지 내가 케니스를 퇴치한 기분이다. 그는 인내심의 한계를 느낀 듯 자리를 벗어나겠다 선언했다. 아쉬울 것 없는 소식에 손이라도 흔들어주고 싶었지만 참고 얌전히 있었다. 케니스는 황태자보단 요주의 인물이라 개김의 정도를 조절할 필요가 있었다. 할 만큼 했다.

케니스는 그대로 돌아서는가 싶더니, 잠시 멈칫하곤 고개를 틀어 제 눈동자에 이벨린을 담았다. 짙은 남색 홍채에 그녀가 비친다. 일시의 머뭇거림이 스치고 그가 입을 열었다.

"이곳에 자주 오나?"

묘한 물음에 어쩐지 분위기가 바뀐다.

그렇지 참, 이거 로맨스 소설이지.

나는 굳이 끼어들지 않고-그럴 이유도 없었지만-잠자코 관람객의 태도를 취했다. 이벨린은 여상한 차분함으로 그 질문에 응했다.

"즐겨 찾는 편입니다."

"그렇군."

케니스는 말을 고르듯 잠시 조용했다.

이 실내에 뭔 바람인지 밤하늘 같은 흑색 머리카락이 그의 반듯한 이마를 간질였다. 나는 한결같이 반발심이 솟구치는 그 그림 같은 자태를 보며 문득 이 장면을 모니터로 읽은 것 같다는 생각을 했다.

마침 케니스가 귀로는 낯설으나 눈으로는 익숙한 지문을 뱉었다.

"처음의 말투가 더 마음에 들어."

"……예?"

"다시 만났으면 좋겠군."

대사를 마치고 그는 미련 없이 등을 돌렸다. 뚜벅뚜벅, 케니스가 단정한 걸음걸이로 멀어진다. 이벨린은 조금 뜬금없는 그의 말에 당황한 낌새로 작아져 가는 미려한 뒷모습을 응시했다.

그 양상을 지켜보고 있자니 문득 이 국면이 포함된 회에 '케니스 존설♡ 공작 각하 파이팅!' 하고 댓글을 달았던 게 떠오른다.

아련한 기억이야……. 그리고 그때의 뭣 모르던 내 손가락을 분지르고 싶다.

이벨린은 케니스를 오래 주목하지 않았다. 그녀는 고개를 몇 번 갸웃하곤—이벨린은 여주인공답게 케니스가 제게 왜 저러는지 0.1도 모르는 눈치였다—애초의 목적이었던 책을 몇 권 끄집어냈다. 나는 쇼핑할 때 친구의 짐을 나눠 드는 느낌으로 그녀가 고른 묵직한 고서를 두어 권 품에 안았다.

사서를 통해 책을 대출하고 바깥으로 나오자 보이는 하늘이 여전히 쾌청했다. 왠지 집에 있으면 죄짓는 것 같을 날씨다. 어디 놀러라도 가야겠단 생각을 하는데 돌연 이벨린이 내 품에 있던 책까지 한꺼번에 빼어 들곤 쪼르르 도서관으로 다시 들어갔다. 뭔가 싶어 제자리에서 입구만 돌아보고 있자니, 금세 그녀가 도로 튀어나온다. 홀

가분한 빈손이었다.

어멋, 이 언니 혹시?

“날씨가 너무 좋네요. 우리 간단하게 뭐라도 먹으러 갈까요? 책은 돌아오는 길에 찾는 걸로 하고.”

기대를 저버리지 않는 제안이었다. 난 고려할 것도 없이 고개를 끄덕였다. 안 그래도 슬슬 허기가 지던 참이다. 수도의 저잣거리에는 지방에서도 부러 찾아올 만큼 솜씨 좋은 맛 집이 여럿 있었다.

날도 좋은데 식도락 즐기기에 딱이다.

나는 과거에 생각 없이 맛 집 기행을 다니며 삼시 세끼를 외식하다 드레스 옆구리가 터지도록 살이 쪘던 때를 떠올렸다.

덕분에 눈물겨운 다이어트를 함께했었지. 정말 개고생이었다. 한국에서도 안 하던 체중 조절을 여기 와서 하게 될 줄이야.

근데 내 잘못만도 아닌 게 음식이 인간적으로 너무 맛있었다. 미원이나 다시다도 없을 텐데 어쩜 그리 꿀맛인지, 그저 신기할 따름이다. 이 세계도 한국과 마찬가지로 바깥 음식이 제법 열량이 높았다. 살찌기 쉽단 소리다.

그래도 한 끼 정도는 괜찮겠지.

나는 자작저로 돌아가면 따로 산책을 좀 해야겠다고 다짐하며, 예전에 자주 찾았던 맛 집으로 이벨린을 이끌었다. 기실 저잣거리 또한 여주인공에게 있어선 만남의 메카였다. 주로 도서관에서 케니스를 마주치듯, 저잣거리에선 아윈을 주로 맞닥뜨렸다.

그러나 나는 그걸 염두에 두고 있진 않았다. 이 상황에서 아윈까지 만나는 건 솔직히 말도 안 된다 싶었으니까.

아침부터 황태자, 공작을 차례로 만났는데 점심 무렵에 마탑주까지? 하하, 그럴 리가. 무슨 모여라 물고기도 아니고.

그런데 그것이 실제로 일어났습니다.

"아윈?"

뭐야? 오늘 무슨 어시장 열리는 날이야?

이벨린의 입에서 흘러나오는 물고기 3의 이름이 귀에 쏙 날아들어 꽂힌다. 그는 그야말로 우연히 우리와 마주쳤다. 정확히는 이벨린과.

그러니까, '즐거운 맛 집!'을 외치며 가게의 문을 확 열어젖혔는데 거기서 아윈이 나왔다.

……왜 님이?

난 처음에 놀라서 움직이지도 못 했다. 아윈이 가게 밖으로 나온 후 문이 도로 탁 닫히고, 내 옆에 서 있던 이벨린과 그의 눈이 마주쳤다. 그리고 직후 그녀가 이름을 불렀다.

생각지도 못 했던 이벤트에 나는 문고리를 잡았던 손마저 한동안 허공에서 내리지 못했다. 조금 시간이 흐르고 나서야 난 어정쩡히 들려 있던 팔을 얌전히 제자리에 갖다 붙일 수 있었다.

세상에, 이렇게 갑자기 아윈이……. 보고 싶었는데, 못 봐서 억울하다고 눈물까지 삼키며 슬퍼했던 게 꼴랑 오늘 아침 일인데. 그랬는데 맙소사, 얘가 지금 내 앞에 있네!

"이벨린!"

아윈이 해맑게 웃으며 그녀를 불렀다. 거리상으론 내가 더 가까웠지만 그의 시야에 나 같은 건 일말 존재하지 않는 듯했다.

그새 자동으로 병풍화가 진행된 모양이군. 뭐, 새삼스럽지도 않다.

난 공기가 되어 아윈의 얼굴을 샅샅이 뜯어보았다. 고대하던 그의 얼굴은 실로 상상 이상이었다.

얘 진짜, 천사처럼 생겼잖아?

"여긴 어쩐 일이야? 아, 밥 먹으러 왔겠구나?"

진한 반가움을 담고 아윈이 아이처럼 웃었다. 그 햇살 같은 미소를 보며 나는 원작의 묘사가 더없이 완벽했음을 실감했다. 그는 진정으로 개미 한 마리 못 죽일 것처럼 생겨 먹였다. 실상은 손짓 하나로 수십 명을 생매장하는 미친놈인데도.

"응, 그러는 아윈이야말로……."

"나도 물론 식사하러. 되게 즐거운 우연이네, 그렇지?"

결 좋은 은발이 바람에 살랑인다. 어여삐 접히는 눈가가 만들어내는 고운 눈웃음에 나는 순간 놀라 사레가 들릴 뻔했다.

저거 인간적으로 좀 너무한 거 아냐? 남녀노소 구분 없이 죄 홀릴 눈웃음이라니. 양심적으로 성별은 좀 가려라…….

보면 볼수록 아윈의 외양은 충격적이었다. 도저히 사람 목 따는 미친놈이랑은 매치가 안 된다. 살생과는 완전히 반대 극에 있을 것 같았다. 거기다 비속어 따위는 꿈에도 못 쓸 듯한 이미지는 덤. 바르고 고운 말만 용납하는 교과서 같은 얼굴이랄까?

하지만 실제 물고기 셋 중 쌍욕이란 쌍욕은 재가 다한다. 물론 이벨린이 없는 데서. 뭔 저런 캐릭터가 다 있담.

"조금만 일렀으면 함께 식사할 수 있었는데, 아쉬워. 오늘은 지갑 안 잃어버렸어?"

"풋, 설마. 소매치기를 매일같이 만날 리 없잖아."

주고받는 대화가 편했다. 아윈이야 누구한테나 반말하는 놈이니 차치하더라도, 이벨린은 세 남주인공 중 아윈에게만 말을 놓았다. 그건 아윈이 가증스레 뒤에 붙은 성을 떼고 제 이름만 날름 소개했기 때문이다. 마치 아무것도 쥔 게 없는 평민인 양, '내 이름은 아윈이야' 하고.

원작에서 그리했듯 여기서도 마찬가지였는지 이벨린은 격식 없이 그를 대했다. 굳이 따지고 들면 아윈이 평민인 건 맞았다. '헤브림'을 단다고 해서 없던 혈통이 생기거나 작위가 수여되는 건 아니었으니까. 문제는 헤브림이 지니는 영향력이었다.

마탑은 본래도 위세가 높은 단체다. 한데 그 단체가 지금 유래 없이 강한 주인을 만나 전성기를 누리고 있었다. 그러한 마탑을 발아래 둔 수장. 애초에 귀족과 비교하는 게 어불성설인 터다. 따지자면 한 왕국의 왕쯤 될까? 이벨린은 제가 왕을 친구 대하듯 하고 있다는 건 꿈에도 모른 채 웃으며 말했다.

"게다가 이번엔 일행도 있는걸."

그녀가 나를 가리켰다. 그제야 처음으로 아윈의 시선이 내게 닿았다. 언제 살살 웃고 있었냐는 듯 무감동한 붉은 눈동자. 그는 마치 길가의 돌멩이를 쳐다보듯 그렇게 지척의 나를 잠깐 응시했다. 그러곤 금세 도로 이벨린을 눈에 담는다.

어머! 얘, 너 지금 나 개무시한 거니?

누가 봐도 개무시였지만 사실 별 감흥은 없었다. 아윈은 후에 사교계의 꽃이라 불리는 제국 제일 미녀–설정상 여행 중이라 아직 등장 전이었다–마저 돌 부스러기처럼 대하는 인물이었다.

본디 사람에게 흥미를 잘 느끼지 않는 성정–이벨린은 여주인공이니까 예외로 치고–이니, 그런 마당에 내게 주의를 기울인다면 그게 더 말이 안 될 일이다. 예상했던 무관심이었다. 특별히 아쉬울 것도 없고. 외려 당황한 건 이벨린이었다.

"인사해, 내 친구야. 라테 엑트……."

"관심 없어."

"어?"

"안 궁금해. 그보다 오늘은 좀 조심해서 다녀."

위험한 일 없게. 아윈이 덧붙였다. 말을 마친 그가 이내 볼일이 있다며 이벨린에게 손을 흔들었다. 그러곤 자리에서 꺼지듯 사라진다. 한순간에 아윈이 증발하고, 처음의 목적지였던 가게 문이 다시금 시야를 채웠다.

쟤, 텔레포트 그냥 막 쓰네…….

마법 천재니까 당연하겠지만 참 부럽다.

제국 전역이 제 안방 같겠구먼.

휑해진 자리를 말없이 응시하다 이벨린이 난처한 기색으로 나를 돌아봤다.

음? 난처?

나는 그녀가 왜 저런 낯을 하고 날 보는지 의아해서 고개를 슬쩍 갸웃했다.

설마 아윈의 행동에 본인이 책임을 느끼나?

"……괜찮아요?"

"네? 안 괜찮을 게 뭐가 있어요."

난 어깨를 으쓱했다. 면전에서 무시당했으니 속이 좀 쓰려야 맞는 걸까? 하지만 원래 아윈은 이벨린 빼고 다 이리 대하는 놈이었다. 내가 그 앞에서 섹시 봉춤을 춘 것도 아닌데 관심 안 준다고 실망할 이유가 없다. 고개까지 내저으며 난 내가 한 톨조차 신경 쓰고 있지 않음을 어필했다.

나는 '여주인공이 나보다 잘난 게 뭔데? 뭐가 그리 특별하다고 이렇게까지 취급이 다른 건데? 왜?!' 하고 부들거리며 질투로 흑화 하는 캐릭터가 될 생각이 전혀 없었다. 찬양하고 아부 떨며 찰싹 달라붙어 있어도 모자랄 판에 웬? 그런 건 역할이 정해진 다른 조연들이 차고 넘치게 해줄 일이다.

"아무렇지 않으니 이벨린도 신경 쓰지 말아요."

나는 나름 자애로운 느낌이 들었으면 하는 미소를 걸치고 말했다. 그래, 솔직히 아윈의 무례함을 그녀가 면구스러워할 까닭은 없었다.

이벨린이 아윈 엄마도 아닌데 뭐. 걔가 날 때렸으면 또 몰라. 싸대기 정도 날렸으면 어장의 주인 된 바로서 책임감을 느끼는 거 인정.

그런 생각을 하며 이벨린을 마주 보는데 일순, 그녀가 묘한 표정을 했다. 늘 보던 얼굴이 아니라 순간이지만 눈에 띌 만큼 이질적인 형색이었다. 제대로 뇌리에 담기도 전에 이벨린의 낯은 다시 여상한 미소로 바뀌었다.

어, 뭐지?

순간 잘못 봤나 싶어 혼동이 오는 눈을 깜박였다. 시야에 들어오는 그녀의 표정은 평소와 같았다.

"그렇다면 다행이네요. 참, 방금 만난 사람이 제가 아침에 이야기했던 그 사람이에요. 지갑을 찾아줬다던."

"그래요? 그랬구나."

난 대강 맞장구치며 가게 문을 열었다. 이벨린을 먼저 들여보내고 뒤따르며 다소 복잡한 기분으로 조금 전의 목도를 상기했다.

뭐였을까?

워낙 찰나여서 확신하기도 힘들었다. 묘한 표정이라. 기실 이벨린이 날 향해 어떤 표정을 지었든 크게 중요한 건 아니었다. 묘한 표정이든 역한 표정이든…… 아니, 역한 표정은 좀 큰일이네. 어쨌든 친구 무르자는 의사 표현만 아니라면 솔직히 상관없는 편이 맞다.

나는 제대로 떠오르지도 않는 한시의 낯을 머릿속에서 지웠다.

아침부터 이벨린네로 달려가 산책에, 도서관 나들이에, 저잣거리에서 밥까지 먹고, 더불어 물고기 셋마저 차례로 조우했다. 생각지 않게 바쁜 나절이었다. 남주인공들을 순서대로 죄다 만난 건 지금 생각해도 몹시 신기한 일이다.

오늘이 몇 월 며칠이더라? 생선 데이로 명명해야지.

나는 달력에 동그라미를 치는 상상을 하며 자작저로 귀환했다. 해가 지려면 세 시간은 족히 남은 한낮이었다. 한밤도 아니고 신경이 쓰일 만한 귀가가 아니었던지라 조용히 방에 들어가 옷이나 갈아입을 생각이었다.

"아가씨!"

그런데 '이제야 오셨군요!' 하는 기세로 에슐라가 벼락같이 튀어나와 나를 맞이했다. 나는 덕분에 저택에 들어서자마자 놀라서 멀뚱 굳었다. 내 귀택만을 손꼽아 기다린 것 같은 눈치에 난 순간 내가 나간 게 어제였나 하는 혼동을 느껴야 했다.

"어…… 에슐라?"

"마침 잘 오셨어요. 안 그래도 다들 기다리던 차였는데."

"기다려? 나를?"

왜? 심지어 다들이란다.

아침까지만 해도 별달리 전해 들은 얘기가 없었던 터라 난 의문에 휩싸여 에슐라가 이끄는 곳으로 향했다. 그녀는 나를 회의실로 안내했다.

응? 회의실? 회의를 하면서 날 기다렸다고?

그 순간 한줄기 섬광이 날 강타했다.

서, 설마!

내 이름은 라테 엑트리, 귀족이죠. 그리고 열여덟이죠. 귀족가의 영양 라테 엑트리는 열여덟 살이 되도록 진지하게 교제하는 상대 없이 홀로 지내고 있습니다.

그, 그렇다면.

“자작님, 아가씨께서 돌아오셨습니다.”

“오, 그래. 라테.”

나는 삐걱거리는 걸음걸이로 회의실 문턱을 넘었다. 긴 원형 탁자에 익숙한 사람들이 옹기종기 모여 있었다. 난 어떤 표정을 지어야 할지 몰라 혼란스러운 기분으로 어색하게 가까이 다가갔다. 아버지까지 계신 걸 보니 중요한 일이 맞는 것 같은데……. 그것도 내가 주인공인.

……어, 그러니까…… 보통 여기 영애들이 몇 살에 약혼을 하더라? 열여덟…… 이었던 것 같은데.

“여기 앉거라. 네게 긴히 할 말이 있다.”

난 심장이 빠르게 뛰는 걸 느끼며 어머니의 옆자리에 앉았다. 얼핏 본 고운 얼굴에 걱정이 서려 있었다. 어머니께서 걱정을 품는 건 새삼스러운 일이 아니었지만, 왠지 느낌이 평소와 다른 것이 내게 불안감을 안겨주었다.

아니, 진짜? 정말? 그치만 이건 너무 갑작스러운데요.

"다른 게 아니라……."

과거 로맨스 소설을 통해 숱하게 읽었던 귀족가 영애의 피할 수 없는 숙명이 머릿속을 헤집기 시작했다. 그리고 아버지께서 평소와 달리 신중히 운을 띄우는 것 또한 불길함을 더해 주었다. 미처 마음의 준비도, 대답할 말도 생각하지 못했는데 곧장 본론이 나올 분위기다.

으아아.

난 긴장으로 몸을 꼿꼿이 세웠다. 아버지의 말이 이어진다.

안 돼!

"팝콘을 통해 사업을 해보면 어떨까 해서 말이다."

"정략결혼은 아직 안…… 네?"

엥?

난 멍청하게 벙찐 얼굴로 아버지를 응시했다. 그런 내게 나만치 황당한 표정을 한 아버지의 시선이 날아와 꽂혔다.

……정략혼이 아니야?

"방금 뭐라고 했느냐?"

"아니, 아무것도 아니에요. 네, 절대 아무것도 아닙니다."

난 묶은 머리가 내 목덜미를 찰싹찰싹 때릴 정도로 거세게 고개를 저었다. 부끄러움에 새빨갛게 달아오르는 뺨을 막을 방도가 없었다. 아버지는 헛기침을 두어 번 하시더니 내 등신 같은 설레발을 눈감아 주었다.

……고마워요, 아버지.

난 왜 그런 터무니없는 착각을 한 걸까? 회의, 심각함, 날 기다림. 이 세 가지 조합만으로 곧장 정략결혼을 유추하다니. 이래서야 부크의 협소한 사고력을 나무랄 처지가 못 됐다. 난 눈물을 삼키며 이불킥을 주문했다. 여기 일주일 치 결제요.

"다시 얘기하마. 네가 만든 팝콘이라는 과자로 사업 구상을 해본 참이다. 듣기론 만드는 방법도, 재료도 간단하다고 하더구나."

가시지 않는 쪽팔림에 몸 둘 바를 모르고 있자니, 아버지께서 재차 본론을 꺼냈다. 난 열이 올라 뜨끈한 뺨을 양손으로 감싼 채 말을 경청했다.

팝콘 사업이라. 그러고 보니 정작 만든 나는 생각하지 못했던 일이었다. 팝콘이 돈이 될까?

생각하는 순간 오리지널 팝콘의 고소하고 짭조름한 맛이 떠올랐다. 스파이시의 매콤함도, 치즈 가루의 오묘함도, 또한 과거에 좋아했던 캐러멜의 달콤함까지. 상기하자마자 저절로 입안에 침이 고인다.

……되겠는데?

"우선 작은 상단을 하나 꾸려 이동하면서 판매를 해볼 계획이다. 그렇게 해서 반응이 좋으면 가게를 여는 식으로 할까 하는데……."

"좋아요! 저는 괜찮은 것 같아요."

나는 씩씩하게 대답했다. 되는 정도가 아니라 잘하면 돈방석에 앉을지도 몰랐다. 그리고 그건 몹시 바람직한 일이었다. 인생을 두 번 살며 깨달은 건데 돈은 늘 옳았다. 캐시는 진리다.

아버지는 내가 이리 반길 거라곤 예상치 못하셨는지, 잠깐 당황한 기색을 보이시다 이내 얼굴 가득 화색을 담았다. 팝콘의 창시자—여기서는—인 내가 적극적으로 찬성하니 기분이 좋으신 듯했다. 그런 아버지의 곁에서 집사도, 드푸도, 벨벳 유모도 덩달아 방실방실 웃었다. 그 웃음에서 절로 느껴지는 게 있었다.

이 사업 공동출자구만? 뭐, 다 함께 부자가 되는 것도 좋은 일이지.

벌써부터 사업이 성공하기라도 한 듯 화기애애한 분위기 속에서 난 좀 전부터 궁금했던 것을 물었다.

"그런데 아버지, 벌써 퇴근하신 거예요?"

황궁으로 출퇴근하는 아버지께서 저택에 있기엔 지금은 지나치게 이른 시간이었다. 아버지는 눈가에 주름을 잡은 채 내게 말했다.

"유급 휴가를 받았단다."

아하! 여기에도 그런 은혜로운 날이.

난 고개를 끄덕였다.

"아무튼 라테 너도 괜찮다고 하니, 한시라도 빨리 사업을 추진하는 게 좋겠구나. 우선 상단은 경험이 있는 사세열 시종장이 맡는 걸로 하고……."

아버지는 들뜬 기색이었다. 어머니는 여전히 다소 걱정스런 눈치였지만, 사실 그녀는 안심해도 좋았다. 애초에 소소하게 벌이는 만큼 위험부담이 큰 사업도 아닌데다, 혹여 망하더라도 내가 벌어들이는 인세로 커버할 수 있는 규모일 것이다. 아버지인 엑트리 자작은 무모한 도전심이 있는 사람이 아니라, 무리하게 사업을 확장할 염려는 없었다. 애초에 그럴 만한 자금도 없었지만.

난 걱정 말라는 의미로 어머니에게 눈을 찡긋했다. 이게 하다 보니 빠져든다. 이러다 버릇되겠는데. 나는 가려야 하는 대상을 망각하고 케니스에게 윙크를 날려 목이 날아가는 일이 없도록 조심하자고 다짐했다. 주의해야지.

회의는 곧 실무 쪽으로 넘어갔다. 구체적인 방안이 논의되기 시작하면 내가 끼어들 일은 거의 없었다. 나는 예나 지금이나 사업에 관련해선 지식도, 경험도 전무했기 때문이다. 지루한 이야기들을 듣고 있자니 깜박했던 피로가 다시 몰려오는 느낌이었다.

나는 먼저 들어가겠다는 인사를 올리고 자리를 나왔다. 문밖에서 나를 기다리고 있던 에슐라가 찰싹 옆에 붙는다. 그녀는 왠지 잔뜩 상기된 얼굴이었다.

“우리 이제 부자 되는 거예요?”

동그란 눈동자가 평소보다 초롱초롱하다.

……혹시 너도 출자했니?

떠올리고 나니 벨벳 유모를 중심으로 시녀와 하인들이 함께 모여 자금을 보탰을 거란 생각이 들었다.

이거 잘하면 저택의 모든 사람이 참여한 사업이겠는데. 팝콘에 대한 기대가 상당한 모양이었다. 하긴, 인기가 선풍적이긴 했다.

“그건 두고 봐야 알겠지만, 아마 되지 않을까?”

“헤헤, 그랬으면 좋겠어요.”

“나도 그래.”

간단한 대화를 나누며 방으로 향했다. 조금 쉬다가 마사지를 받고 저녁을 먹으면 어떨까 싶었다. 참, 산책도 해야지.

오늘 이벨린과 갔던 식당에서 먹은 크림 요리는 고소함과 느끼함이 일품이었다. 그야말로 살찌는 맛. 왜, 맛있음=살찜은 늘 변하지 않는 공식인 걸까. 부러질 듯 가는 개미허리를 귀족 여성의 당연한 미덕으로 여기는 이 세계가 싫었다. 흑흑, 잔인한 귀족 사회.

방으로 들어서자마자 나는 에슐라의 도움을 받아 답답한 외출복을 벗어 던졌다. 보들보들한 실내복으로 갈아입자 속이 다 트였다. 과거엔 잠옷 차림으로 집에서 뒹굴다 그대로 밖에 나가곤 했었는데,

지금은 꿈도 못 꿀 일이다.

난 면역력 증진을 위해 꼼꼼히 손을 씻고 양치를 한 뒤 침대에 나자빠졌다. 너른 침대에서 한 바퀴 반쯤 구르고, 푹신한 베개를 껴안았다.

아직 오후인데 벌써 하루가 다 간 느낌이었다. 껌벅껌벅 천장을 쳐다보다 문득 달력에 진짜 표시할까 싶어 몸을 일으켰다.

오늘은~ 기념비적인~ 생선~ 데이!

주섬주섬 달력으로 손을 뻗다 돌연 떠오르는 것에 나는 팔을 멈췄다. 휘둘러본 방에는 나 외엔 아무도 없었다. 에슐라는 탈의를 도운 후 필요하면 불러달라며 방에서 나간 상태였다.

음, 스크롤이 몇 장이나 남았더라?

난 경로를 바꿔 달력 대신 스크롤들을 꺼내 펼쳤다. 전에는 갑자기 삶이 지루하게 느껴지거나 쓰던 글이 막히거나 하면 스크롤을 지르러 나갔었는데, 이벨린이 등장한 후로는 그럴 일이 없었다. 물고기 구경이 꿀잼인데 심심할 틈이 있겠나.

한 달 전쯤 쇼핑했던 스크롤은 총 일곱 장이 남아 있었다. 이 정도면 어디 으슥한 골목에 혼자 기어들어가도 칼빵 맞아 죽을 걱정은 없었다. 이벨린과 다니다 보면 거의 쓸 일도 없을 테니, 아마 한동안은 이 상태에서 개수가 줄지 않을 것이다.

그러나 이때의 나는 몰랐다. 곧 이것들을 한꺼번에 날리게 되리라고는.

Chapter 3 마주치는 물고기 세 마리

본연의 게으름에 충실해 아침잠을 실컷 자고 오전 느지막이 기상했다. 전날 산책을 하겠다 다짐해 놓고 집 안에서 팝콘이나 잔뜩 처먹고 잠든 것에 대해 반성의 의미로 싱싱한 풀떼기들을 식사 대신 씹던 참이었다.

에슐라가 내 앞으로 한 통의 편지를 배달했다.

"나한테?"

"네, 수신인이 아가씨로 되어 있어요."

뭘까? 조용히(?) 구경꾼의 나날을 영위 중인 내게 이런 서신을 보낼 인물이 있었나?

나는 갸웃하며 내밀어진 것을 받았다.

음, 설마 야밤에 혼자 기어 나오라는 내용의 결투장은 아니겠지. 발신인은 케니스.

실없는 생각을 하며 곱게 접힌 종이를 펼치자 한눈에 봐도 여성스러운 필체가 시선을 끌었다. 서간은 다름 아닌 초대장이었다.

아.

적힌 글귀에 떠오르는 기억이 있어 나는 포크를 내려놓고 손가락을 튕겼다.

그래, 참. 이런 이벤트가 있었지!

결 좋은 종이에는 다놀라 자작가에서 다과회를 주최하니 참석을 요한다는 전갈이 쓰여 있었다. 일시는 하루 뒤 정오. 이 초대장은 나뿐 아니라 이벨린에게도 갔을 게 분명했다. 왜냐하면 여주인공이 편지의 다과회에 참가하려 길을 떠나다 위험에 처하는 에피소드가 예정되어 있었으니까. 케니스의 검술 천재다운 면모를 얼핏 확인할 수 있도록 안배된 사건이었다.

아싸!

나는 설레는 기분으로 내일 또 새벽같이 일어나 이벨린에게 달려가야겠다는 결심을 굳혔다. 이건 결코 놓쳐선 안 되는 이벤트 중 하나였다. 실로 진귀한 구경거리가 내정되어 있었기 때문이다.

이벨린이 휘말리게 될 사태에는 무려, 놀랍게도, 이름하여 '오크 무리'가 등장한다. 오크! 이름만 들어도 판타지의 향기가 물씬 풍기는 몬스터계의 대표 되시겠다. 익숙한 만큼 가장 흔하고 만만하게 취급되는 동네북 몬스터였지만, 나는 여태껏 그들을 목격한 적이 단 한 번도 없었다.

판타지의 세계관을 얼추 표방하고 있는 '야수의 꽃'에는 오크는 물론이거니와 비슷한 개체들이 아마 우글우글할 테지만, 그렇다고 그들이 수도 한복판에 짜잔 하고 나타나 주진 않았다. 몬스터를 보기 위해선 도성을 벗어나 어디 외딴 숲에 직접 기어들어가거나 온갖 괴담이 넘치는 험준한 산맥을 타넘어야 했다. 물론 나에게 그만한 패기는 없다. 그럴지니 몬스터 떼를 위험도 0%의 명당―여주인공 옆―에서 구경할 수 있다는 건 분명 춤사위가 절로 나올 만큼 즐거운 기회였다.

'취익취익'거리는 녹색 괴물을 실물로 볼 수 있다니. 이벤트 최고! 늘 이유 없이 위험에 처하는 데인저 메이커 여주인공 최고!

결정했다. 오늘은 얌전히 집에서 체력이나 비축해야겠다. 순서로 보건데 내일이 케니스라면 금일은 황태자를 만나는 날일 터였지만, 이미 늦잠도 잔 마당에 하루 정도는 얌전히 흘려보내는 게 나을 성싶었다.

그래, 푹 쉬고 대신 내일 열과 성을 다해 관람하자.

마음을 다잡은 나는 편한 실내복에 개털인 머리 꼴을 그대로 방치하고, 산책 삼아 저택 내부를 돌아다녔다. 평소라면 나와 마주치는 즉시 바람직한 숙녀의 차림새에 대해 일장 연설을 늘어놓았을 유모가 사업 때문에 바쁜지 한 바퀴를 다 도는 내내 보이지 않았다.

어머, 개이득.

너른 복도를 쏘다니는 내 활보는 덕분에 한층 거침이 없었다. 그렇게 열심히 걷다가 창문이 눈에 띄면 가서 매달려 콧노래를 흥얼거리기도 했다.

아, 설렌다. 어서 해가 지고 다시 떴으면.

나는 그렇게 소풍 전날의 어린아이처럼 들떠 하루를 보냈다.

❋

다놀라 자작가는 위치상으론 그리 멀지 않은 곳에 자리했지만, 대신 수도와 영지 사이에 높은 산이 하나 솟아 있었다. 그 산을 통하지 않으면 몇 배나 되는 거리를 돌아서 가야 했는데, 얼마 전까진 대다수가 돌아가는 먼 길을 당연한 듯 이용했다. 다른 게 아니라 산에 몬스터가 출몰한다는 소문 때문이었다.

뜬소문은 아니었던지 실제로 산을 넘다 실종되는 사람의 수가 늘자, 황성에서는 부랴부랴 토벌대를 구성해 내보냈다. 구성원은 에스반데 공작-케니스-을 필두로 한 소수 정예였는데, 공작은 최강의 검사라는 위명답게 순식간에 산의 몬스터들을 깡그리 정리했다. 몰살에 걸린 시간은 채 한나절도 되지 않았다. 케니스의 무력 수준을 생각했을 때 두말하면 입 아픈 결과였다.

그렇게 공작이 잠깐 수고해 준 덕에 사람을 잡아먹던 산은 안전한 지름길이 되어 지금은 너도나도 잘만 이용하고 있다…… 는 실정이었지만, 역시 이벨린의 경우는 달랐다. 없던 위험도 만들어내는 마당에 몬스터의 부활쯤이야.

산길 한복판, 나와 이벨린은 낯선 콧바람 소리에 누비던 발을 멈췄다.

"이게 무슨 소릴까요?"

"글쎄요."

우린 마차를 타지 않고 직접 걸어 산을 넘던 차였다. 산세가 험해 마차를 몰기 어렵기도 했지만, 더 큰 이유는 풍경도 구경할 겸 직접 타넘는 게 어떻겠냐고 이벨린이 제안했기 때문이다. 나야 거절할 이유가 없었으니 냉큼 수락했고, 함께 맨몸으로 산에 올랐다. 그리고 지금 이 상황.

"취익, 인간이다, 취익."

"취익! 죽인다, 인간! 취익."

대박!

나는 갓 등장한 오크 떼를 동그랗게 뜬 눈으로 응시했다. 과거에 읽었던 묘사처럼 건장한 사람 몸에 돼지 머리를 얹어놓은 녹색 괴물들이 옹기종기 무리 지어 이쪽을 향하고 있었다. 저마다 몽둥이 등의 무기를 하나씩 든 모양새가 제법 흉흉했다.

몬스터다! 진짜 몬스터야! 게다가 얘네 사람 말을 해요!

확성기에 대고 외치고 싶은 충동이 일었다. 험상궂은 돼지 얼굴—제사상에 올라가는 친근한 돼지가 아니라 꿈에 나올까 두려운 험악한 용병 돼지 느낌—을 한 괴물이 비염 걸린 사람보다 심한 콧바람 소리를 내며 우리가 쓰는 언어를 내뱉고 있었다. 몹시 오묘한 기분이다.

느낌 진짜 이상한데.

흔들리는 동공으로 오크들을 주시하다 나는 겁에 질린 연기를 했다.

"우, 우리 이제 어쩌죠?"

"……왜 몬스터가……."

이벨린은 건달 때와 달리 당황한 낯이었다.

하긴 당연하지. 이 판국에 안 놀라면 그게 사람인가. 케니스가 나타나 구해 줄 걸 미리 아는 나도 이렇게 심장이 벌렁벌렁한데.

나는 이벨린의 곁에 붙어 오크 무리에게 강렬한 눈빛을 쏘았다. 지금 아니면 또 언제 볼지 모르는데 최대한 살펴둬야지. 자세히 보면 각자 미묘하게 다른 듯한 오크들의 면면은 쳐다보는 재미가 쏠쏠했다.

어휴, 그 와중에 몸은 또 좋네. 녹색이지만. 쟤 근육 좀 봐라, 꿈틀거리는 게 아주 역동적이야. 초록색이지만.

"취익, 죽인다! 취익."

"취익, 인간 죽인다, 취익!"

똑같은 대사를 재차 재생하며 오크들이 나와 이벨린에게 다가오기 시작했다. 몇몇은 중간중간 허공에 대고 몽둥이를 휘두르기도 하는 것이 대단히 위협적이었다.

와…… 진짜 무섭다. 구세주가 곧 등장한다는 사실을 몰랐더라면 나 기절했겠는데.

그런 감상을 하고 있자니 시기 좋게 예정된 기사가 등장했다.

"취익, 인간, 또 있다! 취익."

"새로운 취익, 인간이다! 취익."

목도는 나보다 오크들이 빨랐다. 뒤를 돌아보니 조금 떨어진 곳에 우뚝 서 있는 케니스가 눈에 들어왔다. 그는 방금 막 이 광경을 목격한 듯 수려한 미간에 주름을 잡고 있었다. 왜 이런 산길을 지나가는지는 알 수 없었지만 어쨌든 그는 우연히 스쳐 가던 길이었을 것이다. 그리고 이 사태를 조우.

"……잔당이 남아 있었나?"

불쾌한 기색을 담고 흘러나온 목소리가 스산했다. 뚜벅뚜벅, 케니스가 이편으로 가까워지는 동안 오크들은 움직이지 않고 제자리에 가만히 있었다. 왜 저러나 하는 의문이 드는 순간, 난 그 이유를 깨달았다. 케니스의 살기가 그들을 속박하고 있었던 것이다.

지척까지 다가온 케니스가 천천히 칼을 뽑는다. 나는 그 모양을 보며 오크 떼가 썰릴 때 눈을 감아야 하나 말아야 하나를 고민했다.

음, 영화라면 상관없겠지만 아무래도 실제는 많이 역하겠지? 역시 감을까?

판단이 기우는데 마침 케니스가 내게 시선을 주었다.

"……."

날 지금 발견했나?

찌푸려진 미간 위로 짜증이 덧대어진다. 그는 나와 이벨린을 번갈아 응시했다. 그러더니 반쯤 꺼낸 칼을 도로 칼집에 집어넣는다.

……너 지금 뭐 하니?

케니스의 입술 한쪽이 비뚜름하게 올라갔다. 한 발자국 더 가까워진 그가 이벨린의 허리에 팔을 두르는가 싶더니, 단번에 그녀를 안아 올렸다. 대뜸 이벨린을 공주님 안기 자세로 들어 올린 케니스는 그대로 빠르게 자리에서 사라졌다.

나를 두고.

……엥?

나는 벙쪄서 쏜살같이 멀어지는 물고기의 뒷모습을 응시했다. 어찌나 빨리 날아가는지 순식간에 둘의 모습이 점처럼 작아지는 게 보였다. 난 그들이 완전히 시야에서 사라질 때까지 우두커니 서서 그저 눈만 깜박였다.

……이게 뭐지? 내가 지금 뭘 본 걸까?

도저히 물음표 외엔 금시의 내 심정을 표현할 방법이 떠오르지 않았다. 상황 파악이 쉽사리 되지 않는다.

어, 그러니까…… 지금 케니스가 튄 거? 이벨린만 데리고? 날 두고? 몬스터 한복판에다 일부러? 나 엿 먹으라고?

“아니, 이 미친 생선이!”

난 기함했다. 머릿속에서 상황이 정리되자마자 자동으로 욕부터 튀어나왔다. 이건 진짜 상상도 못 한 사태였다.

원작대로라면 화려한 검 솜씨를 뽐내며 오크들에게 삼도천 이용권을 끊어주었을 케니스가 돌연 이벨린만 달랑 들고 이곳에서 날랐다.

아무리 생각해도 까닭은 하나였다. 못 죽여서 애가 닳던 대상이 지 알아서 사지로 기어들어간 판국에 내가 뭐 하러 거길 끼어듦? 개이득. 걍 도망칠 거임. 빠이, 즐천당!

……이거잖아!

그야말로 하늘을 찌르는 졸렬함이었다. 진짜 충격적일 만큼 치사하고 더럽다. 문득 예전에 즐겨 읽었던 모 만화의 졸렬 잎 마을 주민들이 떠올랐다.

이건 걔네보다 더해. 뭔 속이 새우젓보다 좁아!!

나는 아연한 얼굴로 고개만 돌려 케니스가 선사해 준 상황을 눈에 담았다. 오크들은 여전히 움직이지 않고 멀뚱멀뚱 제자리를 지키고 있었다.

뭐야, 재넨 또 왜 안 움직여?

생각하는 순간 선두의 한 놈이 말을 뱉었다.

“취익, 버렸다. 취익.”

“취익, 인간. 취익, 불쌍하다. 취익.”

“…….”

너네 말 잘하는구나.

오크들의 언어 구사가 생각보다 다채로웠다. 난 또 인간, 죽인다이 두 단어밖에 못 하는 줄 알았지. 참, 겉보기와 다르게 지능이 뛰어난 친구들이네…… 는 무슨! 현실을 도피하다 나는 치밀어 오르는 슬픈 눈물을 삼켰다.

몬스터에게 동정을 받다니…… 내 인생……. 눈물이 차올라서 고갤 들어.

그러나 오크들의 연민은 잠시였다.

"그래도, 취익, 죽인다!"

"취익, 인간은 무조건, 취익. 죽인다!"

……불쌍히 여기는 거 아니었어?

이건 또 새로운 배신이었다. 나는 어느새 다시 죽인다를 연발하는 오크들을 착잡한 눈길로 쳐다봤다.

그래, 결국 우린 이런 운명인 거지…….

나는 아련한 표정으로 품에 손을 넣었다. 그러곤 잡히는 일곱 장의 스크롤을 모조리 꺼내 찢을 준비를 했다. 있는 걸 전부 가져왔으니 망정이지.

내가 매지컬 캐시 파워를 장착할 때까지 오크들은 그대로 꼼짝하지 않았다. 연신 인간, 죽인다를 나불대는 입과 달리 미동조차 않는 모습이 의아하긴 했으나, 굳이 이유를 분석하고 싶진 않았다. 어쨌든 움직이기 시작하면 죽이려고 달려들 테니까.

싸움은 선빵이지.

난 손에 든 스크롤을 주저 없이 찢었다. 종잇조각에 케니스를 대입하니 손짓이 절로 거칠어진다. 스크롤이 주욱 반으로 갈라짐과 동시에 내 앞으로 폭풍이 일었다.

후우우우웅!

그래, 기왕 이렇게 된 거 다 쓰자, 다 써! 이 기회에 그간 쌓인 스트레스 푼다, 내가!

나는 연달아 스크롤을 두 장씩 신명 나게 찢어댔다. 폭풍에 더해 이번엔 거센 토네이도가 오크 떼를 삼킨다. 산길이라 덩달아 휩쓸린 나뭇가지나 돌조각 등이 사방에서 날아다녔으나 내게는 일말의 영향도 끼치지 않았다. 사용한 스크롤 중 실드가 있었기 때문이다.

실드 한 장, 바람 계열 공격 마법 다섯 장, 그리고 텔레포트가 한 장. 실로 완벽한 조합이었다. 내가 어떻게 이리 딱 맞게 남겨뒀었는지 모르겠다.

나한테 선견지명이 있나?

몇 분쯤 지나자 마법의 효과가 일체 사라졌다. 회오리가 가라앉고 다시 주인이 된 산들바람이 내 이마를 간질였다. 주변은 완전히 다른 풍경으로 변해 있었다.

아주 초토화구만.

오크들은 이미 어디까지 날아갔는지 보이지도 않았다.

안녕. 잠깐이지만 즐거운 만남이었어. 다음엔 무해한 생물로 태어나렴.

나는 지금쯤 요단강을 건너고 있을 그들에게 속으로 심심한 애도를 표하고 뒤를 돌았다. '텔레포트도 그냥 마저 쓸까? 그런데 이거 좌표가 어디로 잡혀 있더라?'를 생각하며 정면을 바라본 순간이었다.

……재가 왜 저기 있지?

케니스가 형용하기 힘든 낯짝으로 저 멀리에서 내 쪽을 응시하고 있었다. 나와 눈이 마주치자마자 못 볼 걸 본 것처럼 와락 인상을 일그러뜨린다.

허허, 내참 기가 막혀서. 야, 그런 표정 지을 사람은 나거든? 대체 여긴 왜 온 걸까?

이게 웬 횡재냐 하며 날 버리고 빛의 속도로 튀더니, 그새 도로 돌아온 그의 작태는 내게 의문만 안겨주었다.

뭐 하는 애야, 저거? 설마 걱정돼서 다시 온 건가? 내가 안 죽었을까 봐? 거, 예상이랑 다르게 말짱해서 유감이시겠수다.

당장 욕이라도 퍼붓고 도망치고 싶은 충동이 고개를 디밀었으나, 내 앞날을 시궁창으로 처박을 순 없는 노릇이라 꾹 눌러 참았다. 대신 나는 활짝 웃었다. 아주 화알짝. 세상에서 가장 행복한 사람처럼 방긋방긋.

쟤, 내 웃는 얼굴 싫어하잖아.

나는 그렇게 빛나는 미소를 날리며 텔레포트 스크롤을 죽 찢었다.

그는 진심으로 라테를 죽일 생각은 없었다. 이벨린을 안전한 곳에 내려놓은 케니스는 '어차피 몬스터들은 지금 움직이지 못하니 걱정할 것 없다'는 말로 그녀를 안심시켰다. 자칫 헛소리로 치부될 수 있는 발언이었지만, 담긴 내용은 흠 없는 사실이었다.

실제로 오크들은 제 의지완 다르게 손끝 하나 까딱할 수 없는 상태였다. 종전의 살기가 그들의 육체를 강제로 묶어놓았기 때문이다.

케니스는 경지에 이른 사람이었다. 살기에 마나를 담아 오크 몇 마리를 속박하는 일 따윈 번거롭지도 않았다. 케니스는 이벨린을 자리에 두고 천천히 걸음을 옮겼다. 라테를 남겨둔 방향이었다.

그는 라테에게 진정으로 살의를 품은 적은 없었다. 정녕 죽이고자 했다면 애초에 사람을 쓰거나 가문을 주저앉혔을 것이다. 이리 번거로운 방법은 처음부터 택하지도 않는다.

그는 다만 대상에게 겁을 줄 심산이었다. 그녀가 눈에 띄게 거슬리는 것은 사실이었으니까. 이벨린의 곁에 붙어 너구리 같은 낯을 하고 라테는 그의 신경을 쉼 없이 긁었다. 짜증이 절로 치밀어 당장 눈앞에서 치워 버리고 싶을 만큼. 그녀는 사람을 열 받게 하는 재주를 타고난 것 같았다.

내 속이 편해지려면 저 건방진 작태를 필히 고쳐야 한다. 그렇게 케니스는 생각했고, 마침 눈앞에 기회가 왔다. 토벌에서 용케 살아남은 오크들은 불쾌한 대상이었으나 이 상황엔 이용 가치가 있었다. 그는 라테의 눈앞에서 그들을 친히 도륙할 속셈이었다.

보통은 몬스터 무리 앞에 홀로 남겨지는 것만으로도 두려움을 느끼게 마련이다. 더욱이 그 몬스터들이 면전에서 썰려 나가면 말할 것도 없고.

그래, 보통은.

케니스는 미간에 힘을 주었다. 그가 맞이한 것은 도저히 납득할 수 없는 광경이었다. 마주한 장소엔 겁에 질린 라테 따위는 없었다. 그녀는 익숙한 솜씨로 스크롤을 찢어가며 오크들을 날려 보내고 있었다. 발생하는 마법의 위력이 하나같이 고가의 스크롤임을 증명했다. 실드로 제 몸을 보호하고 거침없이 공격 마법을 발현시키는 폼이 능숙하다.

도대체…….

이벨린과 친구라는 얘기를 듣고 라테에 대한 조사는 이미 끝냈다.

그녀의 부친인 엑트리 자작은 부유한 귀족이 아니었다. 2대 전에 영지를 빼앗겨 나라의 녹을 받고 사는 처지였다. 그 외 다른 돈줄은 없다. 설사 모아둔 재산이 있다 해도 저 정도의 사치는 불가했다. 일이 년 내로 모든 가산을 탕진하고 싶은 게 아니라면.

그는 한 발자국도 움직이지 못하고 라테가 하는 꼴을 모조리 지켜보았다. 상황이 정리되고 우연히 마주친 시선에 습관처럼 표정을 찌푸렸다. 하는 행동부터 지금의 이 형국까지 라테는 무엇 하나 이해할 수 없는 대상이었다.

그녀는 잔뜩 일그러진 케니스의 안면에 대고 방긋거리며 웃었다. 작정하고 지은 듯한 해사한 미소였다. 그 미소를 남기고 라테는 텔레포트 스크롤을 찢어 사라졌다.

케니스는 텅 빈 자리를 응시하며 침음을 삼켰다. 그는 살아오면서 한 번도 저런 인간상을 겪어본 적이 없었다. 정말 단 한 번도. 진정.

라테가 사라진 공간엔 혼란스러움이 대신 남았다.

나는 비 오는 날마다 허리 통증을 앓는 양로원의 여느 할머니처럼 에구구 하는 소리를 내며 눈을 떴다. 스크롤을 사용할 적마다 느끼는 건데 이놈의 어지럼증은 도통 개선이 되질 않는다. 드럼 세탁기처럼 자비 없이 빙빙 도는 놀이 기구를 타고 내린 느낌이랄까? 텔레포트는 다 좋은데—물론 가격은 전혀 좋지 않다—내 기준에서 이게 가장 단점이었다.

으으…… 멀미.

숨을 두어 번 깊게 들이쉬고 주변을 눈에 담았다. 낯설지 않은 걸 넘어 친숙한 거리가 시야에 들어온다.

역시 여기였군.

건국 황제의 동상이 세워진 너른 광장. 수도 저잣거리의 중심부인 이곳은 텔레포트 스크롤의 단골 좌표였다. 여기서 조금만 걸어 나가면 지난 이 년 반 동안 뻔질나게 드나들었던 스크롤 전문 가게가 나온다.

난 사용한 스크롤의 좌표가 광장이 아닌 집 근처 공공재였다면 더 좋았을 걸 하는 생각을 잠깐 하다, 이내 절레절레 고개를 저었다. 어차피 가지고 있던 여분을 죄 날린 마당에 가게에 들러 재충전을 하는 건 필수였다. 그리 따지면 잘된 일이다.

마침 조금 전 이치 하나를 실감한 참이었다. 이 험난한 세상에서 날 지켜줄 사람–및 몬스터 및 생선–따윈 없다는걸!

조연으로~ 태어나서~ 명줄도 짧다만~

늘려줄 사람이 없다면 내가 알아서 늘리면 된다. 개사한 군가를 속으로 흥얼거리며 나는 익숙한 방향으로 발을 놀렸다.

자, 이제 슬슬 통장을 다시 텅장으로 만들어볼까? 즐거운 쇼핑 타임 고고!

나는 돈 쓸 생각에 콧노래와 함께 경쾌하게 발걸음을 내딛었다. 사치는 항상 나를 신나게 한다. 부자인 기분 짜릿해! 이래서 머니 이즈 에브리싱이라고들 하나 보다. 가게로 이동하는 동안 난 마음속으로 케니스를 열심히 헐뜯었다.

살면서 두 번은 못 볼 세기의 졸렬 킹. 물고기보다 못한 아메바, 플랑크톤. 이 세상 모든 저혈압 환자들을 구제하기 위해 내려온 혈압의 요정 같은 새끼 등등.

아는 욕이란 욕은 모조리 쏟아내고 나니 상대를 향한 빡침이 좀 가라앉는다. 나는 한결 개운해진 심정으로 목적지에 도착했다. 건물 앞에서 발을 멈추고 나는 잠시 가게의 화려한 외관을 눈에 담았다.

늘 생각하는 건데 참 고급지게도 생겼다. 마치 '거기 서 계신 고객님, 혹시 돈 많아요? 부자 아님 꺼져' 하고 선언하는 느낌이랄까? 가벼운 주머니로 들어가려 했다간 누군가가 잽싸게 튀어나와 '니가?' 하며 업신여길 것 같다.

아, 상상하니 너무하네.

난 저번에 부크에게 받은 돈을 고스란히 들고 나온 스스로를 칭찬하며 가게 안으로 들어섰다.

"어서 오세요, 손님. 찾으시는 제품이 있으신가요?"

주인인 다파라가 눈웃음을 흘리며 내게 다가왔다. 나는 그녀가 다년간 갈고닦은 솜씨로 순식간에 내 차림을 스캔했다는 걸 알 수 있었다. 별다른 장식은 없어도 원단 하나는 꽤나 고급임을 눈치챘는지 맞이하는 태도가 퍽 공손하다. 난 과거 이곳을 처음 찾았을 때와 한 치도 다름이 없는 그녀의 태도에 픽 웃으며 입을 열었다.

"저, 로즈예요."

"……어머! 어머, 어머! 고객님!"

눈을 휘둥그레 뜬 다파라가 손으로 제 입을 가리며 호들갑을 떨었다. 나는 그녀가 진작 나를 알아보지 못한 걸 이해했다. 방문할 때면 늘 습관처럼 챙이 긴 모자를 눌러쓰고 왔었으니까. 온전히 얼굴을 드러내는 건 이번이 처음이었다.

다파라는 내 주위를 빙빙 돌더니 갑자기 박수를 막 쳐댔다.

"어머나, 어머나! 너무 예쁘시다! 우리 고객님 선녀처럼 아름다우셨네! 어쩜 이렇게 절세미인이실까. 이리 눈부신 미모를 왜 그동안 가리고 다니셨대요? 제국의 꽃이 여기 있네!"

아부에 모든 것을 바친 사람인 양 그녀는 술술 찬사를 늘어놓기 시작했다.

어…… 좀 민망해진다. 예쁘단 말은 기분 좋아도 김태희 닮았단 말에는 손사래부터 치게 되는 소시민의 양심처럼. 나는 '눈이 멀 것 같은 경국지색'까지 나오는 순간 황급히 그녀의 말을 끊었다. 밖에서 들었으면 이건 뭐, 빼박 수치사. 가게에 손님이 없어서 다행이었다.

"다파라, 스크롤 좀 보여줄래요?"

"어머, 내 정신 좀 봐. 이쪽으로 모실게요."

다파라는 생글생글 웃는 낯으로 종종 걸음을 옮겼다. 안내를 따라 층을 올라가자 늘 구매하던 종류의 스크롤들이 줄 맞춰 나열되어 있었다. 보통은 워낙 고가인 만큼 들고튀는 행위를 방지하기 위해 선결제로 거래를 진행했지만, 난 그냥 우량 고객도 아닌 초우량 고객이었던 터라 대우가 남달랐다.

나는 세심한 손길로 필요한 것들을 손수 골라냈다.

얘랑, 얘랑, 이거랑……. 그래, 내친김에 얘도.

총 열다섯 장을 골라 준비된 바구니에 담자 다파라의 낯이 환해지는 게 보였다. 관리에 실패해 씰룩거리는 입가가 인상 깊다. 나는 그 자리에서 곧장 대금을 지불하고 스크롤 뭉치를 챙겼다.

"감사합니다, 고객님! 또 오세요!"

가게 앞까지 쫓아 나온 다파라가 연신 꾸벅거리며 인사했다. 금액을 생각하면 무리도 아니었지만 그녀의 과도한 인사는 역시 부담스럽다. 나는 어색한 미소로 화답하고 후다닥 그녀의 시야가 닿지 않는 골목으로 몸을 옮겼다. 인적이 드문 길은 들어서자마자 괜히 을씨년스러운 분위기를 풍겼다.

그늘 덕에 선선한 건 좋네.

지저분하진 않지만 썰렁한 길을 걸으며 나는 앞으로의 행로를 고민했다.

나 이제 뭐 하지?

아직 늦지 않았으니 애초의 목적지였던 다과회에 참석하는 방안도 있었지만 딱히 내키지 않았다. 기억이 맞다면 어차피 이벨린도 불참할 텐데 애써 가서 뭐 할까. 할 게 없어 심심해 죽을 지경이면 몰라도. 자고로 재미있는 이벤트란 여주인공이 곁에 있어야 발생하는 법이었다.

어, 그러고 보니…….

문득 드는 생각에 난 주변을 휘 훑었다. 적당히 음산하고 인적도 없는 것이 만약 이벨린과 함께였다면 백 퍼센트 사건에 휘말렸을 만한 배경이었다.

와, 여기 운치 있네.

현상 수배 중인 흉악범과 우연히 마주한대도 어색함이 없을 듯하다. 물론 그런 일이 지금 당장 일어날 확률은 희박했다. 난 얌전히 기대(?)를 버리고 어깨를 으쓱했다. 달랑 조연 혼자 있는데 누가 번거롭게 어그로를 끌겠…….

툭.

"아이고!"

"……?"

흉악범인가?!

……아니었다. 호리호리하게 생긴 남자 한 명이 어디서 튀어나왔는지 우연인 척 나와 어깨를 부딪치고는 제 팔을 부여잡고 낑낑대고 있었다. 과장된 표정과 그 뒤로 설렁설렁 기어 나오는 일행 두 놈을 보아하니, 이들의 정체를 파악하는 건 어렵지 않았다.

어깨빵 공갈단!

일부러 어깨를 부딪혀놓곤 제 팔이 부러졌니 어쩌니 하며 치료비를 요구하는 질 낮은 양아치 집단. 난 나와 부딪힌 상대와 그 너머의 일행 둘을 매의 눈으로 살폈다.

음, 내 소중한 내장을 위협할 사시미 칼 따위를 품에 안고 있지는 않는 듯하군.

그냥 어디에나 있는 동네 일진 느낌이다. 정체를 파악하고 난 코웃음을 쳤다. 이런 애들은 스크롤도 필요 없다.

“아이고, 내 팔! 팔이 부러졌네!”

“무슨 일이야?”

“이 여자가 내 팔을…….”

짜고 펼치는 어색한 연기가 그저 비웃음만 유발했다.

실력하고는……. 가소롭기 짝이 없다. 애송이들, 진짜를 보여주지.

나는 순식간에 표정을 뒤바꾸며 내 가슴께를 와락 움켜쥐었다.

팔이 부러져? 후, 그건 초짜들이나 하는 짓.

“으…… 윽…… 심장이……!”

어깨를 부딪쳤는데 심장이! 나는 왼쪽 가슴을 움켜쥐고 한순간에 삶과 죽음을 오가는 사람처럼 헉헉 숨을 몰아쉬었다. 새하얗게 질린 내 안색에 공갈단이 눈에 띄게 당황하는 게 보였다.

나는 온전히 연기에 몰입하여 힘없이 한쪽 무릎을 꿇었다. 난 더 이상 라테 엑트리가 아니다. 나는 병자다. 심장병을 앓고 있어 미약한 충격도 조심해야 하는 유리 같은 환자다. 나는 나약한 심장병 환자다. 나는 환자.

완전히 쓰러지기 직전의 상태로 나는 죽어가는 목소리를 내뱉었다.

"큭…… 이대로…… 죽는 건가? 이런…… 으윽, 곳에서……?"

내가 들어도 완벽한 음성이었다. 이게 환자가 아니면 대체 누가 환자란 말인가. 누가 봐도 난 이미 반쯤 죽었다.

아련하게 허공으로 뻗은 손마저 부들부들 떨자, 공갈단 무리가 한층 더 당황해 뒤로 주춤 물러난다. 당혹이 가득한 얼굴로 그들이 서로를 돌아보았다.

"뭐, 뭐야! 이 여자 왜 이래……?"

"설마 죽는 거 아냐?!"

"미, 미친……. 세상에 어깨 쳤다고 죽는 사람이 어딨어!"

"몰라, 시발. 여깄잖아!"

혼란에 찬 그들의 대화가 만족스러웠다.

너넨 사람 잘못 만났어. 내가 이래 봬도 수험생 시절 연기 하나로 야자를 밥 먹듯이 빼던 사람이다!

난 연기에 박차를 가했다. 허공에 뻗었던 손이 힘없이 늘어진다. 스르륵, 몸이 기울었다.

"……인사는…… 하고…… 싶었는…… 데……."

털썩.

온몸에 힘이 빠진다. 차가운 바닥에 아무렇게나 쓰러진 몸이 실이 끊어진 인형처럼 미동조차 하지 않았다. 금색 머리카락이 땅을 수놓는다. 심장병을 앓던 가련한 나는 이렇게 모르는 사람에게 어깨빵을 당하고 죽었다.

“……시, 시발…….”

“야, 튀자!”

“미친! 같이 가!”

“…….”

내 시체(?)를 앞에 두고 우왕좌왕하던 양아치들이 하나둘 자리에서 도망치는 소리가 들렸다. 나는 그들의 발자국 소리가 사그라질 때까지 얌전히 기다리다, 기척이 완전히 가시고 나서야 슬며시 눈을 떴다.

으아, 바닥 차가워.

난 잽싸게 몸을 일으켜 구겨진 옷을 정돈했다. 먼지를 털어내고 머리를 나름대로 다시 묶고 나서, 나는 제자리에서 히죽 웃었다. 실로 끝내주는 명연기였다.

하, 내가 다 감탄스럽다. 어쩜 이렇게까지 완벽한 연기를.

만에 하나 조금이라도 양아치들이 의심을 내비쳤다면 주저 없이 스크롤을 갈겼을 텐데, 그럴 일은 없었다.

예아! 스크롤 아꼈다.

나는 혼신의 힘을 다한 연기로 공갈단을 평화롭게 물리친 것에 뿌듯해졌다. 이쯤 되면 홍천녀(유명한 연기 만화에 등장하는 전설의 배역. 연기의 천재만 맡을 수 있다)도 노려볼 법하다. 난 고양된 기분으로 허리에 손을 얹고 고개를 쳐들었다.

하하하하!

팔랑.

“하하…… 응?”

신나게 웃고 있는데 내 위로 종잇조각이 하나 떨어져 내렸다.

이건 뭐지?

난 출처 모를 종이 한 장이 천천히 하강하는 걸 가만 응시하다 손을 뻗어 그것을 낚아챘다. 생긴 게 익숙하다 했더니 종잇장은 다름 아닌 마법 스크롤이었다. 심지어 장거리 텔레포트.

……어멋, 이거 비싼 건데. 이게 왜?

쓰레기도 아니고 하늘에서 난데없이 떨어질 연유가 없다. 급히 고개를 재껴 위쪽을 살폈지만 눈에 들어오는 건 허공뿐이었다.

아무것도 없는데…… 대체 뭔 일이래?

"흠."

나는 짧게 고민하고 스크롤을 홀랑 품에 집어넣었다. 바람 한 점 안 불었으니 어디 멀리서 흘린 게 날아든 것도 아닐 테다. 난 속 편히 누가 내게 준 선물이겠거니 여기기로 했다.

할 짓 없는 마법사가 지나가다 구경이라도 하고 던져 줬나 보지. 뭐, 아님 말고.

허공에 떠 있을 때 너는 하나의 종잇장에 지나지 않았다. 하지만 내가 매의 눈으로 너를 잡아채었을 때, 너는 나에게로 와서 돈이 되었다.

호홋, 개이득.

착한 마법사의 선물이든 칠칠치 못한 부자의 분실이든 어쨌든 나야 공짜로 얻었으니 횡재일 따름이다. 길거리에서 천 원 한 장 줍기는커녕 등신같이 지갑이나 흘리고 다녔던 불운한 과거의 나는 이제 안녕. 아무래도 난 행운의 여인으로 다시 태어난 듯해.

장거리 텔레포트 스크롤 정도면 흡사 길 가다 왕만 한 다이아몬드를 주운 것과 비슷한 수준이었다. 만약 이게 육성 게임이었다면 운 스텟이 100쯤은 올랐을 텐데. 하…… 행운 경험치가 차오르는 게 느껴지는걸? 크, 이 맛은 레벨 업의 맛이로구나!

속으로 온갖 개드립을 남발하며 나는 경쾌하게 걸음을 놀렸다. 어깨빵 공갈단을 보람차게 물리친 것도 모자라 뜻밖의 불로소득까지 올린 마당이니 자연스레 기분이 하늘로 솟구쳤다.

상기된 기분을 따라 덩달아 마음도 넓어진다. 난 하해처럼 광활한 마음이 되어 무려 케니스의 멍멍이 짓을 용서했다. 물론 용서하지 않는다고 내가 뭘 할 수 있는 건 아니었지만. 물고기 2의 죄를 사해 주면서 열 걸음쯤 걷고 나니 지금부터 내가 가야 할 행로가 대충 보였다.

그래, 가자. 정의 실현(양아치 퇴치)과 불로이득 다음 순서로 당 충전을 끼얹자!

광장 근처에는 마침 새로 생긴 타르트 가게가 있었다. 여기까지 온 차에 잠깐 들러서 몇 조각 먹는 것도 나쁘지 않을 것이다.

응, 과일 타르트니까. 과일은 살 안 쪄. 비타민 먹는다고 생각하면 되지.

(슬픈)합리화를 마친 내가 가게에 도착하는 건 금세였다. 부푼 마음으로 주문하고 받은 타르트를 예쁜 접시 위에서 따뜻한 내 위장 안으로 이동시키는 것도 금세였다.

……뭐야? 내가 언제 사물 텔레포트를 배웠지? 나 마법에 재능 없었던 것 같은데.

난 살찌는 걸 먹을 때만 자동 발동되는 마법에 개탄하며 비슷한 타르트를 두 개쯤 더 시켰다. 흐르는 이 눈물은 타르트가 너무 맛있어서 그런 거야. 정말이야.

포크질을 몇 번 하니 추가한 타르트도 이내 동이 났다. 나는 말 못할 심경으로 깔끔한 빈 접시를 응시하다 창밖으로 시선을 돌렸다.

나는 배가 고프지 않다. 나는 배부르다. 나는 지금 배가 빵빵하다. 자기암시를 하면서 멍하니 밖을 보는데 갑자기 익숙한 면면들이 눈에 들어왔다.

어라?

얼굴을 확인하자마자 나는 깜짝 놀라 고개를 창문 밑으로 숙였다.

어깨빵 공갈단이잖아!

그들이 그 무리 그대로 가게 너머 길을 지나가고 있었다. 재네를 여기서 다시 보다니. 눈이라도 마주쳤으면 일 날 뻔했다. 불과 조금 전 어깨를 부딪치고 덧없이 스러져 간 심장병 환자를 연기한 마당이다. 만약 다시 만나면 타르트가 먹고 싶어 되살아난 좀비 연기라도 해야 하나?

타르트가 목에 걸려 죽는 연기와 좀비 연기 중 어느 게 더 실감날까 따위를 상상하고 있는데, 순간 '딸랑' 하는 소리가 귀를 간질였다. 이건 분명 가게 문 상단의 작은 종에서 나는 울림이렷다.

문이 열리네요. 그대가 들어오죠.

함께 들어온 이 불길함은 뭘까? 가게 문은 내 뒤편에 있었다. 난 엄습하는 구린 예감에 재빨리 궁여지책으로 머리를 풀어헤쳤다. 하나로 묶여 있던 머리가 순식간에 풍성한 산발이 되어 어깨와 등을 감싼다.

나는 차마 문가를 돌아보지 못하고 엉거주춤 어색한 자세로 탁자 모서리에 시선을 고정했다. 나와는 하등 상관없는 단순 손님일 가능성도 있었지만, 왠지 그냥 느낌이 싸했다.

……아니나 다를까.

"스위티! 오늘도 변함없이 예쁘네요, 하하하."

이름인지 애칭인지 모르겠지만 스위티라 불린 가게 주인의 낯이 곤란하게 일그러지는 게 보였다. 그리고 그건 나도 마찬가지였다. 어딘지 모르게 간신배 같은 저 얇은 목소리는 분명 귀에 익었다. 저런 비호감 목청이 흔할 리 없다. 틀림없이 나와 연기 배틀(?)을 벌였던 공갈단 멤버가 확실하다.

응, 망했네.

"……또 오셨군요."

"하루라도 그대의 아름다운 얼굴을 보지 않으면 눈에 가시가 돋칠 것 같아서. 하하하!"

상황을 보아하니 공갈단 멤버가 미모의 가게 주인을 좋아해서-그것도 몹시 일방적으로-자주 이곳에 찾아오는 듯했다.

아니, 왜 하필 이 가게죠? 참으로 거지 같은 우연의 일치였다. 행운의 여인으로 다시 태어났다고 했던 거 취소요.

"부담스럽다고 말씀드렸을 텐데요."

"그 부담, 들어드릴 테니 제게 넘기시죠. 제가 짐을 워낙 잘 들어서요. 하하하!"

이런 미친…….

살인 충동이 드는 남자의 유머에 나도 모르게 포크를 꽉 쥐었다.

쟤 뭐야? 무슨 연애에 서툰 공갈단이야? 말끝마다 하하하는 왜 붙이는데? 전 짐을 잘 드니까 님 부담도 제가 들게요, 하하하 넝담~

가게 주인은 잠시 동안 대답이 없더니 떨림-아마 분노일 것으로 예상된다-을 숨기지 못한 음성으로 말했다. 그녀는 내 핑계를 댔다.

"손님도 계시는데 오늘은 이만 가주세요."

"손님?"

아기자기한 작은 가게에 손님이라곤 나뿐이었다. 이목이 몰리는 게 느껴진다.

아, 이런. 결국…….

나는 천천히 고개를 돌려 가게 주인과 공갈단 삼 인방을 시야에 담았다. 계속 구석탱이만 주시하면서 놈들이 가까이 다가오는 걸 허용하는 것보단 이게 나았다. 피할 공간도 없는 거리에서 선빵을 맞는 건 다메요.

"어?"

나와 눈이 마주친 한 녀석이 미간을 좁힌다. 일순 긴장이 흐른다. 곧 그 옆의 놈이 손가락을 들어 날 가리켰다.

"그 심장 병신 시체잖아!"

단어 선정 한번 참 곱다. 나는 완전히 들통 난 처지를 실감하고 잠자코 스크롤을 쓸 준비를 했다.

얌전히 집으로 튀어야지.

이 가게가 선 결제 시스템이라 다행이었다. 하마터면 무전취식범 될 뻔했네. 그나저나 좀 전엔 머리를 묶은 상태였고 지금은 풀고 있는데도 잘만 알아보는군. 역시 이 대책은 안 통한다. 하긴 안면 인식 장애가 실제로 그리 흔할 리 없다. 천사 소녀 네티나 세일러 문에는 넘친다지만. 게다가 내가 머리 스타일 하나로 못 알아볼 만큼 흔하게 생긴 얼굴도 아니고…….

"확실하네! 저 거지 같은 산발 머리가 흔한 것도 아니고!"

그거였어?

"맞아! 맞네! 저 너무한 머리털!"

옆에서 연애에 서툰 공갈단 멤버가 박수까지 치며 한술 더 떴다.

아나, 상처……. 너무하긴 뭐가 너무해! 진짜 너무한 건 네 정신 나간 '들어드릴게요' 유머다. 이 혓바닥이 너무한 놈아!

공갈단은 아리따운 가게 주인에게 구애를 한다는 소기의 목적을 잊은 듯 내게 완전히 이목을 집중하고 있었다. 머리카락 상태-아, 열 받네-로 나를 확신한 그들의 낯엔 하나같이 충격이 가득했다.

하긴, 그럴 만하다. 종전의 내 연기가 어디 좀 완벽했어야지. 만약 내가 목격자였다면 있지도 않은 핸드폰을 찾으며 119에 신고하려고 난리를 떨었을 거다.

가게 주인은 상황을 모면해 보고자 임기응변으로 팔아먹은 손님이 예상외로 패거리와 깊은 인연이 있는 것에 어리둥절한 눈치였다. 그러나 슬슬 흉흉해지려는 분위기도 함께 느꼈을 테다. 얼떨떨해하는 기색 뒤로 불안감이 더불어 엿보였다.

나는 한 떨기 꽃처럼 가녀린 그녀에게 윙크와 함께 믿음직한 대사를 날려주고 싶은 기분이었다.

걱정 말아요, 예쁜 언니! 저 이제 곧 바람과 함께 사라질 거니까요! 내일은 내일의 태양이 뜨…… 이건 빼고.

"쟤가 진짜 아까 그 시체란 말야? 근데 시체가 어떻게 움직여? 접시 보니까 타르트도 처먹었네. 죽은 게 아니야?"

"그걸 꼭 말해야 아냐? 딱 보면 몰라?"

"저년이 지금 우릴 갖고 논 거잖아, 시X!"

"XXXXX!!!"

누가 양아치들 아니랄까 봐 공갈단은 심의 삭제 수준의 쌍욕을 걸

출하게 뱉으며 분노하기 시작했다. 순식간에 험악해진 기류에 놀란 가게 주인이 딸꾹질을 하는 게 보인다.

에구, 우리 주인 언니만 불쌍하지. 얼른 사라져 줘야겠다.

나는 품 안에서 잽싸게 텔레포트 스크롤을 꺼냈다. 잘 구매한 게 맞다면 설정된 좌표는 집 근처 공원일 터다. 나는 이만 간다, 안녕! 너네들은 계속 거기서 듣는 이 없는 욕이나 늘어놓으렴. 즐거운 새도복싱 되세요. 양아치들아, 사요나라!

찌익!

"……."

"……."

"……?"

응? 뭐지?

마법이 발동하질 않는다. 분명 경쾌한 소리와 함께 스크롤을 두 쪽으로 찢었는데 있어야 할 변화가 나타나지 않았다. 틀림없이 텔레포트 스크롤을 사용했는데 나는 여전히 타르트 가게 안이고 욕이나 하던 공갈단도 여전히 나를 멀뚱멀뚱 쳐다보고 있다.

대체 이게 무슨 상황이람? 저기, 스크롤 씨? 정신 차려요. 저 지금 당장 이동해야 하는데요. 저기요? 뭐야, 이거…….

난 당황을 숨기지 못한 얼굴로 손에 든 스크롤을 망연히 내려다봤다. 명백히 수십 골드를 지불하고 산 고급 스크롤이 잔망스럽게도 평범한 종잇조각 코스프레를 하고 있었다.

아니, 뭐야? 이게 뭐야? 얘, 설마 불량? 진짜? 정말 불량? 내가 지금 중국산 스크롤을 찢었다 이거야?

공갈단은 열성적으로 토하던 쌍욕도 멈추고 가만히 날 응시하고 있었다. 반으로 나뉜 종이를 붙잡고 넋이 빠져 있는 나를 잠자코 쳐다보다 이내 뭔가 느끼는 게 있었는지 자기들끼리 숙덕댄다.

"쯧쯧……."

"많이 아픈가 보네."

"하긴, 시체 연기를 아무나 하는 건 아니지."

"이 근처에 수용소가 있었나?"

"……."

아, 내 혈압. 내 돈. 내 간지……. 내 폼 나는 퇴장…….

이런 전개는 진짜 상상도 못 했다. 스크롤이 불량이라니! 어떻게 이럴 수가 있어? 만약 내가 모르는 이에게 스크롤을 구매했다면 사기를 의심했을 거다. 하지만 구입처는 예전부터 늘 가던 단골 가게였다. 높은 신뢰도를 자랑하는 전문 가게.

결국 스크롤이 정말 불량이라는 얘긴데……. 내가 소설 속에서까지 가짜 빼고 다 가짜라는 중국의 향기를 맡게 될 줄이야. 어쨌든 이렇게 된 이상 다른 대책이 필요했다. 가장 쉬운 건 그냥 다른 텔레포트 스크롤을 꺼내 찢는 거지만, 문제는 자작저 근처로 좌표가 설정된 스크롤이 한 장뿐이었다는 거다. 내가 방금 찢은 게 끝. 나머지는 광장으로 잡혀 있는 것과 좀 전에 운 좋게 주운 게 다였다.

아, 그러고 보니 장거리 텔레포트 스크롤 좌표 모르는데, 어디지?

"정신이 오락가락한 건 불쌍하지만, 그래도 혼은 나야지."

"맞아. 감히 우릴 농락해?"

"우리 꼴을 우습게 만든 죄는 크다, 이년아."

공갈단은 연민의 시간을 끝냈는지 다시금 살벌한 분위기를 조성하고 있었다. 여차하면 곧 덤벼들 판이다.

어쩔 수 없지.

마음 같아선 재네를 바깥으로 끌어내 공격 마법이나 마음껏 갈기고 싶지만 방법-밖으로 끌어낼-이 없으니 참는다. 나는 여분의 텔레포트 스크롤을 꺼내려 품에 손을 집어넣었다.

"재, 또 뭐 하는데."

"알게 뭐야, 일단 한 대 쳐서 끌고 올게!"

헉!

말처럼 진짜 칠 모양인지 한 놈이 주먹을 불끈 쥐고 이쪽으로 성큼성큼 걸음을 옮겼다. 누차 얘기하지만 가게는 좁다. 사이의 거리가 가까워지는 건 순식간이었고, 덕분에 난 스크롤을 확인하고 자시고 할 겨를도 없이 그냥 손에 잡히는 걸 찢어야 했다.

아오, 이 인정머리 없는 놈! 다른 악당들은 주인공이 변신하는데 몇 분씩 걸려도 다 기다려 주더만!

찌익.

"……?!"

제대로 찢은 모양이다. 환한 빛무리가 나를 감싸는 것과 동시에 시야에 들어오던 풍경이 흐릿해졌다.

아차, 그러고 보니 욕해 줘야 하는데.

"야 이 병……."

슉.

"신들아!"

아, 아깝다…….

난 어김없이 띵 울려오는 머리를 감싸며 혀를 찼다. 중간에서 잘리다니 아쉬워라. 그나저나 여긴 어딜까? 잡히는 대로 급하게 찢은 스크롤은 적어도 광장 좌표는 아니었다. 뒤바뀐 장소는 낯익기는커녕 처음 보는 곳이었다. 왠지 남의 사유지 같은 느낌이 물씬 드는 평지하며, 내 정면에는 웬 탑이…… 탑?

나는 마법이 발동되고 쓸모없는 종이로 변한 스크롤을 내려다봤다. 그때 주운 스크롤. 장거리 텔레포트래서 얼마나 장거리인가 했더니…… 맙소사, 정말 멀었다. 나는 다시 전방으로 눈을 옮겼다.

이거 마탑이잖아?

검은 벽으로 둘러싸인 커다란 건축물이 원기둥 모양으로 높게 솟아 있었다. 엄청나게 높다. 여기서는 물론이거니와 몇 걸음 더 뒤로 물러난다고 해도 꼭대기가 보일 것 같지 않았다.

'야수의 꽃' 세계관에서 이만한 비주얼의 탑이라면 십중팔구 마탑이다. 내 손모가지를 걸고 단언할 만큼…… 은 아니지만 그래도 십에 구 할 정도는.

"으으음."

그래서 이제 어쩐담? 관광 온 셈 치고 한 바퀴 빙 둘러 구경하고 다시 돌아가야 하나? 한때 열심히 지도를 팠던 내 기억이 옳다면 여기서 자작저까지는 마차로 3일 밤낮이 걸린다. 이 상황에서 집에 돌아가는 올바른 방법은 엉덩이와 의자가 하나 될 때까지 마차를 타는 게 아니라 광장으로 이동하는 스크롤을 사용하는 거겠지.

어휴, 내 피 같은…… 이라기엔 너무 쉽게 벌긴 하지만 아무튼 소중한 돈이…….

아니, 잠깐.

생각을 하다 돌연 떠오르는 사실에 나는 미간을 좁혔다. 내가 지금까지 신명 나게 소비해 온 스크롤들, 전부 마탑에서 제작한 것들

아니었나? 맞을 거다. 그래, 맞다. 마법 스크롤은 마탑에서 독점으로 공급하는 물품이었다. 가게는 단순히 판매처일 뿐이고. 그건 즉, 스크롤에 문제가 있는 건 마탑의 책임이라는 뜻인데.

'옳거니!'

잘됐다. 온 김에 사정을 얘기하고 스크롤 보상받아야지. 돈을 내고 상품을 구매한 입장에서 이 정도의 권리 추구는 당연하다.

나는 발을 놀려 탑의 입구 앞에 섰다. 대부호의 저택이나 황성처럼 문 앞에 경비병이 서 있거나 하진 않았다. 을씨년스럽게 휑한 자리에서 나는 시커먼 문을 마주한 채 손을 들었다.

어디 보자, 두들기면 되나?

"손님이 오셨군요."

미처 건드리기도 전에 문이 알아서 스르릉 소리를 내며 열렸다. 끼익도 아니고 스르릉이라니, 나무가 아니라 돌문이었구나.

열린 문 너머로 백발이 성성한 할아버지와 눈이 마주친다. 나는 깜짝 놀라 눈을 동그랗게 떴다.

영화배운 줄…… 왜, 그 반지 때문에 세상 초토화되는 판타지 영화에 나오는 마법사 할아버지. 간달프 할아버지가 인자하게 웃으며 재차 내게 말을 건넸다.

"여기까진 어쩐 일로?"

왠지 덕망이 가득한 느낌의 목소리가 용건을 묻는다. 나는 초면임에도 불구하고 친근함이 넘치는 간달프 할아버지에게 차근차근 연유를 늘어놓았다. 긴 사정도 아니었다. 국내산인 줄 알고 믿고 샀더니 중국산이었네요. 물어주세요.

그는 내 억울함이 넘치는 사연—물론 위처럼 말하진 않았다—과 더

불어 증거품으로 내민 찢어진 스크롤을 선 자리에서 받아들었다. 반토막 난 스크롤을 쥔 채 잠시 고민을 하는가 싶더니 이내 날 안으로 초대한다.

"바로 해결해 드릴 수 있는 문제는 아닌 듯하군요. 일단 들어오시죠."

나는 그렇게 순순히 간달프를 쫓아 반지 원정대로…… 가 아니라 마탑 안으로 발을 들였다. 무른 과일 바꿔주듯 간단하게 끝낼 사안이 아니라는 건 진작 어느 정도 예상했다. 가격부터가 한두 푼이 아닌데다 내 주장이 거짓일 가능성도 염두에 두어야 할 테니까. 나는 당연히 구라쟁이가 아니었지만, 이런 식으로 사기를 치는 놈들이 아주 없었을 것 같진 않았다.

관광 온 외국인처럼 여기저기 두리번거리고 싶은 욕구를 참고 얌전히 응접실까지 뒤따르자 간달프가 내게 착석을 권했다. 권유대로 앉으려고 보니 앞에 놓인 의자가 눈이 부시다.

비유가 아니라 정말로 눈이 부시다. 방석은 수입산 실크에, 두르고 있는 건 금테로 추정되는데다 포인트 장식이 무려 다이아였다.

얘, 뭐지? 의자가 아니라 의자님인 듯한데? 뭔 응접실에 이런 의자님이…….

나는 머뭇거리다 부내가 범람하는 의자님의 위에 조심스레 앉았다.

의자님은 가구가 아냐. 의자님은 과학이다.

의자의 푹신함에 빠져 속으로 온갖 경탄을 일삼고 있으려니 맞은편에서 간달프가 말을 꺼냈다.

"오늘 구입한 스크롤을 조금 전에 사용했는데 마법이 발동하지 않았다고 말씀하셨지요?"

"아, 네."

본론이다. 나는 고개를 끄덕였다. 원한다면 1인 연극을 펼치며 상세하게 당시의 상황을 재연해 줄 의향도 있었다. 그때의 내 심적인 충격을 역동적인 몸짓과 표정을 통해 생생하게 전달할 자신이 있다. 그러나 간달프는 '좋습니다. 연기해 보세요!'라고 하는 대신-당연하지만-다른 말을 이었다.

"죄송한 이야기지만 잠시 기다리셔야 할 것 같습니다. 본래 이런 사항은 탑주님께서 확인하시는 부분인데, 지금 출타 중이신지라……. 바로 연락을 넣을 테니 오래 걸리지 않을……."

"네? 탑주님이요?"

난 놀라 반문했다. 생각지도 못 했던 말에 어안이 벙벙해진다.

탑주님이 확인을 한다고?

간달프가 두 집 살림을 하는 것이 아니고서야 여기서 말하는 탑주는 자연히 마탑주일 수밖에 없었다.

즉, 아윈인데……. 아윈이 직접 여기로 와야 한다?

"보통 그…… 탑주님이 오시는 게 일반적인가요?"

"그렇지는 않습니다. 다만 이런 경우 가져오신 스크롤이 정말 본래부터 마나가 담겨 있지 않았던 건지, 아니면 정상적으로 마법이 발현된 후 마나가 사라진 상태인 건지 둘을 구분하기가 어렵기에 탑주님께서 직접 확인을 하시는 거지요. 스크롤에 존재하는 몹시 미미한 마나가 스크롤 본래에 담겨 있던 마나의 흔적일 수도, 혹은 외부의 마나가 묻은 것일 수도 있는데 이를 정확히 탐지하고 구분할 수 있는 사람은 현재 마탑주님뿐이십니다."

"아…… 그렇군요."

난 납득한 상태로 다시 의자에 등을 기댔다. 스크롤이 진짜 불량인지 아님 멀쩡한 걸 가지고 사기를 치는 건지를 가려내는 일은 생각보다 까다로웠다.

남주인공 버프를 받은 마법 초천재 아윈이 아니고서는 못 한다는 얘기 아녀.

그러고 보니 원작에서 아윈의 무력에 대해 설명할 때, 단순히 마법의 습득만 뛰어난 것이 아니라 마나 탐지의 영역에도 발군의 재능이 있다고 했던 게 기억이 난다.

확실히 천재긴 천재군. 누가 대륙 서열 1위 아니랄까 봐.

솔직히 마탑에 오긴 왔지만 아윈을 만나게 될 거라곤 상상도 못 했다. 두말하면 입 아프게도 마탑을 방문한다고 해서 마탑주를 쉽게 볼 수 있는 건 아니었다. 황성에 간다고 무조건 황태자를 대면할 수 없는 것처럼. 자매 품으로 에스반데 공작저를 백날 어슬렁거려 봤자 케니스와의 만남 플래그가 개뿔도 세워지지 않는다는 게 있겠다.

나는 생각에 빠져 미간을 조금 좁혔다.

이대로 아윈을 만나도 괜찮겠지? 곁에 이벨린이 없다는 점이 조금 걸리기는 하지만…… 설마 죽이기야 하겠어. 그래, 긍정적으로 생각하자.

아윈은 눈 깜짝 않고 조연의 목을 딸 수 있는 놈이었지만, 그래도 묻지 마 살인마는 아니었다. 몹시 같잖을망정 늘 이유가 있었으니 그 이유를 만들지 않으면 될 일이다. 난 오늘부터 사람을 가려가며 깝죽대는 얍삽이로 거듭나기로 했다.

아윈한텐 개기지 말자.

그리 다짐하고 있으려니 간달프가 몸을 일으키며 말을 건넸다.

"아, 물론 로즈 님을 의심하는 건 결코 아닙니다. 한 해에 구입하시는 물량이 얼만데 감히. 그냥 형식적으로 정해진 절차 중 하나라고 여기고 마음 쓰지 마시길. 전 그럼 탑주님께 연락을 드리러 이만……."

그러고는 총총 멀어진다. 나는 별 생각 없이 간달프의 긴 백발을 보며 배웅의 손짓을 하다 문득 깨달은 사실에 손을 멈췄다.

어라? 내가 로즈-스크롤을 구매할 때 쓰는 이름-인 건 어떻게 알았담?

간달프가 결국 궁예로 2차 전직을 한 건가? 하, 과연, 굉장한 관심법……! 은 당연히 농담이고. 기실 그가 내 정체를 알고 있는 건 그리 놀라운 일이 아니었다. 마탑씩이나 되는 단체에서 고객에 대한 파악이 전혀 이루어지지 않고 있다면 그게 더 신기한 일이리라.

가뜩이나 스크롤이 얼마나 고가품인데.

물론 뒷조사가 들어갔다는 부분에선 다소 꺼림칙하긴 하지만, 그래도 뭐, 사이트 회원 가입을 하는 순간 내 모든 개인 정보가 대륙으로 뻗어 나가는 곳에서 살다 왔는데 이 정도야. 그런 생각을 하는데 마침 시종이 다과를 내왔다.

어멋……!

차는 그러려니 해도 이 형형색색의 과자들이라니. 빛깔과 자태가 곱디곱다. 나는 마탑에 대한 호감도가 오르는 것을 느끼며 가까운 과자에 손을 가져갔다. 하나를 집어 입에 넣자 식감도 좋고 적당히 달다.

다 좋긴 한데, 역시 이런 군것질 거리를 준비해 주는 건 기다리는 시간이 꽤 길거란 얘기겠지? 아무래도 아원이 도착하려면 시간깨나 걸리겠구나!

슉.

"고객님?"

아니었다.

"와어악!!"

야 이 미친놈이, 깜짝이야!!

아무것도 없던 허공에 갑자기 사람이 생겨나더니 불쑥 내게 말을 건다. 그것도 지척에서. 완전히 방심하고 과자나 처씹고 있던 난 그 예고도 없고 매너는 더욱 없는 등장에 그야말로 심장이 밖으로 튀어나오는 줄 알았다.

아니, 와…… 진짜, 와…… 놀라 죽을 뻔했네. 하마터면 생명보험 안 든 걸 후회할 뻔했잖아!

나는 벌렁거리는 심장께를 부여잡고 공중에서 부스러기가 되어 산화하는 과자에게로 시선을 주었다. 저 과자가 웬 과자냐고 묻는다면 방금 내가 던진 과자라고 답할 수 있겠다.

무슨 정신이었는지 혼비백산 놀란 나는 손에 들고 있던 과자를 유령처럼 나타난 아윈을 향해 비명과 함께 투척했던 것이다. 그리고 그 과자는 미처 코앞에 있는 상대의 면상에 닿기 전 저 알아서 멈추더니 파사삭 소멸하는 신기를 뽐내고 있다.

하하…… 이것 참…….

절대 본의는 아니었지만 마탑주에게 먹던 과자를 던진 나는 두 방망이 치는 심장 소리를 들으며 그저 어색하게 웃었다.

설마 저게 잠시 후 내 미래는 아니겠지?

"흐음."

다행히 아윈은 내 귀여운(?) 실수를 봐주기로 한 모양인지 별다른 반응이 없었다. 그저 여러모로 쫄아 굳어 있는 나를 위아래로 훑을 뿐이었다.

뭐, 뭐지? 얘, 왜 이래?

다행히 '이걸 뎅겅으로 죽일까 푹찍으로 죽일까' 하고 고민하는 눈치는 아닌 것 같았다. 마치 가늠이라도 하듯 내 머리카락까지 살핀 아윈이 뜻 모를 말을 뱉었다.

"고객님이었어?"

뭔 소리야?

뒤에 물음표는 붙어 있지만 대답할 수는 없는 말이었다. 의미를 몰라 눈썹만 추켜올리는데 그런 내 반응엔 아랑곳하지 않고 아윈이 또 자기 혼자만 알아들을 말을 던진다.

"백만 골드가 부른다기에 와봤더니."

어…… 이건 좀 알아들을 수 있을 것 같기도 하고. 내가 저렇게 많이 썼었나?

등장하자마자 수수께끼 같은 말이나 던져 대는 아윈과 묘한 대치 상태를 이루고 있자니 그 상황으로 누군가가 헐레벌떡 뛰어 들어왔다. 놀란 기색이 역력한 낯으로 분주히 가까워지는 인영은 조금 전 사라졌던 간달프였다.

아, 그렇지 참. 아윈에게 연락을 넣으러 다녀온댔는데……. 그럼, 이거 뭐야? 아윈이 통신을 받자마자 날아왔단 소리야?

"괴, 굉장히 빨리 오셨군요."

"빨리 오라며?"

"……."

원작을 토대로 유추해 볼 때 지금 간달프가 하고 있을 생각은 뻔했다.

'언제 그렇게 제 말을 들으셨다고?'

아윈 인마, 우리 연로하신 간달프 괴롭히지 마.

아윈은 간달프에게로 잠시 돌렸던 시선을 도로 내게 회귀했다. 나는 그새 소중한 의자님을 버리고 뒤로 두어 발자국 물러난 상태였다.

이래저래 재는 코앞에서 상면하기엔 심장에 영 좋지 않다.

안전거리를 확보한 채 나와 눈을 마주한 아윈은 의외라는 표정이었다.

"이거 재밌는 우연이네. 탑에 백만 골드를 안겨줬다는 그 유명한 우량 고객이 저거였어?"

"저거……."

간달프는 제 VVIP 고객을 지칭하는 상사의 대명사에 아연한 얼굴을 했다. 그러면서 당황한 낌새로 내 눈치를 살피듯 이쪽을 힐끔거린다.

왜 아윈 저놈은 멀쩡한 인칭대명사를 놔두고 굳이 지시대명사를 사용하는 걸까. 널 제외하곤 다 사물이라는 마인드인 거니?

그나저나 조금 신경이 쓰이는 건, 아윈의 말에서 묻어나는 묘한 뉘앙스였다. 꼭 나를 아는 것 같은 느낌인데? 착각인가?

"탑주님, 중요한 고객이십니다. 좀 더 대우를 해주시는 게……."

"내가 지금까지 고객 대우하는 거 봤어?"

"……그건 아니지만."

뻔뻔한 답에 간달프가 우물쭈물한다.

아이고, 우리 불쌍한 간달프. 괜찮아요, 이해합니다.

아윈은 황제에게도 지금같이 반말을 찍찍 써재끼는 인간이었다.

오죽하면 각 나라 왕들이 각종 행사에 마탑주를 초대하지 않는 것은 혈압 때문이라는 말이 있을까. 물론 초대한다고 순순히 와주는 것도 아니었지만. 그런 실정이니 내가 아윈에게 대우 따위를 바라는 게 더 황당한…….

"대우해 줘?"

"네?"

일일 진대……. 엥?

"대우해 줄까? 말해봐."

얘가 무슨 꿍꿍이지?

뜬금없는 물음이었다. 나는 대답하지 않고 그의 여상히 천사 같은 낯만 이리저리 살폈다. 도무지 의중을 모르겠다. 뭐라고 응해야 할지 몰라 답을 망설이고 있자니, 아윈이 말을 잇는다.

"사실 지금도 제법 대우해 주고 있긴 해. 고객님도 알지? 나한테 이런 거나 던지고."

아윈의 곧게 뻗은 손가락이 테이블 위의 과자를 집었다.

어…… 응…… 그건 그렇지.

본인 면상에 과자를 집어 던진 상대를 아직까지 살려두고 있다니 생각해 보니까 대우가 엄청나다. 나는 그의 놀라운 고객 대우에 박수를 쳐야 하나 고민하며 입가를 끌어 올렸다.

어쨌든 웃는 얼굴에 침 못 뱉는댔으니 웃어 볼…… 아니지. 케니스는 내가 쪼개기만 하면 살심이 끓어오르는 기색이던데.

"말해. 대우해 줘?"

그사이 아윈이 재차 물었다. 더 이상 대답을 미룰 수가 없다. 난 일단 응수했다.

"네, 해주세요. 극진한 대우 원합니다."
"좋아."
아윈이 웃는다. 그럴 만한 외양이지만 정말 저 얼굴로 웃으니 주변이 온통 정화되는 느낌이다.
하지만 나는 그 엔젤 스마일을 앞에 두고도 깊어지는 불안함을 막을 수가 없었다.
나 정말 괜찮겠지? 설마 뒷 세계의 은어로 대우=오체분시 이런 건 아니겠지?
아윈의 캐릭터가 캐릭터다 보니 도저히 마음을 놓을 수가 없다. 옆에서는 간달프가 대체 일이 어떻게 진행되는 건지 모르겠다는 얼굴로 넋을 빼고 있었다.
"말 놔, 고객님. 안 죽일 테니까."
"……!"
파격적인 선심에 놀란 건 나보다 간달프인 것 같았다. 눈 튀어나오겠다.
근데 보통은 말 놓으면 죽인다는 말이니?
"그 밖에도 엔간해선 안 죽일 테니까 걱정 말고."
엔간하지 않으면 죽인다는 말이니?
나는 그의 '극진한 대우'='목을 따지 않는 것'으로 귀결되는 서비스에 감읍해야 하나 망설이며 고개를 끄덕였다. 어쨌든 저 말대로라면 다행이고 횡재인 건 사실이다. 이벨린의 방패 없이 아윈 데드 엔딩을 피했으니까.
……근데 어떻게?
이해가 잘 되지 않는다. 이제까지 고객 대우하는 것 봤냐는 말마따나 내가 우량 고객이라 선심을 쓰는 건 아닌 듯한데. 설마 이벨린이 날 친구라고 소개했던 걸 기억하나?

"타, 탑주님, 이게…… 웬일이십니까?"

어안이 벙벙한 얼굴로 간달프가 궁금한 걸 대신 물었다. 대꾸하는 아윈은 마치 당연하다는 말투였다.

"웃기잖아."

"예?"

"웃겨서 마음에 들어. 웃긴 고객님은 귀하거든."

걔는 진짜 언어 구사가 왜 저런지 모르겠다. 아까부터 자꾸 본인만 알아먹어.

대체 나를 언제 봤다고 웃기다는 건지. 혹시 생긴 게 빵 터진단 뜻이면 너 진짜 개새…… 잠깐.

순간 잡히는 것이 있었다. 나는 생각에 잠겨 눈을 가늘게 떴다.

아윈 저놈 혹시…….

"스크롤 네가 준 거야?"

튀어 나간 짧은 말에 간달프가 눈을 부릅떴다.

걱정 마요. 안 죽인다잖아.

아윈은 언제, 어디서, 어떤을 죄 생략한 내 질문에 태연히 대답했다.

"구경값."

아, 그랬군.

이제 알겠다. 운수 좋게 주웠다고 여겼던 텔레포트 스크롤이 알고 보니 아윈의 선물…… 음, 단어가 안 어울리는데. 그래, 아윈의 적선이었다.

어쩌다 봤는지는 모르겠지만 우연히 내 혼신의 연기를 관람한 아원이 스크롤 한 장을 던져 주고 갔었던 거다.

와, 통 크네.

나를 웃긴 고객님이라고 하는 건 그래서구나. 응, 그래…… 내 인생 연기가 웃겨?

"……아무튼 탑주님, 오셨으니 이거, 확인 부탁드립니다."

"이게 뭔데?"

"통신구로 말씀드렸던 불량 스크롤입니다."

"불량?"

아윈은 미미하게 찌푸려진 낯으로 간달프가 내미는 걸 받아 들었다. 내가 건넸던 두 조각 난 텔레포트 스크롤. 중국산의 향기가 짙던 스크롤은 이내 잠깐의 관찰 뒤, 아윈의 손 위에서 불꽃과 함께 한 줌의 재로 사라졌다.

……저놈이 내 증거품을 태웠어?

당황하는데 아윈이 입을 연다.

"어떤 병신 새끼가 기초적인 스크롤을 이렇게 만들었어! 고작 종이에 마나 하나 못 담아? 그 모자란 새끼 누구야?"

간달프는 주인의 신랄한 비난에 항의하고 싶은 마음이 가득해 보였다. 하긴, 나도 텔레포트 스크롤을 만드는 것이 '기초적이고', '고작'인 일이라고 생각되진 않는다.

그건 니 기준이시겠죠, 마법 천재님아.

아윈은 이벨린 앞에선 하늘이 두 쪽 나도 꺼낼 일 없는 쌍욕—생김새랑 끝장나게 안 어울렸다—으로 언짢음을 표현하더니 잠깐 기다리라는 말을 남기고 자리에서 사라졌다. 어디서 주워듣기로 텔레포트는 복잡한 스펠을 외워야 하는데다 좌표 수식도 어렵고 마나도 많이 잡아먹는 까다로운 마법이랬는데, 쟤는 무슨 손오공이 순간 이동 쓰듯 시동어도 없이 그냥 막 남발한다. 아원이 슉 하고 사라진 텅 빈 공간을 간달프가 동경 어린 눈으로 응시하는 게 보였다.

도, 동경……. 저런 놈을 동경…….

마탑은 완전히 힘의 논리를 따른다더니 진짜인가 보다. 아원이 다시 나타난 건 금세였다.

"자, 고객님."

그리고 나는 두 장의 텔레포트 스크롤을 얻었다. 모두 엑트리 자작저 근처로 좌표가 잡혀 있었다. 하긴 '로즈'의 집을 알고 있을 테니. 대수롭지 않게 스크롤을 챙기는 나와 달리 간달프는 입을 떡 벌렸다.

"바, 방금 만드신 겁니까?"

"응."

별것 아니라는 듯 긍정한다.

난 자세히는 몰라 간달프의 경악에 동참하기 어려웠지만 대충 아원이 남주인공답게 먼치킨스러운 면모를 보여줬다는 것 정도는 짐작할 수 있었다.

보통은 이렇게 3분 카레처럼 3분 스크롤 만들기를 못 하나 보지.

그렇게 생각하는데 간달프가 억울함이 가득한 목소리로 중얼거린다.

"아니, 이렇게 금방 만드실 수 있으면…… 직접 하시면 되지……. 우리는 좌표 새기고 마나 불어넣는 데만 하루 종일……. 막 개고생…… 진짜 생고생……."

소심하게 볼멘소리를 웅얼거리는 간달프를 보고 있자니 첫 대면 때 느꼈던 넘치는 덕망이나 인자함 등의 현자스러운 이미지가 어쩐지 폭망하는 느낌이 들었다.

이 애잔함은 뭐지……?

할아버지가 아니라 울 애기라고 불러야 할 것 같다.

그러나 아윈은 이처럼 가녀린 항변에도 가차 없었다.

“너네가 하도 마나를 모자라게 다루니까 일 좀 하면서 늘리라는 거 아냐. 마법 발로 배웠어?”

“그, 그런…… 맞는 말이긴 하지만. 흑흑…….”

난 충격으로 눈을 부릅떴다.

아윈이 간달프를 울렸다! 아윈이 노인을 울렸어! 아윈이 할아버지를……!

강렬하게 느껴지는 패륜의 향기에 나는 아찔해졌다. 이 상황을 그냥 외면해서는 안 된다고 내면의 넘치는 정의감이 외쳐 댄다. 난 결연한 눈빛으로 입을 열었다. 극진한 대우를 약속받은 우량 고객의 입장으로서 따끔하게 한마디 해줘야겠다.

아윈, 야! 귀 파고 똑똑히 들어라!

“살날이 얼마 남지 않은 할아버지를 괴롭히는 건 나쁜 행동이라고 생각한, 아니, 합니다.”

아이, 따끔하다.

나는 따끔함이 지나쳐 마치 실크 같은 훈계를 내뱉은 스스로의 입을 매우 쳐 때리고 싶었다.

존댓말은 왜 또다시 쓴 거니!

아니, 물론, 머릿속에 있는 걸 그대로 뱉었다간 죽을까 봐 무섭긴 했어. 솔직히 남의 10년 인생 구제하려다 내 80년 인생을 날려먹는 건 너무 슬픈 일이잖아. 안 그래? 하하, 그냥 말을 말걸…….

뒤늦은 후회로 내게 회귀 능력이 없음을 한탄하고 있는데 아윈이 나를 깨우듯 툭 말을 던졌다.

"없는데?"

"어?"

"살날이 얼마 남지 않은 할아버지 여기 없다고, 고객님."

응?

이해할 수 없는 내용에 나도 모르게 간달프를 돌아보았다. 간달프는 조금 전보다 한층 굵은 눈물 줄기를 흘리고 있었다.

어?

"저를 생각해 주신 거지요……? 마음은 정말 감사드립니다. 근데 저…… 사실 이렇게 생겼어도 관에 들어가려면 아직 한참 남았……."

왈칵.

간달프는 미처 말을 다 잇지 못하고 자리에서 뛰쳐나갔다. 그가 사라져 간 자리에는 잠깐의 온기와 은하수같이 반짝이는 눈물방울만이 남아 있었다…… 는 뭐야, 이거?

"설명 좀?"

"쟤, 스물다섯이야."

"워……."

스물다섯?

나는 도저히 일흔 밑으로는 보이지 않던 간달프의 외모를 떠올렸다. 세월의 흔적이 여실히 느껴지는 깊은 주름과 눈 내린 듯 성성한 백발.

이건 노안으로 납득될 만한 수준이 아닌데?

내가 혼란스러운 눈빛을 하자 아윈이 내 동공지진에 대고 간략하게 설명을 해주었다.

소싯적…… 아니, 어렸을 때 실수로 남이 만들어놓은 마법 소환진을 잘못 가동시키는 바람에 저 꼴이 되었다고 한다. 소환당한 대상이 하필이면 힘깨나 쓴다는 마물이라 저를 소환한 이의 마나가 보잘것없는 것에 분노하여 저딴 저주를 걸었다고.

와, 너무행……. 마물 개나쁘네.

그야말로 눈물 없인 들을 수 없는 사연이었다. 그 뒤 저주를 풀 방법을 백방으로 수소문했으나 찾지 못했고, 설상가상으로 마법진까지 소멸되는 바람에 간달프는 절망에 빠지게 된다. 그러다 마지막 희망으로 마탑에 들어와 현재는 이런저런 탑 내부 일을 하면서 그때의 마법진을 재현하기 위해 연구 중이라는 것이다.

그렇군.

고개를 주억거리며 듣다 나는 문득 떠오른 의문점을 뱉었다.

"너도 그 저주 못 풀어?"

"설마."

같잖다는 얼굴이었다.

"……왜 안 풀어주는데?"

"재가 저래 봬도 일을 잘해. 오래 일해야지."

"……."

이 새끼가 제일 너무하네.

차라리 저주를 풀어줄 테니 평생 여기서 일하라고 하든가……. 아, 그건 그거대로 너무하구나. 어느 쪽이든 간달프의 미래는 영 밝지 못하다. 부디 아윈이 간달프의 눈물겨운 노안 탈출을 방해라도 안 하길 바랄 뿐이었다.

힘내, 백발 친구.

나는 속으로 간달프의 앞으로의 나날에 파이팅을 외쳐 주고 주섬주섬 갈 채비를 했다. 그래 봤자 방금 받은 스크롤 중 하나를 꺼냈을 뿐이지만. 본래 목적이었던 스크롤 보상도 받았겠다 이제 집에 가야지 싶어 자세를 잡는데, 아윈이 찢으려는 스크롤의 선단을 잡는다.

……뭐지?

스크롤 사용을 방해하는 아윈의 손을 물끄러미 내려다보다 나는 대뜸 말했다.

“내가 좋아서 보낼 수 없는 건 알겠지만, 너무 집착하진 말아줄래? 나는 만인의 연인이라 집착해 봤자 소용없단다. 난 소유할 수 없는 바람 같은 여자야.”

물론 헛소리였다. 꽃미남이 내게 집착한다면 나는 두 배쯤 그에게 더 집착해 줄 의향이 있었지만, 아니, 그만의 연인을 넘어 그만의 스토커가 되어줄 자신이 있었지만 그건 아윈에게는 해당되지 않는 얘기였다.

뭐, 애초에 해당될 수가 없다. 아윈이 내게 집착하는 건 그가 광산 주인이고 내가 도망친 광산 노예일 때나 가능한 전개일 테니까.

아오…… 굶으면서 채찍질당하다 도망치는 광산 노예 다메요.

아윈은 이 와중에 내 말을 유머 취급했다.

“조금 웃겼어.”

응? 어째 기분이 좀 더러운데, 정상이겠지?

아윈은 조금 기특하다는 얼굴로 나를 마치 꿈을 위해 열심히 노력하는 개그맨 지망생 여기듯 쳐다봤다.

나 장래 희망 개그맨 아닌데…… 왜 재는 내 이미지를 저따위로 잡은 거야?

"가상하니까 선물."

"뭔 선……."

슉.

"헐."

선물이라고 말하며 아윈이 내 팔을 잡아챈 건 거의 동시였다. 살인마 꽃미남이 내게 스킨십을 한 것에 무서워해야 하는지 설레어야 하는지 미처 갈피도 잡기 전에 내 몸이 이동했다. 물론 아윈도 함께.

나는 순식간에 뒤바뀐 주변을 둘러보고 눈을 크게 떴다.

우리 집 근처잖아!

이동이 끝나자 아윈이 손을 뗀다. 그가 말했다.

"고객님, 참고로 마탑 내에서는 텔레포트 못 써. 스크롤도 물론. 전대 마탑주가 마법진을 깔아서 막아놨거든."

아, 그래? 그래서 내가 스크롤 쓰려할 때 막았던 거구나. 하마터면 스크롤 날릴 뻔했네.

난 그의 친절한 설명에 고개를 주억거리다 모순점에 멈칫했다.

야, 그럼 니가 쓴 건?

의문을 뱉으려다 나는 입을 다물었다. 내 물음을 읽은 건지 아윈이 표정으로 대답하는 게 보였다.

같잖다는 얼굴. 와, 저거 오늘만 벌써 두 번째네.

내가 마법사였다면 목숨 걸고 저놈의 죽빵을 때리고 싶었을 거란 생각이 들었다.

넌 대체 같잖지 않은 게 뭐니?

"그럼 고객님, 잘 들어가. 앞으로도 스크롤 많이 사고."

최대한 띠꺼운 표정을 지으려 노력하는데 아윈이 인사를 남기고 사라졌다. 왠지 마지막 말이 핵심인 것 같은 느낌은 뭘까? 나는 평생 버는 돈을 족족 마탑으로 자동이체시키는 상상을 하다 고개를 흔들고 저택으로 들어왔다.

이게 좋은 일인지 나쁜 일인지, 어느 정도는 개겨도 죽을 걱정이 없어졌다는 게 기쁘긴 한데.

나는 얼떨떨한 기분으로 계단을 오르며 왼팔을 내려다봤다. 여길 붙잡고 아윈이 텔레포트를 했었지. 졸지에 마탑주가 손수 배웅해 준 영광의 조연이 됐다.

근데 얘는 무슨 귀족 영애의 맨팔을 길가 돌멩이 건드리듯 망설임 없이 잡고 그런담.

물론 아윈에게 내 이미지가 숙녀보다 돌멩이에 가깝다는 사실은 알지만…… 음…… 갑자기 눈물이. 팔목을 감쌌던 잠깐의 온기를 떠올리다 나는 문득 이동할 때 멀미가 전혀 없었던 것을 상기했다. 그러고 보니 텔레포트로 이동했는데 예의 어지럼증이 아예 없었다.

어, 이거 신기한데? 이런 것도 마법 천재랑 관련이 있나?

난 아윈의 곁에 붙어 있으면 부작용 없는 쉽고 빠른 대륙 일주가 가능하겠다는 생각을 하며 방으로 들어섰다. 옷을 실내복으로 갈아입고, 피로도 풀 겸 에슐라가 준비해 준 물로 족욕을 하고 있는데 하녀 릴리가 내게 알려왔다.

"아가씨, 손님이 오셨어요."

손님? 나한테? 찾아올 만한 사람이 있었나?

나는 본인도 잘 알고 있는 스스로의 협소한 교우 관계에 갸웃하며 대야에 담그고 있던 발을 뺐다. 물기를 닦고 실내화를 신은 채 아래

층으로 내려가는 동안 상념과 함께 손님이 누구일까 하는 궁금증이 둥실 떠올랐다.

카노? 부크?

하지만 둘 다 여기까지 방문할 이유가 없는데. 그리고 곧 응접실에 도착해 손님을 확인하자마자 난 놀라 눈을 껌벅였다.

"이벨린?"

"아, 라테."

여상한 차분함으로 앉아 있던 이벨린이 나를 발견하고 말갛게 웃었다. 나는 놀란 기색을 숨기지 않으며 그녀의 맞은편에 착석했다. 에슐라가 타이밍 좋게 차를 내온다. 앞에 놓인 홍차의 향을 맡으며 내가 물었다.

"여긴 어떻게?"

"각하께서 데려다 주셨어요."

각하라면 케니스렷다. 딱히 여기까지 뭘 타고(?) 왔냐는 질문은 아니었지만 케니스가 똥 씹은 기분으로 이벨린을 이곳에 데려다줬을 걸 상상하니 기분은 흡족했다.

나는 다시 웃는 낯으로 물었다.

"그렇군요. 그런데 웬일이에요?"

"아까 그렇게 헤어지고 걱정이 되어서요. 어디 다친 곳은 없나요?"

"아아."

역시 천사표 여주인공. 나는 내가 걱정돼서 여기까지 행차했다는 그녀의 말에 화답하듯 미소를 지었다.

다친 곳이야 당연히 없긴 한데…….

"각하께는 라테가 스크롤을 사용했다고 전해 들었어요. 무사할 거라고는 했는데 그래도 혹시나 싶어서…….”

낌새를 보아하니 오크 퇴치는 생략하고 텔레포트 스크롤을 쓴 것만 얘기한 듯싶었다. 나는 잠깐 입을 다물고 대답을 고민했다.

뭐라고 말할까?

곧이곧대로 '훗, 이 몸은 생채기 하나 없이 멀쩡하다고, 그러니 더 이상의 걱정은 스탑, 베이비☆'라고 말해주기엔 왠지 배알이 꼬였다. 케니스를 엿 먹이고 싶다.

난 차를 한 모금 넘기며 시간을 끌다 입을 열었다.

“별일 없었어요. 그냥…….”

“그냥?”

“하늘을 막 날고…….”

나 말고 오크가.

“네?”

“호흡곤란을 일으키다 찬 바닥에 쓰러지고…….”

심장병 연기하느라.

“네에?”

“겁에 질려 파란 안색으로 도망치고…….”

나 말고 공갈단이.

“네에에?”

“막 쌍욕도 듣고…….”

나 말고 간달프가.

“어떻게 그런……!”

이벨린이 경악하며 제 입을 가렸다. 내가 늘어놓은 온갖 고초 및 수난에 적잖이 당황한 눈치였다. 나는 갖은 고초에 너덜너덜해진 역경 만화의 주인공 같은 얼굴로 씁쓸하게 웃었다.

가라, 메소드 연기!

바람 빠진 행사장 풍선처럼 축 늘어져 그녀를 응시하니 이벨린이 분노에 찬 기세로 벌떡 몸을 일으켰다.

"한마디 해야겠어요."

"아니에요, 이벨린. 괜히 저 때문에……."

내가 함께 일어서며 만류-하는 척-하자 이벨린이 고개를 저었다. 그녀는 결연한 눈빛으로 쾌차하라는 말을 남기고 바깥으로 사라져 갔다. 나는 이벨린의 전투적인 발걸음에 속으로 쾌재를 부르며 그녀를 배웅했다.

사요나라 케니스. 너는 평소 여주인공의 친구를 소중히 하지 않았지.

나는 흐뭇한 마음으로 남은 홍차를 비웠다. 한동안은 케니스를 피해 다녀야겠다. 가벼운 걸음걸이로 방에 돌아와 이번에는 과일을 즐겼다.

당도가 적당한 블루베리를 씹어 삼키며 새파랗게 변했을 혓바닥 따위를 상상하는데 릴리가 다시 문을 두드렸다.

"손님이 오셨어요."

또? 오늘 무슨 날인가?

나는 꼭지를 딴 딸기를 입에 넣고 주섬주섬 몸을 일으켰다. 입에 든 것을 우물거리며 계단을 내려가는 꼴을 유모가 보았다면 어김없이 잔소리를 쏘아줄 법했지만, 다행히 그녀는 오늘도 바빴다. 난 혀에 남은 딸기의 단맛을 음미하며 응접실 문을 벌컥 열어젖혔다.

"선생님!"

"……."

"잠깐만요, 선생님! 닫지 마세요! 가지 마세요!"

문 닫고 도로 올라갈까? 방문 상대의 중요도가 0에 수렴한다. 난 손까지 내저으며 간절히 호소하는 부크를 귀찮은 눈길로 쳐다보다 의자에 가 털썩 앉았다.

기억을 더듬어 봐도 딱히 글 관련으로 전달받을 만한 사항이 없었다. 있다 쳐도 멀쩡한 전서구를 놔두고 왜 온 거야?

"뭐?"

"드릴 말씀이 있어서요."

"뭔데, 올셀?"

부크는 대부분의 정보와 용건을 서찰을 통해 전했지만, 간혹 지금처럼 직접 찾아올 때도 있었다. 대체로 글로 남기는 것이 더 위험한 은밀한 이야기-19금 외전 요청이 폭주하고 있어요 등-이거나 한시가 급한 사안에 한해서였다. 그리고 그럴 때면 그는 서점을 운영하고 있는 친척 형 '올셀'의 신분을 빌렸다. 우량 고객-눈가림용으로 책을 여러 권 사 모았다-인 내게 희귀도서나 원하던 신간이 입수되었음을 알린다는 구실이 있었기 때문이다.

등받이에 몸을 기대며 묻자 부크가 조심스레 입을 뗐다.

"애독자 만남회를…… 하셔야 할 것 같습니다."

"애독자 만남회?"

"예, 선생님의 애독자 즉, 팬분들과 선생님이 직접 만나서 작품에 관한 이야기도 나누고, 시간을 보내는 건데……."

팬 미팅이잖아? 여기에도 그런 게 있구나.

나는 일단 알아듣겠다는 뜻으로 고개를 끄덕였다. 근데 그걸 왜 여기까지 와서 은밀하게 말하고 난리야. 타박하려 입을 여는데 부크가 한 박자 빨랐다.

"날짜가 내일입니다."

"장난하냐?"

이게 하루 전날 통보를 해? 내가 못마땅한 얼굴로 눈을 가늘게 뜨자 부크가 면목 없다는 듯 몸을 비비 꼬았다.

아, 잠깐, 아…… 내 눈.

"죄송합니다. 이게 저희도 예정에 없던 거라……. 그리고 장소가……."

"어딘데 뜸을 들여?"

"에드지 영지입니다."

"……뭐?"

잘못 들은 줄 알았다. 내가 미간을 팍 구기자 부크가 재차 어쩔 줄 몰라 했다. 자기네 간판 작가를 맹인으로 만들고 싶은 건지 다시금 베베 몸을 꼬는 흉한 작태를 응시하다 허공으로 눈을 돌렸다.

아니, 에드지 영지?

에드지는 그야말로 변방 중에 변방이었다. 여기서 마차를 타도 족히 일주일, 아니지, 보름은 걸리는 거리였다. 산맥을 끼고 구석탱이에 박혀 있는 소도시는 교통편이 불편한 터라 왕래도 적었다. 보통 수도에서 나고 자란 사람은 늙어죽을 때까지 가볼 일 없을 특색 없는 변방의 영지.

나는 부크의 갈색 눈동자를 뚫어져라 응시했다.

얘가 꿈을 꾸나?

"내일 있을 팬 미팅, 아니, 애독자 만남회를 여기서 보름은 걸리는 에드지 영지에서 하겠다고?"

시간을 달리는 청년이니?

내가 돌았냐는 시선을 보내자 부크가 황급히 설명을 덧붙였다.

“만남회의 자금을 댄 쪽에서 스크롤을 제공했어요. 에드지까지 곧바로 이동할 수 있습니다. 물론 돌아올 때도 마찬가지고요.”

“허?”

덧댄 설명은 외려 그게 더 충격적이었다.

아무리 텔레포트라지만 에드지 영지는 결코 한 번에 이동할 수 있는 거리가 못 된다. 못해도 장거리 스크롤 두세 장은 필요했다.

그걸 제공해?

“누군데? 이름난 상인의 딸이거나 대부호의 딸이거나 뭐, 그래?”

“신분은 밝힐 수 없다는 입장이어서 잘 모르겠지만, 얘기를 전하러 온 사람이…… 기사였습니다.”

그것도 실력이 굉장히 뛰어난. 제 호위로 고용한 이가 알려줬다며 부크가 소곤거렸다.

기사를 심부름꾼으로 부리는 사람이라.

난 자세를 바꿔 몸을 앞으로 숙여 턱을 괴었다. 정식 기사는 대부분 귀족이었다. 출신이 평민이더라도 기사 딱지를 다는 순간 준귀족으로 대우받는다. 그런 이를 용건이나 전달하러 보내는 건 아무리 돈이 많아도 평민에겐 무리였다. 최소한 귀족, 그것도 꽤나 지위가 높은.

“역시 내 팬이야. 레벨이 다른데?”

난 장난처럼 중얼거리며 턱을 괸 손을 바꿨다. 부크가 예까지 꽁지 빠지게 달려온 이유를 알겠다. 내 독자들 중 귀족이 없을 거라 생각한 건 아니었지만-한정판 프리미엄을 붙여 엄청난 고가에 내놓은 관련 상품이 불티나게 팔렸었다-이번처럼 만남을 주최할 거란 예상은 못 했다. 게다가 위치는 또 왜 그리 변두리인지.

부크가 똥줄이 탄다는 얼굴로 '하실 거죠? 하실 거죠?' 하고 연달아 물어왔다. 나는 몰라도 귀족의 눈 밖에 난다는 건 그에게 타격이 큰 일이리라. 나는 안심하라는 의미로 부크의 곱슬머리를 개 쓰다듬듯 헝클였다.

할 테니까 쫄지 마련.

어차피 나도 궁금하니까. 왕복을 스크롤로 한다면 팬 미팅에 빼앗기는 시간은 그리 길지도 않았다. 그 정도면 뭐.

그나저나 보통 팬 미팅에선 무슨 얘기를 한담?

나는 다른 방향으로 고민을 시작했다.

아로브럭, 그는 대체로 운수가 나빴다. 식탁에서 미친 듯이 다리를 떨어대도 상대방이 '밥상머리에서 다리 떨면 복 달아난…… 에그머니나, 아로브럭이잖아! 달아날 복이 없지 참!' 하며 입을 다물 정도로 그 수준이 심했다.

그가 꽃다운 나이 스물다섯에 65세 이상 통행세 할인이라는 노인복지의 수혜를 받는 꼴이 된 것도 다 그놈의 운이 나빠서였다. 돌이켜보면 애초에 누나가 여섯이나 되는 집안의 막내로 태어난 것부터가 문제의 시작이었다.

이 인생은 그때부터 이미 글렀던 것이다. 그는 부모님의 바람으로 칠 공주 역할을 해야 했던 제 과거를 상기하며 때때로 그렇게 생각했다.

아로브럭의 직업은 마법사였다. 그는 이쪽 계통에 전혀 소질이 없는 식구들과 달리 마법에 특출난 재능이 있었다.

그러나 남들은 다 부러워할 그 재능 때문에 원하지 않던 절대 노안을 얻어 50년은 늙어 보이는 영감이 되었으니, 그놈의 재수 없음도 참 어지간하다 하겠다.

저주로 인해 노인이 된 아로브럭은 어머니를 어머니라 부르지 못하고 누나를 누나라 부르지 못하는–호칭하는 순간 파워 치매 취급–괴로운 현실에 방황하다 마지막 방법으로 마탑에 취직했다. 그렇게 마탑의 노예…… 아니, 일원이 된 지도 어언 삼 년째.

아로브럭은 성성한 백발을 얌전히 귀 뒤로 쓸어 넘겼다. 조신한 그 손길에 숨길 수 없는 잔떨림이 그대로 묻어났다. 흘낏 눈을 들어 상석에 앉은 이를 곁눈질한 그가 티 나지 않게 울상을 했다.

집에 가고 싶다.

그와 비슷한 상태의 이들을 모아놓고 상석의 마탑주가 마리아 같은 미소를 지었다.

"뒈질 놈 알아서 기어 나와."

천사의 표본 같은 얼굴로 상스러운 말을 뱉는다. 이곳에 모인 이들에겐 이제 와 새삼 놀랄 일도 아니었다. 그들은 다른 이유로 저마다 몸을 움찔했다. 말을 토하거나 앞으로 나서는 이는 아무도 없었다. 그저 서로 눈치만 보는 적막함이 10초쯤 지났다.

아원이 재차 웃는다. 마치 아무것도 모르는 천진난만한 아이처럼 예쁜 미소였다.

"그래, 한 놈 조지나 전부 조지나 그게 그거지. 좋은 결정이야."

"비숏입니다! 비숏이 그랬어요!"

"마, 맞습니다! 비솟 그놈이 스크롤을 만들었습니다!"

말이 끝나기 무섭게 사방에서 내부 고발이 쏟아졌다. 아원은 빈말을 하는 법이 없었다. 열성적으로 동료를 고발하는 그들의 눈에 팔걸이에서 살짝 들린 아원의 오른손이 들어왔다. 저 손이 허공에서 한 번 휘둘러지는 순간 이 자리의 모두가 삼도천 단체 관광을 떠나게 되리라. 출발 편도만 존재하는 여행은 사절이었다. 의리고 나발이고 그들은 목청껏 이 사태의 원흉을 지목했다.

"비솟? 걔 지금 어디 있는데?"

"휴, 휴가 갔는데요."

"어디로?"

"벼, 변방 영지로…… 간다는 것밖에……."

대답을 듣고 아원은 잠시 동안 말이 없었다. 침묵이 다시 내려앉는다. 비솟이라는 상대의 막연한 행선지를 알린 이는 바짝 긴장해 눈만 데룩데룩 굴렸다.

이내 짧은 고민을 끝낸 듯 아원이 손가락을 들었다.

"그래, 너희도 휴가 좀 다녀오자."

"네?"

"이틀 내로 복귀하고."

"무……."

허공에서 손가락을 튕긴다. 그러자 어리둥절해하던 십수 명이 자리에서 동시에 사라졌다. 아로브럭은 갑자기 휑하니 비어버린 제 주변에 헉 숨을 들이켰다. 이게 무슨 상황인지 알 것 같았다. 간만에 불량 스크롤이 나왔을 때부터 대충 예상은 했지만.

아원의 손가락이 이번엔 저를 향했다. 아로브럭이 비굴하게 웃었다.

"요즘 연구 열심히 한다며? 기특해."

"벼, 별것 아니……."

"넌 특별히 하루."

"망……."

슉.

"할……."

낯선 풍경이 사방을 뒤덮었다.

둘러보지 않아도 귓가에 들리는 산새 소리로 여기가 어떤 곳인지 대략 짐작할 수 있었다. 아로브럭은 망연자실한 표정으로 바닥을 내려다보다 힘없이 쪼그려 앉아 손바닥에 얼굴을 묻었다.

짐승이 사는 외딴 숲속. 보나마나 엄청난 변두리일 것이다. 야만족이 날뛴다는 광활한 산맥의 한 귀퉁이일지도 모른다. 한 가지 확실한 건 이곳이 어디든 마탑과의 거리는 어마어마할 거란 사실이었다.

여기서 하루, 혹은 이틀 만에 도로 되돌아가야 한다. 어딘지도 모르는 외지에서 그 짧은 기한 내에 마탑으로 복귀하려면 갖은 생고생은 기본에 마나 또한 죽기 직전까지 긁어 써야 했다.

하자 있는 스크롤을 생산한 것에 대한 연대책임으로 주어진 형벌이었다. 마탑에 몇 년씩 있었던 이들에겐 이미 유명했다. 그들끼리의 호칭도 있었다. '휴', 반죽음으로 '가'버렷!

아로브럭은 처량한 눈물을 훔쳤다. 오늘따라 왠지 누나들이 보고 싶다.

❈

"이거 얼마예요?"

에드지는 의외로 볼 게 많았다.

볼 거라고는 해도 온갖 잡동사니를 모아 놓은 잡화점 따위가 전부였지만 그래도 시간을 때우기엔 충분했다. 나는 마침 눈에 들어온 철로 된 집게를 가리켰다. 1실버라는 답이 돌아온다.

으음, 살까?

내가 잡화점에서 동전 지갑을 만지작거리며 이런 고민이나 하는 이유는 순전히 상대방 탓이었다. 명시한 시간에 맞춰 딱 도착했다고 생각했더니 만남회 참가 측에서 늦을 것 같다는 연락이 온 것이다.

바쁜 사람-사실 딱히 바쁘진 않지만-불러놓고 시간 낭비를 시키는 게 괘씸해서 그냥 돌아갈까도 했으나 파들파들 떠는 부크가 안쓰러워 기다려 주기로 했다.

"이거 주세요."

"고마워, 아가씨. 잘 가!"

푼돈이길래 홧김에 지른 집게는 사실 별 쓸모는 없었다. 꼭 족집게를 확대해 놓은 것처럼 생겼는데, 옛날 김혜정이던 시절 종종 사용했던 쓰레기 집게와 모양이 똑같은 것에 괜히 반가운 마음이 든 게 구매의 원인이었다.

이걸로 바 선생-바퀴벌레. 격한 혐오를 불러일으키는 단어이므로 이하 바 선생으로 순화-시체 많이 치웠었는데…… 왠지 아련해지네. 그러고 보니 이 세계에는 바 선생이 현존하지 않는 모양이다. 라테로 지내는 동안 내가 형광색 똥을 싸는 별 해괴한 곤충은 봤어도 바 선생을 영접한 기억은 없었다.

추억의 뒤안길로 사라진 바 선생님의 근엄한 더듬이 및 매끈한 등판 따위를 상상하다 나는 소름이 돋은 팔을 문질렀다.

'야수의 꽃'이 최고시다. 지구 망했으면.

집게를 한 손에 든 채 가게를 나와 나는 크게 길가를 한번 둘러봤다. 잡화점을 한 군데 더 들를지, 아니면 간단히 요깃거리를 입에 사 넣을지 하는 시답잖은 갈등이 내 발목을 잠시 동안 묶었다.

오색 지붕과 간판들이 제법 현란하게 수놓은 거리를 눈에 담으며 고심하다 나는 이내 배를 채우는 쪽으로 결정을 기울였다.

그래, 어차피 잉여 시간도 꽤 남았는데 기왕 여기까지 온 거 길을 물어서라도 가장 잘한다는 맛 집으로 가자…… 는 그러지 말았어야 했다.

"……."

나를 발견하자마자 조건반사처럼 찌푸려지는 고운 미간을 응시하며 든 생각이었다. 아, 그냥 잡템 컬렉터처럼 잡화점이나 전전할걸. 망했네. 내 인생, 안녕~

"왜 여기에 있지?"

친절한 행인에게 안내받은 유명 맛 집으로 발을 옮긴 참이었다. 가까워지는 건물에 함박웃음을 짓는데 마침 문이 열리고 식사를 끝낸 듯한 사람이 걸어 나왔다. 물론 식당에서 손님이 걸어 나오든, 기어 나오든, 엑소시스트 코스프레를 하며 나오든 나와는 하등 상관없는 일이었지만―엑소시스트는 조금 무서울 것도 같다―문제는 그 사람이 대단히 익숙한 인물이라는 데 있었다.

짜증이 고스란히 배인 남색 눈동자가 내 모습을 담는다.

하하, 케니스 안녕?

"……음, 그건 사실 제가 더 궁금하답니다. 각하께서는 왜 여기에?"

어색한 미소와 함께 대답하며 나는 도주로를 살폈다.

아니, 왜? 왜 이딴 우연이?

상대를 엿 먹이겠다는 일념 하나로 이벨린을 전투 민족으로 만들어 돌려보낸 게 고작 어제였다.

목숨이 아까우니 한동안은 열심히 피해 다녀야겠다 다짐하자마자 다음 날 외지에서 마주쳐? 허…… 허?

처음 케니스인 걸 인식했을 때는 정말 당황스러워 헛것인가 눈을 비빌 뻔했다. 여주인공도 없는 외딴 지역에서 남주인공과 단둘이 조우라니, 조연에겐 과분한 이런 기적 같은 만남 사절이다.

주고 싶었으면 나 열 살 때나 주든가, 이 미친 '야수의 꽃'!

"지겹군."

"……?"

케니스는 회답 대신 뜬금없는 소릴 뱉었다.

'죽어라'가 아닌 게 다행이긴 하지만, 지겹긴 또 뭐가 지겹단 건지. 지겹군, 잘생긴 게. 뭐, 이런 거?

그리고 이어진 말에 나는 그 의미를 이해할 수 있었다.

"어떻게 알아내는 건지, 임무 때마다 빠지질 않아. 소름이 끼칠 정도다."

"……!"

이, 이건…… 사생팬이다! 사생팬 취급이 등판했다!

상황을 파악하자 나는 열이 받으면서 동시에 어리둥절했다. 팬 미팅 하러 왔다가 우연히 만난 놈에게 두 번이나 사생 취급을 당하는 건 충분히 열이 뻗치는 일이었지만, 칼을 뽑으며 죽인다고 설치는 것보단 열 배쯤 유한 전개였다. 나는 케니스의 안색 및 안구를 뚫어져라 살폈다. 대략 읽히는 건 짜증, 귀찮음, 성가심, 한심함…….

아, 열 받네.

어쨌든 분노나 살의 비슷한 건 보이지 않았다.

어라? 왜 이렇게 평화롭지?

생긴 건 번듯한 케니스의 안면을 구석구석 살피다 나는 불현듯 깨달았다. 어제 이벨린이 나를 찾아온 이후로 그녀와 만난 적이 없나 보구나! 충분히 그럴듯한 가정이었다. 말하는 걸 보아하니 모종의 임무 때문에 에드지까지 온 듯한데, 전날 이벨린을 데려다주고 곧장 출발했을 가능성이 꽤 높았다.

나는 속으로 쾌재를 불렀다. 일단 살았다. 목숨을 부지했으니 억울한 누명에 항변할 시간이다.

저번에도 말했지만 나는 니 사생이 아니에요.

입을 열어 해명을 꺼내려 했으나 그새를 기다리지 않고 케니스가 멀어지는 게 보였다.

아니, 저놈이!

점차 거리가 벌어지자 나는 놓치지 않으려 부지런히 발을 놀렸다.

“저기, 저기요! 공작 각하!”

씹혔다. 뭐, 이럴 줄 알았지.

나는 그의 옷자락에 손을 뻗으려다 멈칫했다.

아니, 잠깐, 굳이 손댈 거 있나. 마침 여기에 이보다 더 적합할 순 없는 아이템이?

덥석.

"……."

케니스의 걸음이 멈췄다. 그는 제 옷을 잡아당기는 힘에 무시무시한 기색으로 뒤를 돌아보더니 이내 옷자락을 잡아챈 대상을 확인하곤 움직임을 그쳤다. 느낌이지만 동공이 흔들린 것도 같았다.

나는 그런 케니스를 향해 샐쭉 웃었다.

"……이게 뭐지?"

뭐긴 뭐야, 쓰레기 잡는 집게지. 이걸 이렇게 쓸 줄이야. 구매한 나의 선견지명에 치얼스!

나는 대답 대신 미소를 더하며 태연하게 나불거렸다.

"죄송합니다, 각하. 급히 붙잡으려다 보니 그만. 하지만 꼭 드릴 말씀이 있어서요. 다름이 아니라 작금의 만남에 대해 크나큰 오해를 하시는 것 같아 제가 반드시 시정할 부분이……."

주절거리는 와중 문득 시야에 들어오는 것에 난 말을 끊고 눈가를 찌푸렸다.

뭐지? 방금 내가 제대로 본 게 맞나?

고개를 돌릴 때만 해도 잔뜩 일그러져 있던 케니스의 얼굴이 옷 주름 다리듯 점차 펴졌다. 거기다 가득하던 혐오감 같은 것마저 씻겨 나간다.

……어?

"좋은 방법이군."

"……."

"이건 좀 마음에 들었다."

"네?"

저게 무슨 말이야?

순간 설마 하는 생각이 머리를 때렸다. 케니스는 여성 혐오증이었다. 원작에서 자세히 기술된 적이 없어 확실히는 모르지만 소문으로 추측하건대 아마 중증일 것이다. 이벨린을 대함에 하도 꺼림이 없어서-첫 만남부터 몸으로 받아주질 않나-거의 잊고 있었다. 이성 혐오증 환자는 이성의 신체와 접촉하면 질색을 한다. 그건 당연히 나도 안다.

난 당혹스러운 눈으로 케니스의 상의 밑단을 붙잡고 있는 철 집게를 내려다봤다. 절대 의도한 게 아니지만, 나는 그냥 상대를 바 선생과 동급으로 대우해 주려 한 것뿐이지만, 어쩐지 이해가 바탕이 된 배려를 건넨 것 같은 기분이 들었다.

"어……."

나는 급히 손에 힘을 풀었다. 집게가 물었던 것을 놓고 내 옆으로 늘어진다. 요상한 오해 같은 걸 만들어낸 철 집게를 손에 쥐고 난 말을 골랐다. 전혀 조금도 상상하지 못했던 상황이라 곧바로 뭐라 문장이 만들어지지 않았다.

그러니까…….

"생각하시는 그런 게 아니라……."

"하고 싶다던 말이 뭐지?"

"네?"

"꼭 할 말이 있어 붙잡았다고 하지 않았나. 얘기해라. 들어줄 테니."

엄마야…….

지금까지의 케니스의 태도를 생각하면 지금 발언은 마치 푸딩 같았다. 나는 미친 듯이 어울리지 않는 케니스와 푸딩의 조합에 공포를 느끼다 간신히 입을 뗐다.

"저…… 각하, 사생…… 아니, 그, 따라온 거 아니라고……."

"그래."

그래?

"믿어주지."

충격적인 대답을 남기고 케니스는 할 말 끝났으면 가보겠다는 얼굴로 도로 돌아섰다. 나는 이번에는 점점 작아지는 뒷모습을 그냥 멀거니 쳐다보았다. 믿어준다 내뱉던 케니스는 무려 무표정이었다. 무표정!

나랑 눈을 마주했는데 눈썹 사이에 금이 없어? 미간이 반듯해?

"이게 뭐야……."

황당이 지나쳐 속마음이 입 밖으로 나왔다.

"이게 뭐야?"

두 번 나왔다. 나는 망부석처럼 자리에 굳어 대상이 사라진 전방으로 여전히 시선을 고정했다. 눈으로 보고 귀로 들었건만 도저히 믿을 수가 없었다. 방금 무슨 일이?

집게로 옷자락을 잡았더니 케니스가 푸딩이 됐어? 대체 무슨…….

착각이겠거니 여기기엔 태도 변화가 지나치게 선명했다. 표정도 표정이지만 '그래? 믿어주지?' 대사도 못지않게 충격적이다. 비아냥거리는 어조가 아니라 정말로 그렇게 받아들여주겠다는 기색이었다. 그럴 수가……. 이건 대단히 케니스답지 못한 태도였다.

탈케니스가 됐잖아…….

얼떨떨한 기분으로 탈케니스가 떠나간 방향을 응시하다 난 내 오른손으로 눈길을 돌렸다. 1실버짜리 철 집게가 갑자기 용사의 성검처럼 위용을 내뿜고 있다. 나는 그 부담스러운 포스를 눈에 담으며 미간을 모았다.

케니스의 안색에서 씻겨 나가던 혐오가 떠오른다. 장면을 되새기자 혼돈이 더해졌다. 실은 범인만 이해하지 못하는 것뿐, 이성 혐오증 환자는 다 이런 건가? 비교군이 없으니 추측하기도 어렵다.

나는 '널 극혐 벌레와 동급으로 취급하는 내 마음을 알아줘!'가 왜 '널 따스하게 이해하고 배려하는 내 마음을 알아줘!'가 되고 만 것인지 그 차원을 넘는 변화의 이유를 고민하다 이내 눈을 감았다.

그래, 시뮬레이션을 해보자.

역지사지라는 선인의 말씀에 입각해 충동적으로 떠올린 발상이었다. 최대한 이 상황을 내 입장에서 바라볼 수 있도록 상상으로 재구성한다면 뭔가 깨달음이 올지도 모른다.

솔직히 진짜 케니스가 푸딩이 된 이유가 너무 궁금했다. 왜 너는 나를 만나서 왜 나를 궁금하게 해. 난 마음을 가다듬고 상상을 시작했다.

우선, 내가 있다. 내가 있고 혐오하는 대상…… 그래, 곱등이가 있다. 곱등…… 아, 미친. 단어가 너무 심하네. 곱 선생으로 해야겠다. 곱 선생이 있다.

나는 차근차근 그림을 그려 나갔다. 내가 서 있고, 그 뒤에 곱 선생이 있다. 곱 선생이 폴짝폴짝 나를 향해 점프하며 다가오는 중이다. 나도 그걸 알고 있다. 폴짝폴짝, 곱 선생의 힘찬 뜀박질이 선연하게 느껴진다.

그러다 어느 순간, 갑자기 내 종아리에 뭔가가 찰싹 달라붙는다! 내 종아리에! 찰싹! 기겁해 놀란 가슴으로 뒤를 돌아보니 다리에 붙어 있는 것은 바람에 날린 나뭇잎이었다. 곱 선생은 일부러 나를 피해 아무것도 없는 허공으로 몸을 날린 것이다.

"……!"

나는 감았던 눈을 번쩍 떴다. 개안한 기분이었다.

이, 이건! 해일처럼 밀려오는 곱 선생에 대한 고마움……!

난 집게를 들지 않은 다른 손으로 입을 막았다. 감동으로 가슴이 벅차올랐다. 곱 선생이 날 왜 피했는지 그 이유는 중요하지 않았다. 핵심은 어쨌든 녀석이 날 피했다는 것이다.

배려 깊은 곱 선생, 사려 깊은 곱 선생. 곱 선생 너어~!

난 조금 전과는 다른 느낌으로 집게를 내려다봤다. 감회가 새로웠다. 철 집게, 이 배려의 결정체인 도구 같으니. 케니스의 변화를 아주 잘 이해할 수 있을 것 같았다.

너 이런 기분이었니? 말랑말랑해질 만하구나.

명쾌한 감흥으로 사건을 납득하고 나니 슬슬 이거 계 탄 게 아닌가 하는 생각이 들었다. 표정 및 눈빛의 변화로 추측하건대 케니스에게 내 위치는 어서 지워야 하는 방 벽지의 곰팡이에서 그냥 놔둬도 상관없는 길가의 먼지 정도로 격상한 듯했다.

이젠 이벨린이 없어도 내 목이 멀쩡하겠구나. 와, 이거 개이득인데?

아윈에 이어 케니스까지 사망 플래그가 사라졌다. 황태자는 애초에 본인에게 깝친다고 상대를 죽일 위인이 아니었기에-이벨린을 건드리면 또 모르지만-배제하고 안심해도 좋았다.

일단 남주인공에게 죽을 위험은 없어졌구나. 거, 요즘 운수가 좋다. 설렁탕은 사지 말아야지.

튼튼해진 명줄에 기쁨을 느끼며 그럼 이제 목적이었던 맛 집을 탐

방해 볼까 걸음을 떼는데, 멀리서 부크가 헐레벌떡 달려오는 게 보였다.

재 왜 뛰어와? 밥을 향한 뜀박질은 아닌 것 같은데?

아니나 다를까, 날 찾으러 온 듯 코앞에서 정지한 부크가 헉헉 숨을 몰아쉬었다.

“역시, 헉, 허억, 여기 계셨, 흐억, 군요, 후어억.”

“숨부터 쉬어…….”

뭘 얼마나 뛰어온 건지 한참을 헐떡이던 부크가 간신히 호흡을 고르고 말을 꺼냈다. 전해 온 용건은 팬 미팅 참가자들이 곧 도착한다는 소식이었다.

벌써? 꽤 늦을 것처럼 이야기하더니 생각보다 빠르다.

난 고개를 끄덕이고 부크와 함께 약속 장소로 이동했다. 걷는 도중 부크가 가발을 내민다. 받아 들고 나는 흠칫했다.

뭐가 이렇게 부드러워?

“이거 얼마짜리야?”

“10골드요.”

“……돈 많이 벌었구나?”

“다 선생님 덕분이죠.”

손가락으로 쓸어내리자 엉키는 감도 없는 것이 마치 실크 같다.

……크윽, 가발 따위가!

나는 가발에게 패배감을 느끼며 그것을 땋은 머리 위로 뒤집어썼다. 답답하긴 하지만 모자보단 이게 안전하겠지. 뒤이어 내미는 가면까지 쓰고 나자 목적지가 코앞이었다. 소유인지, 빌린 건지 저택 한 채가 나를 맞이한다.

나는 부크를 달고 안으로 들어섰다. 2층으로 올라가자 사람을 고용한 모양인지 테이블이며 다과며 다 준비가 되어 있었다. 특히, 정중앙에 유독 화려한 탁자가 마치 장미꽃에 파묻힌 모양을 하고 있는 것에 난 헉 하고 숨을 삼켰다. 의자도 장미 의자였다.

설마 저게 내 자리……?

약간의 공포를 느끼고 있으려니 한쪽에서 공간이 일그러졌다.

아, 저거 텔레포트잖아.

생각하자마자 허공에 사람이 여럿 생겨난다. 중심으로 보이는 한 여성과 대여섯 명의 다른 여자, 그리고 호위로 추정되는 기사 둘까지.

부크가 내게 귓속말을 했다.

"출판사에 찾아왔던 기사예요, 저기 왼쪽."

아, 그래?

열 명이 조금 안 되는 인원은 도착하고 나서 잠시 어지럼증을 삭히는 듯 말이 없었다.

저 느낌 알지.

이내 멀쩡해진 그들 중 가운데 여인이 사뿐사뿐한 걸음으로 내게 다가온다. 가까이에 서니 좋은 향기가 풍겼다. 그녀 또한 나와 마찬가지로 가면을 쓰고 있었다.

어디 좋은 집 아가씨일까?

"로즈 님?"

"아, 네."

"만나서 반가워요. 꼭 한번 보고 싶었어요."

가면 너머 눈가가 곱게 휘어진다. 나는 그 녹색 눈동자를 마주하며 꼭 어디서 본 것 같다는 생각을 했다. 이벨린보다는 좀 더 옅은,

연두색에 가까운 빛깔.

그나저나 목소리 참 청초하시네. 옥구슬이 굴러가버렷!

“일단 다들 앉아서 이야기해요.”

여인의 권유에 모든 이가 일사불란하게 자리에 착석했다.

기사들은 일정한 거리를 두고 그녀를 지키듯 반듯한 자세로 서 있었다.

이거 진짜 귀한 집 영애인 듯싶은데, 정말 내 팬이란 말이야?

예상대로 장미 의자는 내 자리였다. 부끄러움을 감추고 괜히 태연한 척 의자에 앉아 맞은편에 자리한 여인을 물끄러미 쳐다봤다.

이제 팬 미팅 시작인가!

하지만 무슨 말을 해야 할지 나노만큼도 모르겠다. 내 동공지진을 상대가 몰라줬으면 하고 바라고 있는데 그녀가 말을 텄다.

“이렇게 만나게 되어 정말 좋네요. 작가님 작품은 전부 다 읽었어요. 참, 책 가지고 왔는데 사인해 주실래요?”

그러면서 내 첫 작 ‘방랑 기사 에드윈은 더 이상 자유롭지 않다’를 내민다. 비모르 책을 내미는 자세에서도 기품이 흘렀다.

이 언니 대체 정체가 뭐지?

나는 여인을 비롯해 참석한 모든 이의 책에 사인–한글로 ‘현금’이라고 썼다–을 해주며 할 말을 고심했다.

음…… 그래, 이 주제를 꺼내자.

“다들 재밌게 봐주셔서 고마워요. 혹시 특별히 속편이 보고 싶다거나 하는 작품이 있었나요?”

“저는 ‘호위 기사면 호위나 해’ 이거요!”

“전 이번에 나온 신작이요! 황실 기사단의 여러 가지 사정을 더 알고 싶어요!"

"다 보고 싶지만 굳이 하나를 꼽으라면 '그놈의 뒷조사를 하는 게 아니었다' 이 작품이요! 둘의 뒷이야기가 너무 궁금해요."

"전……."

분위기가 갑자기 뜨거워졌다.

주제는 베스트 작품에서 베스트 커플, 베스트 장면으로 차츰 옮겨 갔다. 열정적으로 이야기하는 그녀들 중 내 작품 독서를 한 권이라도 빠뜨린 이는 아무도 없었다.

이 언니들 진짜 애독자네. 심지어 한 명은 대사를 줄줄 읊기도 했다! 그리고 가장 대단한 건 이 와중에도 안색 하나 변하지 않는 기사들이었다.

남자가 남자를 벽치기로 가두거나, 넌 내 소유라며 침대 기둥에 묶어놓는 얘기들을 목청 크게 늘어놓는데 저 눈 하나 깜짝 않는 의연함이라니! 과연 프로다웠다.

그녀들의 이야기는 거침이 없었다. 현재 귀족들 사이에서 비모르는 공공연한 비밀로 취급받고 있었다. 네가 읽고 내가 읽는 것을 너도 알고 나도 알지만 겉으로는 모르는 척해야 하는 것이다. 그리 시침이 뚝 떼고 살다 판이 깔리니 이리 활발할 수가 없다. 손짓 하나에도 교양이 묻어나는 영애들이 가면 하나 착용하고선 속마음을 거리낌 없이 토해냈다. 물론 나도 마찬가지고.

가라, 내 욕망들!

이 얘기 저 얘기들이 순화 없이 돌아다니다 잠시 소강상태에 접어든 때였다. 미지근해진 차로 목을 축이는데 중심인 언니가 입을 열었다.

"로즈 님을 만나면 꼭 감사 인사를 하고 싶었어요."

"저한테요?"

"네."

좌중이 조용해진다. 그녀는 듣기만 해도 귀가 즐거운 청아한 목소리로 차분히 자기 얘기를 시작했다.

"재작년 가을이었어요. 사냥 대회가 있던 날이었죠."

문득 나는 그 서두에 기시감을 느꼈다. 꼭 전에 들어본 것 같은데.

"매년 있는 대회였지만 '그 사람'이 참가한다는 소식이 들린 건 처음이었어요. 참가만 한다면 우승은 따놓은 것이라는 얘기도 함께 돌았죠. 그만큼 뛰어난 사람이었거든요. 저는 그에게 관심이 있었어요."

어?

난 이제야 상대의 정체를 파악한 나의 둔함에 머리를 때리고 싶어졌다. 저 낯익은 백금발을 봤을 때부터 알아챘어야 하는데. 나는 이 스토리를 들은 게 아니라 읽은 적이 있었다.

"전 본디 사냥 대회를 그리 좋아하지 않았어요. 비위가 약해 짐승의 시체를 보는 게 꺼려졌거든요. 그래서 잘 참석하지 않았는데, 그 날은 반드시 초대에 응해야겠다는 생각이 들었죠. 그를 보고 싶었으니까요."

'야수의 꽃' 외전 '로젤리아의 사정', 그 편에 나오는 이야기였다.

세상에, 황녀 언니!

"사냥 대회의 순서는 오찬 다음이었죠. 전 오전에 딱히 할 일이 없어 마음이 맞는 사람과 간단히 차를 마시고 있었어요."

그녀의 이야기는 계속되었다.

2년 전의 황실 주최 사냥 대회. 무슨 변덕이었는지 코빼기도 비치지 않던 케니스가 처음으로 참석한 그해 사냥 대회는 황녀의 눈물 없인 볼 수 없는 호구 사랑의 시발점이었다.

원작에서 황녀는 케니스를 보기 위해 대회에 참석하게 되고, 그곳에서 케니스는 당연하다는 듯 우승을 거머쥔다. 그리고…….

"그때 상대가 책을 한 권 선물로 건네주었어요. 몹시 재미있으니 꼭 읽어보라는 말과 함께요. 대회의 시작까지는 시간이 꽤 있었기에 저는 그동안 책을 읽기로 했죠."

진행되는 얘기에 나는 고개를 갸웃했다.

원작에서 저런 언급이 있었나? 뭐, 있었겠지.

읽어도 한참 전에 읽었으니 내가 그 내용을 전부 기억한다는 확신이 없었다. 후, 아무튼 다 아는 스토리지만 실제 본인의 목소리로 들으니 느낌이 새롭다.

이렇게 사냥 대회를 시작으로 황녀의 애달픈 짝사랑은…….

"그리고 전 그날 사냥 대회에 참석하지 못했어요."

꽃을 피우고…… 어?

"책의 다음 내용이 너무 궁금했거든요. 도저히 읽는 걸 멈출 수 없었죠."

네? 나 방금 뭐 잘못 들었나? 황녀 언니 뭐라구요?

애달픈 짝사랑의 꽃을 피워야 하는 사람이 갑자기 씨앗을 심다 말고 모종삽으로 옆 사람 갈비뼈를 공격한 느낌이었다.

갈비뼈를 뎅강 해버려! 진단서를 떼어버려! 아니, 이게 무슨 일이람?

내 머리에 문제가 있는 게 아니라면 사냥 대회는 케니스를 향한 외사랑(feat. 황녀)의 시작이 맞았다. 이상한 나라의 앨리스로 치자면 앨리스가 추락하는 굴 혹은 쫓아야 하는 토끼와 같이 말이다.

근데 참석 자체를 않다니?

누가 굴 위에 맨홀 뚜껑을 덮어놨거나 토끼가 지각하지 않았단 소리였다.

이 무슨 '안전 주의 나라의 앨리스', '이상한 나라의 성실한 토끼' 같은 얘기야?

혼란에 빠진 내게 심지어 황녀는 당시 읽었던 책의 내용까지 언급했다.

"증오라고만 여겼던 감정이 실은 애증이었다는 걸 깨닫는 순간, 그래요. 엇갈리기만 하던 두 사람이 결국 서로를 제대로 마주하는 부분에서 1권이 끝났어요. 상대의 목을 베려 들었던 단검을 결국 바닥에 떨어뜨리는 장면이었죠. 둘의 시선이 얽히며 침실에는 정적만이 내려앉았던 바로 그 장면. 애쉬의 호박색 눈동자가 스스로에 대한 경악으로 떨렸고, 창가의 달빛은 시리게 부서져 은빛 가루처럼 그의 머리를 장식했죠. 평행선이라고 생각했으나 실은 사다리를 타고 있었던 둘이 오직 보름달만이 세상을 비추는 한밤중에 단애 같은 사다리의 끝에서……."

"……."

언니, 혹시 책 외웠어요? 왜 이렇게 자세해?

뭔지 바로 알겠다. 제목은 '난 나를 믿었던 만큼 난 내 단검도 믿었기에'. 새삼스럽지만 굉장히 잘 팔렸던—지금도 팔리고 있는—글이었다.

맙소사! 이 언니가 정말로 내 책을 읽느라 사냥 대회에 불참했단 말이야?

그럼 수백 댓글러를 뒷목 잡게 했던 황녀의 호구 사랑은?

"아무튼 그 이후로 로즈 님의 작품은 전부 찾아 읽었어요. 무료하다고 여겼던 일과에 비모르 독서가 추가되었고, 생각이 비슷한 사람들과 감상을 나누는 시간도 갖게 되었죠. 매일매일이 놀랍도록 즐거웠어요. 그리고 그때 깨달았죠."

호구 사랑의 행방은…….

"전 단지 권태로운 상태였다는걸. 똑같다 여겨지는 하루가 지겨워 무언가 자극이 되는 걸 찾고 있었을 뿐이었던 거예요. 관심이 있다 생각했던 '그 사람'도 마찬가지였어요. 만약 로즈 님의 책과 만나지 못했다면 전 미련하게 착각하여 가망도 없는 사랑에 스스로를 가뒀을지도 몰라요."

행방은 소멸이었다. 호구 사랑은 죽었다. 짝사랑은 이제 없어. 죽었어! 하지만 기억에, 내 가슴에 하나가 되어 살아가!

어쨌든 이 세계에는 더 이상 없었다.

세상에…….

원작이 변했다. 내가 들어온 '야수의 꽃'이 처음으로 원작과 다른 노선을 걷고 있었다. 황녀가 케니스를 연모하지 않게 된 이상 그로 인해 일어나는 여주인공과 관련된 에피소드는 죄다 삭제라고 봐야 했다. 뒤집어진 정도는 아니지만, 틀어지긴 틀어졌다. 작다면 작고 크다면 큰 변화였다.

그 이유가 내 글이라니…… 이거 충격적인데…….

궁금하던 팬의 정체가 황녀라는 사실도 놀라웠지만, 내 책이 황녀에게 끼친 영향은 그보다 두 배쯤 더 놀라웠다. 나는 조금 전 사인을 해줬던 로즈 저 비모르 책을 힐끗 내려다봤다.

애가 그렇게 큰일을 해내다니.

갑자기 책이 성서인 양 거들먹거리는 착시가 일었다.

거, 건방진…….

"그래서 고마워요. 늘 이야기하고 싶었어요."

황녀 언니는 가면 너머로 전해지는 청초한 웃음과 함께 내게 재차 고맙다는 말을 건넸다. 그녀의 녹안에서 넘치는 호의가 읽혔다.

내가 한 거라곤 망상을 글로 써재껴 팔아먹은 것뿐인데, 돈을 원기옥처럼 끌어모은 것도 모자라 예쁜 언니의 애정까지 받으니 어쩨 과분해 몸이 꼬였다. 나는 외려 상대의 팬이 된 기분으로 쭈뼛거리다 성심을 다해 답을 뱉었다.

"무덤에 입주하기 전까지 글 쓸게요."

쾅!

말이 끝나기 무섭게 아래에서 화답하듯 크게 부서지는 소리가 울렸다. 놀라 다른 사람의 비명과 함께 아래를 내려다보니 웬 복면의 남자들이 우르르 안으로 난입하는 것이 시야에 들어왔다.

……안티 비모르? 나 때문에 빡쳐서?

그건 물론 아니고. 그럴 리가 있나.

복면 무리가 이 층으로 뛰어올라오자 병풍처럼 서 있던 기사 둘이 신속하게 몸을 날려 계단 앞을 가로막았다. 나는 '챙' 하고 간지 나는 소리와 함께 검을 뽑는 기사들의 뒤태를 응시하다 황녀에게로 눈을 돌렸다. 상황에 어울리지 않는 지나친 차분함이 내 시선을 묶었다.

나는 그걸 보고도 '꺄악! 이게 대체 무슨 일이죠?!' 하고 물을 만큼 바보는 아니었다. 예정된 습격이었단 소리다.

와, 이 언니가 진짜. 고맙다더니?

내 배신감으로 얼룩진 심경을 눈치챘는지 황녀가 입을 열었다. 미안한 어조였다.

"안심해요. 아무 일 없을 테니까."

물론 이 판국이 걱정되거나 불안한 건 아니었다. 여차하면 조용히 튀면 그만이니까. 내 품에는 늘 위기의 상황에 무사 도망을 보장해주는 스크롤 한 뭉치가 살고 있었다. 본디 내 한 몸 챙기기는 그리 어렵지 않은 법이다.

나는 한숨을 삼키고 부크가 있던 방향을 눈에 담았다. 도움도 안 되는 부크가 비명을 꽥꽥 지르며 바닥을 굴러다니고 있었다.

어휴, 저 짠내.

생존을 위한 그의 애잔한 몸놀림을 지켜보다 난 자리에서 일어났다. 부크의 몸도 걱정이고, 저걸 계속 봐야 하는 내 눈도 걱정이었다.

여기로 데려와야지.

발을 옮기는데 수적으로 열세인 두 명의 기사가 점차 버거워하는 게 보였다. 오크 무리 이후로 몹시 판타지스럽고 희귀한 구경거리라 관람하는 재미는 사실 있는데…… 저거 정말 괜찮은 거 맞나? 쟤네 밀리고 있는데?

병장기가 부딪히는 소리가 요란스럽게 반복된다. 혼비백산 난리인 소시민 부크의 목덜미를 낚아채려다 난 흠칫했다. 천장에 금이 가고 있었다.

"크크크, 황녀, 우릴 너무 우습게 본 것 아닌가?"

쇠 긁듯이 귀에 거슬리는 목소리가 소름 끼치게 흘러나왔다.

뭐여, 이거 장르 갑자기 왜 이래?

천장 일부가 무너져 생긴 구멍으로 새로운 복면들이 쏟아져 내려왔다. 음, 말 그대로 쏟아졌다.

하늘에서 복면이 내려와.

검은 놈들 떼거지에 난 거부감을 느끼며 뒤로 한 발자국 물러났다. 그 와중에 돌아본 황녀는 여전히 침착했다. 이 정도면 위기라 할 법한데 그녀의 차분함엔 변화가 없었다.

어멋, 언니 담력 대박인데?

쇠 긁는 목소리를 낸 대장 비슷한 놈―얘는 복면의 재질이 실크인 것 같았다―도 그녀의 태연함에 당황한 기색이었다. 야심차게 등장했거늘 호응해 주지 않는 상대에 기분이 상한 듯 복면 대장이 낮아진 목소리를 냈다.

"믿는 구석이 뭔진 모르겠지만……."

어, 그거 니 뒤에 서 있는데.

난 충동적으로 삿대질할 뻔한 팔을 내렸다. 언제 등장했는지 낯익은 흑발이 복면 대장의 뒤로 미풍에 살랑이고 있었다.

아니, 이게 누구야! 성검 철 집게로 공격했더니 온순해진 푸딩 케니스 아니야! 왜 남자 주인공들이 등장하면 뜬금없이 실내고 실외고 미풍이 부는 걸까? 알아보기 진짜 쉽네.

"저, 전장의 검은 사신!"

경악에 찬 어조로 누군가가 소리쳤다.

그리고 난 팔을 문질렀다.

으아아, 소름! 내 손발!

까먹고 있었던 케니스의 별명을 육성으로 너무 크게 들었다.

그래, 맞다. 재 호칭 저거였지. 전장의! 검은! 사신! 크으으.

황녀가 눈 하나 깜짝 않고 차분했던 이유가 이렇게 등장했다.

임무 때문에 왔다더니 이거였구만. 타이밍 쩐다.

케니스는 예의 무표정한 얼굴로 천천히 검을 뽑았다. 느린 속도로 검이 검집에서 온전히 뽑힐 때까지 단 한 명도 움직이지 못했다. 복면 대장 또한 유일하게 드러난 눈을 부릅뜨고만 있을 뿐이었다. 그 꼴을 보고 있자니 새삼 물고기 2의 위용이 와 닿았다.

쟤도 공포의 대상이구나. 하긴, 물고기 중에 안 그런 멤버가 누가 있으려마는.

정신을 차린 듯 복면 대장이 이를 갈며 대사를 뱉었다. 부들거리는 칼칼한 쇳소리는 역시나 귀에 거슬렸다.

이 아저씨 하루에 담배 열 갑 피우나?

"어떻게…… 분명 에스반데 공작은 북쪽 토벌대에 합류한다고……."

"이쪽에서 흘린 거짓 정보죠."

"말도 안 돼!"

복면 대장은 현실을 부정하고 싶은 것 같았다. 하긴 나라도…….

지금 그에게 주어진 선택지는?

1. 죽는다.

2. 사망한다.

3. 뒤진다.

4. 숨을 그만 쉰다.

뭐, 이런 것들만 즐비할 터였다.

더 슬픈 것도 있었다.

5. 고문당하다 삶을 마감한다.

어쨌든 살긴 그른 복면 대장은 급하게 눈알을 굴렸다. 어딘가로 열심히 눈짓하는 걸 보니 어째 뻔한 전개가 이어질 것 같은 예감이 드는 게…… 그래, 이 느낌은 인질극이다!

과거 수많은 로맨스 판타지를 섭렵한 내 경험을 바탕으로 한 추측이었다. 대다수가 실패하고 조짐을 당하지만 그래도 한 번씩은 시도해 본다는 그 인질극! 아니나 다를까, 케니스와 최대한 멀리 떨어져 있던 놈이 돌연 몸을 날린다.

이봐, 난 자네가 향할 곳을 알고 있지. 자네는 다름 아닌 황녀를 목표로 삼을…….

"거, 검 버려. 아니면 이 여자의 목숨은 없다."

……줄 알았는데, 저요?

목에 차가운 금속의 느낌이 닿는다. 난 뜬금없는 상황 전개에 얼이 빠져 망부석처럼 굳었다.

왜 나를?

인질로서 가치가 있는 건 원작에 몇 페이지 나오지도 않는 나보다 당연히 이 소동의 본 목적인 황녀 쪽이었다. 나는 내 목덜미에 칼을 들이댄 복면이 황녀를 인질로 잡는 건 실패 확률이 높을 거라는 나름의 판단에 따라 움직인 건지, 아니면 단순한 병신인 건지 판명이 되질 않아 당황스러웠다.

내가 인질이라니!

난 공포에 질렸다.

케니스가 상대인데 내가 인질이라니! 이 미친놈이 여기서 가장 쓸모없는 인질을 골랐어?!

난 케니스가 실수인 척 나와 복면을 동시에 찌르는 상상을 하다 그 현실 가능성에 사색이 됐다.

내 인생이…… 결국 이렇게…….

다가오는 마지막 순간을 설계하며 유언을 고르고 있자니 눈물이 앞을 가렸다.

복면, 이 거지 같은 놈이! 죽으려면 지 혼자 죽든가! 가만…….

난 문득 정신을 차렸다. 케니스의 낯에 갈등-찌를까 말까-의 낌새가 보이지 않았다. 그러고 보니 나 가발에다 가면까지 쓰고 있네.

잊고 있던 걸 깨달았다. 거기다 케니스는 전보다 내게 몇 배는 너그러운 상태였다. 아마도. 애써 구해 주지는 않더라도 일부러 죽이지도 않을 거란 소리다. 그리고 그는 이 정도 인질극에 딱히 '애쓸' 필요가 없었다.

뚜둑!

"크악!"

케니스가 선 자리에서 슬쩍 움직이니 지척에서 비명이 터졌다. 빨라서 눈에 보이지는 않았지만, 칼 손잡이로 복면의 손목을 쳐 뼈를 부러뜨린 것 같았다. 목에 닿아 있던 단도가 바닥으로 떨어진다.

예!

나는 복면의 자세가 무너진 틈을 타 몸을 비틀어 속박에서 빠져나왔다. 그러면서 괜한 복수심으로 바닥의 단도를 발로 차 멀리 보내는 것도 잊지 않았다. 유치한 발길질이지만 그래도 속이 좀 풀린다.

감히 날 죽음의 공포-케니스 때문이지만-에 떨게 해!

정해진 결과였지만 인질극은 실패했다. 복면 대장은 작살나는 제 부하의 꼴에 동공지진을 일으키더니 품에서 주먹만 한 구슬을 꺼냈다.

어디서 많이 본 익숙한 폼이다. 나도 혼돈의 카오스에서 혼자 도망칠 때 저러는데.

구슬을 생명줄처럼 꽉 쥔 복면 대장이 뭔가 대사를 꺼내려는 듯 입을 열었다.

앗, 아저씨! 그래선 안 돼!

"내 오늘은 비록 이렇게 물러나지만, 다음번엔 반드…… 컥!"

털썩.

안 기다려 주거든…….

'야수의 꽃'에도 기다림의 미학이 있긴 있었다. 물론 여주인공 한정. 찰나가 급한 적진의 한복판에서도 주절주절 기승전결이 들어간 장문을 늘어놓을 수 있는 건 이벨린뿐이었다.

너넨 아니야. 물론, 나도 아니고.

문장은커녕 한 마디도 안 기다려 준다. 칼 든 사람 앞에서 '두고 보자' 따위를 말하려 했다간 반쯤 내뱉고 푹찍이었다. 날숨 뱉을 시간에 도망가는 게 낫다.

대장이 쓰러지자 뭔가 있어 보이던 복면들은 대번에 오합지졸이 되었다. 손짓, 칼짓 한 번에 죄다 픽픽 고꾸라진다. 두 번 치는 법이 없었다.

툭, 남들이 보기엔 가볍게 건드린 것 같은데 실이 끊어진 인형처럼 이리저리 널브러진다. 싸움이 아니라 마치 장난하는 것 같았다.

소강은 그야말로 금세였다. 삽시간에 정리된 주변이 언제 소란스러웠냐는 듯 고요하다. 그 평온한 침묵 가운데 케니스가 처음과 변함없는 안색으로 곧이 서 있었다.

어디선가 연풍이 불어와 결 좋은 머리카락을 살랑인다.

재, 어디서 산들바람 아티팩트라도 산 거 아니야?

바람의 인공지능에 대해 고민하는데 갑자기 풍속이 강해졌다. 산들거리던 미풍이 난데없이 강풍처럼 세차게 불어온다. 세기가 변했다. 마치 폭풍처럼! 그리고 난 본능적으로 이 엄청난 돌풍의 정체를 알 것 같았다.

이, 이건 바로, 간! 지! 폭! 풍!

케니스한테서 간지 폭풍이 분다!

미친!

난 육성으로 욕이 나오려는 것을 참으며 세찬 강풍을 정면에서 맞이했다. 휘몰아치는 바람에서는 여러 간지가 느껴졌다.

카리스마! 멋짐! 잘생김! 강함! 잘났음! 천재! 등등 많기도 하네!

몰아친 폭풍은 실내를 한바탕 휩쓸고 나서야 잠잠해졌다. 바람이 멎고 주위가 다시 고요해지자 난 손을 뻗어 가발부터 더듬었다. 확인한 결과 멀쩡한 걸 보니 실재하는 바람이 아니라 정신적인 돌풍이었던 모양이다.

허헛, '야수의 꽃'…… 가지가지 하는데?

뭐, 기실 간지 폭풍이 분 걸 이해는 한다. 압도적인 무력 차를 보여주며 찰나에 침입자들을 소탕한 케니스는 그만큼 멋이 넘쳤다. 게다가 별것 아니라는 듯 의연한 저 자세까지.

재수 없지만 크으…… 인정한다!

난 힐끗 눈을 돌려 기사 둘을 쳐다보았다.

응, 사랑에 빠졌구먼. 럽~ 럽~ 럽.

당연하지만 여타 여인네들도 상황은 비슷했다. 선뜻 깨지지 않는 침묵을 처음 무너뜨린 이는 황녀였다.

"고마워요, 에스반데 공. 제 부탁을 들어주셔서."

"아닙니다."

케니스가 고개를 젓는다.

난 그녀가 말한 '부탁'이 무엇인지 어렵지 않게 눈치챌 수 있었다. 지척에서 혈 향이 전혀 나지 않는다. 사방이 널브러진 복면투성이였지만 핏자국이 일체 눈에 띄지 않았다. 죽이지 않고 전부 기절시켰단 얘기였다.

허어, 날이 아니라 옆면으로 치기라도 한 건가?

"꽤 오래 깨어나지 않을 겁니다."

케니스는 덤덤히 말했다. 황녀의 눈매가 고마움을 담아 호선으로 휘었다. 그녀는 그렇게 화답처럼 미소한 후 가면에 손을 가져갔다. 그리고 망설임 없이 그것을 벗겨낸다. 연회장에서 꽃처럼 아름답다 감탄했던 그녀의 미모가 조명 아래 다시금 드러났다.

아앗, 만약 가발도 쓰고 있었더라면 소설 속의 찰랑……! 하는 엘라스틴 장면을 실사로 볼 수 있었을 텐데.

나는 이상한 것에 아쉬워하며 가까워지는 황녀를 응시했다.

"괜찮은가요? 많이 놀랐을 텐데……. 미안해요, 이런 일에 휘말리게 해서."

황녀 언니는 먼저보다 배는 미안스러운 기색이었다. 그야 인질극 때문이겠지. 난 몹시 괜찮다는 뜻으로 도리질을 하고 어깨를 으쓱했다. 어쨌든 멀쩡하니까. 나는 결과론자 기질이 있었다.

그녀는 조금 안도한 낯으로 내게 사후 설명을 들려주었다. 복면 무리는 황족의 존재 자체에 반발하는 이들의 모임으로, 지금처럼 떼로 습격하거나 암살을 시도하는 일이 잦은 단체라고 했다. 그리고 밀정을 통해 저를 노리고 있단 정보를 입수한 황녀는 그들을 변방으로 유인하여 소탕하겠다는 핑계를 대고 모임회를 열었다는 것이다. 다시 말해 반동종자를 잡는 겸 팬 미팅을 연 것이 아니라, 팬 미팅을 여는 김에 겸사겸사 반동종자를 때려잡았다는 얘기였다.

황녀는 수줍은 듯 입을 가렸다.

"이렇게라도 만나고 싶었어요."

"……."

이거 그린 라이트인가요?

나를 향한 황녀 언니의 깊은 애정에 네모 박스의 초록 불이 켜지는 환시마저 일었다. 나는 불 켜진 박스를 응시하다 한 가지 사실을 직감했다.

안 그래도 제일 만만한 황태자가 한층 더 만만해지겠구나!

나는 모 아이돌 그룹의 '내가 그렇게 렇게 만만하니, 헤이!'를 황태자가 부르는 상상을 하며 황녀의 말에 답했다.

"가문의 영광입니다."

황녀 언니가 예쁘게 웃으며 손사래를 친다. 그 면을 보고 있자니 상대가 맨얼굴을 드러냈는데 나도 그에 호응해야 하지 않나 하는 생각이 들었다.

나는 가면을 만지작거리다 케니스를 곁눈질했다. 쟤 아직 안 갔네. 그냥 쓰고 있어야겠다.

그리고 힐끔거리면서 깨달은 게 있었다.

나 아직 감사 인사 안 했구나!

나는 굳이 이 자리에서 몰염치할 마음은 없었다. 해야 하는 걸 상기하자마자 난 좌측 방향으로 고개를 숙였다.

“구해 주셔서 감사합니다.”

내가 설마 이 문장을 얘한테 뱉는 날이 올 줄이야.

“별것 아니다.”

케니스는 여상한 어조로 무감하게 응했다.

그래, 정말 별거 아니게 보이긴 하더라. 과연 위상 드높은 전장의 검은 사신!

만약 이놈이 황태자만큼만 만만했더라면 ‘정말 감동적이었어요. 앞으로는 저를 비모르의 노란 사신이라고 불러주세요!’ 하고 깐죽거렸을 텐데. 기껏 지운 데드 플래그를 새 걸로 돌려받고 싶지 않아 참았다.

적막하던 사위는 이후로 조금씩 부산스러워졌다. 어디서 난 건지 굵은 포승줄로 복면들을 한데 묶느라 기사 둘이 바쁘게 뛰어다니는 게 보인다. 여인들도 그를 돕느라 저마다 손발이 분주했다.

여럿의 수고 끝에 복면 떼가 줄줄이 굴비처럼 끌고 가기 딱인 꼴로 엮였을 무렵, 케니스는 이미 자리에서 사라지고 없었다.

검은 사신이 떠났다. 그리고 그가 떠난 빈자리는 금세 남은 이들의 두런거림으로 채워졌다. 그들은 케니스의 작별 없는 ‘나 먼저 감’마저 멋있게 느껴지는 듯했다.

하하, 이 양반들 콩깍지도 차암.

“어쩜 저렇게 대단하실까요?”

“소문보다 더 멋있으셔요.”

“저 아까 쓰러질 뻔했다니까요?”

“장담컨대 대륙의 그 누가 덤벼도 각하의 상대는 되지 못할 겁니다."

"흑흑, 진짜 멋있어."

"조금 전부터 심장에 무리가……."

"각하! 절 가져 주세요!"

"사랑해요!"

난리였다. 나는 찬양을 넘어 이곳에 없는 상대에게 사랑까지 고백하는 내 팬-조금 전까지만 해도-들을 '어머, 저기 저 사람들 좀 봐' 하는 행인의 기분으로 구경했다.

팝콘 어딨어, 팝콘. 여기 팝콘 나오라 그래!

복면들이 난입하는 바람에 끊겼던 종전의 열기가 되살아난 느낌이었다. 차이가 있다면 전엔 병풍처럼 서 있을 뿐이었던 기사들이 이번 담화엔 몸을 던져 참여 중이라는 정도랄까.

와, 저 기사 목 터지겠다. 남 팬이 더 적극적이라더니.

주인이 바뀐 팬 미팅은 그 법석임이 가라앉을 줄 몰랐다. 난 언제 왔는지 지척에서 멍 때리고 있는 부크에게로 시선을 주었다. 입은 얌전하지만 표정은 저 별나라였다.

그래, 너도 가입했구나. 케니스 팬클럽.

한참 뭘 생각하는가 싶던 부크가 반짝거리는 눈으로 말을 뱉었다. 손가락은 제 물 빠진 회색 머리를 한 줌 쥐어 잡은 채였다.

"전장의 검은 사신이라니……. 햐, 너무 멋있는데요? 선생님, 저도 별명 하나 만들까요? '출판사의 잿빛 사신' 이런 걸로."

난 대답 대신 가만히 웃었다. 자살하는 방법도 여러 가지였다.

❋

왁자함은 황녀 언니가 손수 나서 '이제는 우리가 헤어져야 할 시간'을 선언한 후에야 가라앉았다. 그녀는 떠나기 전 정식으로 내게 본인을 소개한 뒤 손수건을 한 장 건네주고 사라졌다. 붉은 장미가 성심껏 수놓아진 흰 손수건은 달려 있는 레이스마저 고왔다.

이거 얼말까?

알아봐야 쓸모없는 손수건의 가격 따위를 흘리듯 추측하며 나는 황녀가 남기고 간 말을 떠올렸다.

"로즈, 귀족이죠?"

옷차림의 부내 정도를 따진 건 아니랬다. 무의식적인 손짓이나 걸음걸이 같은 행동에서 그것이 묻어나왔단다. 기실 내가 뚝심 있게 대한민국에서 하던 대로 걸어 다니고 움직였다면 매일같이 유모 및 부모님에게 달달 볶이느라 피곤해 살 수 없었을 것이다.

나름 모범생이었던 나는 라테가 들었어야 할 유년기의 예법 수업도 착실히 이수했다. 당시엔 영화에서나 보던 귀족 아가씨가 된 느낌에 나름 재미있기도 했고.

황녀는 저리 말하고 본론을 덧붙였다.

"나를 만나러 와주었으면 해요. 그건 초대장이에요."

손수건의 귀퉁이엔 장미 외에 황가의 문양도 새겨져 있었다. 나는 원작에서 이벨린이 황태자에게 이와 비슷한 손수건을 받았던 것을 기억했다.

허헛, 나 뭔가 요상하게 인기쟁이네.

황녀는 단순히 팬과 작가를 넘어 내게 개인적인 친분을 원하는 것 같았다.

후…… 이런 이런, 결국 조연의 시대가 와버린 건가!

부크는 황녀가 떠난 이후부터 방금까지 쉬지 않고 '역시 선생님입니다'라고 하며 호들갑을 떨어대다 잠시 쉬는 시간인 듯 침묵을 지켰다. 그러더니 대뜸 안부를 묻는다.

"괜찮으십니까?"

"뭐가?"

"아까 목에…… 복면 쓴 놈이 칼……."

"아, 그거?"

나는 기특하다는 낯으로 웃었다.

"그걸 이제 물어봐?"

"……."

"진짜 빨리 물어본다, 그치."

"죄, 죄송……."

"그리고 괜찮아. 멀쩡해."

대수롭지 않게 답하며 난 목을 매만졌다. 부크의 뒤늦은 염려가 무색할 만큼 탈이 없는 건 사실이라, 목을 만진 것도 별 뜻 없이 한 행동이었다. 물론 목덜미에 닿았던 차가운 감촉은 다시 느끼고 싶은 종류는 아니다. 나는 지나치게 방심했던 내 실책을 인정했다.

케니스 아니었으면 큰일 날 뻔했지. 스크롤을 너무 믿었어.

나는 간혹 의식하지 못하는 새 내가 이 세계의 일원이란 걸 잊어버리곤 한다. 언제까지나 관조자일 것만 같은 기분도 함께 그 망각을 지지했다. 단순히 이곳이 소설 속임을 알고 있기 때문일까? 매번 명확한 해답은 나와 주지 않는다.

그러나 답을 모름에도 이것을 오래 고민하고 싶지 않다는 마음이 들었다. 생각하기를 피하고 싶다. 그 충동을 따라 이번에도 결론 없이 마무리만 내려진다.

'야수의 꽃'이 나름의 엔딩을 맞이할 때까진 스크롤이나 찢으면서 그냥 지금처럼 지내자고. 구경하고, 눈 호강하고, 뭐, 나야 좋구나!

혼자만의 고민에 마침표를 찍고 계단을 내려가는데 따라오는 기척이 느껴지지 않았다. 고개만 돌려 시선을 주자 부크가 제자리에서 쭈뼛거리고 있다.

뭐여?

거기서 살 거냐고 재촉하자 부크가 면목 없다는 낯으로 집게를 잃어버렸음을 실토했다.

집게? 아, 성검 철 집게?

그러고 보니 여기 오는 길에 가발을 쓰면서 그걸 부크에게 맡겼었지. 완전히 까먹고 있었다. 그게 뭐 중요한 일이라고. 난 소심한 부크를 질질 끌고 남은 계단을 내려왔다.

건물 내에서 이동 스크롤을 쓰지 않은 것은 에드지의 맛 집에 대한 미련이 남았기 때문이다. 기왕 멀리까지 왔는데 맛이라도 보자 싶었다.

은근히 여기 사람만 아는 변방의 명물 같은 게 있지 않을까?

허기진 위장이 부추기는 기대감을 안고 막 건물 밖으로 몇 걸음 내딛은 때였다. 어디서 많이 본 실루엣이 막 지나치다 멈칫한다.

어? 나 쟤 아는데.

"고객님?"

쟤도 내게 아는 척을 한다.

나는 얼떨떨한 기분으로 잠깐 사라지더니 지척에서 다시 나타난 인영을 응시했다.

아원이잖아! 뭐지? 여기 만남의 광장인가?

이벨린이야 하루가 멀다 하고 겪겠지만 나는 뭔가 싫어 눈을 비벼야 하는 우연이었다.

내가 모르는 새 에드지가 유명 관광지가 됐나? 그럴 리가…….

“희한하네.”

“뭐가? 고객님 얼굴이?”

“아니…… 갑자기 왜 남의 얼굴을…….”

“그나저나 이런 데서 뭐 해?”

대꾸를 무시하고 지 할 말만 하는 게 사람 빡치게 하는 맛이 있었다. 나는 속으로 상대는 또라이 마탑주이며 결코 개겨선 안 되는 상대임을 세 번쯤 상기하고 입을 열었다.

“약속이 있어서. 그러는 너는 여기 뭐…….”

하러 왔냐는 내 물음은 나오다 말고 도로 들어갔다. 눈앞에 답이 있었기 때문이다. 아원은 오른손으로 웬 사람의 목덜미를 붙들고 있었다.

나는 질문을 바꿨다.

“그거 누구셔?”

짙은 고동색 머리카락이 치렁치렁했다. 골격을 보아 남자인 듯한 이는 아원에게 뒷덜미를 붙잡힌 채 고개를 푹 숙이고 있었다. 저 사람 잡으러 에드지까지 온 것 같은데. 그나마 다행인 건 시체가 아니라는 점이었다.

내 물음에 목 잡힌 사람이 슬그머니 고개를 들었다. 아저씨인 듯 노안인 듯 구분 가지 않는 남자였다. 그는 조심스레 눈알을 굴리더니 패기 넘치게 마탑주에게 반말 중인 나를 가만히 응시했다. 눈빛에 담긴 간절한 메시지가 어째 절로 읽히는 것 같았다.

살려주세요.

……응, 마음은 나도 살려주고 싶은데…… 솔직히 내가 무슨 수로 댁을 살리겠어요. 포기하셈. 걍 포기하고 내생에는 여기 말고 아윈 없는 세상에서 태어나시길.

난 시선을 피하는 대신 상대처럼 눈빛으로 내 의사를 전달해 보고자 애썼다.

나는 님을 못 살림! 포기! 부디 덜 아픈 죽음! 즐천당!

뜻이 용케 전해진 건지 남자의 낯에 체념이 어릴 때였다.

"이거? 비숏."

물은 것에 답이 나왔다. 딱히 이름을 물어본 건 아니었지만, 그래도 '니가 알아서 뭐 하게?'보단 친절한 대답일 테지. 만족한 척 고개를 끄덕이려는데 기대하지 않았던 부연 설명이 덧대어졌다.

"고객님이 따지러 왔었던 병신 스크롤 만든 놈."

어머, 얘 단어 선택 좀 보게. 내가 언제 따지러 갔었다고.

왜곡이 첨가된 덧붙임은 목 잡힌 남자가 왜 그 꼴이 되었는지 이유를 설명해 주고 있었다.

아이고, 이 사람이 바로 그 불량 스크롤……. 무려 여기까지 도망쳤는데 잡히셨군요. 불쌍도 해라.

마탑에서 아윈이 내비쳤던 언짢음을 생각해 보면 내가 이 사람을 이승에서 다시 만날 확률은 보나마나 0이었다. 나는 방금 정체를 알게 된 상대의 뻔한 최후에 속으로 애도를 보내며 그나마 내가 할 수 있는 말이라도 해주고자 입을 열었다.

"너무 아프게 죽이지는 말……."

"어떻게 할까?"

"뭐?"

어떻게 하다니, 뭘?

목 잡힌 남자의 고통을 덜어주려는 내 말이 씹힌 건 둘째 문제였다.

어라, 이거 혹시?

설마 하는 기분으로 아윈을 쳐다보니 목이 붙들린 이를 앞으로 쑥 내민다.

"일단 그 스크롤을 산 건 고객님이니까, 직접 결정하는 것도 나쁘지 않겠네."

"……!"

남자의 눈에 생기가 돌았다. 삶에 대한 희망을 되찾은 그가 전보다 두 배는 강해진 절실함으로 나를 뚫어져라 응시했다.

님 제발. 님아 정말 제발.

바짓가랑이를 잡고 매달리는 형상과 어울리는 애절한 목소리가 환청처럼 귀에 울렸다. 나는 뜻밖의 권한이 생긴 것에 조금 당황하며 말했다.

"아무거나 정해도 돼?"

"내 마음에 들면."

"너 말고 내 마음에만 들면?"

"고객님, 뭘 알면서 물어?"

할 말 없다. 그건 그렇지. 내가 내놓는 처분이 별로다 싶으면 목 잡힌 남자는 본래 정해진 대로 이승 탈출의 길을 걷게 될 것이다.

나는 간단하게 무죄방면을 외치려던 마음을 고쳐먹고 고심에 들어갔다.

뭐라도 처벌을 줘야 하는데. 가능하면, 음, 죽음보단 평화로운 걸로.

짱구를 굴리다 나는 사심을 약간 섞어 내놓았다.

"한 달 동안 무임금 노동?"

"……."

"노동으로 발생하는 수익은 내 주머니에 들어오는 걸로?"

"……."

표정을 읽을 수가 없다. 나는 눈치를 보다 조금 덧붙였다.

"가혹한 노동."

추가한 것에 아윈이 이를 보이며 웃었다.

마음에 드나?

한 사람이 죽느냐 사느냐가 걸린 일이라 양심상 긴장하는데 내뱉어진 응답이 나를 안심시켰다.

"좋아, 그렇게 해."

목 잡힌 남자–대충 들은 이름이 가물가물했다–는 안도하면서도 어딘가 불안해하는 어중간한 표정을 지었다. 다행히 살긴 살았는데 '가혹한' 노동이라는 부분이 마음에 걸리는 모양이었다.

하긴, 내가 말했지만 나도 그거 마음에 걸린다.

보통은 휴일 없는 고된 업무 정도를 상상하겠지만 하필 아윈이라……. 명색이 마법산데 설마 광산에서 채찍 맞으면서 수레를 끌진 않겠지?

양보해서 광산 일은 시키더라도 채찍질은 자제해 달라고 부탁할까 고민하는데, 아윈이 목을 붙잡은 손아귀에서 힘을 푸는 게 보였다. 남자가 자유로워졌다.

서, 설마하니 손 대신 저 자리에 광산 노예를 뜻하는 목줄을!

망상이 점점 그런 쪽으로만 진척될 무렵 아윈이 남자에게 명령했다.

"들었지? 한 달이야. 그동안 고객님 곁에서 시키는 거 다해."

"……예?"

"기껏 놔줬는데 다시 끌고 가고 싶은 멍청한 표정 하지 말고. 자, 고객님."

아윈이 마치 가져가라는 듯 손짓했다.

아니, 이게 뭔…….

당황한 기색이 역력하던 남자가 이내 쭈뼛거리며 내 옆에 다가와 선다. 졸지에 좌 부크, 우 목 잡혔던 남자 이렇게 양쪽에 남정네를 거느리게 된 내가 황당한 표정을 지었다.

"뭐야?"

"뭐긴, 고객님이 정했잖아? 한 달 동안 노동시켜서 수익은 고객님 주머니에 채워. 시킬 게 없으면 개로 발이라도 닦든가."

발…….

나는 태연히 '너 가져'를 지껄이는 아윈과 오른쪽의 남자를 번갈아 쳐다봤다. 이곳에서 마법사란 그 존재가 제법 귀했다. 특히 마탑에 속할 정도의 실력이면 어딜 가든 대우받는 귀중한 인력이라 할 수 있었다. 심지어 평민이더라도 마법사 명함을 달면 귀족들이 막대하지 못한다. 그만큼 인정을 받는다.

그런데 그런 고급 인력으로 발이나 닦다니……. 그럼 그 발이 더 시원하겠지…… 가 아니라. 정말 데리고 가라고? 이래도 되나?

"후한 처사야. 알지?"

"감읍합니다!!"

남자가 우렁차게 외쳤다. 되나 보다. 아니, 되는 정도가 아니라 이래야만 할 것 같았다.

하긴, 누구라도 저승 관광이나 광산 노예보다는 어느 귀족 영애의 노동력이 되는 편이 나을 것이다. 그것도 고작 한 달인데 뭐.

나는 이렇게 뜻하지 않은 고급 노동력을 얻었다.

"참, 아까 이분 이름이……."

"아무렇게나 불러."

"아니, 이름이 있는데 뭘 아무렇게나 불러."

"……비숏입니다."

남자, 비숏이 작은 목소리로 웅얼거리듯 제 성명을 뱉었다.

비숏. 짧아서 좋구나. 외우기 편하다.

"그래, 그럼. 비숏 씨는 내가 알아서 가혹한 노동을 시킬 테니 맡겨둬."

아윈은 딱히 대꾸하지 않았다. 대신 그는 비숏에게 '날짜 맞춰 복귀해'라는 말을 남기고 사라졌다.

힐끗 바라본 비숏의 표정은 어쩐지 한 달 후에 대륙이 망했으면 하는 염원이 담겨 있는 것 같았다.

음, 하긴 나도 과거 무심코 연 화장실 안에 곱 선생이 존재할 때면 다시 문을 닫는 순간 지구가 알아서 터져 주길 바라곤 했었지. 그래, 그랬었어. 심할 때는 두 마리나…… 아오! 지금 생각해도 개 쌍시옷.

쓰잘데기 없는 추억에 괜히 몸서리치는 날 깨운 것은 부크였다.

"아니…… 어…… 선생님? 이게 무슨 일입니까?"

그리 물으면서 부크는 눈을 비볐다. 황당하겠지. 그러곤 비빈 눈을 껌벅이더니 재차 뭐라 한다.

“왜 사람을 막 받고 그러세요?”

“얘 봐, 내가 달랬어? 준 놈한테 가서 따져.”

엄밀히 말하면 받은 것도 아니고 대여였다. 그는 내 말에 아윈으로 화제를 바꿨다.

“그러고 보니 그 사람도 특이하네. 누구예요? 완전히 요정처럼 생겼던데.”

키 큰 요정이었다며 부크가 한바탕 법석을 떨었다. 이해는 되지만 가당찮은 말이었다.

세상에 사람 죽이는 요정도 있나? 예부터 요정은 인간들의 친구라고 보고(?) 들었거늘.

나는 부크의 뭣 모르는 외모 찬양을 도중에 끊었다.

“마탑주야.”

“네?”

“은발에 붉은 눈. 유명하지?”

부크는 잠시 어리벙벙하게 굳어 있더니 이내 사색이 됐다. 부크가 인터넷 소설 여주인공도 아니고 남들 다 아는 소문을 저만 모를 리 없었다. 그는 잠시 어디 모자란 사람처럼 어버버거리더니 비숏을 조심스레 가리켰다.

“그, 그럼 이분은?”

“마탑 소속 마법사.”

“헉!”

부크가 벼락 맞은 사람처럼 눈을 부릅떴다. 그러더니 내게 바짝 붙는다.

"오늘따라 대단하십니다, 선생님. 황녀 전하에, 마탑주에, 마법사님까지……. 완전 대박 끝장나게 대단……."

"아니까 떨어져."

소박맞는 부크를 지켜보다 비숏이 어색하게 웃었다. 그는 나를 '저기……'라고 부르더니 호칭을 뭐라고 해야 하나 물어왔다.

이름 부르면 되겠지 뭐.

소개도 할 겸 라테 엑트리라고 말해주자 비숏이 고개를 끄덕인다.

"예, 라테 님."

"님은 무슨. 그리고 굳이 존대할 필요도 없어요."

최소 외관은 나—라테—보다 열 살 이상 많아 보였다. 그러자 그가 고개를 저었다.

"아닙니다. 탑주님과 서로 말을 놓는 사이시지 않습니까. 존대를 들으셔야 합니다."

거기다 제 생명의 은인이시기도 하구요. 비숏이 덧붙였다. 그렇게 나오는데 나도 굳이 더 반말을 권유하진 않았다. 어쨌든 상황이 대강 정리됐으니 다시 원초의 목적지인 맛 집으로 향할 땐가. 셋이 된 인원으로 우리는 식당을 찾아 이동했다.

걸어가는 길에 나는 문득 든 혹여나 하는 생각을 입 밖으로 꺼냈다.

"비숏 씨, 정말 한 달 동안 제 곁에서 노동하실 거예요? 그냥 어디 숨어서 놀다가 돌아가셔도 되는데."

비숏은 듣자마자 손사래를 쳤다. 어떻게 그럴 수 있겠냐며 당치도 않다고 펄쩍 뛴 그가 뒤이어 소심하게 본심을 중얼거렸다.

"들키는 날엔……."

"……."

"……."

침묵이 셋을 감쌌다. 부크마저 연민의 표정으로 달달 떠는 것이, 아윈의 유명세는 보나마나 악명이 그 대다수를 차지하는 모양이었다.

나는 자칫하면 비숏이 맞이하게 될 최후를 상상하다 견디지 못하고 고개를 붕붕 흔들었다.

소, 소름.

저지르지도 않았는데 아윈이 벌써 사이코패스처럼 느껴진다.

이것이 상상의 힘인가! ……는 걔 원래 사이코패스지 참.

"뭐…… 음…… 저만 믿으세요!"

나는 판판한-젠장-가슴을 호기롭게 팡팡 쳤다. 물론 아윈을 막아주겠다는 소리는 아니고.

"모질고 혹독한 노동! 제 전문이죠."

놀다가 걸려서 아윈에게 죽는 일은 없을 거예요!

내가 그 뜻을 담아 안심하라는 의미로 호언하자 비숏이 어색하게 입매를 끌어 올려 웃었다. 눈동자가 요란하게 떨린다.

나의 믿음직한 모습에 감동이라도 받은 걸까?

이내 그가 부크에게 귓속말로 '요즘 관은 무슨 색이 유행이죠? 그리고 미리 주문하면 할인해 주나요?'라고 묻는 기분이 들었지만 착각일 것이다.

우리는 가게에서 배를 채우고 스크롤을 찢어 귀환했다. 에드지에서 수도까지의 빠른 이동을 책임져 주는 스크롤은 두 사람-나와 부

크-의 몫이 다였지만, 비숏이 스크롤을 찢는 부크에게 한 몸인 양 착 달라붙었기에 함께 운반될 수 있었다.

설명을 듣기로 본래 이런 이동 스크롤은 한 장으로 두 사람이 사용할 경우 한 명이 스크롤의 힘을 온전히 다 받지 못하는 게 일반적이라, 보통은 이동 도중 어딘가에서 탈락해 외딴곳에 나뒹굴 확률이 다분하다고 했다. 비숏은 마법사여서 모자란 마나를 스스로 보탤 수 있는 거라고.

거, 꼼수도 아무나 못 쓰는구먼.

부크는 나와 수도 저잣거리의 광장-스크롤의 좌표가 이곳으로 잡혀 있었다-에서 작별 인사를 나눴다. 잘 가라는 뜻으로 '이제는 우리가 헤어져야 할 시간. 다음에 또 뭘 만나~' 따위의 개사한 노래를 흥얼거리는데 부크가 불쑥 손을 내민다. 그러더니 내게 충격을 선물했다.

넌 내게 쇼크를 줬어. 그것도 아주 신선한 쇼크를 말이야.

"선생님, 가발이랑 가면 이제 주셔야죠."

"헐."

"왜요? 설마 가져가시게요? 사실 이제와 좀 부끄러운 말이긴 한데 그거 구입한 게 아니라……."

"나 이거 계속 쓰고 있었어?"

"……그걸 말이라고."

부크는 내게 벌써 치매냐는 불손한 발언을 더하다 명치를 맞았다. 그리고 나는 부크에게 주먹질을 하면서도 동시에 뒤통수를 거하게 얻어맞은 느낌에 얼떨떨한 기분이었다.

지금까지 줄곧 가발과 가면을 쓴 채였으면, 아윈을 만났을 때도 이 상태였다는 거 아냐. 와, 걘 대체 날 어떻게 알아본 거지? 빼빼로 게

임하듯 코앞에서 마주친 것도 아니고 처음엔 서로 제법 떨어져 있었는데. 마법 천재라서 눈썰미도 천재인가?

난 부크를 패다 말고 옆의 비숏을 응시했다. 움찔하는 것 같았지만 착각이겠지.

이 양반도 그래, 그 구석까지 열심히 도망쳤는데 며칠 살지도 못하고 덥석 잡혔지.

생각해 보면 소름 끼치는 추적이다.

이 사람이 설마 멍청이라서 '비숏이는 에드지로 출발함☆'이라는 편지를 남기고 튀었을까. 아무래도 아윈에겐 목표한 대상을 찾는 특출한 레이더가 존재하는 모양이었다. 문제 많은 캐릭터가 능력 하나는 밑도 끝도 없다. 나는 짐작해 오던 사실을 좀 더 제대로 깨달았다.

'아윈에게 잘못이라도 하고 튀는 날엔 어디로 도망치든 백 퍼 뒤지겠구나!'

적국으로 망명해도 뒤질 것 같다. 나는 무슨 일이 있어도 아윈에겐 개기지 말아야겠다는 기존의 결심을 재차 다지며 그새 짜부라진 펀치 머신이 된 부크를 놓아주었다.

앗! 부크의 상태가……. 한 대만 때리려 했는데 하필 생각에 잠기는 바람에…….

작은 눈에 어울리지 않는 왕만 한 눈물방울이 그렁그렁하다. 나는 따끔한 죄책감을 느끼며 눈물 길과 함께 멀어지는 부크를 응시했다. 석양을 배경으로 사라지는 뒤태가 애처롭다.

미, 미안.

"힐이라도 써줄 걸 그랬습니다."

비숏이 안타까운 어조로 중얼거렸다.

그러게…….

어쨌든 그렇게 부크를 보내고 나와 비숏은 자작저로 귀택했다. 지도상의 위치를 알려주고 비숏의 텔레포트를 통해 이동했는데-알고 보니 비숏은 이때 마나가 거의 남지 않았었다. 본의 아니게 가혹한 노동을 시킨 셈이다-대문 바로 앞에서 짜잔! 하고 나타나자마자 마침 볼일을 보고 들어오던 에슐라와 정통으로 마주쳤다.

"……."

덕분에 내가 마법사를 데리고 왔다는 소식은 입도 벙긋하기 전에 알아서 온 저택에 퍼져 나갔다. 하하, 인간 확성기 너어!

소식을 듣고 헐레벌떡 뛰어내려온 아버지는 마나 고갈로 금방이라도 픽 쓰러질 것처럼 비실거리는 비숏의 모습에 당황하시다, 내 설명을 듣고 일단 납득했다.

나는 구체적인 품목은 생략하고 대충 마탑에서 구입한 물품에 하자가 있었다는 것. 해서 그에 대한 보상으로 책임자인 비숏이 한동안 내게 인력을 제공하게 되었다는 식으로 이야기했다. 비숏의 상태가 이 모양인 건 마탑에서 여기까지 무리한 텔레포트를 사용하느라 그렇다는 변명은 덤.

아버지는 별달리 의심하는 기색 없이 비숏에게 묵을 방을 내어주었는데, 손님방 중 가장 화려한 곳이었으니 꽤나 환대를 해준 셈이었다. 기실 저의가 미심쩍긴 할 것이다. 고작 물품 불량에 대한 보상이라기엔 비숏의 인력이 지나치게 그 값이 높았으니까.

그러나 수상한 건 수상한 거고, 어쨌든 상대는 마탑이었다. 의혹을 드러내기엔 가진 힘이 무서울 정도로 크다. 나는 충분히 아버지, 엑트리 자작을 이해했다. 이곳은 누구나 그럴 수밖에 없는 세계였다.

'사실 비숏의 명줄은 내게 있지만!'

아, 이거 왠지 마음에 드는데? 호가호위의 맛을 알 것 같다. 비숏을 객실로 보내고 나는 친숙한 내 방 안에 드러누웠다.

주인 아가씨의 체통을 그리 중요하게 생각하지 않는 에슐라는 내가 외출에서 돌아오자마자 자빠져 눕던 텀블링을 하던 신경 쓰지 않아 참 좋았다. 난 침대의 푹신함을 만끽하다 그녀가 떠온 따뜻한 물에 발을 담갔다.

"어떠세요? 좀 더 데워올까요?"

"아냐, 딱 괜찮아. 참 에슐라, 아버지 팝콘 사업하신댔잖아. 그거 어떻게 되고 있어?"

피곤이 녹는 기분을 느끼며 막 떠오른 것을 물었다. 상체는 여전히 침대에 뉘인 주제에 입만 나불댄다. 질문을 들은 에슐라는 '그거요' 하고 운을 떼더니 아는 것을 줄줄 읊기 시작했다.

내용은 사람들은 여전히 바쁘고, 진행엔 별다른 장애 요소가 없으며, 팝콘을 만들 장비를 갖춘 상단이 곧 출발할 예정이라는 순탄한 전개로 이루어져 있었다. 예상했던 평화로움이라 난 별 감흥 없이 고개만 끄덕였다.

"아, 그러고 보니 가게를 열 때는 성공을 기원하는 글귀 같은 걸 새긴다고도 했어요."

"글귀?"

"네, 가게 문이나 아님 벽에."

이건 좀 관심 가는 내용인데?

자고로 팝콘을 알리는 글귀라면 딱 이런 게 아닐까? '팝콘! 정말 잘생겼고, 그리고 맛도 최고고 모양부터 식감까지 완벽해. 그게 바

로 퍼펙, 그게 바로 과자의 진리지.'

……의외로 괜찮다? 나는 이따 아버지를 뵙게 되면 넌지시 한번 말해봐야겠다는 생각을 하며 발을 참방였다. 대야는 보기보다 깊어서 약한 물장구 정도로는 물이 바깥으로 튀지 않았다.

내가 하는 짓거리를 가만히 지켜보던 에슐라가 무슨 말을 하려는지 몸을 한참 꼼지락거리다 입을 열었다.

"저어…… 아가씨, 함께 오신 마법사님 말이에요."

"응? 어. 혹시 관심 있어?"

뜻 없이 던진 말이었다. 에슐라도 당연히 대수롭지 않게 넘길 거라 생각했다. 그러나 눈만 돌려 쳐다본 그녀는 예상외로 '대경실색', '이것은 설마 환청인가?', '……??', '미친' 정도의 뜻이 유추되는 극렬한 낯빛을 하고 있었다.

나는 그 격한 반응에 놀라 몸까지 일으켰다.

비…… 비쥬이 그 정도야? 설마 방으로 안내받을 때 힘이 없어 네 발로 걷기라도 했나?

그러한 순간의 걱정이 무색하게도 에슐라의 이유는 맥 빠지게 단순했다.

"아저씨잖아요."

"어…… 이십 대인 것 같던데?"

"전 연하남이 좋아요."

타협을 절대 불허한다는 듯 어조가 몹시 단호하다. 표정도 마찬가지였다. 나는 그녀의 단호박 같은 이성 취향을 들으며 에슐라의 나이를 되새겼다.

너 열여섯…….

“그, 그래.”

“아무튼 그런 걸 떠나서요, 마법사님이니까 마법을 잘 쓰시겠죠?”

“그렇겠지. 아까 허공에서 나타나는 거 봤잖아.”

“그럼요, 손에서 막 불도 나오게 할 수 있어요?”

던지는 질문이 꼭 어린아이 같다. 그러고 보니 마법사를 실제로 보는 건 처음이겠구나. 불 쏘는 거야 뭐, 그 정도는 하겠지.

나는 고개를 끄덕이며 책이나 구전 이야기에 나오는 마법사의 이미지를 참고해 현실적인 비숫의 한계를 덧붙였다.

“참고로 용은 못 잡아.”

아윈이라면 또 모르지만.

에슐라는 그 정도까지는 기대하지 않았던지 별달리 실망하는 기색이 없었다. 대신 반짝이는 눈으로 내 지척까지 쪼르르 다가온다. 움직이는 폼이 먼 옛날에 키웠던 햄스터를 떠올리게 해 나는 아주 잠시 동안 아련한 추억에 잠겼다.

해바라기 씨 외엔 거들떠도 안 보던 도도한 뚱 돼지 녀석. 퍼져 있을 때면 그 크기가 사뭇 위협적이었지…… 후후.

가까이 다가와 침대에 찰싹 붙은 에슐라가 기대에 찬 눈을 깜박였다.

“저 마법 구경하고 싶어요.”

“손에서 불 뿜는 거?”

“네!”

“그러다 우리 집 다 탄다.”

“그, 그럼 다른 거라도…….”

“농담이야. 위험할 것 같으면 마당이나 연무장으로 나가면 되지. 지금 가서 보여 달라 그래.”

"당장이요? 그래도 돼요?"

"응! 내 이름 팔아."

난 환한 미소와 함께 에슐라를 출발시켰다. 신나서 달뜬 발걸음으로 방을 나가는 뒤통수가 유독 동그랗다. 곧 비숏의 소소한 노동이 시작되겠구먼.

나는 그렇게 에슐라를 보내고 조금 식은 물에서 발을 뺐다. 뽀송한 수건에 대고 물기를 닦은 뒤 침대 위로 발을 올렸다. 눈에 들어오는 발의 생김새가 제법 예쁘장한 것이 마음에 든다.

후훗, 발이라면 나도 어디 가서 꿀리지 않는다구? 그래 봤자지만…….

난 발가락을 꼼지락거리다 침대에서 몸을 한 바퀴 굴렸다.

어디 보자. 내일은 이벨린을 만나러 가볼까?

정자세로 누워 발을 까딱이며 나는 내일의 일정을 생각했다. 가능하면 최대한 빨리 이벨린을 만나 전의 케니스 험담을 철회하는 것이 내 심신의 무사에 좋을 것이다. 나는 바르게 누운 자세를 유지하며 눈만 이리저리 굴렸다.

물고기 세 마리가 서로를 라이벌로 인식하는 게 언제부터였더라? 신경전 빨리 구경하고 싶은데. 꿀잼일 것 같은데.

기실 이벨린이 제국에 등장한 지는 얼마 되지 않았다. 즉, 구경거리는 이제부터 시작이란 소리였다. 나는 가물가물했다 선명해졌다 하는 원작의 내용을 떠올리다 어느 순간 깊은 수마에 잠겨들었다.

Chapter 4 에이레네의 밤 : 황실 무도회

"좋은 아…… 으음."

나는 내뱉던 인사를 도로 집어넣었다. 아침에 마주친 비숏의 상태는 어떻게 봐도 좋은 것과는 거리가 멀어 보였다. 난 하룻밤 새 눈에 띄게 파리해진 그의 낯빛을 살피다 말을 던졌다.

"꿈에 마탑주라도 나왔어요?"

"아, 아닙니다!"

비숏은 상상만 해도 끔찍하다는 듯 고개를 붕붕 저었다. 나는 그의 공포가 담긴 고갯짓을 바라보다 이어 물었다.

"그럼요?"

"그냥 잠을 조금 못 잤더니……."

그리고 마나도 약간……. 비숏이 작은 목소리로 중얼거림을 덧댔다.

수면 부족에 마나 고갈? 아하!

나는 그의 말에 어젯밤 잠깐의 노동으로 끝날 거라 생각했던 일이 밤새 이어졌음을 짐작할 수 있었다.

어머나, 에슐라 이 아이……! 뽕을 뽑다니!

어제 귀환 때부터 자꾸 본의 아니게 가혹한 노동을 시킨 것 같다. 나는 다소 미안함을 담아 그의 수고를 토닥였다.

"고생 많았어요. 이해해 주세요, 저택의 아이들이 살아 움직이는 마법사를 보는 건 처음이라……."

아마 에슐라가 저 혼자만 보러 가진 않았을 것이다. 그리 추측하며 아이들이라 언급하는데 비숏이 주춤한다.

응? 어째 살짝 떠는 것 같은데?

"살아 움직이는 게 처음이라면…… 살아 있지 않거나 움직이지 않는 마법사들은…… 많이……."

"아니! 아뇨, 그런 거 말고요."

이런, 문장에 오해의 여지가.

나는 손을 내저으며 정정했다. 시체나 박제 따위가 아니라 이야기 속에 등장하는 가상의 마법사들을 뜻한 거였다며 해명하자 비숏이 눈에 띄게 안심한 표정을 지었다.

아니, 그런데 보통 그런 쪽으로 받아들이나?

나는 비숏에게 비친 내 이미지에 대해 재고하지 않을 수 없었다.

나 아윈 친구 아닌데.

난 비숏에게 아침 식사를 권하며 일 층으로 내려갔다. 아침을 먹은 뒤 곧장 이벨린에게 가볼 계획이었다. 그래서 어머니와 식사를 함께 들며 외출 의사를 이야기하자 그녀는 웬일로 흔쾌히 허락했다.

어라? 여차하면 몰래라도 나갈 생각이었는데.

"당연히 마법사님도 동행하는 거지?"

아하!

그녀의 걱정이 사라진 데에는 다 이유가 있었다. 난 비숏에게 슬쩍 눈짓했다. 눈치를 챈 비숏이 파리한 안색을 감추며 괜히 더 믿음직한 척 어깨를 편다.

나는 생글생글 웃었다.

이거 잘하면 한동안은 마음 편히 무한 외출이 가능하겠는데?

"물론이죠!"

그렇게 비숏은 내 호위라는 명목하에 나들이를 함께하게 되었다. 조식을 마치고 외출 준비를 시키자 그는 조금이나마 마나를 회복하겠다며 곧장 방으로 들어갔다. 나는 그사이 다소 느긋한 속도로 익숙한 채비를 마무리했다. 오후의 햇살을 생각해 숙녀다운 흰 양산을 챙기는데, 문득 팝콘을 가져갈까 하는 충동이 든다.

음, 아무래도 이벨린 곁에 붙어 있으면 못해도 남주인공 중 한 명은 만나겠지.

나는 팝콘용 옥수수와 입맛에 맞는 양념 가루를 챙겼다.

"이제 가요. 혹시 지금 텔레포트할 수 있나요?"

"가능합니다. 대신 저는 죽을 테지만요."

"……."

그런 피의 텔레포트는 사양이다. 나는 근처의 사용인에게 마차를 준비해 달라 일렀다. 돌아올 때는 이동 마법을 쓸 수 있을 거란 희망적인 얘기를 들으며 난 비숏과 함께 목적지까지 마차를 탔다.

그리 먼 거리는 아니었으니 시시한 잡담과 풍경 구경을 통해 이동

시간을 금세 보낼 수 있었다. 도착을 알리는 마부의 목소리를 들으며 난 마차에서 내렸다. 그리고 다다른 백작저에서 나를 반긴 것은 이벨린이 이미 외출했다는 충격적인 소식이었다.

"헐……."

그런……. 역시 어제 자빠져 잘 게 아니라 전갈을 먼저 보냈어야 했나? 설마하니 케니스라도 만나러 갔으면 어, 어떡한담?

최악의 가정을 통해 사색이 되어가는 나를 건진 것은 추가된 정보였다.

"아가씨께선 황성에 일이 있다 하셨습니다."

"……!"

나는 곧장 발을 돌렸다. 잠깐이라 아직 가지 않고 머물러 있던 마차에 도로 올라타 황성이라는 새 목적지로 재차 이동했다.

황성이면, 오늘의 순서는 너무 당연하게도 황태자렷다. 케니스는 그다음 순서였다.

이거 한시름 놨네.

황성까지는 훨씬 가까운 거리였다. 나는 이전에 그랬던 것처럼 성에서 조금 떨어진 곳에 내려 아무 식당에 들어가 팝콘을 완성했다.

음, 냄새 끝내주고.

이곳의 재료로 만든 치즈 가루도 꽤 맛이 좋았다. 오히려 치즈 자체의 맛은 더 진하다. 옆에서 뚫어져라 시선을 보내는 비숏에게 한 움큼 쥐어주고 종이봉투의 입구를 돌돌 말았다.

넉넉히 챙겨왔으니 나도 먹고 얘도 먹고 쟤도 먹고 해도 모자라진 않을 테다.

나는 종종걸음으로 비숏을 달고 황성으로 향했다. 입성까지는 순조로웠다. 문제는 이제 어디에서 이벨린을 찾느냐는 거다. 난 짱구를 굴려 여주인공이 극의 초반에 어떤 사유로 황성에 방문했었는지를 기억해 내려 애썼다.

무도회는 아니고…… 음…… 아, 도서관!

원하던 고서가 황실 도서관에 비치되어 있다는 사실을 전해 들은 여주인공은 주저 없이 황성으로 향한다. 그리고 마침 도서관을 방문한 황태자와 우연찮게 만나는 것이다. 나중에는 황태자가 희귀 고서를 구해 준다는 걸 빌미로 함께 식사를 하기도 한다.

데이트였나?

아무튼 장소를 알았으니 지체할 필요가 없다. 나는 힘차게 발을 놀리려다 멈칫했다. 우측으로 고개를 돌리자 여전히 파리한 비숏의 안색이 눈에 들어온다.

이 친구 회복이 좀 더디네…….

난 그를 배려하기로 했다.

"저 황성에 있는 동안 어디 짱 박혀서 마나 회복해도 돼요."

그러자 비숏은 신나 하며 총총 사라졌다. 어디로 갔는지는 모르겠지만. 나는 홀몸이 되어 멈췄던 걸음을 옮겼다. 마주치는 시종들마다 붙잡고 길을 물었더니 어렵지 않게 도서관의 위치를 알아낼 수 있었다.

자, 이제 이 모퉁이만 돌면.

"아."

나는 자의 반, 타의 반으로 우뚝 자리에 멈췄다. 내가 눈먼 장님이었다면 부딪혔을 만한 위치에 낯설지 않은 인영이 서 있었다. 두어 번 봤다고 벌써 얼굴이 낯익다.

똑바로 올려다보는 건 불경이었지?

나는 급하지 않게 허리를 숙였다.

황태자, 하이?

“차기 제국의 태양, 황태자 전하를 뵙습니다.”

론드미오를 여기서 마주칠 줄이야.

방향을 보아하니 이미 도서관에서 이벨린을 만나고 돌아오는 길인 것 같았다. 아마 돌아간 뒤엔 사람을 시켜 그녀가 관심 있어 하는 고대 서적에 대해 알아보겠지.

조금만 더 일찍 왔다면 둘이 함께 있는 걸 구경했을 텐데……. 아유, 아까워라.

아쉬워하는 내 위로 황태자의 미성이 떨어졌다.

“이곳이 공석인가?”

갑자기 뭔 소리야?

인사를 올린 것에 대한 응답치고는 뜬금없는 문장이다. 나는 머리 위로 물음표를 띄우며 몸을 바로 했다.

“예?”

“고개를 들어도 좋다…… 아주 바로 올려다보는군.”

“제가 좀 빠릅니다. 한데 공석이라는 말씀은 무슨 뜻이신지?”

“사석에선 방금처럼 예의를 차릴 것 같지 않아 한 소리지.”

사석? 예의? 아.

며칠 전 백작가의 정원에서 이벨린과 함께 마주쳤던 때를 기억하고 있는 모양이었다. 하긴, 그걸 까먹으면 금붕어지 사람일까. 나는 당시 황태자가 내게 말을 편히 하라 허락했던 것을 떠올리며 주변을 눈으로 훑었다.

오, 마침 사람도 없는데?

이 부근이 원래 이런 건지 아니면 때맞춰 사용인들이 죄다 바쁜 건지는 모르겠으나, 나와 황태자가 서 있는 복도는 조금의 인적도 없이 황량했다. 한적한 너른 복도를 꼼꼼히 살핀 나는 이것은 깝침의 신이 내게 내린 기회인가 하는 생각을 하며 앞으로 시선을 되돌렸다. 시야에 들어오는 론드미오의 낯짝은 늘 그랬듯 오늘도 어김없이 반질반질 빛나고 있었다.

나는 고개를 한번 크게 끄덕였다.

"이제 보니 사석이네요!"

그것은 즉, 내가 지금부터 나댈 거라는 이야기지!

나는 여차하면 방패 1 이벨린과 더불어 방패 2 황녀의 손수건까지 꺼낼 생각을 하며 두 손으로 눈을 가렸다. 황태자의 얼굴을 뚫어져라 쳐다본 직후였다.

"앗, 빛을 너무 오래 쳐다봤어! 크윽…… 앞이, 앞이 보이지 않아……. 장님이 돼버려!"

"……."

"아아, 눈앞이 온통 암흑이에요. 흑흑흑…… 전하, 저는 이제 어쩌면 좋……."

"어의를 불러주지."

어머!

못 먹을 걸 씹은 표정으로 떨떠름해하다 도망쳤던 게 엊그제 같은데, 그새 적응이라도 한 건지 황태자가 태연한 낯으로 내 장난에 응수한다. 나는 더 이상 이 정도 깝침으로는 론드미오를 퇴장시킬 수 없다는 것을 깨닫고 입맛을 다셨다. 어울려 주는 것도 나쁘진 않지만.

“이 몸 탓에 맹인이 된 이를 그냥 보낼 수야 있나. 어의가 탐탁지 않다면 대신관도 있으니 원하는 쪽으로 골라보도록.”

“어머나! 굉장히 감사하지만 괜찮아요. 육신의 눈은 멀었지만 마음의 눈으로 보면 되니까요.”

“호오, 그런 것도 할 줄 아나?”

“얼마 전 수양을 통해 개안을 마쳤답니다.”

“그거 축하할 일이군.”

잘되었다며 박수까지 쳐준 황태자가 문득 내가 들고 있는 종이봉투로 시선을 옮겼다.

“그건 뭔가?”

“아, 이건……. 음, 별건 아닌데요.”

갓 튀긴 따끈따끈한 팝콘이지. 뭐, 팝콘이라고 말해봤자 모르겠지만. 난 기왕 황태자가 관심을 보인 김에 맛이라도 알려줄까 싶어 봉투의 입구를 열었다. 치즈 냄새가 훅 끼친다. 비숫처럼 한 주먹 쥐어 줄 수는 없는 노릇이니 혹시나 싶어 챙겨왔던 여분의 봉투를 품에서 꺼냈다.

이 정도쯤 덜어줄까?

“먹을거리인가? 처음 보는 외양이야.”

“맛이 좋아요. 과자 종류인데, 아마 입에 맞으실 거예요.”

난 덜어낸 팝콘을 황태자에게 내밀려다 멈칫했다. 그러고 보니 곧 장사를 시작할 품목인데 그냥 줄 게 아니라 값이라도 받아볼까 싶었다.

나는 봉투를 도로 품에 안고 빈손을 내밀었다.

“선불입니다.”

"판매라……."

내 손을 앞에 두고 황태자가 픽 옅게 웃었다. 상황이 우스운 것 같았다.

어허, 돈도 많으신 분이.

"얼만가?"

"1골드예요."

"터무니없는 값이군."

가격을 들은 황태자가 미간을 좁혔다.

그야 그렇지. 내가 부른 금액은 보통 시중가보다 족히 백배는 높았으니까. 그러나 이건 다 나의 세심한 배려가 들어간 책정이었다.

난 빙그레 웃음을 띠며 말했다.

"전하께서 은화나 동화를 가지고 계시진 않을 듯하여 특별히 인상된 맞춤 가격으로 모셨답니다."

이것이 바로 신개념 바가지 배려!

황태자는 내 뻔뻔한 설명에 어처구니가 사라진 듯 잠시 대답이 없더니, 이내 짐짓 눈썹을 추켜올렸다.

"내게 바가지를 씌운 건 영애가 처음이야."

"영광이네요."

"본래라면 경을 칠 일이나 이벨린을 보아 그냥 넘기도록 하지."

여주인공 친구라서 봐준다는 말이었다.

허허, 그거 참 고마운걸?

나는 과거 숱하게 보았던 사극을 떠올리며 상체를 숙였다.

"즈언하! 성은이 망극하옵니다!!"

잘 따라했나 모르겠네. 배에 힘을 주고 최대한 걸걸하게 외치긴 했는데. 원래 사극 대사는 걸걸한 맛이지!

그렇게 생각하며 천천히 고개를 드는데, 마주친 황태자의 상태가 어딘지 이상했다.

왜 입가를 부들부들 떨고 그러…… 응?

"하하하하!"

지 혼자서 갑자기 빵 터지고 난리다.

황태자는 사람을 앞에 두고 한참을 신나게 웃더니 품에서 금화를 꺼내 내게 주었다.

뭔진 모르겠지만 돈을 받았으니 상품을 팔아야지.

팝콘 봉투를 받아 든 황태자가 웃음기가 가시지 않은 목소리로 말했다.

"영애도 참 특이해."

특이하다니!

큰 웃음 더하기 저 대사는 보통 로맨스 소설에서 사랑의 서막을 뜻하는 알림이었다. 나는 황태자와 눈을 마주한 채 입을 열었다.

"혹시 사랑이 싹틀 것 같나요?"

와…… 바로 정색하네.

내 같잖은 질문에 웃음을 잃은 론드미오는 충분히 시간을 지체했다는 말과 함께 자리를 떴다. 나는 예의상 작별 인사는 격식을 갖추어 날려주었다.

뚜벅뚜벅, 황태자가 단정한 걸음걸이로 멀어진다. 나는 그 뒷모습을 응시하다 어깨를 으쓱하고 몸을 돌렸다. 특이하다는 말을 들었지만 기실 의미가 없는 대사라는 걸 충분히 알고 있었다. 굳이 비유하자면 길가의 돌멩이가 남다른 모양인 것에 '특이하네' 하고 한 마디 중얼거리는 정도랄까. 같은 단어를 들어도 여주인공과 조연은 그 무게가 퍽 달랐다. 그 증거로 황태자는 아직 내 이름도 모른다.

뭐, 굳이 알아줄 필요는 없지만. 조연이란 다 그런 거지!

난 눈 호강을 한 것에 의의를 두며 모퉁이를 돌아 도서관으로 향했다. 도서관의 바로 지척에서 나는 발을 멈췄다. 굳이 안으로 들어갈 필요가 없었다. 마침 만나길 원했던 사람이 문을 열고 바깥으로 나왔기 때문이다.

낯익은 청흑발을 보며 난 먼저 입을 열었다.

"여기서 다 만나네요!"

"어머나, 라테."

내 가증스러운 인사에 이벨린이 또 순수하게 반가워해 주었다. 앞으로도 이벨린은 나와 '뭐야, 이거 스토커 아닌가?' 싶을 만큼 우연한 만남을 반복하겠지만 그녀는 그때마다 의심 없이 '정말 우연이네요'라며 날 반겨줄 것이다.

어차피 물고기 세 마리와 하루가 멀다 하고 가는 곳마다 만나는 마당에 나 하나쯤 추가하는 것 정도야!

"꼭 보고 싶었어요. 할 말이 있었거든요."

나는 견우를 만난 직녀처럼 격한 반가움을 표현하며 이벨린의 곁에 찰싹 붙었다. 이벨린과 나란히 걸어가며 난 목적이었던 케니스 뒷담 철회를 시작했다.

그녀는 내가 갑작스레 케니스를 변호–그것도 열성적으로–하는 것에 조금 의아해하는 기색이더니 이내 고개를 끄덕였다.

"가만 생각해 보니 각하께서도 뭐…… 으, 은근히 좋은 분인 것 같더라구요."

난 내친김에 케니스를 칭찬까지 했다. 평화를 위한 발버둥이었다. 이벨린은 내 말에 눈가를 접으며 웃었다.

"맞아요."

맞긴 무슨…….

내가 먼저 뱉어놓고도 동의할 수 없는 맞장구였다. 하기야 이벨린의 입장에선 케니스는 위기의 순간마다 나타나 저를 구해 주는 무뚝뚝한 기사님쯤 될 것이다. 실제로도 그렇고. 그러고 보면 내가 목격한 것만 해도 케니스가 벌써 이벨린을 세 번은 도와줬다.

생각난 김에 누가 누가 많이 구해 주나 랭킹이라도 매겨볼까?

그런 생각이 끝나기 무섭게 이벨린이 곤란한 듯 중얼거렸다.

"길을 잃은 것 같아요."

나는 우뚝 자리에 멈췄다.

엥?

"여기가 어딜까요?"

"……."

난 이벨린의 순진무구한 눈망울을 보며 침묵을 지켰다.

당연히 나도 모르지.

길을 잃었다~ 딴딴따단 따단딴. 어딜 가야 할까~ 열두 개로 갈린 조각난 황궁 길~

여주인공과 함께 황성 안을 걷다가 뜬금없이 길을 잃었다. 나는 잠시 생각하다 조용히 품에 안은 팝콘 봉투의 입구를 열었다.

"……이벨린?"

"전하?"

아, 팝콘 냄새. 마음에 들어.

“여기서 뭘 하고 있었나?”

“길을 잃어서 그만…….”

팝콘 맛있다. 냠냠.

“하하하~ 정말 한시도 눈을 뗄 수 없게 만드는군.”

“……송구합니다.”

“탓하려는 게 아니야.”

식감이 살아 있네. 이 정도 시간은 봉투에 담아놔도 괜찮은가 보다.

“이벨린, 그대는 항상 나를 신경 쓰이게 해.”

“왜, 저를…….”

“글쎄, 왜일까?”

치즈 양념이 생각보다 금방 질린다. 음, 짭짤한 맛이 약간 부족한가?

“어쨌든 길은 내가 안내해 주도록 하지. 빚이야. 빚을 갚을 방법은…….”

아예 매운 맛을 추가해서 스파이시 치즈를 만드는 것도 괜찮겠는데.

“천천히 생각해 보는 걸로.”

그나저나 지금으로선 물고기들 중에 황태자가 가장 적극적이네.

나는 거의 다 먹은 봉투를 돌돌 말며 론드미오의 느끼한…… 음, 아니지. 별로 느끼하지도 않네. 잘생겨서 커버된다. 그의 녹아내릴 것 같은 눈웃음을 응시했다. 이렇게 생긴 얼굴로 저렇게까지 들이대는데 이벨린은 그 하얀 피부에 홍조 하나 없었다. 단아한 미모 위에 그녀가 띠우고 있는 것은 오로지 당황이었다.

그래그래, 아직 초반인데 흔들리기엔 멀었지, 암.

“저기, 전하? 저도 있어요.”

걷기 시작한 둘을 뒤따르며 공기화를 벗어나고자 말을 걸어봤다. 황태자가 흠칫한다.

"……알고 있었다."

뺑치고 있네.

❄

길을 안내해 준 것에 대한 대가로 황태자는 이벨린에게 함께 식사할 것을 제안했다.

오올, 이렇게 식사도 같이하고 나중에는 고서를 빌미로 데이트도 하고 그러겠지. 얘, 잘 들이대는데? 케니스랑 아윈도 분발 좀 해야겠다. 어련히 알아서 엮이겠지만은.

나는 둘의 오찬에까지 끼어들 마음은 없었던 터라-어차피 끼어들 수도 없지만-비숏을 데리고 황성에서 벗어났다. 비숏은 볕 잘 드는 정원에서 웬 토끼를 쓰다듬고 있어 쉽게 찾아낼 수 있었다. 황성에서 신분이 증명된 자가 자유롭게 출입할 수 있는 곳은 정원과 도서관뿐이다.

그나저나 토끼가 아직도 있네.

비숏을 달고 성문을 나오는데 그가 조심스레 말을 걸었다.

"저기, 라테 님. 아까 들어올 때 제게 주셨던 과자 말입니다……."

"그거 집에 많아요. 다른 맛도 있고."

"그, 그렇습니까?"

"네, 마차 부를까요?"

"아뇨! 텔레포트 쓰겠습니다."

자진하길래 완전히 회복한 줄 알았더니, 비숏은 두 사람 몫의 텔레포트를 쓰고 난 뒤 도로 창백한 안색으로 회귀했다. 나는 저택으로 돌아와 파리한 비숏에게 팝콘을 종류별로 잔뜩 안겨주었다.

시간이 일주일쯤 흘렀다.

난 그 일주일간 황태자와 아윈을 한 번씩, 케니스를 두 번—하필!—만났다. 물론 만남에서 주인공이 되는 건 항상 이벨린이었으니 난 그저 그녀의 곁에 부속품처럼 붙어 상황을 멀뚱멀뚱 구경한 게 전부였다.

황태자는 먼젓번에 나를 투명인간 취급한 것이 꽤 마음에 걸렸던 듯—참 착한 캐릭터다—이벨린과 대화하면서도 이쪽을 제법 신경 써주려는 눈치였으나, 자기도 모르게 중간중간 내 존재를 잊고 흠칫거리는 폼이 애잔할 정도였다.

케니스는 더 이상 나를 보고도 표정을 구기거나 하지 않았다. 분명 나와 눈이 마주쳤는데도 주름지지 않는 매끈한 미간은 다시 봐도 새로웠다. 대신 나는 있으나 없으나 한 병풍 취급을 당했는데, 박멸해야 하는 해충 취급보다는 백배쯤 안전했으니 썩 만족스러웠다.

이미 나를 공기로 대한 전적이 있는 아윈은 놀랍게도 이벨린이 있는 와중에도 내게 말을 걸었다. 발닦개는 잘 있냐는 시답잖은 안부 인사였는데, 그게 무슨 말이냐는 이벨린의 질문에 아윈은 태연하게 '발수건 하나 선물했거든' 하고 대답함으로써 비숏을 향한 내 안쓰러움을 한층 증폭시켜 주었다.

난 저 셋 외에도 따로 로젤리아 황녀를 만나 시간을 보냈다. 손수건을 들고 황성에 방문하자마자 나는 호화로운 접객실로 안내받아 진수성찬을 영접할 수 있었다. 그리고 초호화 만찬을 입에 밀어 넣으며 난 내가 집필한 각각의 비모르 작품에 대한 찬양을 두 시간쯤 들어야 했다. 황녀 언니 이미지 와장창.

이만 일어선다고 하니 좀 더 있다 가라며 나를 붙잡는 황녀의 눈이 얼마나 간절한지, 만약 황녀가 남주인공이고 내가 히로인이었다면 이 소설은 필시 집착 감금물을 피할 수 없었을 것이다.

비숏은 일주일 새 저택 내의 여러 팝콘 연합 중 '스파이시'에 가입해 활동하는 등 사용인들과 제법 두루 친해졌다. 오다가다 마주칠 때면 항상 맛을 바꿔가며 팝콘을 햄스터처럼 볼에 쑤셔 넣고 있었는데, 별달리 살이 오르지 않은 것을 보니 꽤 재수 없는 체질을 지닌 모양이다.

언젠가부터 비숏은 완전히 내 '호위'로 굳어져 나가는 곳마다 따라나오는 처지가 되었다. 장소를 불문하고 자유로운 외출이 가능해진 데다, 텔레포트 스크롤을 아낄 수 있어 나야 잘된 일이었다. 목적지에 도착하면 비숏은 알아서 구석탱이에 박혀 쉬다가 돌아오곤 했다.

한 가지 아쉬운 건 스크롤을 제작할 수 없다는 점이었는데, 스크롤을 만드는 데에는 마법사와 종이 외에도 특수한 마법 연료가 필요하다는 것이 그 이유였다. 그게 있어야 종이에 안전하게 마나를 가둘 수 있다나 뭐라나.

그 말에 나도 모르게 눈에 띄게 실망한 기색을 했던지, 비숏은 새하얗게 질려 파들파들 떨었고, 그런 비숏을 아윈에게 반납하지 않을 테니 걱정 말라고 달래느라 진땀을 빼야 했다.

그렇게 평화로운 시간을 보내던 나날의 오후, 에슐라가 상기된 얼굴로 말을 꺼냈다.

"벌써 내일이 '에이레네의 밤'이네요!"

앳된 목소리는 기대에 잔뜩 차 있었다.

에이레네의 밤.

에이레네는 이곳에서 여름의 여신을 의미한다. 계절의 초입 무렵, 무더운 여름을 무사히 보낼 수 있도록 여신이 축복을 내려주는 기간이 있는데, 그동안 황성과 거리에서 무도회와 축제가 열린다.

행사가 열리는 시간은 저녁부터 새벽까지라 그 기간을 사람들은 모두 '에이레네의 밤'이라 부른다. 열흘이나 진행되는 규모가 큰 연례행사다. 자매품으로는 '키슬리키의 낮'이 있겠다.

"재밌겠네."

난 영혼을 빼고 대답하다 퍼뜩 정신을 차렸다. 올해의 에이레네는 작년처럼 그저 그런 지루한 무도회가 아니다. 이벨린이 참석하고 물고기들이 참석할 것이다.

"페리도트 가넷 영애께서도 그날에 맞춰 돌아오신대요."

거기다 끝판 악녀가 등장한다!

가넷 후작가의 금지옥엽 페리도트 영애. 그녀는 사교계에서 그 이름을 모르는 사람이 없을 정도로 유명했다. 굳이 등에 업은 가문의 위세와 오만한 성정 때문만은 아니었다. 그녀는 예뻤다. 그것도 엄청.

모두가 사교계의 꽃이라 인정하는 페리도트 가넷은 마치 여신의 현생 같다며 그 미모를 침이 마르게 칭송받았다.

그녀는 이벨린과 로젤리아를 제치고 명실상부 '야수의 꽃'에서 가장 아름다운 여성 타이틀을 꿰차고 있었는데, 등장할 적마다 예쁘다는 서술이 어찌나 구구절절한지 과거 나는 물고기들 다음으로 페리도트의 외모가 궁금했다. 드문드문 글에서 묘사하던 페리도트의 외양이 떠오른다. 꿀이 흐르는 듯한 탐스런 금발이었나? 금발…….

나는 거울에 잠깐 시선을 주었다.

하하, 머리 염색할까?

"여신보다 아름답다는 말이 있던데, 너무 궁금해요."

"그러게, 나도."

나는 에슐라의 말에 맞장구를 치며 머릿속으로 두둥실 페리도트 가넷의 역할을 떠올렸다.

그녀는 로맨스 소설에 결코 빠져서는 안 될 전형적인 악녀였다. 페리도트는 제 추종자들이나 휘하의 사람을 시켜 여주인공을 어떻게든 위기에 몰아넣은 뒤 걸렸다 싶으면 교묘하게 꼬리를 잘랐다.

원작에서 이벨린의 곁에 붙어 다니던 친구인 듯 친구 아닌 친구 같은 영애를 꾀어 뒤통수를 치게 만드는 것도 그녀였다. 물론 그런다고 여주인공이 솜털 하나라도 다치느냐 하면 그건 또 아니다.

물고기들이 괜히 있으랴. 남주인공 셋은 어떻게 알았는지 이벨린이 위험해질 낌새만 보이면 바람처럼 짜잔 나타났다. 그들은 번갈아 이벨린을 구하며 각자 그녀와의 썸을 진척시켰는데, 당시 독자들이 입을 모아 페리도트를 사랑의 큐피드라고 지칭했을 지경이었다. 그러한 페리도트의 꾸준한 괴롭힘은 비록 성과는 없어도 제법 보는 재미가 있는 편이었다.

그녀는 그야말로 온갖 방법을 동원한다. 친한 척 사람을 접근시켜 뒤통수를 치는 것은 물론이요, 누명에 헛소문에, 납치에다 습격까지 안 하는 짓이 없었다. 같잖은 시비부터 살인 교사까지!

완전 개흥미진진. 페리도트는 그야말로 팝콘을 부르는 캐릭터였다.

"흐흐."

미처 숨기지 못한 웃음이 새어 나갔다. 급 내일이 기다려진다. 물론 페리도트를 구경하는 것은 다소 신중히 해야 할 일이었다. 잘못 눈에 거슬렸다간 원치 않은 프렌드 실드가 되어 이벨린 대신 두드려 맞게 될 테니까.

난 물고기 실드가 없는 터라 조지면 조지는 만큼 보람차게 조져질 것이 뻔했다. 친구의 반죽음을 계기로 여주인공이 강해지는 전개만큼은 절대 반대다.

그, 그런 건 싫어.

페리도트 가넷은 이 년 전 이국으로 유학을 떠났다. 그리고 내일 에이레네의 밤에 맞춰 제국으로 돌아온다. 아마 일부러 더 주목받는 날짜를 택했을 것이다. 에이레네의 주인공이 될 수 있도록.

아, 얼른 보고 싶다. 궁금한데.

"아가씨는 저만 믿으세요!"

에슐라가 대뜸 제 가슴을 치며 호언했다. 하지만 난 뭘 시키거나 부탁한 기억이 없었다. 고개를 갸우뚱하며 '뭘?' 하고 묻자 에슐라가 대답한다.

"에이레네의 밤이잖아요. 최대한 아름답게 하고 가셔야죠!"

기세가 활활 타오르는 것이 얘가 또 왜 이러나 싶었다. 황태자에게 잘 보이는 건 이미 저번에 포기시켰을 텐데. 가만 보니 에슐라는 주먹까지 쥐고 있었다.

"에이레네의 밤은 여신의 축제! 축제에 참여하는 모든 여인이 여신이 되는 날이죠. 제가 아가씨를 여름의 여신으로 만들어 드릴게요!"

여름의 여신…….

나는 고개를 내저었다. 야망이 지나치다. 내 얼굴에 이런 말하고 싶진 않지만 호박에 줄 긋는다고 수박이 되진 않는다.

어차피 준비하느라 고생만 할 게 뻔하니 됐다고 설득시키려는데, 에슐라의 눈빛이 생각보다 심상치 않게 빛났다.

"……에슐라?"

"여름의! 여신!"

"얘?"

"후후후, 여신……!"

왜, 왜 이래?

그리고 나는 그날 열여섯 소녀의 집념을 경험했다.

"에슐라…… 이……."

난 바들바들 떨리는 손으로 탁자를 짚었다. 레이스가 달린 흰 장갑이 곱에 씌워진 채다. 하루가 넘게 혹사당한 몸에 기력이 충분히 돌지 않는 것을 느끼며 난 전방의 거울을 응시했다.

"무서운 아이……!"

진짜 수박이 됐잖아!

거울에는 웬 다른 사람이 비치고 있었다. 나는 모 일본 만화의 연기 선생 및 주인공의 라이벌이 종종 하던 유행어를 표절하며 거울 속의 나와 눈을 마주했다.

이런 말하면 급 호러 장르가 되는 느낌이지만, 나는 거울에 비친 대상이 내가 아니라 마치 또 다른 나 같다는 생각을 지울 수 없었다.

네 이 녀석! 난 라테 엑트리다! 넌 누구지? 너도 라테 엑트리냐!?

"후후, 그러게 저만 믿으시라고 했잖아요."

거울에 혼을 뺏긴 나를 보며 에슐라가 콧대를 세웠다. 이 순간만큼은 콧대 깡패 케니스조차도 에슐라를 이길 수 없을 것만 같았다.

실리콘의 여신처럼 우뚝 높아진 코를 눈에 담으며 나는 고개를 끄덕였다. 인정한다. 이건 정말 감탄을 안 할 수가 없었다.

로젤리아 황녀가 성년을 맞이했던 연회의 첫날이 떠오른다. 그날의 화장술도 충분히 사기라고 생각했었는데, 지금 이 순간에 비하면 정녕 새 발의 피였다. 그때의 실력은 진정한 풀 파워가 아니었단 말인가! 아니면 초사이어인으로 각성이라도 한 것인가!

나는 부쩍 강해진 에슐라의 화장력으로 치장된 내 모습을 연신 뜯어보며 경탄의 의미로 엄지손가락을 추켜세웠다. 거울 속의 내가 그걸 따라한다.

풍성한 금발을 곱게 올려 묶어 목덜미를 드러낸 미녀가 한층 또렷해 보이는 눈을 동그랗게 뜨고 있었다. 피부는 어찌 표현한 건지 촉촉한 흰색 푸딩에 연분홍 가루를 살짝 뿌린 듯하고, 입술은 당장 틴트 CF를 찍어도 완판이 가능할 것만 같다.

나는 결국 견디지 못하고 박수를 쳤다. 장갑끼리 맞부딪친다.

"넌 천재야, 에슐라."

"오호홋!"

뿌듯한지 에슐라가 고개를 치켜들며 도도하게 웃었다.

그래, 천재는 오호홋 하고 웃어도 돼.

나는 나와 내 뒤의 에슐라까지 비추던 거울에서 눈을 뗐다. 이러다가 하루 종일 방에서 안 나가겠다.

"아직 여유 있지?"

"네, 느긋하게 출발하셔도 돼요."

몇 시간 후면 드디어 에이레네의 밤이 시작된다. 나는 후들거리는 다리를 천천히 옮겼다. 난 나를 아는 모든 사람이 경악할 만큼 충격적으로 예뻐졌지만, 대신 그만큼 눈물 나는 고행을 견뎌야 했다.

세상에 그렇게 마사지의 종류가 많은 줄 난 어제 처음 알았다. 물론 그 시간이 전부 잊힐 만큼 내 변신은 놀라웠지만.

"비숏, 준비 다 됐어요?"

발닦개, 아니, 호위인 비숏을 부르자 그가 마침 채비를 끝낸 듯 방에서 쏜살같이 튀어나왔다. 비숏은 웬일로 머리를 깔끔하게 넘기고 연미복까지 차려입은 상태였다.

의외인 모습에 나는 선 자리에서 잠시 눈을 깜박거렸다.

"무도회에 참석하나 봐요?"

"네……. 아니, 근데 누구십니까?"

비숏은 진정 모르겠다는 얼굴로 대답하다 말고 내게 물었다. 그의 얼빠진 얼굴에서 거울에 대고 넋을 놓았던 좀 전의 내 모습이 투영된다.

험험, 그럴 만도 하지.

나는 조금 쑥스러워져서 멋쩍게 웃었다.

"에슐라가 솜씨가 좋아서요."

"암만 그래도…… 와…… 헐……."

어지간히 놀란 눈치였다. 충격을 받은 것 같기도 했다. 고생을 생각하면 뿌듯한 반응이었다. 나는 그가 내 변장(?)에 익숙해져 정신을 차릴 때까지 조금 기다렸다가 다시 말을 꺼냈다.

"원래 연회를 좋아하나요?"

"아, 그건 아니지만, 에이레네의 밤은 되도록이면 매년 참석하는 편입니다."

"그렇군요. 이유라도?"

"그…… 험험."

비숏이 민망한 얼굴로 이유를 꺼내지 않고 삼켰다.

뭐, 굳이 듣지 않아도 어련히 추측이 된다.

에이레네의 밤 무도회는 평소보다 특히 아름다운 여인들이 두루 눈에 띄는 연회였다. 에슐라의 말마따나 너도나도 여름의 여신이 되고자 안 그래도 예쁜 얼굴들을 더욱 빡세게 꾸미기 때문이다.

꽃처럼 아름다운 미녀들을 꼬시기 위해 에이레네의 밤은 영식들의 참여율 또한 높았다. 게다가 이번 무도회에는 제국 제일의 미 페리도트 가넷까지 모습을 드러낸다. 상기된 볼을 보아하니 비숏도 이미 알고 있는 모양이었다.

하여간 남자들이란…….

난 꿈꾸는 듯 기대에 찬 얼굴을 한 비숏에게 처참한 근 미래를 슬쩍 언질해 주었다.

"아윈도 올 걸요, 무도회에."

"……!!"

평온하던 비숏의 눈동자에 급격한 지진이 닥쳤다. 나는 그의 진도 높은 동공 떨림을 지켜보며 쯧쯧 혀를 찼다.

하여간 불쌍한 캐릭터.

비숏의 행동만 보면 아윈이 무슨 닿기만 해도 뒤지는 걸어 다니는 대재앙처럼 느껴진다.

맞지만.

"그, 그걸 어떻게…… 아시는……."

"다 아는 수가 있어요."

비숏은 내 정보에 엄청나게 동요했다. 당장에라도 입고 있는 연미복을 찢어야 하나 엄청 고민하는 것 같았다.

병 주고 약 준다고, 난 이번에는 희망을 속삭였다.

"괜찮을 거예요. 여차하면 그냥 제 뒤에 숨어요!"

물론 그게 효과가 있을 거란 의미는 아니다. 하지만 비숏은 의외로 내 허세가 믿음직하게 느껴졌는지 갈팡질팡하다 결국 연회에 참석하는 쪽으로 결론을 내렸다.

그래그래, 미인을 보기 위해서라면야. 마탑주의 공포쯤이야!

나는 비숏과 함께 텔레포트를 통해 이동하기로 하고 남는 시간 동안 푹신한 소파에서 다과를 즐겼다. 지난 며칠 눈물겨운 소식의 성과로 내 허리 사이즈는 전보다 조금이나마 줄은 상태였다. 덕분에 코르셋을 차고도 과자를 두어 개쯤 집어먹는 여유를 부릴 수가 있었다.

물론 이 이상 먹었다간 숨 못 쉬지.

시간이 가까워지자 난 자리를 털고 일어나 곧장 황성 근처로 이동했다. 성문으로 걸어가며 나는 문득 든 의문을 던졌다.

"혹시 황성 내부로도 텔레포트가 가능한가요?"

대답은 아니오였다. 성내에는 안티 텔레포트 마법진이 깔려 있다는 것이다.

마탑이랑 똑같네.

에이레네의 밤에 유독 사람이 넘치는 또 다른 이유는 초대받지 않은 이도 입장이 가능하다는 점이었다. 물론 귀족이나 준귀족에 한해서였지만, 신분을 증명받아 성문을 통과한 이들은 모두 회장에 들어갈 수 있었다.

입장하기 직전 회장의 입구에서 비숏이 시종에게 작게 속닥거렸다.

“호, 혹시 오늘…… 탑주님도 참석하시나요?”

“마탑주님 말씀하시는 거죠? 초대장은 발송된 걸로 압니다만, 잘 모르겠네요.”

잘 모르겠다는 대답치고 시종의 어조는 부정에 가까웠다. 당연히 안 오지 않겠냐고 말하고 싶은 것 같았다.

하긴, 아윈이 지금껏 황성에서 주최하는 행사에 곧 대로 참석한 역사가 없었으니 그럴 만하다.

하지만 이번엔 올 것이다. 백 퍼센트 나타난다. 왜냐하면 이 무도회에서 페리도트가 아윈에게 관심을 갖게 되기 때문이다.

그렇다. 우리의 매우 예쁜 악녀 언니는 물고기 셋 중 황태자와 아윈을 제 것으로 찜하고 욕심낸다. 황태자는 장차 황후의 자리에 오르기 위해서요, 아윈은 만인이 숭배하고 두려워하는 대상을 제 발아래에 무릎 꿇리고 모두의 부러움을 사길 원해서였다.

대륙 최강의 마법사 마탑주를 사랑의 포로로 만들어 자신의 발아래 엎드리게 한다. 얼굴도 제일 예뻐, 몸매도 엄청 착해, 집안까지 한가락 하는 모든 게 완벽한 페리도트에겐 세 가지 커다란 문제점이 있었다.

첫 번째는 꿈이 너무 크다는 것이었고, 두 번째는 꿈이 너무 크다는 것이었고, 세 번째는 꿈이 너무 크다는 것이었다. 저건 솔직히 기립 박수로도 모자랄 거대한 꿈이다.

뭘 무릎 꿇려?

말만 들어도 식은땀이 난다. 이런 거라면 또 모르지만.

'내가 무릎을 꿇은 이유는 네 목을 날리기 위한 추진력을 얻기 위함이었다!'

슥삭.

"입장하시겠습니까?"

"아, 네."

시끌시끌.

들어선 회장 내부는 넓었다. 그리고 사람이 넘쳤다. 인파가 많으니 자연히 홀 안은 이야기 소리로 소란스러웠다. 나는 그 인파 속에서 아는 얼굴을 찾으려 이리저리 기웃거렸다.

아마 카노가 있을 텐데…….

"헉!"

집중해서 사람들의 면면을 살피는데 갑자기 옆에서 헛숨을 들이켜는 소리가 들렸다. 돌아보니 비숏이 텔레포트를 한 세 번은 쓴 직후처럼 하얗게 질려 있었다.

응? 얘, 왜 이래?

그러더니 핏기 없는 안색 그대로 허둥지둥 도망친다…….

도망? ……설마.

"꺅!"

빈 공간에 예고 없이 사람이 나타났다. 아무것도 없던 허공에 형체가 생기자 지척에 있던 영애가 깜짝 놀라 비명을 질렀다. 놀라 간이 떨어졌을 그녀는 이내 나타난 상대의 얼굴을 확인하고 심장마저 떨어뜨린 표정을 지었다.

은발에 보석 같은 붉은 눈. 같은 종족이 맞나 의심스러운 외모.

〈띠링! 아윈이(가) 등장했습니다.〉

아윈은 당연하다는 듯 텔레포트로 나타났다. 비숏이 내게 해주었던 설명이 떠오른다.

성내에는 텔레포트를 막는 마법진이 설치되어 있다 했었지. 그건 설령 쓸 수 있어도 쓰지 말라는 뜻일 텐데…….

저런 저런, 무법자 새끼.

난데없이 등장한 무법자 아윈은 그 모습이 드러나기 무섭게 모두의 시선을 빼앗았다. 회장 안에서 저 혼자만 빛이 난다.

워낙 마이 웨이가 강해 옷도 아무거나 주워 입고 오지 않을까 했더만, 마탑주는 예상외로 격식에 맞는 흰색 연미복을 근사하게 차려입고 있었다. 황태자의 첫 등장 못지않은 광채였다.

아오, 얘 눈부셔.

그나저나 아윈이 원래 지금 출연하던가? 좀 이른 것 같은데. 지금 회장에는 황태자도, 페리도트도 아직 없었다. 이벨린이야 지각이 예정되어 있고.

워낙 오래된 기억이라 맞다 확신할 수 없으니 그냥 고개만 갸웃하는데, 마침 이쪽을 쳐다본 아윈과 눈이 마주쳤다.

"어, 고객님?"

마주치기 무섭게 아는 척을 해준다. 눈 튀어나오게 예쁜 페리도트도 돌멩이 취급을 하는 상대였으니 나름 영광이라면 영광일 것이다.

아윈은 긴 다리로 성큼성큼 멀지 않은 거리를 단숨에 좁혔다. 내 앞에 우뚝 멈춰 선 아윈이 돌연 나를 위아래로 훑더니 눈에 이채를 띤다.

뭐, 뭐…… 지?

당황하다 순간 지금 내가 환골탈태 수준으로 달라진 모습이라는 게 생각이 났다.

맞다. 내 입으로 말하긴 좀 부끄럽지만 난 지금 제법 예쁘…….

"고객님, 자다 나왔어?"

이런 썩을 놈이!

조연의 섬세한 하트에 쩌적 금이 간다. 내 얼굴을 극딜 하는 아윈은 그 해맑은 표정에 일말의 양심의 가책도 없었다.

나쁜……! 이 잔인한! 맹세컨대 지금까지의 삶에서 가장 예쁠 오늘의 내 얼굴에 대고 어떻게 자다 나왔냐고 할 수가!

물론 아윈의 외양을 기준으로 한다면 나는 자다 나온 정도가 아니라 눈, 코, 입이 이상한 데 붙어 있는 수준이겠지만 그건 기준이 너무한 거지 내 얼굴이 문제인 게 아니다.

나는 내 금 간 하트에서 맴도는 욕을 바깥으로 꺼내 전해 줄 수 없음에 한탄하며 아윈의 말을 받았다.

"어머나! 자다 나온 걸로 보여?"

말이 목구멍에서 탈출하기 직전까지 나는 뒤에 '요'를 붙여야 하나 고민했다. 무시무시한 소문이 한가득인 마탑주에게 뻔뻔스레 반말을 하는 것은 자칫 내가 그와 긴밀한 사이-개뿔-로 의심받을 여지가 있었다. 물론 페리도트만 아니었다면야 쌍수를 들고 환영할 오해이지만, 곧 그녀가 출격해 아윈에게 관심을 가질 상황에서는 절대 피해야 할 일이었다.

그래도 이 정도는 괜찮을 것이다. 어차피 이벨린도 당연스레 반말을 할 테고, 원작을 따른다면 오늘 연회가 끝나기 전 호사가들의 입에 이벨린 도트 영애가 황태자와 마탑주의 사랑을 동시에 받는다는 소문이 오르내릴 게 뻔했다.

나는 그 사이에서 '친구를 잘 두어 감히 마탑주에게 반말을 허락받은 운 좋은 조연' 정도로 평가될 것이다.

나는 문장을 이으며 환한 미소를 가장했다.

"아닌데. 자다 나온 게 아니라 탄광에서 석탄 캐다 나왔는데?"

그렇단다, 이 짜샤.

한술 더 뜨며 비꼬자 아윈은 또 거기에 대고 고개를 주억거렸다.

"아~ 어쩐지."

그리고 다시 전신을 훑는다.

"고객님, 힘내!"

……응.

아무래도 자작저에 돌아가는 대로 혈압에 좋은 음식을 알아봐야겠다. 난 무너지는 평정심을 되찾기 위해 심호흡을 했다.

나는 예쁘다. 난 예뻐.

그 증거로 성문을 통과할 당시 우측에 서 있던 경비병이 나를 힐끔거렸었다. 게다가 등을 돌리고 있을 땐 대놓고 쳐다보기까지 했다고 비숏이 전해 주었다.

그래, 나 이런 여자야! 나는 어? 지금 어? 아주 예뻐요!

그런 생각을 하며 심적 데미지를 회복하는데, 문득 아윈이 부쩍 가까워진 것 같은 느낌이 들었다.

아니, 느낌이 아니라 정말 가까운데. 얘 가슴팍이 왜 내 코앞에 있는 걸까?

내 코가 거짓말을 왕창 쳐서 여의봉처럼 길어진 피노키오 코도 아닌데 상대의 가슴팍에 닿기 직전인 연유를 모르겠다. 나는 석고상처럼 뻣뻣하게 굳어 작금의 상황을 이해해 보고자 애썼다.

……는 전혀 모르겠는데? 뭐니, 이거?

그때 아원이 내게서 도로 거리를 벌렸다. 붙어 있던 시간은 실제로 아주 잠깐이었다. 멀어지는 상체를 멀거니 쳐다보다 나는 아원의 손에 어디서 많이 본 게 들려 있다는 걸 깨달았다.

어, 저거…… 내 머리끈?!

인지하기가 무섭게 분명 조금 전까지 틀어 올려져 있던 내 머리카락이 아래로 굽이쳐 어깨며 등을 덮는다.

……뭐지, 이게? 응? 어라?

나는 아원이 내 머리에 손을 뻗어 머리끈 두 개를 풀러 가져갔다는 걸 도저히 믿을 수가 없어 눈을 부릅떴다. 차라리 헛것을 보고 있다는 게 더 그럴듯할 것 같았다.

마탑주에게서 갑자기 냄새가 난다. 초딩 냄새!

가물가물한 기억 속에서 여자애들에게 몰래 접근해 머리 고무줄을 빼어 달아나던 초딩 남자아이들의 모습이 어렴풋하게 그려졌다. 차이가 있다면 아원은 대놓고 가져갔다는 정도랄까.

녀석은 얄밉게 웃더니-내 눈에만 얄미운 듯 근처의 영애가 심장통증을 호소했다-손에 든 머리끈을 과거 불량 스크롤처럼 순식간에 태워 없앴다. 깜찍한 핑크색을 자랑하던 머리끈이 눈 한 번 깜빡하는 사이 검은 재로 탈바꿈했다.

저, 저런 정신 나간.

나는 지나치게 초딩 같아서 초딩 같다고밖에 표현할 수 없는 아원의 유치한 행동에 말하는 법도 잊고 입을 뻐끔거렸다. 상대가 정말로 초딩이었다면 당장 내 머리끈 돌려내라며 멱살을 잡고 흔들었겠지만, 안타깝게도 대상은 초딩의 탈을 쓴 마탑주였다. 멱살을 잡았다간 내 멱이 따이겠지.

난 상대방이 손가락 짓 한 번으로 사람을 죽일 수 있는 캐릭터라는 걸 다섯 번쯤 되뇌고 침착하게 입을 열었다.

"그래, 네가 보기에도 머리 푼 게 더 예쁘지?"

그러면서 마치 샴푸 광고를 찍듯 머리카락을 찰랑 쓸어 넘…… 아, 아야! 장신구에 걸렸다. 아…….

등신이 따로 없는 내 꼬라지에 지켜보던 아윈이 돌연 크게 웃음을 터뜨렸다. 나는 손가락에 걸린 장신구에 고통을 호소하다 말고 빵 터진 아윈을 멍청히 응시했다.

웃어? 아나, 저놈이 진짜……. 근데 저렇게 소리 내어 웃는 건 또 처음 보네.

아윈은 치아 모델 같은 희고 가지런한 이를 죄 드러내고 있었다.

입 다물고 웃었을 때도 주변이 다 환해진다 생각했는데, 저리 웃으니 이건 뭐…….

"크윽!"

외마디 신음과 함께 대각선쯤에 서 있던 영식이 코피를 터뜨렸다.

미, 미친 파괴력. 남자의 코피를 터뜨렸어! 사내의 코피!

충격적이지만 이해 못 할 건 아니다. 첫 만남에 아윈이 웃는 걸 보며 저건 남녀노소를 다 꼬실 눈웃음이라고 생각했던 게 현실이 되고 있었다. 나는 뭇 영애들이 황태자보다 더 가망이 없는, 절망적이기까지 한 짝사랑에 빠져드는 광경을 떨리는 동공으로 관람했다.

또 상사병을 대거 앓겠구나. 불쌍한 영혼들이여.

죄 많은 무법자 아윈은 그렇게 주변의 사람들이 심장을 잡고 고꾸라지던, 코피로 강을 만들던 신경 쓰지 않고 원하는 만큼 웃은 뒤, 나타났을 때처럼 소리 없이 회장에서 사라졌다. 무법자다운 그의 퇴장은 이제 새삼스럽지도 않았다.

시간이 좀 지나면 정원에서 이벨린과 마주치겠지. 여긴 대체 왜 온 거래?

떠나면서 아윈이 남긴 말이 머릿속을 잠깐 맴돌았다.

"역시 웃겨."

광대 취급 장난 없군. 과연 네가 내 맘속에 가득 찬 진솔한 쌍욕을 듣고도 그런 말을 할 수 있을까?

살아남고자 하는 비굴한 반응들이 상대에겐 개그가 된다니 슬픈 일이었다. 용케 아윈의 등장을 미리 점지하고 도망친 비숏은 어디로 갔는지 알 길이 없었다. 입구로 도로 나가는 것까진 봤는데. 내 뒤에 숨으랬더니 숨기는커녕 조건반사처럼 튀어 나갔다. 피난처가 어디든 정원만은 아니길 바랄 뿐이었다.

그나저나 아윈 때문에 머리 상태가 영……. 기껏 예쁘게 꾸몄더니 뭔 꼴이람.

나는 머리를 매만지다 하녀에게 빗과 거울을 부탁하고 주위를 둘러보았다. 갑자기 나타나 사람 놀리고 폭소한 뒤 사라진 아윈은 그 잠깐 사이 홀 안에 남긴 여파가 어마어마했다.

꿈꾸는 듯한 얼굴과 술렁임이 너른 공간에 가득하다. 귀에 들어오는 이야기 소리가 대부분 아윈을 주제로 하고 있었다.

뭐, 그럴 만하다만.

나는 장신구를 피해 산발처럼 보이지 않을 정도로만 머리를 빗은 뒤 한쪽으로 모아 땋아 내렸다. 그리고 갈증이 이는 목에 샴페인 한 모금을 밀어 넣으며 가장 가까이서 들리는 말소리에 귀를 열었다.

"바, 방금 그 사람, 대체 누구야? 어느 가문 영식이라니?"

"타국의 왕자님은 아닐까?"

"바보들. 어쩜 그렇게 소문에 둔해? 은발에 붉은 눈, 마탑의 주인이잖아! 소문으로 듣던 것과 완전히 똑같던걸."

어린 소녀들끼리 입을 모아 조잘조잘 마탑주를 화두에 올렸다.

다행히 내 얘기는 안 나오는군. 생각하자마자 목소리를 타고 내가 흘러나왔다.

"세상에, 마탑의 주인이라면 그 천재 마법사? 저렇게 젊단 말이야? 근데 같이 얘기하던 상대는 누구래?"

서로 마주 보고 도란거리던 세 영애의 시선이 순식간에 나한테로 쏠렸다.

몹시 사양하고 싶은 주목이구먼.

나는 눈을 피하며 샴페인을 마저 들이켰다.

"특별하지도 않은데."

"맞아. 뭐, 예쁘지 않은 건 아니지만……."

"저 정도는 널렸잖아?"

지들 딴에는 소곤거린다고 하는 모양이지만 안타깝게도 토씨 하나까지 다 들렸다. 팩 고개를 돌려 빔을 쏴주니 찔리기는 하는지 안 그런 척 딴청을 피운다. 생긴 면면들이 끽해야 열다섯은 되었을까 싶게 어렸다.

그래, 봐 준다 애기들. 어차피 오늘이 지나고 나면 너넨 또 다른 사람을 욕하고 있을 거야.

나는 샴페인 잔을 비우고 자리를 옮겼다. 구석으로 이동하니 여긴 또 영식들의 담화가 한창이었다.

"이거 참 놀랍군요. 소문으로는 들었지만……."

"정말 저 나이에 마탑에서 가장 강하단 말입니까?"

"괴물로 불리던 전대 마탑주 타브오너가 두려워했을 정도의 재능이라더군요."

"허어! 과연 마탑의 은빛 사신……."

"쿨럭!"

난 사레가 들어 기침이 튀어나오는 입을 가렸다.

마탑의 뭐? 은빛 뭐?

이건 케니스의 검은 사신과 달리 원작에서 들어본 적 없는 호칭이었다.

요즘 사신이 유행인가……?

이쯤 되니 황태자에게도 뭔가 있지 않을까 하는 의심이 들었다.

알고 보면 '제국의 황금 사신' 이런 거 아녀?

신명 나게 기침을 쏟아낸 뒤 기관지를 진정시키자, 시종의 우렁찬 목소리가 회장을 갈랐다. 힘찬 성량이 일러주는 건 페리도트 가넷의 입장이었다.

드디어!

나는 가넷 영애를 최대한 가까이서 보기 위하여 슬금슬금 입구 근처로 몸을 이동했다. 나만 그런 게 아닌지 한 무리가 단체로 위치를 바꾸는 게 보인다.

마침 페리도트가 제 기사의 에스코트를 받아 홀 안으로 사뿐사뿐 걸어 들어왔다.

'헐!'

그 순간 나는 꼼짝없이 망부석처럼 제자리에 굳었다. 라테의 몸은 눈이 좋은 편이었다. 전자 기기가 없어서 그런가, 지구의 기술로 시력을 재보면 2.0은 족히 될 것이다. 선명한 시야에 어느 정도 거리가 떨어져 있음에도 낱낱이 들어오는 페리도트의 외양이 잡혔다.

물결처럼 흐르는 반짝이는 금발, 영롱함을 뽐내는 호박색 눈동자, 모자람 없이 꿈결 같은 이목구비까지. 늘씬한 몸매에 풍만한 가슴을 자랑하며 차려입은 붉은 드레스는 만개한 장미 화원보다도 아름다웠다.

'어, 언니……!'

어서 제 통장에 빨대를 꽂으세요!

나는 적금 통장을 갖다 바치는 상상을 하다 퍼뜩 정신을 차렸다.

뭐, 뭐야? 진짜 심하게 예쁘다. 저렇게 예뻐도 되는 거야?

제국 제일미라고 불리는 것이 절로 납득이 갔다. 페리도트가 '나보다 못생긴 것들은 다 무릎 꿇어!'라고 외치는 순간, 물고기 세 마리를 제외한 모두가 납작해져야 할 것 같았다.

예쁜 게 유죄라면 무기징역 수준인데.

대단하다. 그리고 저렇게 예쁜 언니를 홀대하는 물고기 셋도 다른 의미에서 대단했다.

저런 존재감을 어떻게 공기 취급할 수가 있지? 하긴, 핵미남들의 심리를 내가 알 게 뭐람.

나는 기대 이상으로 예쁜 외모에 거듭 속으로 감탄을 연발하며 페리도트를 계속해서 살폈다. 그녀는 지금 같은 주목이 익숙하다 못해 지겹다는 표정으로 도도하게 눈을 내리깔고 있었다.

다시 봐도 인형처럼 곱다. 아니, 인형이 모자라.

만약 내가 원작의 내용에 무지했더라면 친해지고 싶어 안달이 나다가갔을지도 몰랐다.

질투도 적당히 예뻐야 하는 거지.

하지만 앞으로의 전개와 상대의 성정을 뻔히 아는 지금 페리도트에게 접근하는 건 '나 죽여줍쇼' 하고 불에 뛰어드는 나방이나 다를 게 없었다. 황홀한 미모와 달리 그녀의 행보는 꽤나 악독했으니까.

당장 떠오르는 것만 해도, 미약한 실수를 꼬투리 잡아 하녀에게 채찍질을 하거나 옷을 벗겨 내쫓고, 어떤 고용인은 혀가 잘리기까지…….

또 뭐가 있었지?

아무튼 눈독 들인 남자에게 다른 여인이 있다고 그 여인을 죽이려 드는 것부터가 정상은 아닐 것이다. 페리도트와 잘못 엮였다간 좋은 꼴을 보기 힘들었다. 이벨린이야 남주 실드가 빵빵하니 문제없다지만.

'저렇게 예쁜데.'

얼굴이 아깝다. 조금도 아니고 많이 아까웠다. 그런 생각을 하는 사이 시종이 황제와 황후의 등장을 알려왔다. 뒤이어 황태자도 함께.

아윈 때 한 번, 페리도트 때 한 번 술렁였던 회장이 세 번째로 동요했다.

"아앗, 빛이 걸어 들어와……!"

론드미오의 추종자 한 명이 가슴께를 부여잡았다.

와, 저 언니 굉장하네. 저런 대사를 드립이 아니라 진심으로 하다니.

재밌어 보여서 난 옆에서 슬쩍 거들었다.

"홀 안의 빛을 전부 빨아들이고 계셔……! 앗, 샹들리에가 초라함을 느끼고 움츠러들고 있어!"

이상하게 쳐다본다.

본인이 먼저 했으면서……. 그만해야지.

아쉬워하는데 문득 황태자와 눈이 마주친 것 같은 느낌이 들었다.

혹시 개드립 치는 걸 들었나? 뭐, 이 소란에서 그럴 리가.

정말로 이쪽을 쳐다보는 게 맞는지 확인하려 윙크를 찡긋 날리자, 존재감 없이 황태자의 곁을 지키고 있던 애꿎은 기사가 내게 답례의 눈짓을 보냈다.

오, 갓! 괜히 했네.

나는 이름도 모르는 사내에게 추파를 던진 찜찜한 기분을 안고 눈을 돌렸다. 마침 황제가 단상에 올라앉는다. 곧 중후한 목소리가 조용해진 좌중에 축제의 시작을 알리는 인사를 전해 왔다.

무표정하니 감흥 없는 얼굴로 인사 내내 옆자리를 지킨 황태자는 황제와 황후가 퇴장한 뒤에도 평소와 다르게 회장에 남아 있었다. 고개를 두리번거리는 폼이 누구를 찾는 티가 역력하다.

나야 그 대상이 이벨린이라는 걸 알고 있지만, 사실을 모르는 페리도트가 또각또각 황태자에게로 이동하는 게 보였다. 부채를 팔랑이며 도도하게 정면으로 다가간다. 마치 '당신이 찾는 사람 바로 여기 있어요'라는 듯.

아이고, 언니…… 아니야. 그거 아니야!

"오랜만에 뵙습니다, 전하."

"오랜만이군, 가넷 영애."

"어머나아, 그런 딱딱한 호칭은 싫어요……."

페리도트가 눈가를 접으며 교태를 부렸다. 어지간한 남자라면 간을 빼줘도 세 번은 빼줬을 눈웃음이었다.

그러나 황태자가 누군가. 남주인공이다. 론드미오는 웃으면서 그녀의 아양을 쳐 냈다.

"나는 좋소."

"……."

꿀 먹은 벙어리가 된 페리도트가 잠시 부채질을 멈췄다.

딱딱한 호칭은 싫어용. 어쩔, 난 좋은데.

여지도 없이 까인 꼴이었다. 황태자의 추종자라면 고소한 마음에 비웃음을 흘릴 법도 했으나, 상대가 상대인지라 영애들은 눈치만 볼 뿐 조용했다.

입을 다문 동안 상처 입은 자존심을 달랜 듯 페리도트가 재차 말을 꺼냈다. 부채가 다시 살랑거린다.

"호호, 여전하시군요."

"영애야말로."

들이대다 까인 것이 하루 이틀은 아닌 모양이다. 그래도 신비주의였던 황태자를 몇 번이고 만났었다니 조연들보단 낫다고 할까.

부채를 내려 입가를 드러낸 페리도트가 짙은 미소를 지었다.

"그런 모습에 더 안달이 나네요."

달콤한 음성이었다. 목소리마저 악기의 울음처음 듣기 좋았지만, 당연히 황태자를 흔들 순 없었다. 철벽남 론드미오는 그저 어깨만 으쓱할 뿐이었다.

안달이 나든가 말든가. 나랑 뭔 상관?

꼭 이리 말하는 작태에 페리도트의 웃는 얼굴에 금이 갔다. 그녀는 애써 태연을 가장했지만 미처 눈가가 떨리는 것까진 막지 못했다.

'감히 나를 밀어내?! 감히!'

나는 원작을 토대로 페리도트의 마음속 외침을 상상하며 아쉬운 손길로 주전부리를 찾았다.

이러니저러니 해도 팝콘만 한 게 없는데.

팝콘이 어서 황성에 연회 음식으로 납품되었으면 좋겠다. 난 가능성 없는 바람을 품으며 별 모양 설탕 과자 하나를 입에 넣었다.

아이쿠! 핵달아!

"그래도 전하, 이것만은 기억하여 주세요. 낯선 땅에서 보낸 이 년 간의 유학 생활……."

다시 태세를 가다듬은 페리도트가 그윽한 눈길을 보냈다. 그녀의 눈빛이 내 입안에 맴도는 설탕 과자의 흔적보다 달게 보였다.

물기를 머금은 촉촉한 호박색 눈동자가 오로지 론드미오만 그 속에 담는다.

"그 힘든 시간을 소녀가 누구를 떠올리며 버티었는지……."

그러곤 수줍은 듯 맞추고 있던 눈을 내리깐다. 나비의 날개처럼 연약해 보이는 긴 속눈썹을 한차례 파르르 떤 페리도트가 부채로 얼굴을 가렸다.

애교 떨며 유혹할 땐 언제고 이젠 또 부끄러워 어쩔 줄 몰라 하는 순진한 소녀를 가장한다. 오히려 그러한 모습이 한층 더 그녀를 사랑스럽게 만들었다. 상대를 향한 마음이 앞서 저도 모르게 도발적으로 나가 놓곤, 뒤늦게 어찌할 바 몰라 수줍음에 떠는 순진무구한 소녀 같달까.

그 자태가 그녀의 화려한 외모와 대비되어 딱…… 전문용어로…… 갭 모에! 그래, 지금 페리도트는 갭 모에가 쩔었다. 벌써 주변 영식들 여럿이 헤롱거린다.

물론 개네는 개네고, 론드미오가 꿈쩍할 리 없다. 그는 귀찮은 얼굴로 이 상황을 빠져나갈 핑계를 찾듯 다른 곳에 눈길을 주었다.

'알게 뭐야. 너네 집 개라도 떠올렸나 보지' 하는 속마음-원작 토대-을 꺼내지 않은 건 그 나름대로 후작 영애를 향한 배려일 것이다.

사위를 두리번거리던 황태자가 마침 흥미진진하게 상황을 구경하고 있던 나와 눈을 마주쳤다.

"……."

음…….

착각이나 자의식과잉으로 치부하기엔 마주해 있는 시간이 길다. 혹시 먼저 눈을 깜박이면 지는 걸까?

그런 생각을 하는데 황태자의 입이 열리는 게 언뜻 보였다.

……뭐? 님 혹시 나한테 말 걸려고? 페리도트가 옆에서 눈을 시퍼렇게 뜨고 있는데?

"이……."

"아아, 머리야! 왜 이렇게 머리가 아프담……. 당장 찬바람을 쐬지 않으면 죽을 것만 같아!"

도와줘요, 연기 웨건!

난 혼신의 힘을 다해 두통에 찌든 환자를 연기하며 자연스럽게 비틀거렸다. 그러면서 어지러운 걸음으로 빠르게 자리를 벗어난다.

친다, 도망! 위해서, 생존!

페리도트와 황태자의 눈에서 일단 벗어나야 했다.

저 인간은 이벨린이랑 같이 있을 땐 내가 보일락 말락 투명인간 정도로 비치는 모양이더니 이럴 땐 또 기가 막히게 찾아낸다.

짜샤, 내 목숨은 소중해요!

난 근처를 훑다 커튼이 쳐지지 않은 테라스로 홀랑 들어갔다. 문을 열고 들어가 안에 사람이 있음을 나타내는 커튼을 확 치고 나서, 난 눈에 보이는 의자에 털썩 걸터앉았다.

하마터면 일 날 뻔했네.

페리도트를 더 구경할 수 없는 건 아쉽지만, 그녀에게 찍히는 것보다야 백배 나았다. 이벨린이 회장 안에 나타날 때까진 여기에 조용히 짜져 있어야겠다.

머리카락을 간질이는 밤바람이 차다. 난간으로 둘러진 야외 테라스는 어둠이 내려앉은 정원을 여과 없이 내게 보여주고 있었다. 밝게 뜬 달빛과 회장의 불빛이 사물을 분간토록 돕는다.

나는 몸을 일으켜 난간에 가까이 다가갔다. 허리께를 조금 넘어 올라오는 구조물을 잡고 경치를 눈에 담았다. 2층의 테라스는 지상에서 썩 높이 올라 있진 않았지만, 그래도 한눈에 꽤 너른 풍경을 살필 수 있었다.

그러고 보니 지금쯤 이벨린이 정원에서 아윈을 만났으려나?

생각하기가 무섭게 꽤 떨어진 곳에서 인영 한 쌍이 얼핏 부스럭거렸다.

어라, 혹시? 거리가 거리인지라 생김새까지는 확인할 수 없었지만 어째 느낌이 묘한 게…….

그 순간 내 몸이 갑자기 바닥에서 붕 떠올랐다.

어? 어어?

생소한 부유감이 몸을 감쌌다. 난 플라이 스크롤은 써본 적이 없었다. 난데없이 중력이 사라진 몸뚱이가 둥실 떠오르더니 그대로 허공을 이동하기 시작한다.

뭐…… 뭐야 이거!

당황해서 수족을 휘저어 봐도 둥실둥실 공중을 가르는 것은 그대로였다.

아, 설마…….

"라테!"

혹시나 싶었던 곳에 가까워지자 익숙한 목소리가 나를 반겼다.

으응, 이벨린 하이.

그 옆에는 아니나 다를까, 아윈이 예의 천사 같은 미소를 띠고 서 있었다.

"왕따처럼 혼자 있기에 불쌍해서."

어, 그래…… 그것 참 고맙구나…….

날 부유 마법으로 보쌈해 여기로 데려온 이유가 어찌나 감격적인지 눈물이 다 날 지경이다. 둘만의 오붓한 시간에 왜 나 같은 불청객을 굳이.

몸 둘 바를 모르고 그대로 허공에 둥둥 떠 있자니 문득 발밑의 허전함이 한층 생생하게 느껴졌다.

음, 나 슬슬 내려갔으면 하는데…….

"저기, 나 지상이 그리워서……. 이제 좀 내려주지 않을래?"

"……."

"이보세요? 나 발에 뭐가 좀 닿았으면 좋겠거든요?"

대답 좀 해라, 개놈아.

뭔가를 골똘히 생각하는가 싶던 아윈이 살짝 턱짓을 했다. 그러자 내 몸이 더욱 높게 솟구친다.

아니, 뭐야! 또라이가 내려 달랬더니!

한결 작아진 아윈이 저 밑에서 내게 말했다.

“놀아줄게.”

“뭐? 저기…… 마음은 고마운데 대단히 필요 없…….”

“고객님한텐 선택권 없는데?”

미친, 강제 플레이……!

제발 그 놀이라는 게 고객님 조각조각 땃따따만은 아니길 바랄 뿐이었다.

아윈아, 알고 있겠지만 죽으면 놀이를 할 수가 없어요, 응? 네가 좋아하는 그 광대짓(?)도 내가 살아 있어야 볼 수 있단다?

순간 내 몸이 공중에서 아래로 곤두박질쳤다. 아니, 잠깐…… 세상에! 오, 갓! 나 설마 이대로 추락사 엔딩……?!

응?

지면에 가까워지자 우뚝 멈췄다. 그러더니 다시 위로 붕 상승한다. 그리고 재차 떨어지고, 도로 붕, 떨어지고 붕…….

‘……비행기?’

떴다 떴다 비행기?

기억도 안 나는 까마득한 어릴 적, 비행기를 태워준다며 삼촌이 아장거리던 나를 허공에 던졌다 받았다 했던 것이 떠오른다.

스케일은 비교가 안 되지만 어떻게 생각하면 이건 그때 그 놀이의 연장선이나 다름없었다.

와, 나 당시 그거 진짜 좋아했었는데.

까르륵까르륵 하며 즐기다 마침 멀리 있던 어머니께서 그걸 발견하시고 한달음에 달려와 삼촌의 등짝에 필살 108 나찰 후리기를 자비 없이 퍽퍽…….

코가 시큰해지는 몇 안 되는 좋은 기억이었다.

너무 옛날 추억이 떠올랐어. 아, 눈물 난다. 근데 아윈은 설마 이걸 나더러 무서워하라고 해주는 건가?

난 속으로 피식 웃었다. 저 상공까지 올리면 모를까 공포에 떨기엔 왕복 높이가 너무 낮았다. 내가 번지점프도 곧잘 즐기던 인간이라 그렇기도 하지만.

나는 괜히 솔직하게 '이거 재밌기만 하구먼, 껄껄껄!' 하고 반응했다가 한층 가혹한 놀이형(?)에 처해지는 걸 방지하고자 거짓으로 무서움을 연기했다.

꺄악, 무서워! 살려줘! 꺄아악! 너무 무서워!

"고객님."

"꺄아…… 응?"

"무섭다면서 입은 웃고 있네?"

이, 이런. 내가 그런 초보적인 실수를.

낭패라는 얼굴로 내려다보자 아윈은 의외로 나를 휭황홍황시키던 걸 멈추고 순순히 바닥으로 내려주었다. 왠지 오랜만인 것 같은 단단한 지면이 발바닥에 닿는다.

나는 땅에 발을 디디고도 혹시나 '이제 조각조각 땃따따 타임'이라고 하는 건 아닐까 싶어 긴장한 채로 아윈의 눈치를 살폈다. 다행히 아윈은 그럴 생각까진 없는지 조용했다.

휴, 살았네. 하긴, 안 죽인댔지.

그러고 보니 참, 이벨린도 함께 있었다. 나는 재빨리 믿음직한 프렌드 실드에게 다가가 찰싹 붙었다.

"이벨린!"
"라테, 괜찮아요?"
"네, 뭐……."
마치 괴롭힘당하고 엄마한테 쪼르르 가 이르는 어린애가 된 기분이다. 물론 괴롭기는커녕 다시 하고 싶을 만큼 재밌었지만. 오히려 혹시 몰라 치맛자락을 붙잡고 있는 게 힘이 더 들었다. 누운 자세로 떨어지느라 크게 펄럭이진 않았지만.
이벨린은 나를 토닥이더니 과거 케니스에게 그랬던 것처럼 아윈을 나무랐다.
"아윈, 그러지 좀 말고 소중히 대해 줘. '내' 친구잖아."
어째 조금 묘한 느낌이 드는 대사였다.
내가 예민한가?
아윈은 나를 흘긋 보더니 도로 이벨린과 눈을 마주쳤다.
"네가 마음에 드는 건 사실이지만, 이벨린."
내숭에 의한 것일 미소가 오늘따라 어딘가 미묘했다. 아윈이 말을 잇는다.
"나에게 너무 많은 걸 바라지는 마."
아니, 야! 뭘 그렇게 많이 바랐다고. 그냥 조연 좀 괴롭히지 말라는 것 가지고 쩨쩨하기는.
아윈의 말은 어딘지 모르게 경고성을 띠고 있었다. 이벨린이 대꾸없이 입을 다무는 게 보인다.
나는 애매한 분위기 속에서 미간을 약간 좁혔다. 생각해 보니 얘가 원작에서도 이벨린한테 이렇게 나왔던가? 그랬을 리가.
황태자와 케니스가 쓸개라도 빼줄 것처럼 어화둥둥 하는 판국에 저 혼자 이리 굴었다간 경쟁력이 엉망이 될 게 뻔하다.

근데 얘 지금 왜 이래?

“아무튼, 회장으로 들어가야 한다고 그랬지? 가자.”

위화감이 감도는 불편한 침묵을 깬 아윈이 나와 이벨린을 텔레포트로 이동시켰다. 뒤이어 본인도 회장에 나타난다.

난 고개를 돌려 아윈이 등장한 자리를 확인하고 눈을 껌벅거렸다. 공교롭게도 페리도트의 바로 정면이었다. 심지어 거리도 가깝다.

어쩜 이런 타이밍이?

“……!”

페리도트의 동공이 흔들리는 게 여기서도 보인다. 호박색 눈동자가 아윈에게 꽂힌 채 움직일 줄을 몰랐다. 하긴, 저런 얼굴을 보고도 평정심을 유지하려면 장님이거나 여주인공이거나 뭐…….

나만 해도 여기가 소설 속인 걸 몰랐더라면 지금쯤 ‘마탑주를 사랑하는 사람의 모임’ 따위에 가입해 있었을지도 모른다.

플래카드를 흔들며 ‘탑주 오빠 사랑해요’를 외치고 다녔을지 누가 알까. 아무렴, 남자 코피도 터뜨리는 위인인데.

은근 동네북인 악녀 언니가 아윈에게도 연타로 공기 취급을 당하는 걸 구경하고 있을 때였다. 이벨린이 내게 말을 걸었다.

“라테, 미안해요. 괜히 저 때문에…….”

“네?”

뜬금없는 사과다. 고개를 갸웃하자 이벨린이 이어 말했다.

“조금 전에요. 제가 아윈에게 부탁하지만 않았어도…….”

“테라스에서 저 꺼낸 거요?”

“네, 제가 청했었거든요. 라테가 보여서 그냥 반가운 마음에.”

"그래요?"

그랬구나. 어쩐지 아윈이 뭣하러 이벨린과의 둘만의 시간에 조연을 데려다 끼얹었나 했다.

자식, 여주인공 말 잘 듣네? 아깐 왜 그랬대?

나는 고개를 끄덕이며 대수롭지 않게 말했다.

"이벨린 눈 좋네요."

"……네, 뭐. 눈에 띄어서."

생각 없이 던진 말인데 대답까지의 텀이 묘하게 길었다. 널린 금발에 유행하는 몰개성 드레스 차림이었는데도 눈에 띄었다고 말해주는 립 서비스야 고맙지만. 나는 그 간극에 대해 굳이 생각하지 않기로 하고 손을 내저었다.

"사과할 필요 없어요. 팔 하나 잘린 것도 아니고 뭐, 어때요. 그리고 아윈이 저한테 막 구는 것도 일부러 신경 쓰지 않아도 돼요. 솔직히 이벨린 탓도 아니잖아요?"

"하지만……."

이벨린은 뭔가를 더 말하고 싶은 눈치였으나, 이내 주저하던 것을 삼키고 알겠다며 긍정의 답을 내놓았다. 저번에도 느꼈지만 이벨린은 물고기의 행동에 과한 책임감을 느끼는 것 같았다. 본능적으로 스스로가 어장의 주인임을 깨닫고 주인 된 바로서 물고기들의 행실을 단속하고자 하는 걸까?

허헛, 설마.

이벨린의 설정은 '천사표 여주인공'이었다. 그래서 그런가 보지.

회장 안에 흐르던 선율이 변했다. 바뀐 악단의 연주가 청춘 남녀들에게 춤 한 곡씩을 권하듯 리드미컬하게 흘렀다. 마침 황태자가 만인의 주목을 받으며 뚜벅뚜벅 이쪽으로 걸어오고 있었다. 제비 꼬리처럼 뒤가 갈라진 푸른색 연미복이 근사하게 그를 감싸 빛낸다.

이벨린을 발견한 황태자의 표정이 전보다 한층 밝게 펴졌다. 나는 그가 가식이 아닌 진짜 미소로 이벨린을 향해 손을 내미는 것을 보다 페리도트에게로 고개를 돌렸다.

역시나 충격을 거나하게 먹은 그녀가 돌처럼 굳어 둘에게 시선을 못 박고 있었다. 철옹성처럼 제 작업을 튕겨내던 남자가 웬 듣도 보도 못 한 영애에게 먼저 춤추자며 들이대고 있으니 머리가 띵할 수밖에.

올해의 에이레네의 밤은 아마 페리도트에게 최악의 축제로 기억될 것이다. 얘한테도 까이고, 쟤한테도 까이고. 아주 동네북이네, 쿵퍽쿵퍽.

나는 페리도트를 담았던 시야를 이번엔 아윈에게로 옮겼다. 언제 의자에 앉았는지 상체를 느긋하게 뒤로 젖혀 벽에 기댄 자세로 아윈이 홀 중앙을 응시하고 있었다.

마침 황태자와 이벨린이 음악에 맞춰 춤을 추기 시작한다. 소란스럽던 연회장이 어느 순간 둘만의 무대로 변했다. 원스텝, 투스텝. 두 사람의 동작이 마치 사전에 맞춘 것처럼 자연스레 어우러진다. 빠르진 않지만 우아한 몸짓이 물 흐르듯 회장의 선율에 따라 움직였다. 황태자야 말할 것도 없고 이벨린도 지금 보니 춤 실력이 꽤나 수준급이었다.

원래 허둥대다 발도 살짜쿵 밟아주고 그 모습에 남주인공이 빵 터지며 귀엽다 생각하고 뭐, 그래야 하는 거 아닌감?

기억을 더듬어 보니 이벨린이 춤추다 상대의 발을 밟는 장면이 원작에서 한 번은 나왔던 것 같은데, 지금은 아닌 듯 그녀는 제법 능숙한 춤 솜씨를 보여주고 있었다.

아윈은 그 광경을 무슨 생각을 하는 건지 모를 표정으로 여전히 응시하느라 바빴다.

빡친 걸까? 그건 아닌 것 같은데.

지금 아윈의 얼굴에선 질투나 라이벌을 향한 경계, 적의 이런 것들을 조금도 찾아볼 수 없었다. 물론 표정 하나로 내가 아윈의 내면까지 읽을 수 있는 건 아니었지만 일단 겉보기엔 그랬다.

궁금하네. 찔러서 물어볼까?

소설의 전개를 따른다면 이번 에이레네의 밤은 아윈이 이벨린에게 보다 집착하는 계기가 되어야 했다. 그건 비단 아윈뿐만 아니라 다른 물고기들도 마찬가지였다.

셋은 오늘의 연회와 이어질 저잣거리의 축제를 통해 서로가 여주인공을 사이에 둔 연적임을 깨닫게 된다. 모름지기 나만 탐내는 상품보다 남도 원하는 상품이 한층 매력적이게 마련. 그렇게 이벨린을 향한 물고기 셋의 마음은 더욱 깊어지고 만다.

'그래야 하는데.'

알쏭달쏭하다. 아윈이 원래 원작에서도 제 마음을 가장 늦게 자각하는 편이긴 했지만, 좀 전 정원에서 보여준 모습은 역시 좀 의아했다.

라이벌들은 간 쓸개를 다 빼다주는 판에 저 혼자 뭔 경고를 하고 앉았대? 라이벌이 있는 걸 그땐 몰라서 그랬나? 그래도 뭔가…… 흐으으음.

그런 생각을 하며 고개를 갸웃하는데 마침 아윈과 정통으로 눈이 마주쳤다.

노, 놀래라! 안 그래도 딱 지 생각하고 있었는데.

놀람과 찔림에 그대로 굳자 아원이 말을 걸었다.
“고객님, 뭐 해?”
“……뭐가?”
“목이 꺾였네? 천장에서 뭐 맞았어?”
뭐? 쟤가 갑자기 뭐래는 거야? 멀쩡한 사람 목이 왜 꺾…… 아.
무슨 얘긴가 했더니 내가 고개를 기울이다 말고 멈췄다는 게 문득 생각이 났다. 나는 아무렇지 않게 고개를 멀쩡히 되돌린 뒤 그 상태에서 자연스럽게 반대편으로 젖혔다.
“목운동 중이야, 목운동. 목 건강을 위해선 주기적인 운동이 필수라고나 할까.”
나도 내가 뭔 소리를 지껄이는지 모르겠지만 일단 나오는 대로 뱉고 있는데, 잠시 잊고 있었던 페리도트 생각이 불쑥 머리를 때렸다.
황태자만 피한다고 되는 게 아니다. 아원이랑도 친한 척하면 안 되잖아! 실제로도 별로 친한 건 아니지만, 어쨌든 그렇게 보이는 건 조심해야 했다. 적어도 페리도트의 앞에서는 무조건.
“갑자기 쫄았네?”
생각보다 아원은 관찰력이 좋은 것 같았다. 나는 페리도트가 황태자와 이벨린에게 정신이 팔려 이쪽을 전혀 신경 쓰지 않는 걸 확인한 후 조금씩 아원과 거리를 벌렸다.
“알면 말 걸지 마.”
“고객님 춤 잘 춰?”
“개 뜬금없네……. 나 댄스 대륙 서열 0위야. 그리고 말 걸지 마.”
“뭔진 모르겠지만 잘 춘단 소리지?”
“어어, 나 귀족 지위도 댄스 배틀로 땄어. 그러니까 말 걸지 마.”

아윈이 거는 말을 무시할 담력은 없었다. 대충대충 입이 나불대는 대로 대답하며 나는 인파가 가장 밀집된 공간으로 재빠르게 발을 놀렸다.

황태자와 이벨린을 넋 놓은 듯 쳐다보는 구경꾼들 사이로 몸을 우겨넣고 나자 비로소 마음의 평화가 찾아오는 느낌이 들었다.

아윈은 꾸물꾸물 도망친 내게서 관심을 거두고 다시 중앙을 바라보고 있었다. 나도 관람객들 사이에 낀 마당에 주인공들이나 마저 구경할까 싶어 홀 중앙으로 눈을 돌렸다.

황태자의 손을 잡고 이벨린이 선 자리에서 한 바퀴 몸을 회전한다. 그녀의 눈동자와 어울리는 녹색 드레스가 동그란 원을 그리며 예쁘게 팔락였다.

아유~ 고와라.

“아아, 너무 아름다워. 잘 어울린…… 아, 아냐! 전하께선 그 누구의 것도 될 수 없어! 감히! 하지만 보기 좋…… 그렇지 않아!”

예쁘다고 느낀 건 나뿐만이 아니었는지 옆에서 웬 영애가 자아분열을 겪고 있는 게 보였다.

론드미오 추종자인가 본데…… 거, 애잔한 친구일세.

이벨린은 평소보다 유독 반짝거리며 빛나고 있었다. 여주인공 버프라고나 할까.

예쁘긴 하지만 미인이 별처럼 많은 이곳에서 이벨린은 외모 하나로 주목받을 정도는 아니었는데, 지금처럼 중요한 순간이 되면 마치 기다렸다는 듯 반짝반짝 특별한 매력을 뽐냈다. 그 때문에 그린 듯한 환상적인 미녀 페리도트보다도 이벨린이 황태자와 더욱 잘 어울린다는 평가를 극 중반쯤이 되어 받기도 한다.

그런 사실을 떠올렸을 무렵 춤이 끝났다. 수많은 이의 주목 속에서 춤을 마친 둘이 서로의 눈을 말없이 마주하고 있었다. 위치상 이벨린의 얼굴은 보이지 않았지만, 황태자의 표정만큼은 똑똑히 시야에 들어왔다. 사랑스러운 연인을 바라보듯 따스한 눈빛과 미소.

누가 봐도 이벨린은 황태자의 '특별한 사람'이었다.

"아아!"

"바수니야 영애!"

왠지 이름부터가 황태자의 극성팬일 것만 같은 영애가 이마를 짚으며 뒤로 넘어갔다. 맥없이 쓰러지는 그녀를 일행인 듯한 이들이 받쳐 주는 게 보인다. 곧이어 회장 바깥으로 실려 나가는 소녀의 자태를 눈에 담으며 나는 새삼 황태자의 영향력을 실감했다.

장난 아니네. 잘 보니 저기서도 쓰러지고, 저어기서도 쓰러지고……. 허어, 살상 무기야?

페리도트 또한 분을 참지 못하겠는 듯 부들거리더니 이내 몸을 돌려 회장을 빠져나간다. 퇴장하면서 순간이지만 아윈에게 눈길을 주는 것이 아까 잠깐 새 관심이 확실히 생긴 모양이었다.

조만간 어떻게든 접근해 보려 하겠구먼.

죄 많은 남자 론드미오는 주변이 요렇게 돌아가든지 저렇게 돌아가든지 신경 쓰지 않고 이벨린만 뚫어져라 쳐다보다, 이내 몰려든 고위 귀족 자제들에게 둘러싸여 그들의 인사를 받아주는 처지가 되었다.

의도치 않게 사람의 벽이 생기자 이벨린이 황태자와 떨어져 잠시 혼자 남겨진다. 아윈은 이벨린을 지켜보고는 있었지만, 사이의 거리가 좀 되었던 터라 얼핏 보면 그녀는 완전히 홀로 서 있는 것 같았다.

그 순간 누군가 슬금슬금 이벨린에게로 접근하는 폼이 시야에 걸렸다. 오른손에 곱게 샴페인 잔을 들고 어쩐지 수상한 발걸음으로 이동하는 인영은 유감스럽게도 내가 몹시 잘 아는 인물이었다. 붉은빛을 약하게 띠는 갈색 머리, 콧잔등의 주근깨를 화장으로 가렸을 동글한 얼굴.

……카노? 내-거의 없는-친구 카노잖아? 아깐 찾아도 안 보이더니 이렇게 발견하는구나. 근데…….

난 미간을 좁혔다. 평소와 어울리지 않는 카노의 낯선 표정에 순간 불안감이 확 엄습한다.

표정이 왜 저렇게…… 구려?

침잠된 카노의 낯빛에선 흡사 증오마저 비치는 것 같았다. 부정적인 기운이 넘실거리는 어두운 얼굴로 점차 이벨린에게 가까워진다.

설마, 저거…….

머릿속에 떠오르는 최악의 가정에 내가 반사적으로 소리쳤다.

"카노!"

안 들리나?

미동도 없다. 나는 초조한 얼굴로 카노를 응시하며 그녀를 향해 발을 놀렸다. 카노의 손에 들린 샴페인은 아무리 좋게 생각해도 '나의 이 샴페인을 봐줘! 어떻게 생각해?' 하는 품평이 목적으로는 보이지 않았다. 같이 한잔하며 친해지기 위한 용도는 더더욱 아닐 것이다. 그건 이벨린을 노려보는 카노의 악의적인 눈빛만 봐도 충분히 알 수 있었다.

너…… 지금 그거 끼얹으려는 거니? 미친!

남주인공이 여주인공을 얼마나 아끼는지, 애지중지하는지를 보여주기 위한 장치로 뇌 텅텅 조연들이 쓰이는 건 따분할 정도로 흔한 일이었다. 그네들은 정신이 나간 듯 남주인공들이 눈을 시퍼렇게 뜨고 지켜보는 상황에서도 기어코 여주인공에게 다가가 일을 저지르곤 한다. 폭언을 내뱉으며 손찌검을 한다든지, 멀쩡한 음료수를 갑자기 상대에게 끼얹는다든지 하는 게 대표적인 행동이었다. 그러곤 당사자보다 열 배는 분노한 남주인공에 의해 이미 끝난 인생으로 질질 끌려 퇴장. 그게 일반적인 그들의 말로였다.

그 1회용 단발성 악역을 지금 다른 사람도 아닌 카노가 맡으려고 하고 있다니! 환장하겠네, 진짜!

내가 기억하는 카노는 분명 순하고 내성적인 성정이었다.

저럴 애가 아닌데 왜 저래? 사랑의 힘이야? 그래?

나는 걸음에 박차를 가하며 아윈을 힐끗거렸다. 눈길이 여전히 이벨린을 향해 있었다.

안 돼! 진짜 안 된다. 백번 양보해 황태자라면 몰라도 아윈 눈앞에서 일이 벌어지는 것만큼은 무슨 수를 써서라도 막아야 했다. 재가 개입하면 정말 죽는다.

샴페인 좀 뿌렸다고 죽어!

내 발걸음은 초조한 마음만큼 빠르지 못했다. 그사이 카노가 이벨린의 바로 앞까지 도착한 게 보인다.

오, 갓! 할 수 없지.

나는 있는 힘껏 몸을 날렸다.

"가, 감히 당신이 황태자 전하를…… 컥!"

"꺄악!"

퍽! 우당탕.

카노와 내가 요란한 소리를 내며 바닥으로 나뒹굴었다. 지척의 영애가 깜짝 놀라 비명을 지른다. 급한 마음에 자리에서 도약해 카노의 허리를 부여안은 것까진 좋았는데, 반동이 너무 셌다. 나는 카노의 허리께에 매달려 그녀와 함께 바닥을 두 바퀴쯤 굴러야 했다.

후후, 사실 이것은 바로 신개념 바닥 드레스 청소! 청소의 요정인 내가 더러움을 참지 못하고 봉사 정신으로 무료 청소를 해준 것이지!

……는 개뿔. 샴페인 때문에 더 엉망이다. 머리와 등이 축축한 것이 넘어지면서 잔 안의 내용물을 내가 고스란히 뒤집어쓴 모양이었다.

나는 팔에 힘을 주어 자빠져 있던 바닥에서 몸을 일으켰다. 힐끗 살핀 이벨린은 다행히 몸이며 드레스며 얼룩 하나 없이 멀끔한 형편이었다.

휴, 살았다. 카노 살았어…….

난 안도의 한숨을 내쉬며 널브러진 채 얼이 빠져 있는 친구를 잡아 일으켰다.

으억, 내 삭신.

“라, 라, 라, 라테?”

카노는 어지간히 놀랐는지 내 이름 하나를 길게도 더듬었다.

그래, 너의 충격을 이해한단다. 갑자기 제 친구가 몸까지 던져 자길 공격했는데 그럴 만도 하지. 사실 지켜준 거지만. 그나저나 너 살 빠졌더라?

나는 완전히 몸을 일으킨 카노의 귓가에 대고 짧게 속삭였다. 이곳에서 내 행동에 대한 자초지종을 설명해 줄 수는 없었다. 벌써 이목이 집중되고 있다. 빨리 데리고 나가야지.

“사정이 있으니까 일단 잠시만 나한테 맞춰줘.”

"뭐, 뭐?"

"흐으윽! 나 아까부터 널 계속 찾았어!! 보고 싶었어!!"

나와라, 눈물! 한다, 연기!

"나한테 그런 일이 일어나다니……! 소식을 듣자마자 너무 충격이어서…… 네게 먼저 말해주고 싶었어!! 여기서 만나서 정말 너무 다행이야!!"

"무……."

"물론, 넌 많이 놀랐겠지!! 내가 멋대로 가만히 있는 네게 달려들었으니까!! 너무 반가운 마음에 그만 나도 모르게!! 다 내 잘못이야!! 하지만 내 이야길 들으러 와줄 거지? 넌 착하니까!! 흑흑!"

난 부지런히 소리를 지르며 카노를 출입문으로 이끌었다. 물론 나도 함께. 나는 이 소란에서 사람들의 기억에 남는 게 나 혼자이기만을 바랐다. 이쯤 난리를 치면 다들 카노는 까먹고 나만 인상에 남겨 떠올리지 않을까? 저들 중 한둘쯤은 카노가 샴페인을 들고 이벨린을 쏘아보며 다가가는 걸 목격했을지도 모른다.

그거 잊어! 대신 내 생쇼를 기억해! 날 기억해 줘!

나는 여차하면 이벨린 실드가 있다. 추가로 황녀 언니의 넘치는 총애도 있었다. 연회에서 소란을 피운 책임을 물게 되더라도 큰 문제는 없을 것이다. 더욱이 가장 중요한 건 내가 사교계에 딱히 미련이 없다는 사실이었다. 소문이 뭐라고 나든 상관없다.

'어머, 저 영애가 바로 그 추한 날다람쥐…… 수군수군' 오케이! 괜찮!

애초에 원작의 사건들을 구경하겠다는 의도가 아니었다면 발길도 안 했을 세계였다. 카노와는 사정이 많이 달랐다.

아, 다 떠나서 내가 발이 조금만 더 빨랐다면 이 사달은 없었을 거 아냐! 오늘부터 달리기 연습을 해야겠다. 스피드 스텟을 높일 테야.

"후우, 나왔다."

"지, 지금 이게 도대체……."

"사람 없는 데로 가자."

건물 안은 인적이 없을 만한 구석을 찾기가 쉽지 않았다. 게다가 오늘처럼 연회가 있는 날은 사용인들이 보다 분주하게 움직인다.

나는 회장을 벗어나자마자 입을 닫고 얌전한 목소리로 카노를 이끌었다. 역시 정원이 제일이지.

달빛이 밝아 다행히 정원 안쪽까지 들어갈 수 있었다. 나는 사람이 앉을 만한 평평한 돌을 발견하곤 카노를 그곳에 앉혔다. 나도 옆에 자리를 잡고 나자 몸에 힘이 풀린다.

내가 저질렀지만 뭔 일이래, 이게.

"라테, 대체……."

"카노."

나는 몸을 돌려 카노를 똑바로 응시했다. 카노와는 오래 알고 지낸 만큼 정이 꽤 들었다. 이름만 아는 데면데면한 영애였다면 이벨린에게 시비 털다 아윈에게 죽든 말든 나서지 않았을 것이다. 속으로 명복 정도는 빌어줬겠지만.

난 잠시 말을 고르다 입을 열었다.

"너 조금 전에 샴페인 끼얹으려고 했지, 도트 영애한테?"

"그……."

카노가 흠칫 놀란다. 내가 빠르게 말을 이었다.

"왜 그랬어? 그런 짓은 하면 안 된다는 도덕적인 질책을 하고 싶은 게 아니야. 회장에는 마탑주도 있었어. 너도 알잖아, 소문."

제게 반대하는 마탑의 수뇌부를 마탑주가 손짓 하나로 몰살시켰다는 얘기는 이미 유명한 사실이었다. 그가 사람을 죽일 때 성별, 신분을 가리지 않는다는 건 귀가 열린 이들이라면 다 알았다.

"이벨린 도트는 마탑주가 마음에 두고 있는 상대야. 카노, 네가 무슨 짓을 하려고 했던 건지 이제 좀 이해가 돼?"

내 말을 알아들은 카노가 파랗게 질린 얼굴을 했다.

그래, 너 쓱싹 될 뻔했어! 쓱싹!

나는 한숨을 한 번 더 쉬었다. 이제 설득할 시간이다.

"나도…… 내가 왜 그러려고 했었는지 모르겠어. 그냥 갑자기 질투에 눈이 멀어서……."

"카노."

"으응?"

"예전에 로맨스 소설 읽은 적 있지? 거기 남자 주인공이 유독 멋있다고 좋아했었잖아."

"응…… 그랬지."

"황태자 전하를 그 남자 주인공이라고 생각하면 안 될까?"

"어?"

"볼 수는 있지만 다가가거나 만질 수는 없지. 그리고 짝도 이미 정해져 있어. 카노, 황태자는 우리완 인연이 없는 존재야. 그 남자 주인공처럼."

완전 사실이지만 비유인 척 이야기했다.

크으, 나만 아는 이야기……!

카노의 눈이 떨린다.

"어차피 안 될 사람이야. 질투도 하지 마. 그건 그냥 소설처럼 그들의 정해진 이야기라고 생각하자. 우리는 관전자고, 그들과 상관없는 우리의 삶을 사는 거지."

"……."

"그냥 다른 세계 사람이라고 여기면 편하지 않을까? 솔직히 생긴 것도 우리랑 같은 종족처럼은 안 생겼잖아."

카노는 한참 대꾸가 없었다. 그러나 그렇다고 내 말에 반발하는 기색도 아니었다. 그녀는 고민이라도 하듯 긴 시간 말을 아끼다 마침내 입을 열었다.

"라테는……."

"……?"

"라테 너는 황태자 전하를 봐도 아무 느낌도 안 들어? 꿈에 그리던 왕자님을 만난 것처럼 가슴이 뛰거나 하지 않아?"

"난……."

말이라고. 당연하지.

황태자는 굳이 직유하자면 내게 잘생긴 베개 같은 존재였다. 그 뭐야, 사람 사이즈로 캐릭터가 인쇄되어 있는 베개. 그걸 보고 사랑에 빠진다면 그냥 자살하는 편이 나았다.

"나는 원래 다른 종족한텐 안 설레."

그 순간 카노는 뭔가 강하게 깨달은 얼굴을 했다.

회장에 소란이 일었다. 사용인들이 오래 걸리지 않아 바닥의 얼룩

을 말끔하게 치웠지만 여파는 여전히 자리에 남아 있었다. 소란을 목격했던 이들이 저마다 목소리를 낮춰 숙덕거렸다.

"방금 무슨 일이래?"

"몰라. 누군데?"

문제로 삼으려면 삼을 수 있었다. 잠깐이었지만 굳이 책임을 씌운다면 '연회를 엉망으로 만들었다'며 죄를 물을 수도 있을 것이다. 반면 그냥 넘어가고자 하면 소음 없이 덮을 수도 있었다.

저를 둘러쌌던 인사들이 방금의 소동에 정신이 팔린 사이 황태자는 자리를 옮겨 이벨린에게로 다가갔다. 자세히는 보지 못했지만 난리는 바로 그녀의 지척에서 터졌다.

대체 무슨 일인가.

순간, 발을 막는 이가 있었다. 황태자는 제 앞을 가로막은 상대를 응시했다. 저 붉은 눈을 마주하는 건 이번이 처음은 아니었다. 황실과 마탑의 교류가 전무하진 않았으니까. 그러나 이런 구도는 생경했다.

내게 할 말이라도 있나?

"용건이라도?"

그는 첫 대면에선 마탑주에게 반경어를 사용했었다. 그러나 상대가 꾸준하게 말을 놓자 그도 어느 순간부턴 예의를 버렸다. 저 새끼는 대우해 줄 만한 놈이 아니다.

"문제 삼지 마."

상대에게서 흘러나온 건 속삭이듯 낮은 목소리였다. 작았지만 론드미오에겐 똑똑히 들렸다. 그는 목적어가 생략된 아윈의 문장을 해석하고 묘한 감흥을 느꼈다.

끼어들 줄 몰랐는데.

라테가 저지른 소란은 황태자만 입을 다물면 없던 일로 넘길 수 있었다. 지금 이곳에서 가장 지위가 높은 이가 바로 황태자였다. 그가 문제를 제기하지 않는데 감히 다른 이들이 그 일에 나서 책임을 물을 수는 없었다. 눈에 거슬렸더라도 입을 다물고 넘어가야 한다.

마탑주라면 황태자와 신분 대결을 할 필요가 없으니 예외겠지만 그는 오히려 소란을 덮을 것을 먼저 권하고 있었다. 물론 권유보다는 명령에 가까운 말이었지만, 황태자는 이미 아윈의 화법이 익숙했다. 원래 저런 놈이다. 황태자는 어조 하나로 마탑주와 마찰을 빚을 만큼 감정적인 사람이 아니었다.

"뭐, 그러지."

황태자의 뇌리에 엉망인 꼴을 하고 회장을 나가던 인영의 뒤통수가 떠올랐다.

에이레네의 밤이라고 유독 힘을 줬는지 평소와 사뭇 다른 용모를 하고 있던 소녀는 그 단장을 오래 뽐내지도 못 하고 헝클어진 머리에 샴페인을 뒤집어쓰고 바닥을 구른 모양새로 요란스레 퇴장했다. 문책에 올릴 생각은 그도 애초부터 없었다. 아윈이 굳이 저리 나오지 않더라도.

대답을 들은 마탑주는 그와 오래 시선을 공유하지 않고 바로 등을 돌렸다. 그러곤 멀뚱히 서 있던 이벨린에게 춤을 신청한다.

돌아가는 상황에 드레스 자락만 움켜쥐고 있던 이벨린이 잠시 주저하다 내밀어진 손을 잡는다. 이내 홀 중앙에 새로운 주인공들이 등장했다. 사람들은 언제 소동에 대해 이야기했었냐는 듯 둘에게로 시선을 고정하기 바빴다.

아윈은 이벨린을 곧잘 리드했다. 출신과 소문을 따져 보면 춤과는 거리가 멀어 보이는 인물이었는데, 의외로 그는 실수 없이 파트너를 능숙하게 이끌었다.

화려한 조명 아래 마탑주의 수려한 외모가 한층 더 빛을 발한다. 나름 그가 어떤 미친놈인지 잘 알고 있다 생각하는 황태자마저도 아윈의 용모가 천사를 떠올리게 한다는 것은 인정하는 부분이었다.

황태자는 춤을 추는 두 남녀를 가만히 주시했다. 질투가 나야 하는 광경일 텐데도 이상하리만큼 위기감이 들지 않았다. 오히려 그는 굳이 이 상황에서 이벨린에게 춤을 신청한 상대의 저의가 의심스럽기까지 했다. 물론 그렇다고 아예 눈에 거슬리지 않는다는 건 아니다. 어쨌든 두 사람은 겉보기엔 다정한 한 쌍이었으니까.

그러나 황태자는 곧 눈앞의 장면보다 다른 것이 더 제 신경을 건드리고 있다는 것을 눈치챘다. 눈앞의 거슬림을 덮는 것은 궁금증이었다. 그는 대상의 이름을 기억해 냈다.

라테 엑트리. 그녀는 왜 회장 바닥을 그리 뒹굴었을까? 친구로 보이는 이를 바깥으로 데리고 나가 지금쯤 무슨 얘기를 하고 있을까?

황태자의 기억 속 라테 엑트리는 신기할 정도로 독특한 인물이었다. 처음에는 제 관심을 끌기 위해 그리 구는가 싶었으나, 거듭되는 만남에서 그것이 아님을 느꼈다. 그녀는 한 톨도 그의 주의를 갈구하지 않았다. 그냥 저 하고 싶은 대로 하는 것이다.

황태자는 전방을 응시하다 조용히 발을 돌렸다. 곡은 길다. 그는 기다림 대신 제 호기심을 따라 회장을 나서기로 했다. 론드미오는 라테가 이목이 없는 곳을 찾았을 거라 추측했다. 아마도 정원. 그는 제 감을 꽤 신뢰하는 편이었다. 황태자의 발걸음이 망설임 없이 한밤의 정원으로 녹아들었다.

"……않을까? 솔직히…… 잖아."

기감을 확장하자 어렵지 않게 기척과 소리를 잡아낼 수 있었다. 드문드문 스치듯 들리는 목소리가 귀에 익다. 조금 더 걷자 평평한 돌덩이 위에 편히 걸터앉은 두 영애가 눈에 들어왔다.

아니, 정정한다. 황태자는 감상을 약간 수정했다. 정확히 말하면 친구인 쪽은 다소 불편한 기색이 비치는 자세였으나, 라테는 돌덩이가 자기 집인 것 같았다.

"라테는……."

"……?"

"라테 너는 황태자 전하를 봐도 아무 느낌도 안 들어? 꿈에 그리던 왕자님을 만난 것처럼 가슴이 뛰거나 하지 않아?"

황태자는 기척을 지우고 둘의 말소리에 신경을 집중했다. 담화 주제가 퍽 흥미로웠다. 어딜 보나 그는 지금 바람직하지 못한 '엿듣기'를 자행하고 있었지만, 그의 마음 상태는 한 줌의 죄의식도 없이 뻔뻔했다.

"난……."

난?

"나는 원래 다른 종족한텐 안 설레."

잠깐의 텀을 두고 흘러나온 대답은 역시나 말할 것도 없이 신선했다. 신선을 넘어 신기할 지경이다. 저런 말을 일말의 웃음기도 없이 진지한 얼굴로 뱉고 있다는 게 더 그랬다.

졸지에 저 둘과 다른 종족이 된 황태자는 비실 새어 나오려는 웃음을 참다 카노가 깨달음을 얻은 표정을 짓자마자 그 자리에서 눌렀던 웃음을 터뜨렸다.

"푸핫! 큭큭큭."

"뭐야, 이 남주인공 같은 웃음소리는?"

라테가 알아들을 수 없는 소릴 하며 팩 시선을 주었다. 쳐다보는 얼굴이며 표정이 마치 산속에서 과일이나 까먹던 너구리를 놀래킨 기분이었다. 비록 너덧 바퀴 구른 듯 몰골이 엉망인 너구리였지만.

"화, 황태자 전하……?"

믿을 수 없다는 듯 떨리는 낯선 목소리가 그를 호칭한다. 이쪽은 좀 익숙한 반응이었다. 달빛을 받아 제 빼어남을 만천하게 자랑하고 있는 황태자의 용모에 카노가 넋을 놓으며 얼굴을 붉혔다. 뭐, 이것도 익숙하다.

바들바들 떨며 인사를 올리기에 되었으니 얼굴을 들라 허락하는데, 그때 라테가 돌연 바락 외쳤다.

"카노!"

"어, 어?"

"날 보지 마. 계속 앞을 봐. 그리고 이겨 내!"

갑자기 이겨 내긴 뭘 이겨 낸단 말인가.

알아듣지 못한 건 그뿐인 듯 카노가 몸을 흠칫했다. 그러더니 라테와 함께 비장한 낯을 하며 저를 올려다본다.

쟤네, 지금 뭐 하나?

"이겨 내! 할 수 있어!"

"……읏."

"카노! 너는 할 수 있어!! 이겨 낼 수 있어!"

아니, 진짜 뭐 하나?

누가 보면 자기가 저주라도 걸고 있는 줄 알겠다.

뭘 자꾸 이겨 내?

황당함에 빠진 황태자의 벽안을 마주한 채로 카노가 결의를 다지듯 주먹을 꽉 쥐었다. 잔뜩 상기된 낯이면서 눈을 피하지 않는다. 옆에선 혼신의 힘을 다한 라테의 응원이 한창이었다. 지치지도 않는다.

"이겨 내!!"

그러니까 대체 뭘?

그 판국이 그렇게 얼마나 흘러갔을까. 마침내, 잔뜩 굳어 있던 카노가 편안한 표정을 지었다. 홍조가 가시고 안색이 평온해진다. 눈물마저 머금고 카노가 라테를 불렀다.

"라테…… 나, 이겨 냈어……."

"카노……."

"나 해냈어……!"

"카노!"

"라테!"

뭘 해냈는지는 모르겠지만 어쨌든 뭔가를 해낸 듯 대뜸 둘이 부둥켜안는다. 황태자는 얼싸안고 서로 감격을 나누는 두 영애를 눈앞에 두고 혼돈 속으로 빠져들었다.

뭐지, 얘들? 정말 뭐지?

론드미오가 헛웃음을 흘렸다. 당사자들 말고는 달빛도 저들이 저러는 연유를 모를 것 같았다.

뿌듯하다. 난 만족이 가득한 미소를 얼굴에 걸쳤다.

카노를 악의 구렁텅이에서 건져 냈다! 여주인공을 질투해서 찻물을 뿌렸다가 그 찻물이 되는 찌리 엔딩에서 내가 친구를 꺼냈어!

나는 조금 전 카노와 마주 안고 기쁨의 눈물을 흘렸던 순간을 기억했다. 그 정원에 황태자가 나타난 건 의외였지만, 덕분에 카노의 뜻깊은 도전과 성공을 이루어낼 수 있었다. 카노는 론드미오의 얼굴을 이겨 냈다. 내 가르침(?)대로 황태자를 소설 속 인물처럼 여길 수 있게 되었다. 그러니 이제 적어도 카노가 헛된 기대를 품다 투기에 자멸하는 일은 걱정하지 않아도 될 것이다. 마음에 드는 수확이었다.

나는 이번 일로 내가 생각보다 카노에게 정을 주고 있었다는 걸 깨달았다. 이벨린이나 물고기들과 마찬가지로 소설 속 인물이라는 인식은 있었지만, 그래도 역시 몇 년이라는 시간은 결코 짧지 않았다. 그 시간을 마주 대했는데 고작 소설 속 캐릭터로만 느낄 수 있을 리가 없다. 생각해 보면 당연한 일이었다.

에슐라나 벨벳 유모는 그보다 더 아끼겠지.

앞으로도 살뜰히 챙겨줘야겠다. 난 다짐하며 발을 놀렸다. 황태자는 회장으로 돌아갔고, 카노는 축제 동안 성의 객실을 대여해 머무르는 터라 그곳으로 귀환했다.

나는 그럼, 집에 가야지.

마차를 부르기 전 잠깐 갈등이 일었다. 이 꼴로 한 시간 넘게 마차를 타는 것이 좀 꺼려진 탓이다. 산발된 머리야 상관없는데 샴페인으로 젖은 부분이 찝찝했다. 스크롤을 쓸까 고민하다 문득 잊고 있던 비숏의 존재가 머리를 스쳤다.

그러고 보니 얜 어디까지 도망간 거야? 내 공짜 텔레포트!

"고객님."

"악!"

난 반사적으로 비명을 질렀다. 심장에 안 좋은 아윈이 코앞에 나타나 얼굴까지 들이밀고 있었다.

아, 하지 마! 야! 좀 지척해서 나타나지 마! 아오, 개매너!

속으로만 욕을 한 사발 뱉어준 내가 뒤로 한 발자국 물러났다. 황태자는 그냥 잘생긴 베개였지만, 아윈은 비교적 자주 엮여서 그런지 좀 현실감이 느껴지는 잘생긴 베개였다. 너무 딱 붙어서 얼굴을 보는 건 벅찼다.

나는 혹시라도 베개를 보고 가슴이 뛰는 불상사가 벌어질까 노심초사하며 거리를 벌렸다. 팔을 힘차게 뻗으면 닿을 듯한 거리, 음, 이 정도면 됐다.

아, 근데 이 미친놈은 왜 툭하면 사람을 놀래키고 난리야!

난 평정을 되찾고 입을 열었다. 목소리에 미처 덜어내지 못한 띠꺼움이 묻어났다.

"뭐! 왜!"

사람 불러놓고 대답했더니 이번엔 자기가 입을 다문다.

아, 뭐야.

아윈은 용건을 이야기하는 대신 알 수 없는 표정으로 나를 이리저리 살폈다. 관찰하는 것 같기도 하고.

음?

"왜? 뭐라도 묻었…… 많이 묻었지, 참."

묻은 정도가 아니지. 보지 않아도 엉망일 게 눈앞에 그려졌다.

나 이러고 집에 들어가도 되나? 에슐라 기절하면 어쩐담. 그러고 보니 머리 꼴은 반은 재 때문이잖아! 저런 재수 없…….

“특이한 재주가 있어.”

“는 놈…… 뭐?”

“사람을 헷갈리게 해.”

뭐라는 거야? 뭘 헷갈리게 해? 난 니 말이 더 헷갈린다.

아윈은 늘 그랬듯 자기만 알아듣는 불친절한 말을 툭 던진 뒤 추가 설명 없이 화제를 바꿨다. 나는 굳이 앞의 말에 대해 캐묻지 않았다. 바뀐 화제가 마음에 쏙 들었기 때문이다.

“비숏 잡아다줄까?”

“네!”

앗! 나도 모르게 너무 활기차게 대답했다. 하마터면 손까지 들 뻔했어.

내뱉고 나니 공포에 떨며 잡혀올 비숏에게 조금 미안한 마음이 들었지만, 당장 텔레포트로 편하게 집까지 갈 수 있다는 기대가 보다 컸다. 게다가 마법 중엔 클린 마법이나 워시 같은 것도 있지 않을까? 내가 마법사라면 대신 씻어주는 마법부터 개발했을 것 같았다.

설마 나만 그래? 나만 게을러?

“아, 있잖아.”

나는 아윈이 텔레포트로 사라지기 전 급히 그를 불렀다. 그냥 혹시나 해서 묻는 건데, 혹시나…….

“산 채로 잡아올 거지?”

숨만 붙어 있으면 안 되고 말도 할 수 있고 움직일 수도 있어야 한다?

추가 조건을 붙이기도 전 아윈은 대꾸할 가치도 없다는 듯 자리에서 모습을 감췄다.

어, 그래, 믿을게…….

내 말을 씹은 아윈이 다시 나타난 것은 속으로 숫자를 열쯤 세었을 때였다.

"허어억!"

비숏이 허공에서 생겨나자마자 바닥을 뒹굴었다.

사, 살아 있니?!

다행히 살아 있었다. 아윈이 던진 건 아니고 그냥 제가 힘이 풀려 나뒹군 것 같았다. 잘 살펴본 비숏은 공포로 낯빛이 파랗게 질린 것만 빼면 아주 멀쩡했다.

휴~

"라, 라테 님?"

"괜찮아요?"

"저, 저 다시는…… 세상 빛을 보지 못하는 줄로만……."

"그래요, 그래요."

붙잡히자마자 파들파들 떨었을 모습이 눈에 선했다.

아유, 불쌍한 우리 비숏.

잡아다준단 말에 옳다구나 예스 하긴 했지만 막상 떠는 걸 보니 양심이 아팠다.

그러게…… 누가 도망치래요…….

"발닦개 잘 데리고 다녀, 고객님."

아윈은 그 말만 남기고 다시 사라졌다. 뭐, 인사를 하거나 그럴 틈도 없었다.

재 약간 홍길동 기질 있지 않나? 어쨌든 비숏 데려다준 건 고맙다고 얘기해야 하는데. 흠, 내 머리 엉망으로 만든 거랑 쌤쌤 칠까?

공포의 근원이 퇴장하자 비숏은 빠르게 안정을 찾았다. 먼지를 털며 몸을 일으키는 비숏을 응시하는데 순간 그의 눈가에서 뭔가가 반짝이는 게 시야에 들어왔다.

……물기가?

“저기, 비숏.”

“네?”

“울었어요?”

“네, 네? 그게 무슨 말씀이십니까. 그, 그냥 조금 놀랐을 뿐입니다.”

조금 놀라서 눈물이? 그 정도로 무서웠나?

나는 비숏을 향한 안쓰러움이 증폭되는 걸 느꼈다. 10초면 그냥 발견하자마자 별말 없이 붙잡아왔다는 소린데, 그 잠깐 사이에 눈물샘이 자극될 수준이라니. 지금도 이런데 마탑으로 돌아가면 어찌 사나 싶었다.

나는 애잔한 심정을 담아 그의 어깨를 툭툭 두드렸다.

“마탑은 한번 들어가면 죽을 때까지 못 나오나 봐요?”

신체 포기 각서급의 평생 노예 계약인 모양이다. 그러니 저리 바들바들 떨면서도 마탑에서 탈출을 못 하지.

그러나 대답은 예상외로 생각과 반대였다.

“아뇨.”

“네?”

“그냥 아무 때나 나오면 되는데요?”

“엥?”

뭐어? 그게 무슨 소리야? 근데 왜 안 나와? 말이 되나? 그럼 그 심경을 살짜쿵이라도 건드렸다간 내 목도 살짜쿵 날아가는 미친놈을 상관으로 둔 환경에 제 발로 머무르고 있다는 얘기 아냐?

이해가 되지 않아 나는 잠시 혼돈에 빠졌다.

아윈이 마탑주인데 자기 의지로 버티고 있다고?

"아아, 그러니까 목 아래는 언제든지 마탑 밖으로 나올 수 있단 말이죠? 목 위는 그대로 탑 안에 두고?"

그럼, 이게 정답이지.

명쾌해하는데 비숏이 고개까지 붕붕 저었다.

"아, 아닙니다. 그게, 음…… 확실히 탑주님께선 조금…… 아니, 많이…… 그러니까 조금 많이 무서우시긴 합니다만……."

합니다만?

비숏이 우물쭈물 내 의아함에 대한 답을 뱉기 시작했다.

무섭긴 하지만 사실 알고 보면 속은 귀여운 마탑의 아이돌? 아, 이건 너무 개소리네……. 죽은 사람들한테 사과해야겠다.

"뭐라고 말씀드리기가 어려운데, 제가 마탑에 들어오기 전엔 단거리 텔레포트도 버거워했었습니다. 하지만 지금은 장거리 텔레포트까지 가능해요."

"아."

나는 고개를 끄덕였다. 무슨 말인지 알겠다.

비숏은 지금 제가 마탑에 들어온 뒤로 실력이 일취월장했다고 이야기하고 있었다. 아무래도 마탑은 속한 마법사들에게 상당한 능력 상승을 보장해 주는 모양이었다. 간달프나 비숏 같은 가련한 친구들만 보다 보니 잊고 있었다.

원작에서 묘사한 마탑은 '강해질 수만 있다면 악마에게 영혼이라도 팔 수 있을 만큼 눈 돌아간 놈들'이 바글바글 넘치는 장소였다. 나는 당연히 힘이고 나발이고 목숨이 가장 중요한 사람이지만, 그네들에겐 우선순위가 조금 다른 것이다. 힘이 곧 법이자 모든 것. 그런 곳이었다.

"이해돼요. 앞으로도 계속해서 더 강해지면 좋겠네요."

"저, 저도 그러길 바라고 있습니다."

쑥스러운 듯 비숏이 뒷머리를 긁적였다.

그래그래, 많이 세지렴. 울기까지 하면서 원하는데…….

아무쪼록 참 대단한 사람들이다. 나라면 손에서 장풍을 쏠 수 있게 만들어준다고 해도 아윈과의 동고동락은 사양할 텐데. 평소와 같이 잠자리에 들었는데 그게 갑자기 영원한 숙면이 될 줄 어찌 알고.

하긴, 일평생을 마법에 바친 이들일 테니 그럴 만도 하다 싶었다.

"그런데…… 라테 님?"

"네?"

"모습이……?"

마음에 평화가 찾아오자 비숏은 이제야 내 몰골이 눈에 들어온 듯했다. 표정이 뭔가 말로 표현하기 힘들 정도로 묘하게 일그러진다.

나는 어깨를 으쓱했다. 처음 함께 입성할 때와 비교하면 정말 충격적일 정도로 달라지긴 했지. 어차피 이제 집에 갈 거니까 뭐. 난 대수롭지 않게 말했다.

"어쩌다 보니."

"어쩌다 가능한 정도가 아닌 것 같습니다만……."

"그 정도로 심해요?"

다시 말하지만 난 내 꼴을 직접 본 건 아니다. 그냥 이런 수준이 아닐까 짐작만 했을 뿐이었다. 비숏은 주저주저하더니 이내 마법으로 거울을 만들어 내 앞에 대령했다.

"……."

그 거울을 본 나는 할 말을 잃었다.

이거 사람 맞……?

문득 아윈의 말이 떠오른다. 헷갈리게 하는 재주가 있다고 했나? 뭔 말인가 싶었는데 이제 보니 알겠다. 사람인지 아닌지 헷갈린다는 뜻이 틀림없었다.

와, 진짜 심하다. 진짜, 정말 진짜. 내가 구른 게 회장 바닥이 아니라 어디 산속이었나?

나는 내 눈의 한계를 시험하듯 거울 속의 내 모습을 뚫어져라 쳐다보다 견디지 못하고 눈을 돌렸다.

황태자랑 카노가 지금 보니 대인배였어. 나였으면 보자마자 욕했다.

"비숏, 저기…… 부탁이 있는데요."

"넵."

"혹시 마법 중에 더러운 거 씻는 마법도 있나요? 있으면 좀……."

"마, 맡겨주십쇼!"

비숏은 뭐라 뭐라 열심히 영창하더니 곧 내 머리며 드레스에 빛 같은 걸 퍼부었다. 시동어로 클린을 외친 것도 같았다.

와, 씻어주는 마법이 진짜 있네. 근데 이거 기분이 좀…… 음, 정화되는 느낌……?

그렇게 빛무리를 통한 한동안의 정화(?)를 마친 나는 샴페인이나 먼지 등이 사라진 나름 말끔한 상태가 되었다.

어, 나름.

슬프게도 초원을 갈구하는 사자 갈기 스타일의 머리와 열정적인 브레이크 댄스를 마친 것 같은 구겨진 드레스는 그대로였지만.

이거야 어쩔 수 없지.

"고마워요. 이제 돌아갈까요?"

말하면 알아서 텔레포트 주문을 욀 거라 생각했는데, 그러지 않고 비숏이 자리에서 머뭇거렸다. 꼭 미련이 한가득 남아 떠나고 싶지 않아 하는 사람 같았다.

나는 그 꼴을 지켜보다 짐작 가는 이유를 내뱉었다.

"가넷 영애 집에 갔어요."

"……!"

곧바로 눈에 띄게 시무룩해진 비숏이 얌전히 텔레포트 수식을 외기 시작했다. 축 처진 어깨가 왠지 아까보다 더 불쌍했다.

그러게 왜 도망을 치고 그랬어.

"힘내요. 무도회는 길잖아요."

그렇다. 에이레네의 밤은 무려 열흘이나 지속된다. 열흘! 그야말로 훌륭한 세금 브레이커였다. 일반 평민과 상인들이 주로 즐기는 거리의 축제도 그 기간만큼 열렸다. 물론 그 열흘 내내 축제며 연회에 참석하는 사람은 거의 없었지만. 특히 황성의 무도회는 먼 거리를 힘겹게 올라온 지방의 소귀족이 아니라면 닷새쯤 이후부터는 대개 참석률이 뜸해지는 편이었다.

주로 연회나 무도회가 뒤로 갈수록 친목 도모의 목적이 강해지는 성격상, 일부러 참석하지 않음으로써 '나는 이미 인맥이 충분해'를 과시하는 것이다.

솔직히 이해는 안 되지만…… 뭐, 그들이 사는 세상이려니.

어쨌든 이런 실정에 내 영혼 없는 위로는 그다지 위안이 되지 않을 게 뻔했다. 페리도트 가넷이 황태자가 없는 연회에 다시 참가할 확률은 몹시 낮았다. 그리고 황태자는 내일부터 가면을 쓰고 거리의 축제에 뛰어든 이벨린을 쫓아다니느라 바쁠 것이다. 덤으로 케니스도, 아윈도.

아니, 잠깐. 그러고 보니 오늘이 지나면 아윈이 무도회에 나타날 일이 없네?

“비숏, 오늘 보니까 가넷 영애 말고도 미녀가 참 많더라구요. 그리고 내일부터는 아윈이 연회에 안 갈 거예요.”

“……!!”

비숏은 금세 다시 활기를 찾았다. 캐스팅 속도가 빨라진다.

오구오구, 이 쉬운 남자.

그렇게 나는 밝아진 비숏과 함께 무사히 자작저로 귀택했다.

Chapter 5 에이레네의 밤 : 저잣거리

어젯밤 집으로 돌아온 나는 내 모습을 보고 기겁하는―기껏 예쁘게 꾸며서 보내놨더니 상태가―에슐라를 앉혀두고, 달래줄 겸 페리도트의 외모에 대해 구구절절 설명해 주었다.

실크 같은 머릿결부터 천상의 이목구비까지 하나하나 최선을 다해 묘사하는데, 어느 순간 보니 에슐라의 옆에 비숏이 얌전히 앉아 똘망거리는 눈으로 설명을 함께 듣고 있었다.

그 얌전하고 다소곳한 자태에 반짝거리던 눈이란……. 다시 생각해도 웃기다.

사용인들과 두루 친해진 비숏은 에슐라와도 제법 잘 지내는 것 같았다. 점심 무렵 내 방을 청소하러 온 에슐라는 심지어 큰 소리로 비숏의 개인 정보를 내게 전해 주기까지 했다.

"마법사님 열아홉 살이래요!"

"푸헙!"

입속의 홍차가 탁자 위를 수놓았다.

"앗, 아가씨! 괜찮으세요?"

"아니…… 어, 응…… 나는 괜찮은데……."

비숏의 얼굴이 괜찮지 않았다.

방금 뭐라고……?

나는 에슐라가 건네준 손수건으로 입가를 닦으며 떨리는 동공으로 비숏의 생김새를 상기했다.

솔직히 겉으로 보이는 나이는 거의 서른…….

긍정적으로 생각해 이십 대 후반 정도일 거라곤 짐작해 왔는데, 에슐라의 입을 통해 나온 실상은 너무도 충격적이었다.

여기는 만우절도 없을 텐데 이게 웬 이야기 같지 않은 이야기란 말이냐!

그새 말끔하게 닦은 탁자 위로 찻잔을 내려놓으며 난 들은 것을 도로 확인했다.

내 달팽이관이 잠깐 파업했던 걸 수도 있잖아? 안 그래? 자, 다시 한 번.

"비숏이 몇 살이라고?"

"열아홉이요! 저보다 세 살 많아요."

"신이시여."

남의 나이를 듣고 안 찾던 신까지 찾았다. 액면가 서른의 비숏이 알고 보니 열아홉이라는 사실은 내게 신선하다 못해 펄떡거리는 충격을 선사해 주었다. 나는 그가 마주칠 때마다 툭하면 입에 팝콘을 물고 있던 것을 기억했다.

그, 그럼 그게 다…… 한창 자랄 나이라서?

"전생에 무슨 죄를 지었기에…… 아니, 작가한테 죄를 지었나?"

"네?"

"아냐. 그보다 그건 어떻게 안 거야? 비숏이 말해줬어?"

"제가 실수로 마법사 아저씨라고 불렀거든요. 그랬더니 정정해 주면서 알려주던데요?"

어떤 의미에선 에슐라도 참 대단했다.

비숏 애잔…….

나는 어쩐지 알아선 안 될 상대의 은밀한(?) 개인 정보를 알게 된 것 같은 기분이 되어 탁자에서 몸을 일으켰다. 침대로 자리를 옮겨 풀썩 주저앉자 바닥에서 발이 뜬다. 머릿속에선 비숏의 얼굴과 열아홉이라는 숫자가 사이좋게 빙빙 돌며 존재감을 과시하고 있었다.

그, 그만! 돌지 마, 이것들아! 정신 사납게……. 미친, 트위스트도 추지 마!

난 머리를 붕붕 저었다. 노안 말고 다른 좋은 쪽을 생각하자.

비숏이 보기보다-많이-어리다는 사실은 한편으론 그의 천재성을 나타내주는 부분이기도 했다. 마법 쪽에 자세한 지식이 없는 나도 그 나이에 그만한 실력을 갖추기 어렵다는 것 정도는 알고 있었다. 엄청난 천재인지는 잘 모르겠지만 적어도 범인의 재능은 아닐 것이다.

하핫! 뭐야, 비숏 이 자식! 꽤 잘나가잖아? '탑주님 무서워, 히익'만 잘하는 줄 알았더니 아니었잖아?

나는 비숏이 생각보다 마법 천재에 가깝다는 사실만을 기억하기로 했다.

다른 면은 기억에서 그냥 지워주자. 나는 모른다. 비숏이 노안인 걸 몰라. 아이 돈 노우 히 이즈 노안…….

한참 마인드컨트롤 중인 나를 에슐라가 말을 걸어 두드렸다.

"아가씨, 오늘은 어디로 가실 거예요?"

탁자 위를 마른 천으로 훔치며 그녀가 다른 주제를 꺼냈다. 나는 새로운 이야기에 뭔 뜻인가 눈을 껌벅이다 이내 알아차리고 답을 위해 입을 열었다. 망설일 필요가 없는 질문이었다.

오늘은 그야…….

"거리!"

거리로 나갈 것이다. 금일은 에이레네의 두 번째 밤이었다. 황성의 무도회도, 저잣거리의 축제도 어제와 마찬가지로 열린다. 그리고 이날 이벨린이 등장하는 장소는 후자였다. 그럼 나는 찰떡처럼 따라가는 것이 인지상정!

이벨린은 오늘 조잡한 가면을 하나 착용한 채 저잣거리에 뛰어드는 일이 예정되어 있었다. 그리고 그 뒤를 물고기 셋이 우연 같지 않은 우연으로 뭉쳐 졸졸졸 따를 테지. 무도회에선 나타나지 않았던 케니스도 오늘 밤에는 그 모습을 드러낼 것이다. 한데 모인 세 놈의 신경전이 절로 눈앞에 그려졌다.

볼만할 거야. 캬륵!

원작을 똑같이 따른다면 축제에 참가한 로젤리아 황녀가 먼발치서 이벨린과 케니스의 다정한 모습을 지켜보는 일도 벌어져야 했다.

하지만 이쪽은 황녀가 워낙 시작부터 다른 노선을 타 놔서…… 어떻게 될지 모르겠네.

기실 최대한 케니스와 엮이지 않는 쪽이 황녀 언니의 행복에는 도움이 될 것이다.

불치병(여혐병) 걸린 남의 물고기는 절대 노노. 차라리 엑스트라더라도 이웃 나라 왕자님 같은 캐릭터와 깨를 볶는 방향으로! 오케이?

나는 황녀 언니의 행복을 기원하며 다음번에 만날 때는 그녀에게 케니스 욕이나 마를 때까지 해주어야겠다고 다짐했다. 나와 케니스의 사이는 요즘은 썩 나쁜 편이 아니었지만—물론 나 혼자만의 착각일 가능성 존재—그렇다고 그가 사랑의 대상으로 삼기에 썩 좋지 못하다는 사실이 변하는 건 아니었다.

뭐, 그냥 좋지 못한 정도겠어? 노답 중에 상 노답이지. 걘 안 돼!

"저도 내일 휴가 내고 축제 구경 가기로 했어요. 오늘은 릴리가 챔시랑 축제에 같이 간대요!"

"챔시가 누군데?"

"큰길 건너 방앗간 집 아들이요."

챔시, 어쩐지 방앗간을 그냥 지나치지 못할 것 같은 이름이었다. 난 에슐라가 탁자를 정리하는 동안 조잘조잘 쏟아내는 이야기들에 간간히 고개를 끄덕이면서 호응해 주었다. 대체로 궁금하지도 않은 이 친구, 저 친구들의 연애사가 다수였지만, 중간에는 쓸 만한 정보도 있었다. 예로 작은 상단을 꾸려 떠났던 팝콘 마차가 이번 축제에 노점을 차렸다는 소식이었다.

잘됐다. 팝콘은 즉석에서 사먹어야지.

그 뒤로도 시간은 잘만 흘러 금세 기다리던 순간이 되었음을 알렸다. 슬슬 나갈 시각이다. 나는 지갑처럼 필수 템이 된 스크롤 뭉치를 품에 챙겨 넣으며 비숏을 찾았다.

내 이동 수단 어디 갔어?

"비……."

“저 여깄습니다!”

제대로 부르지도 않았는데 자동이다.

비숏은 어제와 복사+붙여 넣기 수준으로 차려입은 채 복도 한복판에서 자긴 이미 나갈 준비가 다 되었음을 어필하고 있었다. 눈망울이 부담스러울 정도로 초롱거린다.

나는 비숏의 얼굴에서 느껴지는 중후함과 몇 시간 전 알아버리고만 그의 실제 나이가 주는 괴리감에 조금 흠칫거리며 평정을 찾기 위해 노력했다. 그러고 보니 에슐라는 크게 놀라지도 않은 것 같던데.

굉장한 아이……!

“연미복 예쁘네요. 잘 어울려요.”

“하핫, 감사합니다. 라테 님은 오늘도 눈이 부시십니다!”

축제에선 굳이 꾸밀 필요가 없는지라 대충 입고 대충 바르고 대충 땋아 묶은 나는 비숏의 아부에서 권력의 맛을 느꼈다.

까륵, 이것이 권력 성형.

“바로 갈까요?”

“옙!”

어머니께는 미리 이야기를 해두었다. 걱정이 넘치던 여사께선 내가 외출에 비숏을 대동하기 시작한 이후부터는 매사에 안심이 되시는 눈치였다.

오늘도 축제에 다녀오겠다는 말에 ‘재밌게 놀렴’이라는 짤막한 답만 주셨으니, 일장 연설로 걱정과 염려를 표현하셨던 작년과 비교하면 그야말로 파격적인 변화라 하겠다. 마법사에 대한 그녀의 신뢰도가 생각보다 꽤 높은 것 같았다.

이거 쓸모가 쏠쏠한데?

노동 기간 늘리고 싶다.

나를 달고 저잣거리의 광장으로 텔레포트한 비숏은 막상 축제의 풍경을 눈에 담고 나니 마음이 흔들리는 듯했다. 날 내려줬으면 어서 황성으로나 갈 것이지 또 자리에서 머뭇거린다. 이왕 온 거 거리를 좀 구경한 뒤 떠날까 하는 고민이 훤히 보였다.

나는 갈등의 기색을 드러내는 안쓰러운 비숏을 향해 마법의 주문을 꺼냈다.

"여기 아윈 올 텐데."

효과는 굉장했다! 비숏이 사라졌다! 나는 쏜살같이 멀어지는 비숏에게 손을 흔들어 배웅하고—안 보이겠지만—주변을 둘러보며 챙겨온 가면을 꺼내 썼다. 귀족의 신분으로 축제의 이 행사, 저 행사에 끼어들어 나대기엔 되도록이면 얼굴이 팔리지 않는 편이 좋았다.

이벨린도 아마 저택의 집사가 권하는 것을 순순히 받아 끼고 나왔을 것이다. 물론 물고기들은 그딴 거 없다.

난 걸음을 옮기며 매의 눈으로 주위를 살폈다. 분명히 어딘가에 흔적이 있을 것이다. 아직 등장 전만 아니라면 틀림없이 어딘가에 자취가…….

"트라! 괘, 괜찮아?"

"엑스, 나…… 이상해……. 네가 갑자기 사람이 아닌, 이상한 오징어로 보여……. 아아……."

"트라아아!"

찾았다!

부지런히 발을 놀리던 나는 한 무더기의 사람이 시력 이상을 호소하는 장소를 발견하고 즉시 걸음을 멈췄다.

여기로구나!

아주 백 퍼센트다. 누가 봐도 물고기들이 지나간 것이 명백한 광경이었다. 나는 방향을 바꿔 그 거리를 가로지르며 행인들의 상태를 샅샅이 눈에 담았다.

과연 초토화가 따로 없군.

여자들은 거의 전멸이었고, 남자들도 몇몇이 이상 증세를 호소하고 있었다.

무서운 놈들…….

한 놈만 있어도 파괴력이 엄청날 텐데, 셋이 함께 모여 있다니…… 잔인하기가 이루 말할 수 없었다. 나는 걷는 속도를 높여 그들을 어서 따라잡고자 노력했다. 다행히 오래 걷지 않아 익숙한 면면들을 시야에 잡아낼 수 있었다.

가면으로 얼굴을 가린 청흑발의 여인. 그리고 그 곁을 나란히 차지한 세 마리의 물고기.

"……."

나는 잠시 말을 잃었다. 저 셋을 한자리에서 목격하는 건 이번이 처음인데, 생각보다 그 조합에서 나오는 위력이 어마어마했다. 오면서 마주한 광경들로 대충 짐작은 했지만, 물고기들은 붙여놓으니 지닌 찬란함이 배로 증가해 이미 하나의 전구가 되어 있었다.

혹시 여기 낮이에요?

만약 이 순간을 글로 남긴다면 다음처럼 써야 할 것 같았다.

크와아앙, 대왕 전구가 울부짖었따. 대왕 전구는 짱 세고 잘생겨서 전구 중에 최강이었따. 대왕 전구가 쳐다보자 사람들이 마구 쓰러졌따. 으악! 앞이 안 보여! 모든 사람이 비명을 지르며 뒹굴었따.

그렇게 거리는 순식간에 눈 먼 자들의 도시로 변했다.

내, 내 눈.

"고객님이네?"

조금 떨어진 곳에 오도카니 서서 괴로워하는 나를 처음 발견한 건 아윈이었다.

아니지, 나머지 둘도 빨리 발견했는데 일부러 아는 척하지 않았을 가능성도 있겠구나.

어쨌든 불린 김에 자박자박 가까이 다가가자 아윈이 내게 말을 던진다.

"왜 눈을 감고 있어?"

반만 뜬 거거든…….

완전히 다 뜨기엔 아직 적응의 시간이 필요했다. 나는 여주인공처럼 강철 안구가 아니라 이렇게라도 눈 건강에 힘써야 한다.

소중한 마이 아이! 내 눈은 내가 지킨다!

그렇게 가면 밖으로 드러난 눈동자를 게슴츠레 뜨고 있으려니 마침 나를 쳐다본 이벨린이 아는 체를 했다.

"혹시 라테?"

"네, 맞아요."

"어머, 여긴 어쩐 일이에요? 우연이네요!"

우연을 입에 담는 이벨린은 그 맑은 목소리에 한 점 의심의 기색도 없었다. 하긴 황태자도 우연히 만나고 케니스도 우연히 만나고 아윈도 우연히 만났을 테니 뭐.

나는 그 네 번째 우연이 되어 뻔뻔스레 웃었다.
"그러게요!"
"참, 저 이벨린이에요. 가면 썼는데도 알아보겠어요?"
허헛, 못 알아보는 게 등신이다.
흔치 않은 청흑발을 그대로 드러낸 데다 옷차림도 평소와 비슷하고, 가면은 얼굴의 반만 가리는 디자인이었다.
그 조건에서 이벨린인 걸 몰라본다면 그건 내 안구가 한시 바삐 병원으로 이송해야 하는 위급한 상태일 때나 가능할 것이다. 나는 그러한 내심을 입 밖에 내는 대신 고개를 끄덕이며 개소리나 날렸다.
"저의 마음에 자리한 제3의 눈은 모든 걸 꿰뚫어 보거든요. 후우…… 저도 이런 제 힘이 무섭네요."
케니스의 얼굴이 간만에 구겨지는 것도 같았다. 물고기 셋은 서로서로 본인들이 한자리에 모여 있는 것이 황당하고 우스운 듯한 표정들이었다. 나는 그 애매한 표정의 남정네들을 보며 건네줄 수 없는 예언적 조언을 속으로 삼켰다.
너네 앞으론 심심하면 이 조합으로 뭉칠 테니, 내외하지 말고 어서 빨리 친해지는 게 좋을 거란다!
실제로 이들은 원작에서 서로 머리를 맞대어 룰을 만드는 등 의외로 제법 사이좋게 지낸다. 적어도 사자대면 전까진.
그 이후는 어떻게 되는 거니, 너희? 아, 또 생각하니까 궁금하네.
이벨린은 이렇게 만난 것도 인연인데 같이 축제를 구경하자며 내게 제안해 왔다.
어멋, 언니! 그렇게 말해주면…… 정말 좋아용!
기다렸다는 듯 냉큼 긍정하며 곁에 찰싹 붙자 등 뒤로 따가운 시선이 날아들어 꽂힌다.

뭐여, 케니스인가? 어차피 내가 사라져도 이 자리는 당장 네 자리가 되지 않아요, 님아. 님 옆의 물고기 둘이나 먼저 처리하라능? 알겠냐능?

나는 구태여 고개를 돌려 뻔한 시선의 범인을 확인하는 대신 그저 마음의 소리로 대상을 눌렀다.

째려보든가 말든가. 푸딩이나 된 주제에 꺄르륵.

근데, 분명 다 좋은데, 아무런 문제 없이 만족스러운 상황인데, 조금 전부터 느껴지는 이 묘한 기분은 뭘까? 이상하게 뭔가가 살짝 빠진 듯한 느낌이 언젠가를 기점으로 내 신경을 톡톡 두드리고 있었다.

빠져? 아닌데. 구성원도 완벽하고 챙길 것도 다 챙겼는데 대체 뭐가…….

상념을 깨운 것은 지척에서 울린 말간 목소리였다.

"라테, 연극 좋아해요?"

"……연극이요?"

"네, 연극 보러 가려던 중이었거든요."

보폭을 맞춰 걸으며 이벨린이 말을 꺼냈다. 내 생각도 덩달아 그녀가 꺼낸 주제로 훽 넘어갔다.

연극이라! 장르에 따라 취향을 많이 타긴 하지만 대체로 좋아하는 편…… 잠깐.

나는 눈알을 한 바퀴 데구룩 굴렸다. 머릿속에서 특정 내용이나 장면이 떠오를 듯 말 듯한다.

에이레네의 밤, 저잣거리의 축제, 연극. 뭔가 이에 관련된 내용을 원작에서 읽었던 것 같았다.

아니지, 분명 읽었는데?

뭔가를 읽었다는 사실만이 뚜렷하게 수면 위로 떠오른다. 정작 내용은 빼고.

아니, 이 쓸모없는 기억력이?

"무슨 연극인데요?"

"음, 제목이…… '장미보다 붉게 피로 물들다'? 아마 이걸 거예요."

헉! 기억났다!

제목을 듣자마자 묻혀 있던 기억이 불쑥 고개를 내밀어 내 머리를 퍽 때렸다. 그리고 나는 동시에 비명을 삼켰다.

맙소사!

"어…… 음…… 지금 그걸 보러 가는 길이라구요?"

"네, 재미있겠죠? 라익 보링 백작님께서 후원하셨다고……."

네에? 천만의 말씀.

재미는 개뿔, 라익 보링이라는 후원자의 이름부터가 신뢰도가 바닥인데 무슨 소리실까.

라익 보링? 좋아하다 지루한? 이름 진짜 구리네! 노답! 그리고 가장 중요한 건 내가 이미 저 연극을 본 적이 있다는 사실이었다.

비록 몇 년 전이었지만 두 시간 반을 고통 속에서 몸부림쳤던 기억은 아직도 생생하다.

그래, 고통. 저 연극은 고문이라고 생각될 정도로 끔찍하게 재미가 없었다.

이름하야 핵노잼……!

"잘못 들어왔네요. 저 여기서 나갈게요."

"네?"

"아, 아뇨. 이벨린, 제가 갑자기 급한 일이 생각나서요."

도망쳐야 한다. 나 여기 완전 잘못 끼었다.

나는 홍콩행 게이바에 실수로 입장한 일반인 같은 심정이 되어 있지도 않은 급한 일을 핑계로 꺼냈다. 단언컨대 저 연극을 관람하는 것보다 재미없는 일은 세상에 없다.

저 그냥 혼자 축제 구경하겠습니다.

"급한 일이라뇨?"

"아, 그게……."

집에 두고 온 팝콘이 아파서요. 아니, 이 와중에도 헛소리가 생각이 나네.

"누굴 만나기로 했는데 그만 깜박하고 있었어요. 아쉽지만 저 먼저 가볼게요! 연극 재미있게 봐요!"

난 막 지어낸 핑계와 인사를 남기고 잰걸음으로 자리를 벗어났다. 마음 같아선 뛰고 싶었지만 그랬다간 도망치는 게 너무 티가 나니까.

누가 잡는 것도 아닌데 괜히 마음이 바쁘다. 나는 부지런히 이동해 물고기의 영향권을 벗어났을 때쯤에서야 걸음의 속도를 늦췄다.

후아…… 하마터면 지옥으로 향하는 급행열차에 엉덩이를 안착할 뻔했네.

오버하는 것처럼 보일 수도 있겠지만 이게 다 저 연극이 그만큼 심각한 노잼이기 때문이라는 걸 알아주었으면 한다. 장붉피의 마수에서 벗어나 마음에 평화를 되찾자 절로 발이 느릿해진다. 나는 내키는 방향으로 아무렇게나 천천히 발을 놀리며 방금 막 또렷이 떠오른 원작의 내용을 상기했다.

'장미보다 붉게 피로 물들다'.

제목 하나는 그럴듯한 이 연극은 이벨린이 현재 머물고 있는 백작가 식솔의 추천을 받아 축제날 저잣거리에서 물고기들과 함께 관람하게 되는 작품이었다.

상연 시간 두 시간 삼십 분. 특징, 현대였으면 고소당해도 할 말 없는 제목과 내용 사이의 크나큰 괴리. 만약 내가 황족의 신분이었다면 연극 관람이 끝나자마자 감독과 투자자를 찾아내 분노의 죽빵 펀치를 갈겼을 것이다.

이름이라도 정직하게 짓던가!

장붉피는 다름 아닌 추리물의 탈을 쓴 고대 문자 학습 연극이었다. 극은 억울하게 살인 누명을 쓴 주인공이 진범을 잡기 위해 고군분투하는 줄거리로 진행되는데, 무려 그 고군분투의 90%를 고대 문자 공부와 해석으로 채우는 파격적인 구성을 자랑했다.

왜냐? 피해자가 남긴 단서가 고대 문자였기 때문에.

솔직히 이 연극 돌았다고 생각한다. 장미보다 붉게 물드는 건 아마 혈압 올라 새빨개진 관람객들의 얼굴이겠지! 그리고 이 정신 나간 연극을 이벨린은 저 혼자 몹시 재미나게 관람한다. 그도 그럴 게 고대 문자는 그녀의 주특기이자 전문 분야였다. 종종 깜빡 잊곤 하지만 이벨린이 제국에 온 이유부터가 고대 문자를 심도 깊게 배우기 위해서였으니 말 다했다.

그녀는 상연 내내 눈을 반짝이며 극에 푹 집중하는데, 끝나고 나서는 활짝 웃는 얼굴로 고대 문자에 대해 열띠게 사견을 늘어놓다 마침 관리차 극장을 방문한 라익 보링 백작에게 좋은 인상까지 남긴다. 그리고 이는 나중에 백작이 페리도트가 날뛸 때 이벨린의 편을 들어 도와주게 되는 방향으로 이어졌다.

그 밖에도 이를 계기로 황태자가 고대 문자를 배우기 시작한다든가, 사랑 연극에나 열광하는 여타 귀족 영애들과는 다른 차별화된 매력에 물고기 셋이 전보다 훨씬 여주인공에게 퐁당퐁당 빠져든다든가 하는 결과들이 이번 연극 에피소드의 예정된 성과였다.

기승전 물고기들 퐁당퐁당.

뭐, 다른 건 차치하고라도, 아윈이 관람 중에 짜증 나서 전용 좌석에 앉아 있는 감독을 잡아 죽이려다 이벨린이 좋아하는 모습을 보고 그만두는 장면은 생각난 김에 구경하고 싶었는데 아쉽게 됐다.

걔가 이벨린 모르게 감독의 숨통을 10초 정도는 막았지, 아마? 아휴, 역시 막나가는 사이코패스.

감독이 아주 죄가 없는 건 아니지만 그래도 죽이는 건 너무하잖아? 나 같으면 죽빵 정도로 참겠다. 물론 죽빵도 아윈이 때리면 '죽'음으로 가는 안면'빵'이겠지만.

아무튼 연극 관람은 이미 텄다. 아무리 구경거리가 아쉬워도 앉은 자리에서 두 시간 반 동안 괴로움에 몸을 꼬고 싶진 않았다. 그냥 연극이 끝날 때쯤 시간 맞춰 극장 부근에서 서성이다 또 우연히 만난 척하지 뭐.

"그럼 이제 어딜 간담……."

상연 시간 동안 뭘 해야 할까? 나는 혼잣말을 중얼거리며 일단 인파를 찾아 무작정 움직였다. 작년에도 이 축제를 구경 나왔었는데, 그때의 기억이 다소 흐릿한 걸 보니 딱히 재미있진 않았던 모양이다.

내가 축복받은 체질이기만 했다면 음식부터 보이는 대로 입에 밀어 넣었을 텐데.

흑흑, 살 빼주는 마법은 어디 없나……?

"대회 구경하시고 가세요!"

"대회 참여해 보세요! 상품 있습니다!"

대회?

나는 귓가를 간질이는 흥미로운 단어에 발을 멈췄다. 고개를 슥 빼서 살펴보니 한 무리의 사람이 웅성웅성 원을 그리며 모여 있는 게 시야에 잡혔다. 그 가운데 남자 두엇이 글자가 새겨진 나무판자를 위로 높게 치켜든 채 목청을 높이고 있었다.

뭔진 모르겠지만 잠깐 구경이나 해볼까?

호기심에 가까이 다가가자 판자에 쓰인 글자가 눈에 확 들어왔다.

'천하제일 막장 대회'.

……뭐지, 저건?

정체는 모르겠지만 엄청나게 끌리는 타이틀이다.

글귀가 나를 끌어당기고 있어!

"자자, 참가하실 분들은 여기, 여기로 오셔서 번호표 하나씩 받아가세요!"

앗, 나도 모르게 중앙으로……. 아앗! 내가 언제 번호표를 받았담!

무의식중에 나의 잠재 능력인 사물 텔레포트를 시전하고 만 건지, 정신을 차리고 보니 종이로 만들어진 조잡한 번호표 한 장이 내 손바닥 위에서 바스락 존재감을 내뿜고 있었다.

이, 이럴 수가……. 결국…… 너무나 위험한 나머지 봉인하고자 했던 금기된 대마법이 이렇게 다시 세상에 모습을 드러나고야 말았구나! 크윽, 과인의 실수로다!

혼잣말 개소리는 이쯤 하고. 내 순서는 5번이었다. 참가 인원이 열 명쯤 채워지자 판자를 들고 있던 남자가 대회의 시작을 알렸다. 말이 대회지 그냥 개인이 주최하는 소소한 놀이라고 봐야 했다.
참 센스 있는 분이시네, 어쩜 이런 대회를!
주최자는 거리에서 제법 잘나가는 상인인 듯 반질반질한 비단옷을 입고 등장해 개최 소감과 상품에 대해 이야기했다.
"험험, 그럼 이번에도 모여주신 김에 화끈한 막장 이야기들 부탁드리겠습니다. 우승자 상품은 바로 요, 외알 안경입니다."
상인의 손에 들린 외알 안경은 꽤나 상등품인 듯 달려 있는 금줄이 반지르르 고운 태를 자랑하고 있었다.
오, 상품 좋은데? 그런데 왜 하필 외알 안경일까?
생각하자마자 구경꾼 한 명이 질문을 던졌다.
"왜 하필 상품이 외알 안경인가요?"
"아, 그건 말이죠."
상인이 허허 웃는다. 눈가의 주름이 어딘지 인자해 보였다.
"어젯밤 창고를 뒤지다가 나와서요."
정말 성의 있는 상품 선정이었다.
"자, 지금부터! 천하제일 막장 대회를 시작하겠습니다! 1번부터 차례대로 앞으로 나와 막장 이야기들을 들려주시면, 관객분들의 호응에 따라 주최자님께서 우승자를 뽑아주시겠습니다. 그럼 1번 참가자! 나와 주세요!"
응응, 역시 이야기 경연 대회로구먼.
판자를 들었던 남자가 우렁찬 목소리로 외친다. 그러자 고불고불한 갈색 머리를 높이 올려 묶은 중년의 여인이 힘찬 발걸음으로 무대-돗자리 같은 게 깔려 있었다-중앙에 등장했다. 눈빛이 비장하다. 관객들은 하나같이 기대에 찬 얼굴로 그녀의 얘기가 시작되길 기다리고 있었다.

마침내 시작된 첫 번째 스토리!

"이 이야기는 방앗간 집 아들래미가 한 여자를 우연히 만나면서부터 시작됩니다."

핫, 설마 챔시?!

"그의 이름은 곡시그."

아니네.

곡시그라는 방앗간 집 아들이 주인공인 이야기는 이러했다. 곡시그는 길을 걷다 한 여인을 만난다. 그녀의 이름은 트윈. 트윈의 예쁜 얼굴과 큰 가슴–이야기가 노골적이었다–에 사랑에 빠져 버린 곡시그는 매일같이 그녀의 집 앞에 꽃을 갖다 놓는다.

그러기를 며칠, 결국 곡시그의 정성에 마음의 문을 연 트윈은 그와 데이트 약속을 잡는다. 그리고 약속한 날, 데이트 도중 두 사람은 트윈의 주도하에 으슥한 장소로 이동한다. 기대에 들떠 트윈을 따라 인적이 없는 곳으로 향한 곡시그.

그러나 갑자기 이게 무슨 일인가! 사람이 없는 골목에 도착한 트윈이 돌연 곡시그를 칼로 찔러버린 것! 이 대목에서 관객들은 엄청나게 환호했다.

영문도 모른 채 칼빵을 맞은 곡시그가 쓰러지자, 트윈은 그런 그를 내려다보며 진실을 이야기한다. 사실 그녀는 트윈이 아니었다. 트윈은 쌍둥이였고, 데이트에 나온 사람은 트윈의 쌍둥이 언니 윈스였던 것이다.

알고 보니 쌍둥이 동생 트윈은 이미 죽은 뒤였다. 곡시그가 매일같이 갖다 놓던 꽃 중에는 그도 미처 몰랐던 독화가 있었고, 그 꽃잎을 말려 차를 우려마신 트윈이 그만 시름시름 앓다 죽어버린 것.

동생의 죽음이 곡시그가 보낸 꽃 때문이라는 걸 알아낸 윈스는 복수를 위해 트윈인 척 곡시그를 만난 것이었다.

그러나 여기에는 더 충격적인 전말이 숨어 있었다. 사실 곡시그가 갖다 준 꽃 중에는 독초가 없었다. 트윈이 일부러 독초를 구해다 먹고 곡시그가 원인인 것처럼 꾸몄던 것이다. 그 이유는 더 과거로 거슬러 올라간다.

몇 년 전 곡시그가 술에 취해 길거리에서 시비가 붙은 행인을 실수로 넘어뜨려 사고로 죽인 일이 있었는데, 그 행인이 바로 당시 트윈의 연인이었던 것!

자신이 죽는다면 쌍둥이 언니 윈스가 기꺼이 곡시그를 죽여줄 것이라 예상한 트윈은 스스로 죽음을 선택한 것이다. 그리고 더욱 비극적인 사실이 있었다. 절대 이루어질 수 없는 사랑이었지만, 윈스는 쌍둥이 동생 트윈을 남몰래 좋아하고 있었던 것이다.

결국 사랑하는 사람의 복수를 마친 윈스는 트윈을 따라 본인도 목숨을 끊는다. 이야기는 이렇게 막을 내렸다.

"……여기까집니다."

"……우와아!"

"슬프다!!"

"근데 막장이야!"

"막장인데 슬프다!"

구경꾼들에게서 박수와 함께 함성이 마구 터져 나왔다. 그리고 그 사이에는 나도 껴 있었다.

크흡…… 트윈…… 윈스…… 크흐읍. 곡시그 넌 그냥 병신……!

막장인데 너무 슬프잖아! 시작부터 이야기가 이렇게 강렬하다니. 나는 코를 훌쩍이며 열과 성을 다해 박수를 쳤다. 관객들의 박수갈채 속에서 1번 참가자가 당당히 퇴장한다.

크헝, 가면 때문에 눈물을 닦을 수가 없어. 흑흑, 완전 재밌다.

그렇게 강한 인상을 남긴 1번의 뒤를 이어 2번 참가자, 3번 참가자, 4번 참가자가 차례로 각자 준비해 온 이야기보따리를 꺼내 풀었다.

나름 흥미진진한 내용들이 오갔지만 아쉽게도 첫 번째 참가자의 아성에는 번번이 미치지 못한 채 무대를 내려가야 했다.

핫, 눈물이 그새 말랐군.

그리고 마침내 내 번호가 호명되었다.

"다음은 5번 참가자! 나와 주세요!"

뭘까, 이 떨림은?

나는 긴장되어 쿵쾅거리는 가슴을 안고 무대 위로-그래 봤자 돗자리지만-발을 올렸다.

으아! 떨려!!

앞선 참가자들의 이야기를 너무 재미있게 들어서 그런가, 생각보다 심장이 쿵쿵 요란스레 난리였다. 딱히 외알 안경이나 우승자의 자리가 탐나는 건 아니었지만, 그냥 왠지 모르게 기분이 쫄깃하다.

나는 마음을 가다듬고 입을 열었다. 중간중간 무슨 얘기를 할까 제법 고민했지만 역시 내가 아는 막장은 과거 숱하게 시청했었던 드라마가 전부였다.

좋아, 간다! 드라마 약간 바꾸기!

"어느 마을에 가난하지만 기죽지 않고 꿋꿋이 살아가는 여자와 엄청난 부잣집 외아들 남자가 살고 있었습니다."

이름은 어떻게 하지? 흠, 모르겠다. 대충.

"여자의 이름은 주여, 남자의 이름은 주남이었습니다."

여주, 남주를 뒤집은 건데 해놓고 나니 이름이 무슨 돌림자 쓰는 집안의 남매 같았다.

그래, 기왕 이렇게 된 거 '알고 보니 남매' 설정도 넣는다.

"둘은 사귀는 사이였습니다. 데이트를 할 때면 주남은 주여에게 늘 이런 말을 던지곤 했습니다."

관객들은 의외로 내 이야기에 열심히 집중해 주고 있었다.

오오, 떨림이 가라앉는군.

"'나 너 좋아하냐?' 그럼 그 말을 들은 주여는 이렇게 대답하곤 했습니다. '몰라, 이 새끼야. 그걸 니가 알지 내가 아냐? 별걸 다 물어 이상한 놈이'. 주여는 입이 다소 거친 여성이었습니다."

"오, 거친 여자!"

"마음에 드는데!"

호응이 뿌듯했다. 나는 입가를 끌어 올리며 이야기를 이어나갔다.

"감사합니다. 그렇게 둘이 사귀던 어느 날, 주남의 어머니가 주여를 불러냈습니다. 주남의 어머니는 장차 집안의 모든 재산을 물려받게 될 외동아들 주남이가 가난한 집의 여자를 만나는 것이 마음에 들지 않았습니다. 찻집으로 주여를 불러낸 주남의 어머니는 주여의 앞에 돈 봉투…… 아니, 주머니를 던지며 이렇게 말했습니다."

"……."

"이걸 받고 내 아들과 헤어져 주게."

"이야, 어머니 화끈한데?"

"그러자 주여가 자리에서 벌떡 일어나며 대답했습니다."

“…….”

“이날만을 기다렸다!!”

“이쪽은 더 화끈한데?!”

한쪽에선 박수 소리도 들려온다.

이거 재미나는군.

“‘주남이랑은 바로 헤어지겠습니다. 돈주머니 감사. 그럼 이만!’. 이렇게 말한 주여가 주머니를 챙겨 가게를 나가려던 순간이었습니다. 갑자기 주남의 어머니가 그녀에게 달려들어 머리채를 휘어잡았습니다.”

“……?!”

“그러곤 주남의 어머니가 외쳤습니다. ‘이년이! 우리 아들을 정말로 사랑한다면 못 헤어지겠다고 버텨야지! 감히 우리 아들의 마음을 농락해?!’. 그러면서 그녀가 휘어잡은 주여의 머리채를 마구 흔들기 시작했습니다.”

“오오!”

“그 순간, 갑자기 주여의 머리카락이 훌러덩 벗겨졌습니다. 그녀의 머리는 사실 가발이었던 것입니다! 가발이 벗겨지고 드러난 주여의 머리는 마치 남자처럼 몹시 짧았습니다.”

“뭐지!”

“주여가 말했습니다. ‘아오, 들켰네’. 그렇습니다. 사실 그녀의 정체는 여자가 아니라 여장한 남자였습니다!”

“뭐지?!”

관객들이 혼란 속으로 빠져들기 시작했다. 흔들리는 동공들을 보니 이 맛에 막장 스토리를 쓰는구나 싶었다.

짜릿한데?

하지만 한편으론 나도 점점 혼란스러워지고 있었다.

"아들의 연인이 여장 남자였다는 사실에 충격을 받은 주남의 어머니는 부들부들 떨다가 컵에 있던 물을 주여에게 확 뿌렸습니다. 그 물을 고스란히 맞은 주여는 머리와 얼굴이 홀딱 젖고 말았습니다. 그렇게 물에 젖은 주여의 모습은 놀랍게도 너무나 섹시했습니다. 주여가 젖은 머리를 유혹적으로 쓸어 올리자 그걸 본 주남의 어머니가 깜짝 놀라 말했습니다."

"나와 결혼해 줘."

"뭐라고!"

"그러자 주여가 말했습니다. '웃기는 군. 당신 남편은?'."

"그, 그러게."

"주남의 어머니가 그에 대답했습니다. '괜찮아, 내 남편은 이미 예전에 죽었어. 지금 있는 건 흑마법으로 살아 있는 것처럼 조종 중인 꼭두각시일 뿐이야'."

"갑자기 무서워졌어?!"

"그렇게 주남의 어머니와 주여는 결혼했습니다."

"바로?!"

이젠 나도 내가 뭐라고 하고 있는지 모르겠다.

드라마가 드라마가 아니게 돼 버려……!

"그러나 결혼 생활은 오래 가지 못했습니다. 신혼 도중, 주여가 주남의 어머니에게 몰래 독약을 먹였기 때문입니다."

"너무해!"

"사실 주남의 어머니는 주여의 부모님을 죽인 원수였습니다."

"잘했다!"

슬슬 마무리를 할 때가 다가오고 있었다. 난 아무 말이나 나오는 대로 지껄였다.

"주여는 죽은 주남 아버지의 혼 외 자식이었습니다. 주남의 어머니는 과거 남편의 정부를 몰래 독살한 적이 있었는데, 그 정부가 바로 주여의 어머니였던 것입니다."

"와우……."

"복수를 마친 주여는 재산을 챙겨 집을 떠나려고 했습니다. 그러나 그때, 주남이가 나타나 주여를 붙잡았습니다."

"걔 아직 있었어?"

"주남이가 외쳤습니다. '형, 떠나지 마! 난 형이 남자라도 사랑해! 우리 함께 살자!'."

"뭐야?!"

"그러자 주여가 말했습니다. '너랑 난 배다른 형제야. 아빠가 똑같다고 이 병신아. 형제끼리 뭘 사랑해'."

"남자인 건 상관없나?!"

"주남이가 다시 소리쳤습니다. '아니! 우린 배다른 형제가 아니야. 난 엄마의 혼 외 자식이야!! 우린 완전히 남남이라고! 그러니까 나랑 살자!!'."

"……?!"

"결국 주여는 그렇게 집에 남아 주남이와 함께 오래오래 행복하게 살았답니다."

"해피 엔딩?!"

"끝."

"……."

"……."

"……."

침묵이 내려앉았다.

진행되는 내내 격한 반응을 보여줬던 그들은 막상 이야기가 끝나자 꿀 먹은 벙어리처럼 입을 다물었다. 그저 하나같이 동공만 격하게 떨고 있을 뿐이었다. 그 조용함 사이로 누군가 중얼거리는 목소리가 들렸다.

"개막장인데……."

나도 그렇게 생각한다.

결론부터 말하자면 대회는 무사히 마무리되지 못했다.

8번 참가자가 우승에 대한 욕심이 지나쳤던지 그만 실화를 풀고 말았는데–과연 현실만 한 막장이 없다더니 수위가 엄청 셌다–하필이면 그 이야기의 실제 등장인물이 관객들 사이에 껴 있었던 것이다.

본인의 낯 뜨거운 불륜 스토리가 까발려지는 것에 눈이 뒤집힌 당사자가 무대로 난입을 했고, 8번 참가자와 머리채를 잡고 엎치락뒤치락하다가 이해관계에 얽힌 다른 사람들까지 끼어드는 바람에 판이 커지고 돗자리는 어딘가로 사라지고……. 뭐, 그렇게 난장판, 개판이 되어 대회는 흐지부지 끝나고 말았다.

어떻게 보면 이름에 충실한 멋진 마무리였다. 그리고 그렇게 막을 내린 대회의 우승 상품은 지금 내 손에 있다.

"이걸 팔아야 하나?"

혼돈의 도가니탕이 된 대회장을 보며 '아, 어서 꺼져야겠다'는 생각에 슬금슬금 몸을 이동시켰을 때였다.

누가 톡톡 두드리는 것에 뒤돌아봤더니 상인이 내게 안경을 내밀며 가져가라고 눈짓하고 있었다. 대회의 취지에 진정 부합하는 이야기라 몹시 감동적이었다나 뭐라나.

그런 연유로 상인이 창고에서 주운 외알 안경은 내 차지가 되었다. 딱히 탐나던 건 아니었지만 막상 손에 넣으니 뿌듯하긴 하다. 내 이야기가 최고의 막장 스토리로 인정받다니……. 이 영광을 주여와 주남이에게 돌립니다. 너네 잘 살고 있는 거지?

안경을 품에 갈무리하고 나는 다시 주위를 두리번거렸다. 시간이 얼마나 지났는지는 모르겠지만 적어도 연극이 끝나기까진 한참 남았을 것이다.

볼만한 거 또 어디 없나? 막장 대회는 참 재밌었어.

새로운 흥밋거리를 찾아 사방으로 고개를 휘저으며 걷는데, 채 몇 걸음을 걷기도 전 무언가가 내 시야를 확 사로잡았다.

'천하제일 연기 대회'.

"……!"

얘는 또 뭐지!

오늘 무슨 날인가? 왜 다들 여기저기서 천하제일을 찾고 난릴까. 얘는 심지어 굉장히 나를 위한 대회인 것 같은데.

나는 종전과 비슷한 정도의 강렬한 이끌림을 느끼며 그쪽으로 쪼르르 발을 놀렸다.

뭐야! 뭐야! 벌써 설레!!

그리고 정신을 차리니 내 번호는 7번이었다.

"흑흑…… 널 사랑했는데…… 정말 날 떠나는 거니? 돌아와 줘…… 흑흑흑."

1번 참가자 언니의 명연기가 펼쳐졌다. 웨이브 진 갈색 머리를 허리까지 늘어뜨린 언니는 이미 자신만의 세계에 빠진 듯 안약도 없이 굵은 눈물방울을 뚝뚝 떨어뜨리고 있었다.

호오, 제법인데! 인정하지!

하지만 얼핏 완벽하게만 보이는 그녀의 연기에는 사실 치명적인 오점이 하나 있었다. 바로 리얼리티가 부족하다는 것! 남친에게 차인 여자는 저렇게 가녀리게 슬퍼만 하지 않는다. 이별을 겪은 여자는 대체로 분노와 슬픔을 함께 겪게 마련이었다.

'이 개새끼가 감히 나를 차? 죽여 버리겠어!'

'아, 아냐…… 돌아와 줘……. 다시 돌아와 준다면 뭐든 할게…… 흑흑.'

'아 근데 주제에 날 차?! 죽어버려!'

'핫! 아니야, 난 아직 널 사랑해…… 흑흑.'

'생각할수록 빡치네! 죽여 버린다!'

'아냐, 돌아와 줘. 사랑해.'

'죽어라, 개새끼!'

'흑흑, 사랑해.'

'뒤져라, 개새끼!'

'흑흑, 사랑해.'

뭐, 이 정도의 지킬 앤 하이드 같은 모습은 보여줘야 하는 거 아닐까? 물론 절대로 내가 그랬다는 말은 아니다.

죽어라, 구남친……!

"안타까운 슬픔을 표현한 연기, 잘 봤습니다. 제 점수는 8점입니다."

"저는 9점."

"7점 드리죠."

1번 참가자의 연기가 끝났다. 이 대회는 앞의 것과는 다르게 점수제인 모양이었다.

그러고 보니 심사 위원들이 앉아 있는 게 보인다.

10점 만점인 듯 그들이 저마다의 점수를 언급하자, 한 남자가 곁에서 세 점수를 합하여 기록했다.

어멋, 이 대회 뭔가 본격적이야.

"살려주세요! 도와주세요! 살인마가 쫓아와요, 제발!"

두 번째 참가자는 골목길에서 웬 괴한에게 쫓기는 피해자를 연기했다. 소리는 열심히 지르는데…… 절레절레, 완전 발연기.

"살인마가 꽃을 들고 공격하나 보군요. 다급함, 절박함이 전혀 없어요. 3점 드리도록 하겠습니다."

"2점."

"꼭 점수 줘야 해요?"

2번 참가자가 쓸쓸히 퇴장했다. 뒤를 이은 3번 참가자는 반대로 살인마 연기를 선보였다. 좋아하던 여자를 스토킹해서 칼로 찌르는 내용의 연기였다.

오오, 이 사람은 잘하네.

"인상 깊은 연기였습니다. 9점 드립니다."

"8점 드리죠."

"제 옆구리가 다 아픈 느낌! 10점 드릴게요!"

이야, 이 대회도 재밌구먼.

작년에는 아니었던 것 같은데 올해는 어째 볼거리가 많았다. 속으로 나도 나름 점수를 매기며 연기들을 구경하고 있자니 어느덧 순번이 찾아왔다.

“이번 참가자 분께선 특이하게 가면을 쓰고 계시네요! 7번이시군요. 자아, 시작해 주세요!”

고민하다 나는 과거 공갈단 멤버 넷을 퇴치했던 명연기를 다시 선보이기로 했다.

그래, 역시 그만한 인생 연기가 없지.

가면 때문에 내 표정을 전부 보여주지 못하는 게 아쉬울 뿐이다.

자, 보여줄게! 완전히 다 죽은 나!

잇새로 억누른 신음을 내뱉으며 막 가슴께를 움켜쥐고 한쪽 무릎을 꿇고 있는데, 갑자기 관객들이 모인 쪽에서 누군가 비명을 빽 질렀다.

“찾았다!!”

엉? 뭘, 혹시 꿈에 그리던 너의 이상형?

“저년 저거! 그때 그년!”

아니었다. 삿대질을 하며 얼굴을 내민 인영은 유감스럽게도 대단히 낯익은 생김새를 하고 있었다.

어, 많이 안 좋은 쪽으로.

“저년 잡아라!”

나는 즉시 무대에서 내려와 잽싸게 달음박질쳤다.

걘 대사가 또 왜 저래? 나 무슨 범죄자라도 된 기분이다.

씩씩대며 제 일행에게 날 생포할 것을 알리는 인간은 다름 아닌 연애에 서툰 공갈단 멤버였다.

어우야, 오랜만이다. 하필 이런 데서 다 만났어.

"산 채로 잡아라!"

버럭버럭 외치는 소리가 등 뒤에서 들려왔다. 이거 참 예상치 못한 술래잡기가 아닐 수 없었다.

와, 세상 엄청나게 좁네. 걔네를 어떻게 또 우연히 만나냐.

나는 뜀박질 중인 다리에 힘을 주었다. 중간중간 진로를 방해하는 인파 때문에 공갈단은 나를 쉽사리 따라잡지 못하고 있었다. 난 달리면서 품에 있는 스크롤을 확인했다. 텔레포트 스크롤을 쓰기엔 지금 이 자리를 피해 봤자 나중에 다시 마주치지 않으리라는 보장이 없었다.

역시 공격 마법으로 퇴치하고 싶은데, 여긴 사람이 너무 많아서.

나는 무작정 뛰다가 급 진로를 결정했다. 이쪽으로 가다 보면 아마 인적이 드문 골목길이…… 어, 그래! 저기!

심지어 골목길은 조금 더 안으로 들어가자 바로 막다른 벽이 나왔다. 이렇게 완벽할 데가.

나는 벽을 앞에 두고 멈춰 서서 숨을 골랐다.

아우, 힘들어라. 아, 숨차.

"헥헥…… 잡았다……! 넌 이제 독 안에 든 쥐다!"

공갈단은 멍청해 보이는 얼굴과는 다르게 관용 어구를 쓰며 날 쫓아 들어왔다. 헉헉거리는 폼이 걔네도 어지간히 체력이 심각한 모양이었다.

내가 할 말은 아니지만 평소에 운동 좀 하지, 쯧쯧.

난 가까워지는 공갈단을 보며 그들의 수를 셌다.

어디 보자~ 하나, 둘, 셋, 넷 다 있네.

재네는 저게 무슨 영혼의 멤버인가 숫자가 바뀌질 않는다. 나는 넷을 날려 버릴 만한 적당한 마법을 품 안에서 골랐다.

역시 바람 계열이 제일 무난하겠지? 내 너희에게 폭풍의 스톰을 맛보여 주마!

"병신들, 독 안에 든 것은 너희다!"

"뭐야?"

"감히 잠자는 대마법사의 코털을 건드리다니! 내 지금껏 숨겨왔지만, 이번만큼은 세상을 공포에 떨게 만들었던 은둔 마법을 선보여 주도록 하겠다!"

"저게 미쳤나."

코웃음을 친 공갈단 넷이 한꺼번에 이쪽으로 덤벼들었다.

그래, 바로 지금…….

미끄덩~ 철퍽! 쿵! 쿠당! 퍽!

"끄악!"

"컥!"

"……어라?"

뭐지? 나 아직 스크롤 안 찢었는데?

장렬하게 나를 향해 달려들려던 넷은 갑자기 몇 미터쯤 남기고 확 미끄러지더니 한 명씩 같은 지점으로 엎어졌다. 그 결과 차곡차곡 쌓여 하나의 샌드위치 같은 꼴을 형성하고 있었는데, 그 모습을 보니 갑자기 코끝이 찡해지며 향수가 밀려왔다.

저거 그거잖아. 학교 다닐 때 교실에서 자주했던 햄버거 놀이잖아! 맨 처음 타자로 걸리면 갈비뼈가 위험해지는 바로 그 놀이!

뭣도 모르고 친구들을 우르르 불러 했다가 잘못 걸리는 바람에 그 날 인터넷 창에 대고 '학교에서 햄버거 놀이를 했는데 갈비뼈가 아파요……' 하고 질문 글을 올렸던 기억이 생생하다.

그래, 그랬었지. 그땐 그랬지.

불현듯 떠오른 추억에 나도 모르게 이 상황에서 눈시울을 붉히고 있을 때였다. 허공에서 목소리가 툭 튀어나왔다.

"만나기로 했다는 게 재네야?"

어어? 이거 익숙한 목소린데?

난 고개를 위로 확 젖혔다. 어떻게 한 건지 허공에 걸터앉은-마법이겠지만-아윈이 이쪽을 내려다보고 있었다. 이 어두운 환경에서도 색채 짙은 붉은 눈동자와 결 좋은 은발이 또렷이 시야에 들어온다.

아니, 재 저기서 뭐 해? 그보다 왜 여기 있어?

나와 눈이 마주친 아윈이 눈을 반달로 접었다.

쓸데없는 생각이지만 이 각도에서도 심하게 잘생겼네.

"고객님."

"아니…… 엥? 응?"

"멀쩡하네. 어디서 모자라게 길이나 잃고 구석에 주저앉아 병신처럼 눈물, 콧물 다 짜면서 추하게 울고 있지는 않을까 걱정했더니."

뭐?

왜 저렇게 구체적이야. 게다가 애초에 걱정이라는 단어가 자기 캐릭터랑 어마어마하게 어울리지 않는 건 둘째 치고, 어째 나불대는 목소리에는 실망의 기운이 가득했다.

아무리 생각해도 걱정이 아니라 기대잖니, 그거.

"……그러고 있었으면 뭐 어쩌게?"

"영상구로 찍어서 고객님 만날 때마다 보여줄까 했는데."

이 미친놈이 이젠 수치 플레이까지?

나는 곧 죽어도 길을 잃고 구석에서 울고 짜는 짓만큼은 하지 말아야겠다고 다짐했다. 저놈만 봤다 하면 다짐이 늘어나는 기분이다.

난 슬슬 아파오는 목을 제자리로 돌려 다시 자빠져 있는 공갈단을 눈에 담았다. 그러고 보니 쟤들이 저 꼴이 된 게 그럼 아윈 짓이라는 말이네. 생각하자마자 탁, 아윈이 땅에 발을 디디는 소리가 들렸다.

으음, 그렇다면 이건 지금 내가 도움을 받은 상황이라는 얘기군.

사냥감(?)을 빼앗긴 기분이라 고마움보다는 아쉬움이 크지만 어쨌든 도와준 건 도와준 거니까. 나는 갈등하다 인사말 대신 아윈에게 윙크를 날렸다.

이건 일단 고맙다는 뜻이란다!

내 눈짓을 받은 아윈이 어딘지 조금 감탄하는 듯한 표정을 지었다.

……감탄?

"방금 웃기려고 한 거지?"

"뭐?"

"이런 상황에서까지 노력하다니. 과연, 꿈을 향해 정진하는 모습이 보기 좋아."

쟤는 왜 자꾸 남의 꿈을 개그맨으로 만들고 그러냐. 그거 아니야 개놈아.

"크…… 몸이 안 움직여!"

"이거 뭐야?!"

"무거워!"

사이좋게 포개진 채로 공갈단 멤버들이 저마다 버둥거리며 외쳤다. 특히 마지막 외침에서 유독 절절한 진심이 느껴진다.

맨 밑에 재는 솔직히 좀 많이 불쌍하네……. 아, 감정이입 되는데?

하필이면 가장 덩치 크고 뚱뚱한 멤버가 제일 위쪽에서 짓누르고 있었다.

설마 저거 일부러 한 건가?

옛 추억이 떠오르는 아련한 몰골들을 물끄러미 구경하고 있자니, 아윈이 내게 말을 걸었다.

"고객님, 그런데……."

"어?"

"양심 어디다 뒀어?"

"엉?"

얘가 뭐래? 온 대륙에서 가장 몰염치할 것 같은 놈이 갑자기 양심을 운운하네, 참나.

남의 무탈한 양심은 난데없이 왜 찾고 난리까 싶어 어이없어하는데, 이어진 말에 나는 입을 딱 다물 수밖에 없었다.

"연극이 좆같으면 좆같다고 말을 해줘야지, 그렇게 혼자 내빼?"

"……."

아, 아니 그건…….

네가 연극을 보면서 빡쳐 하다가도 이벨린의 웃는 얼굴에 마음이 누그러져 연극 중반부터는 대놓고 이벨린의 얼굴이나 관찰하는 뭐, 그런 내용이 예정되어 있었으니까…….

근데 내가 구라치고 내뺀 건 어떻게 알았대? 그렇게 티가 났나?

나는 입을 봉한 채 말을 골랐다.

젠장, 니가 그렇게 연극 도중에 자리를 탈주하고 여기에 나타날 줄 내가 알았냐고. 설마 이제 감독 대신 나의 목숨이……? 아니지, 안 죽인댔잖아.

난 아윈이 과거에 내뱉었던 말을 상기하고 용기를 얻었다.

"잘못했습니다. 살려주세요."

용기가 미약했다.

"야! 나부터 살려줘!"

남의 비굴한 사죄에 눈치 없는 공갈단이 끼어들었다.

아니, 저것이……. 근데 너 방금 누구한테 소리친 거니? 서, 설마?

"아니, 나부터 살려줘! 이러다 숨 막혀 죽겠네!"

"야!! 안 들리냐? 이것 좀 어떻게 해보라고!"

"은발 머리! 야!"

저 여기서 나갈게요.

도, 도망쳐야 한다. 저 미친 공갈단이 아윈을 못 알아보고 혼이 빠질 만한 개소리를 열심히 외쳐 대고 있었다. 나는 다급하게 눈동자를 굴려 도주로를 찾았다.

스크롤, 스크롤을 쓸까?

나는 아직 사람이 터져 나가거나 잘게 썰리는 걸 볼 준비가 되어 있지 않았다. 그것도 한 놈도 아니고 네 명이나!

"……!"

아윈이 허공으로 손을 들었다.

안 돼! 터, 터지나? 기왕이면 터지는 것보단 써는 쪽으로……!

생각하며 나도 모르게 눈을 질끈 감는데, 시간이 지나도 아무런 소리가 들리지 않았다. 비명이나 뭐, 콰직콰직이나 그런 게…… 어? 피 냄새도 안 난다. 그리고 시끄럽던 공갈단의 목청도 사라졌다. 그냥 조용하다.

나는 머리 위로 물음표를 띄우며 감았던 눈을 슬쩍 떴다. 뜨자마자 보인 건 갑자기 부쩍 가까워져 있는 아윈의 얼굴이었다.

"끄악!"

그 어떤 상황에서도 내 비명은 여성스럽지가 못 하구먼.

"뭘 그렇게 쫄아?"

"아, 아니."

너 같으면 안 놀라겠냐? 음, 안 놀라겠네.

난 여러모로 질겁한 가슴을 진정시키며 주변을 두리번거렸다. 꽥꽥대던 공갈단 넷이 원래 없었던 것처럼 자리에서 사라져 있었다.

어, 분명 여기쯤…….

흔적 하나 없이 깨끗한 빈자리를 멀거니 응시하다 내가 조심스레 물었다.

"……소멸?"

"그거 잘 안 써. 성가셔서."

할 수는 있다는 말이구나. 진짜 별 무서운 마법도 다 있었다. 나는 침을 한 번 꼴깍 삼키고 한층 궁금해진 공갈단의 행방을 입에 담았다.

소멸이 아니면?

"여기 있던 애들은?"

"걔들 뭐?"

"없어졌잖아. 네가 한 거 아니야?"

"맞아."

대수롭지 않은 표정으로 아윈이 답을 추가했다.

"대충 보냈어, 아무 데나."

아무 데나? 천당?

어디로 사라졌는진 모르겠지만 느낌상 결코 멀쩡한 곳은 아닐 것 같았다. 어쨌든 난 아윈의 대답을 통해 그가 이동 마법으로 공갈단을 치웠다는 사실을 알 수 있었다.

저번에도 느낀 거지만 재는 참, 마법을 무슨 숨 쉬는 것처럼 쉽게 쓴다.

본인이 직접 이동하는 것보다 남을 이동시키는 게 훨씬 어렵다고 들은 것 같은데, 손짓 한 번으로 네 명이 강제 텔레포트라니, 과연 먼치킨다웠다.

다른 물고기 둘도 무력 수준이 비슷하다는 설정일 텐데 셋이 서로 싸우기라도 하는 날엔 그 순간이 바로 세계 멸망의 때가 아닐까. 그리고 소시민인 나는 그 여파에 휩쓸려 플랑크톤처럼 쉽게 픽 죽겠지.

애들아, 꼭꼭 사이좋게 지내렴.

"고마워해."

"……어? 뭐? 세계 멸망 안 시켜서?"

깜짝 놀랐네. 얘가 설마 내 마음을 읽었나 했는데, 이어진 아윈의 말은 전혀 다른 얘기였다.

"고객님 때문에 곱게 보내줬잖아, 그것들."

"그것들? ……쌓여 있던 네 명?"

"그래, 목을 따버릴까 했는데."

붉은 눈동자에 내가 비쳤다.

나 때문에 곱게 보내줬다니?

나는 껌벅껌벅 눈꺼풀만 여닫으며 상대를 응시했다.

"고객님이 병신처럼 쫄길래 안 썰고 얌전히 보낸 거 아냐."

뭐? 그런 거였어? 그건 정말 고마운 말이었지만 '병신처럼'을 빼준다면 더 고마울 것 같았다.

"내가 그렇게 쫄았었나?"

"응, 불쌍할 정도로."

"……."

"많이 불쌍하더라. 울진 않았어?"

고마움이 조금씩 희석되고 있었다. 아무튼 어떤 이유에서든 아윈이 나를 배려해 줬다는 건 참 믿기 어려운 일이었다. 굳이 대상이 내가 아니더라도 아윈은 타인을 신경 써 자신의 행동을 바꾸는 것과는 지나치게 어울리지 않는 인물이었다.

이벨린 앞에서야 성질도 죽이고 내숭도 떨고 한다지만, 그건 그가 남주인공이고 그녀가 여주인공이기 때문이지 아윈에게 배려심이라는 게 존재해서가 아니다.

나는 대단히 생경한 아윈의 마음 씀씀이에 조금 얼떨떨해졌다.

이것도 고객님 대우인가? 대우가 파격적이군.

"그래, 완전 고마워. 그리고 안 울었어."

내 인사와 해명에 아윈이 눈을 접어 웃었다. 무슨 생각을 하고 있는진 모르겠지만 웃는 거 하난 역시 여느 때와 마찬가지로 천사처럼 맑다.

볼 때마다 개사기……. 그나저나 앤 이제 뭘 할 계획일까? 왜 물고기가 어장 주인을 놔두고 튀어나오고 난리야!

"근데 연극은 왜 보다 말고 나왔어?"

정색한다. 그걸 지금 질문이라고 하냐는 듯한 표정이었다. 내리꽂히는 시선에 난 말을 바꿨다.

"아니…… 음, 왜 이벨린이랑 같이 안 있고?"

"이벨린이고 나발이고 연극이 좆같잖아."

뭐라! 이벨린이 나발 취급을 받다니!

나는 아윈의 파격적인 언어 구사에 놀라 눈을 끔벅였다. 'ㅈ'이 들어가는 비속어를 남발하는 건 그렇다 치고, 이벨린의 취급이 원작에 비해 너무 하찮았다. 물론 타인과 비교하면 여전히 잘해 주는 축이겠지만, 애초에 여주인공이 타인이랑 비교 대상이 되는 것부터가 문제였다.

원작의 아윈은 이벨린에게 손가락도 함부로 대지 못했는데, 지금 이놈은 손이 문젠가 수틀리면 발도 댈 수 있을 것 같았다.

아, 그래도 설마 발은 참으려나? 좌우간 어제부터 계속 이상하네, 얘?

"그럼 이제 뭐 할 건데?"

"글쎄."

"아무거나 할 거 하세요. 전 그럼 이만."

"아, 할 일 생각났어."

"잘됐네, 안녕~"

"은혜도 모르는 고객님 쫓아다니기."

"뭐?"

그게 무슨 소리야?

난 뒤돌았던 몸을 재차 돌렸다. 아윈의 뻔뻔한 낯짝이 보인다.

"왜? 그보다 은혜를 모르긴 누가 몰라?"

"고객님이."

"내가 뭘?"

"기껏 구해 준 은인을 버리고 혼자 가겠다잖아?"

"헐……."

그럼 내가 널 챙겨야 한다는 소리니?

나는 아윈의 끔찍한 주장에 느껴지는 지금 이 기분이 공포인가 고민했다.

'싫은데……. 니 갈 길 가……'라고 하면 내 목이 갈 길을 가겠지? 몸 놔두고?

"그래! 그럼, 같이 가야지! 내 동료가 돼라!"

아윈은 딱히 대답이 없었다. 나는 결국 마탑주를 달고 골목에서 빠져나왔다. 얼마 걷지도 않아 시끄럽던 주변에 침묵이 내려앉고, 뒤이어 숨 삼키는 소리들이 연달아 들려왔다. 축제를 밝히는 등불이 아윈의 수려한 얼굴을 얼마나 잘 비춰주고 있을지 굳이 확인하지 않아도 짐작이 되었다. 나는 새삼 가면을 쓰고 있어서 다행이라고 생각했다.

남자랑 비교당하는 건 좀 슬프잖아…….

내 옆을 홀린 듯이 구경하는 사람들 사이로 웬 꼬마 아이가 눈을 말똥거리며 제 옆 사람 치맛자락을 끄는 게 보였다. 엄마로 추정되는 여인이 쭈그려 앉아 시야를 맞춰주자 아이가 조잘거린다.

"엄마도 봤어? 요정님이지?"

"어? 으응, 맞아. 요정님이야."

"요정님 옆에 있는 사람도 요정님이야? 요정님은 요정님이랑만 같이 다니지, 그치?"

"그래그래, 우리 공주님 잘 알고 있네?"

"헤헤, 작은 요정님, 큰 요정님!"

아, 아냐, 애기야. 난 아니야. 나는 아니란다!

아이의 천진난만한 착각에 양심이 따끔거려 왔다. 마침 아윈도 그걸 들었는지 옆에서 말을 건다.

“가면 벗지, 요정님?”

시발…….

아윈은 사람이 수치사로 죽을 수 있는지 없는지 시험하는 것 같았다. 일부러 걸음을 빨리해 거리를 벌리자, 아윈은 벌어진 간격을 좁히지 않고 오히려 떨어진 곳에서 목청을 높였다.

“요정님! 갑자기 걸음이 빨라졌네?”

“……!!”

내가 무슨 짓을 하면 쟤를 죽일 수 있을까!! 악마한테 영혼을 팔아도…… 안 되겠지?

나는 이참에 아예 뛰어서 도망칠까도 생각해 보았으나, 그러기가 무섭게 아윈이 성큼성큼 다시 내 옆자리를 차지했다.

허엉, 신이시여…….

“이제 뭐 할까?”

“…….”

“요정님, 왜 말이 없어?”

“꼭 그 시…… 같은 호칭을 써야겠니?”

욕할 뻔했다. 아윈은 내 억눌린 분노가 가득한 말에도 그 뻔뻔한 태도에 일말 동요가 없었다.

“요정님이 왜? 마음에 안 들어?”

“어! 네! 끔찍합니다! 제발 좀 멀리 치워주세요!”

“싫은데.”

"왜…… 왜죠? 왜 하필 그 요…… 하는 호칭을 써야 하는데? 뭐 때문에?"

"고객님이 싫어하니까."

아, 얘 진짜 죽이고 싶다.

나는 실현 불가능한 허황된 살인 충동이 솟구치는 것을 느끼며 눈물을 삼켰다.

이놈 진짜 나한테 왜 이래!!

이쯤 되니 이벨린이 마법처럼 짠 하고 나타나 얘를 데리고 가줬으면 좋겠다는 생각까지 들었지만, 지금 하는 꼴을 봐선 딱히 여주인공이 등장한다고 해서 그녀를 쫄래쫄래 따라나설 것 같지도 않았다.

우리 물고기가 달라졌어요.

아윈은 괴로움에 부들부들 떠는 나를 옆에 두고 질리지도 않는지 수치 플레이를 반복했다. 그리고 그게 계속되면서 나는 점점 그 정신 나간 호칭에 익숙해져 갔다.

가면을 써서 정말 다행이다. 가면은 진짜 신의 한 수였어.

목적지 없이 걷다 보니 당도한 곳은 하필이면 길거리 음식이 널린 골목이었다. 가지각색의 주전부리가 향긋한 냄새를 풍기며 나를 유혹한다.

아…… 안 돼! 저걸 먹었다간 또다시 다이어트야!

필사적으로 무심한 태도를 유지하고 있다 생각했는데, 눈빛의 갈망은 미처 숨기지 못한 모양이었다. 아윈의 목소리가 나를 두드렸다.

"당장 안 먹으면 죽을 것 같은 눈빛인데?"

설마 그럴 리가. 그 정도는 아니란다, 이 자식아.

나는 방금 막 유혹에 넘어갈 뻔했던 닭 꼬치 노점을 가능한 태연한 기색으로 지나치며 응수했다.

"마음대로 다 먹었다간 돼지 돼."

"지금은 아니야?"

"닥……."

닥치라고 하고 싶다.

닥쳐! 아직 아니야! 코르셋 아직 잠기거든? 약간 여유…… 솔직히 여유는 없지만 어쨌든 잠기거든?

그러나 말 한 마디에 목숨을 걸 기개는 내게 없었다.

"닥닥 닥 자로 끝나는 말은~ 손바닥, 발바닥, 땅바닥, 밑바닥, 머리 한 가닥."

내 스스로가 너무 애잔해서 눈물이 다 날 지경이었다.

아윈은 '닥'을 수습해 보려는 내 비굴한 노력에 빵 터지더니 저 혼자 열심히 웃어댔다. 한밤의 거리에 시원한 웃음소리가 공기를 타고 퍼진다.

나는 노점에서 꼬치를 파는 예쁜 언니가 굽던 것이 타는 줄도 모르고 아윈에게 넋을 놓는 것을 안타깝게 지켜보았다.

꼬치 아까워…….

노점들은 끝을 모르고 이어졌다.

이 어딘가에 팝콘도 있겠지?

뭔가 아윈을 달고 다니니 심력 소모가 커 체력까지 덩달아 깎이는 기분이었다. 한 것도 없는데 고생한 느낌. 이 정도 고행(?)을 겪었으면 보상으로 주전부리 하나 정도는 입에 넣어도 되지 않을까? 유혹이 점점 커지고 있었다.

아윈은 다 웃었는지 다시 나를 건드렸다.

"요정님, 그냥 먹지 그래?"

"괜찮아."

"푹 퍼진 요정님도 나름 희소가치가 있을걸?"

그런 희소가치 엄청나게 필요 없다. 됐어! 됐다구! 됐…….

"얼마예요?"

"작은 봉지는 50쿠퍼, 큰 봉지는 1실버입니다."

"그럼 큰 봉지로 하나 주세요."

나는 귀에 익은 목소리를 듣고 발을 멈췄다. 어디서 많이 들어본 것 같은 청초한 음성이 절로 내 고개를 잡아끈다. 근원지를 찾아 시선을 돌리자 미처 보지 못하고 지나쳤던 팝콘 노점과 그 노점 앞에서 상품을 구매 중인 동그란 뒤통수가 눈에 들어왔다.

이 느낌은……! 아는 뒤통수의 느낌이로구나!

거기다 어깨 위로 걸친 후드 때문에 반쯤 가려져 있긴 하지만, 등불이 비춘 머리색은 틀림없는 백금발이었다. 저 머리색은 분명…….

"많이 파세요."

"예쁜 아가씨가 마음씨까지 고우네. 허헛, 고맙습니다! 맛있게 드세요!"

상인의 인사를 뒤로하고 마음까지 고운 예쁜 아가씨가 몸을 돌렸다. 그리고 드러난 그 얼굴에 나는 하마터면 박수를 칠 뻔했다.

역시, 황녀 언니! 축제에 참가했구나! 와, 이렇게 다 만나네.

로젤리아 황녀는 색이 어두운 수수한 원피스 위로 비슷하게 칙칙한 후드를 걸치고 있었다. 물론 그러한 뒷골목st 패션으로도 황녀 언니의 미모는 가려지지 않았지만. 머리만 배꼼 드러났는데 그 머리가 예쁘다.

나는 반가움에 아는 척을 하려다 입을 합 다물었다.

……뭐라고 부르지?

이 거리 한복판에서 '황녀 전하!' 하고 외칠 수도 없는 노릇이었다. 고민에 빠진 사이 이번엔 황녀 쪽에서 나를 발견했다. 나를 한번 보고 고개를 갸우뚱한 그녀가 아윈을 보고 깜짝 놀라더니, 다시 내게로 시선을 돌린 후 곧이어 '아!' 하는 표정을 했다.

황녀가 밝게 웃는다.

"라테!"

아니, 어떻게 알아본 거죠!

그러나 나는 그녀의 눈길이 내 머리카락을 향했었음을 알고 있었다.

흑흑, 뭐냐구! 왜 다들 그런 걸로 구분하냐구!

종종걸음으로 가까워진 황녀 언니가 금세 내 바로 앞에서 멈췄다. 그녀는 대체로 날 이름보다는 로즈라고 부르길 좋아했지만, 일행인 아윈을 신경 쓴 듯 필명 대신 본명을 입에 담았다.

나는 여전히 상대의 호칭을 고민하며 일단 인사부터 꺼냈다.

"축제 구경하러 나오신 거예요? 더 반갑네요, 이런 데서 보니까."

"후후, 저도요. 라테를 여기서 다 만날 줄이야!"

황녀 언니가 생글생글 웃었다. 날-정확히는 로즈를-향한 무한 애정에 약간 민망하기도, 으쓱하기도 했다. 나는 그런 그녀를 마주하다 퍼뜩 아윈에게로 생각이 미쳤다.

소개를…… 음…… 해야 하는데…….

"아윈, 이쪽은……."

"알아."

목소리가 시큰둥했다. 제국 제일미 페리도트에게도 저런 전적이 있으니 별로 새삼스러운 반응은 아니었지만, 문제는 내 입장이다. 어느 한쪽에게도 개길 수 없는 고래 사이에 낀 새우 처지였으니 나는 슬그머니 긴장에 발을 담갔다. 아윈은 도저히 종잡을 수 없는 타입이라 이럴 때마다 마음을 놓을 수가 없었다.

"오랜만에 뵙습니다."

"그래."

황녀의 인사에 나는 눈을 휘둥그레 떴다.

아는 사이야?

공손한 인사를 상대가 건방지게 받았음에도 그녀는 별로 개의치 않아하는 기색이었다. 물론 대상이 대상인지라 개의한다고 뭘 어떻게 할 수 있는 건 아니었지만, 황녀 언니는 당황하는 낌새조차 없었다.

"전에 만난 적이 있어요?"

"어쩌다 몇 번."

로젤리아를 보며 물었으나 답은 아윈에게서 나왔다.

아, 네. 성의 넘치는 답변 감사합니다.

황녀 언니가 미소를 지으며 그에 덧붙였다.

"오라버니와 함께 뵌 적이 있어요. 일 때문에 탑을 방문한 적이 있거든요."

탑을 언급하는 황녀의 목소리가 작았다. 아마도 장소를 의식하는 듯했다. 내가 황녀 전하라는 호칭을 삼가고 있는 것과 같을 것이다.

그치만 아윈은 여기서 누가 배에 힘을 주고 '마탑주가 나타났다!!' 하고 사자후를 질러도 딱히 신경 쓰지 않을 느낌이었다. 애초에 하고 나온 꼬락서니부터가 이목을 끌지 않겠다는 의지가 0.1도 없구만, 뭐.

아, 생각하니까 열 받네.

존잘들은 소시민과 함께 다닐 때 반드시 가면을 써야 하는 법이나 좀 만들어지면 좋겠다.

"그런데."

"응?"

"요정님은 어떻게 아는 사이야?"

"……!!"

말릴 새도 없이 아윈이 황녀 언니의 앞에서 끔찍한 호칭을 입에 올렸다. 황녀의 고운 녹색 눈동자가 의아함을 담고 깜박인다.

아, 안 돼!

"요정…… 님?"

"이거, 요정님."

꺄악! 제발! 수치사!

아윈은 심지어 손가락을 들어 날 가리키기까지 했다. 황녀 언니의 동공이 흔들리는 게 빤히 보였다.

안 돼…… 으흑흑……. 이렇게 죽는 건가……? 수치사로……? 하, 좋은 인생이었다…….

나는 그렇게 생을 마감했다…… 는 무슨. 난 잠시 후 기가 찬 광경을 목격했다.

"맞아요! 어쩜 그렇게 딱 맞는 별칭을 찾으셨어요? 작고, 귀엽고, 정말 딱 요정 같아요! 그렇죠?"

"……."

"표현할 말이 없었는데. 와, 드디어 찾았네요! 노랗고 탐스러운 머리카락도 그렇고 동글동글 예쁜 눈동자도 그렇고, 요정이라는 단어가 너무 잘 어울려요. 그렇게 생각하시죠?"

아윈은 조금도 그렇게 생각하지 않는다는 표정이었지만 황녀는 상관하지 않고 계속해서 조잘거렸다. 환한 표정이며 반짝이는 녹안 하며 어딜 봐도 그녀가 지금 진심이라는 걸 알 수 있었다.

화, 황녀 언니…… 아윈이 말을 잃게 만들다니, 정말 대단하시네요.

그러나 나도 함께 말을 잃었다. 수치사는 안 받아준다고 천당 문턱에서 쫓겨나 다시 현세로 왔더니 더 큰 수치가 기다리고 있는 기분이었다.

사, 살려줘…….

"황녀, 눈에 이상 있어?"

아윈, 야, 그래도 황녀님인데 말에 너무 예의가 없는 거 아니니?

하지만 담긴 의미에는 공감이었다.

"네? 제 눈이 왜요? 참, 라테."

"아, 네?"

"저도 요정님이라고 부르고 싶은데……. 장미의 요정, 괜찮을까요?"

괜찮겠어요?

전혀, 미친, 괜찮지 않았다.

심지어 업그레이드됐잖아! 아, 언니 제발…….

필사적으로 고개를 저으려는데 그보다 아윈이 약간 빨랐다.

"안 돼."

"네? 어째서요?"

"나만 부를 수 있어, 그거."

이렇게 기쁘지 않은 소유권 주장은 처음이었다.

그런 호칭에 집착하지 말아줄래, 미친놈아?

그래도 두 명이 부르는 것보단 한 명이 부르는 게 나았으니 난 속으로 아윈을 열심히 응원했다. 마탑주의 반대에 부딪힌 황녀 언니는 다행히 별다른 저항 없이 포기하는 모양새였다.

미인의 시무룩한 표정은 마음이 아팠지만 그래도 내 멘탈이 먼저니까……. 암 쒀리 예쁜 언니…….

수치사 간판을 달고 기어이 저승 입장을 강행하는 최초의 인간이 되는 건 피했다. 나는 한시름 덜어 이제는 친숙-미친-해지려 하는 아윈의 호칭을 한 귀로 흘러 넘겼다.

저놈은 대체 언제까지 저 수치 플을 계속할 생각일까? 불릴 때마다 싫어하긴커녕 외려 기쁜 척, 수줍은 척, 즐거운 척 이런 반응을 해대면 질려서 그만둘까?

“요정님, 표정이 구리네? 애들이 보면 울겠어.”

저 그냥 다시 태어나겠습니다.

곧 죽어도 저기다 대고 기쁜 척은 못 하겠다. 나는 보이지도 않을 내 표정을 디스하는 아윈에게 닿지 못할 저주의 말을 속으로나마 흩뿌렸다.

썩을 놈, 재수 없게 드래곤한테 걸려서 다굴이나 당해라. 전설의 용 괴물들이 쟤보단 세겠지.

나는 울분을 삼키며 대충 말을 받았다.

“요정은 무슨 표정을 지어도 아름답다고나 할까?”

“그건 진짜 요정일 때 얘기고.”

맞는 말이긴 한데 쟤 입으로 들으니 왜 이렇게 짜증이 나지.

“맞아요! 요정보단 라테가 훨씬 예쁘죠.”

이쪽도 마음은 고맙지만 이쪽대로 답이 없었다. 나는 황녀에게로 시선을 주며 재빨리 화제를 전환했다.

“참, 여긴 혼자 나오신 거예요? 위험하실 수도 있는데.”

눈대중으로 살폈지만 그녀에겐 일행이 없었다. 신분을 생각해 보면 적어도 호위 서넛쯤은 달고 있는 게 자연스러울 텐데, 불과 얼마 전 팬 미팅 자리에서 습격을 받았던 사람답지 않게 황녀는 저 혼자 제법 자유로워 보였다.

궁금해하는 기색을 띠우자 그녀가 답을 꺼냈다.

“아뇨, 실력 있는 분들께서 지켜주고 계세요. 비록 제 눈으론 볼 수 없지만.”

아하.

나는 고개를 끄덕거렸다. 겉으로 드러나진 않지만 어디 숨어서 보이지 않게 여럿이 경호 중인 모양이었다.

무슨 은신술의 고수 그런 건가?

복면을 쓴 자객 같은 걸 상상하고 있는데 아윈의 목소리가 툭 귀를 건드렸다.

“총 다섯.”

“응?”

“다섯이 숨어 있네. 잡아다 보여줄까?”

“뭐? 아니, 괜찮은데. 엄청 필요 없는데.”

나는 사양의 의미를 담아 고개까지 붕붕 저었다.

얘는 진짜 막 나가는 놈이니까 황녀가 아니라 황녀 할아버지의 호위래도 개의치 않고 목덜미를 잡아채 들이밀 게 뻔했다. 그리고 난 그런 광경을 정말 정말 보고 싶지 않았다. 충돌만큼은 안 된다.

안 돼! 소시민 휘말림! 소시민 사망!

"그분들께서는 그냥 계속해서 본연의 자리를……."

"재밌네."

"지킬 수 있도록…… 어?"

"숨은 채로 살기를 뿌려?"

"넹?"

살기? 살기를 뿌려? 숨은 채로?

그 순간 나는 그 뜻을 알아듣자마자 사색이 됐다.

꺄아아아악, 호위님들아!

"주제에 자존심들은 있다 이거지?"

아윈의 눈이 반달로 접힌다. 그 미소를 목격하자마자 나는 몸부터 날렸다. 생각할 새도 없이 저도 모르게 튀어나간 움직임이었다. 살려야 한다. 이 상황에서 아윈이 호위들을 잡아 죽이면 진짜 큰일이다!

나는 아윈의 허리께에 답삭 매달렸다.

"살려주세요!!"

안 그래도 이놈 탓에 있는 이목 없는 이목 다 끌어모으고 있었는데 이젠 아주 뚫어질 지경이다. 부끄러워 소멸할 것 같았지만 지금은 그게 문제가 아니었다.

나는 매달린 채로 절절히 외쳤다.

"한 번만 봐주시죠! 가끔은 생명을 구해 주거나 하는 은덕을 쌓아도 좋지 않을까요? 그래야 다음 생에도 남주인공으로…… 아니, 지금 같은 완벽남으로 다시 태어나지 않을까요? 사람은 누구나 실수를 하는 법인데 그 실수를 너그럽게 넘겨준다면 분명 훗날 찬란한 보답이…… 어쩌구…… 사람 사는 세상이라는 게…… 블라블라."

아윈은 제 허리께에 매달려 이 말 저 말을 열심히 나불대는 나를 물끄러미 내려다보았다. 황녀의 호위들이 얼마나 실력이 좋을진 모르겠지만, 아윈의 먼치킨적인 설정을 고려했을 때 죽일 수 없을 거란 생각은 전혀 들지 않았다. 오히려 개미 짓뭉개듯 학살할 수 있다는 게 더 가능성이 높을 것이다.

안 된다, 이 자식아! 이 자리에서 그 친구들의 목을 따는 것만큼은 부디 참아주렴!

"지금 이 순간 살생을 참지 않는다면, 다음 생에 나의 썸남으로 태어나게 될 것입니다."

"썸남?"

"예비 남자 친구."

"……!"

나는 하다하다 협박까지 내뱉었다. 태연하게 하는 꼴을 지켜보던 아윈이 내 말에 처음으로 흔들리는 기색을 보였다.

"그건 끔찍한데."

협박이 통했는데 기쁘지 않은 이유 좀.

어쨌든 결과적으로 아윈은 마음을 돌렸다. 내 머리를 잡고 떼어내는 손길과 함께 그 위로 목소리가 떨어졌다.

"그래, 안 죽이지 뭐."

"……진짜?"

"저것들보다 요정님이 더 재밌으니까 봐줄게. 좋지?"

어, 으응…… 정말 좋구나…….

그 와중에도 저놈의 거지 같은 호칭은 빼먹지 않다니 참으로 꼼꼼하다. 이유야 무엇이든 황녀 호위 대학살을 피한 건 매우 다행스런 일이었다.

나는 순순히 아윈에게서 떨어지며 가슴을 쓸어내렸다.

십년감수했네.

그 사달이 실제로 일어났다면 혼란도 그런 혼란이 없었을 것이다. 하마터면 그 혼돈의 카오스 속에서 황녀 언니를 붙잡고 바들바들 떨 뻔했다. 나는 참사를 막아낸 스스로가 대견해서 잠시 밀려오는 감동을 만끽했다.

황녀는 나와 아윈이 하는 짓을 눈을 동그랗게 뜨고 멀뚱멀뚱 쳐다보더니 이내 내게 다가와 귓가에 작게 속삭였다.

"사이좋네요."

어엉……?

난 도무지 무슨 표정을 지어야 할지 모르겠는 표정으로 황녀 언니를 바라보았다. 그런 내 시선을 받은 황녀의 녹안이 잘게 떨린다. 그걸 보는 내 동공도 덩달아 진동했다.

황녀 언니……?

그렇게 서로가 서로를 당황시키는 눈빛 교환이 끝난 건 아윈이 입을 연 후였다.

"죽이지는 않겠지만 경고는 해야지."

말이 나오기 무섭게 주변의 온도가 가라앉았다. 온도계로 재본 건 아니지만 직감상 몇 도 낮아진 것 같은 느낌이 강하게 들었다. 서늘해진 온도에 막 한기를 느낄 때쯤, 변했던 공기가 다시 평소의 훈훈함을 찾았다.

찰나였지만 명백하게 피부로 느껴졌던 변화에 내가 '……?' 하는 기분으로 눈을 깜박이다 물었다.

"뭐 한 거야?"

"이제 비굴한 존댓말은 끝났어?"

"……더 쓸까요?"

"아니. 방금 건 간단하게 경고한 거야, 그것들한테."

자세히는 모르겠지만 호위들에게 겁을 주는 과정이었던 모양이다.

살기라도 뿌리거나 뭐, 그랬겠지.

겁을 줘도 아윈이 대충 줬을 것 같진 않았으니 그들이 다시 상대를 자극하는 일은 없을 것이다.

어휴, 진짜 살았다. 저기 어둠 속의 호위님들, 다음부터는 도발을 하더라도 아무도 없는 곳에서 해주세요. 적어도 저는 없는 곳에서요. 플리즈.

황녀는 한 박자 늦게 제 호위들이 문제였음을 알아차렸는지 아윈에게 사과를 건넸다.

자기 잘못도 아닌데 정말 공손한 사과였…… 잠깐, 황녀 언니…… 지금 깨달은 거면 좀 전에 속삭일 땐 내 행동을 뭐라고 생각했던 거죠? 설마 노는 거? 논다고 생각했……?

황녀 언니는 내게도 미안하다고 인사를 전달했다. 나는 그에 고개를 저었다. 어쨌든 문제없이 잘 넘어갔으니까 된 거지. 나는 대신 황녀 가까이 얼굴을 대고 다른 얘기를 소곤거렸다.

"전하, 저 아까 노는 거 아니었어요. 그거 나름 필사적인 몸부림이었어요……."

그녀는 동공지진으로 화답했다.

나는 슬슬 자리를 이동하고 싶었다. 아윈의 외모에 내 행동까지 겹쳐져 시선 집중이 무슨 무대 위에서 스포트라이트를 받는 수준이었기 때문이다. 설상가상으로 멤버가 여자 둘에 남자 하나라 자극적인 이야기를 만들어내기 딱 좋았다.

예를 들어,

A : 이 남자는 내 거야!

B : 아냐, 내 거야!

남자 : B가 더 예쁘군.

B : 아잉♡

A : 서…… 설마 날 버릴 건가요? 난 몸도 마음도 다 주었는데! 날 버리지 말아요……. 당신이 날 버린다면 난 죽어버릴 거예요!

남자 : 그냥 지금 죽어.

A : 살려주세요!!

뭐, 이런 거? 아주 막장이구먼.

아무튼 장소 탈주의 욕구가 몹시 넘실거린다.

나는 벗어나겠어! 이 거리를!

물론 혼자 도망칠 수는 없겠지. 나는 황녀 언니를 향해 눈가를 찡긋거렸다.

"여기서 이럴 게 아니라 우리 축제 구경이라도 하러 갈까요?"

그러자 그녀는 별안간 손뼉을 쳤다. 뭔가 발견한 듯한 표정이었다.

"라테는 윙크하는 것도 귀엽네요."

"……."

물고기들로 인한 생명의 위협도 통제하지 못했던 내 몸가짐을 황녀 언니는 조신하게 바꿔놓을 수 있을 것만 같았다.

이제 윙크 금지다. 요조숙녀가 돼 버려……!

어쨌든 나는 진심으로 날 요정 취급하는 황녀와 그런 황녀를 짜게 식은 표정으로 응시하는 아윈을 매달고 거리를 누볐다. 고정식 시선 흡수기에서 이동식 시선 흡수기가 되어 가는 곳마다 이목을 좌라락 끌었지만, 대부분의 눈길이 아윈과 황녀 언니에게 머문 터라 난 비교적 쾌적한 시간을 영위할 수 있었다.

난 탱커 둘을 앞세우고 주목의 홍수에서 슬쩍 비껴나 돌아다녔다. 황녀 언니는 나와 함께 축제를 구경하며 이런저런 얘기를 나눴는데, 의외였던 건 그녀가 나와 아윈의 관계를 궁금해하지 않았다는 점이었다.

혹시 그냥 알아서 짐작한 걸까? 어, 어떤 식으로……?

나는 만약 그녀가 충격적인 오해를 하고 있다면 그것을 정정해 줘야 하나 말아야 하나를 고민했다.

황녀가 추측만으로 소문을 낼 인물처럼 보이지는 않지만, 만에 하나라도 잘못 이야기가 퍼진다면 나는 진격의 페리도트에게 찜을 당할지도 모르는 일이었다.

평범한 조연, 제국 제일미에게 찜.당.하.다?!

그리고 정말로 찜이 되겠지. 흑흑, 그런 결말은 싫어. 인간 찜 다메요.

나는 다음에 황녀 언니랑 둘만 만나는 자리를 가졌을 때 이 주제를 넌지시 말해봐야겠다는 다짐을 했다.

혹시 모르니까, 응.

페리도트가 여주인공 치우겠다고 날뛰다가 본인이 치워지기 전까지는 가능하면 몸을 사리자.

"이것 봐요, 라테. 귀엽죠?"

"허허, 예쁜 아가씨께서 보는 눈이 있으시네!"

"뭔데요?"

축제는 은근히 볼거리가 많았다. 나는 황녀의 표정이며 말투에서 그녀가 상당히 들떠 있다는 사실을 알 수 있었다. 꼭 황성에만 갇혀 있다가 굉장히 오랜만에 바깥을 구경 나온 사람 같았다.

헉, 그럴지도.

그러고 보니 원작에서 황녀 언니는 케니스와 관련된 일이 아니면 성을 벗어나는 일이 거의 없었다.

그럼 오늘 축제에서 케니스랑 마주치려나? 으음, 끄으음…… 호구 사랑은 안 되는데……. 황녀 언니, 호구 사랑만큼은……!

난 황녀의 미래를 걱정하며 그녀가 가리킨 곳으로 눈을 돌렸다. 노점판 위로 수제 느낌이 물씬 나는 각양각색의 인형들이 줄지어 늘어서 있었다.

"인형이네요."

"요정님, 인형 모델 한 적 있어? 똑같은데."

아윈이 지목한 건 초보자가 만들었는지 눈, 코, 입이 대충 아무 데나 붙어 있는 성의 리스한 생김새의 봉제 인형이었다.

야! 이씨……. 왜 하필 머리카락이 노란색이고 난리야, 저 인형은!

"인형보다 라테가 훨씬 귀여워요!"

그야 내 눈, 코, 입은 적어도 제자리에는 붙어 있었다. 나는 인형들을 훑으며 혹시 은발에 붉은 눈과 비슷한 외양은 없나 찾아 헤맸다. 당사자한테 빡칠 때마다 집구석에서 인형에게 못을 박으면 그 재미가 나름 쏠쏠할 것 같은데.

으음…… 에이, 없네. 생각난 김에 주문 제작할까?

꽤 잘 만든 장미 인형을 골라 황녀 언니에게 선물하고, 돌아다니다 발견한 장신구 노점에서 장미 인형의 이파리에는 어떤 반지가 어울릴지 토론하던 와중이었다.

상품들을 구경하다 말고 황녀 언니가 다른 곳에 반짝 시선을 주었다. 그러더니 그대로 눈을 고정하는 모습에 나도 그녀를 따라 고개를 돌렸다.

어!

"오라버니?"

놀람을 숨기지 못한 부름이 황녀의 입을 타고 흘러나왔다. 시선의 끝에는 이벨린과 물고기 두 마리가 여전한 찬란함으로 사방의 이목을 주워 삼키고 있었다.

와, 시간이 언제 이렇게 지났담.

그들은 연극 관람을 마치고 근처 거리를 구경 나온 것 같았다.

"로젤리아."

황태자가 용케 이쪽을 발견하고 표정을 바꿨다. 성큼성큼 긴 다리로 가까워지는 것이 순식간이다.

참, 이 둘이 사이 돈독하지.

"여긴 어떻게……. 나올 거라는 얘기는 못 들었는데?"

"오라버니야말로 여기서 만나 뵙게 될 줄은 몰랐어요."

"거리는 위험하다, 로젤리아. 호위가 붙어 있긴 하지만…… 다섯 가지고는 부족해."

론드미오가 미간을 좁혔다. 그 불편한 심기에서 여동생을 향한 걱정이 그대로 느껴졌다.

뭐시야, 이 양반 팔불출인가!

호위 다섯이 적다고 툴툴거린 황태자는 이내 나와 아윈을 번갈아 응시하고 눈에 이채를 띠었다. 조합이 굉장히 의외라는 기색이었다.

"어떻게 같이 있지?"

"우연히 만났어요."

황녀가 해사하게 웃으며 말을 받았다. 내가 아윈을 달고 다니게 된 건 딱히 우연은 아니었지만 나는 일단 맞다며 고개를 끄덕였다. 그러는 사이 이벨린과 케니스가 이쪽으로 다가오는 게 보였다.

"그간 강녕하셨습니까?"

"오랜만이에요, 공."

난 케니스와 인사를 나누는 황녀 언니를 열심히 관찰했다. 나름 매의 눈으로 살폈으나 지금은 별다른 동요가 느껴지지 않았다.

일단 다행이군.

이벨린은 호칭이 생략되니 상대가 누구인지 모르겠는 듯 선 자리에서 눈만 멀뚱거리고 있었다. 황녀가 오라버니를 운운한 건 듣지 못한 모양이었다. 론드미오가 그에 웃으며 서로를 소개시켜준 뒤에야 이벨린은 황녀에게 인사를 올렸다.

"아, 이분이……."

황녀 언니의 혼잣말은 가장 가까이 붙어 있던 내게만 들릴 정도로 작았다.

이분이? 벌써 소문이라도 도나?

의아함을 품는 순간 이벨린이 다른 주제를 꺼냈다.

"갑자기 사라져서 걱정했어."

그녀는 아윈을 향해 말을 걸었다. 돌아가는 상황을 관망하고만 있던 아윈이 그제야 이벨린에게로 눈을 돌린다. 정말로 걱정했던 건지 인사치렌지는 모르겠지만 어쨌든 부드럽고 상냥한 어조였다.
곧장 대답이 없자 그녀가 말을 추가했다.
"왜 먼저 가버린 거야?"
'어머, 얘! 그걸 정말 몰라서 묻는 거닛?!'는 무슨, 몰라서 묻는 게 맞을 것이다. 여주인공인 이벨린은 내가 재밌으면 당연히 남들도 재밌을 거라는 다소 뇌 맑은 인식이 없잖아 있는 캐릭터였다.
아윈이 그 물음에 대고 짧게 응수했다.
"재미없어서, 연극이."
오호라~ 이 자식 언어 순화 좀 보시게. 그냥 재미없는 수준이었니? 언제는 좆같다더니? 엉? 지읒을 막 남발하더니?
이벨린은 그 간단한 이유에 조금 당황하는 기색이었다.
"아…… 미안. 나는 그럴 줄은 모르고……."
난감해하는 얼굴을 보니 연극이 관람 도중 탈주하고 싶을 만큼 노잼이라는 가정은 아예 하고 있지 못했던 게 뻔했다.
황태자랑 케니스가 고생 좀 했겠구만, 연극 꿀잼인 척하느라.
이벨린이 안절부절못하며 말을 고르자 곁의 케니스가 표정을 굳혔다.
"굳이 사과까지 할 필요는 없지 않나?"
엉? 얜 왜 지가 난리래?
"요구한 적 없는데?"
어어? 여긴 또 이렇게 받네.
"상대에 대한 배려가 부족하군."
"재미없는 걸 재미없다고 벙어리처럼 말도 못 하는 게 배련가?"

헐! 이거 뭐지? 이 분위기 뭐지!

갑자기 심상치 않은 기류가 케니스와 아윈의 사이에서 흐르기 시작한다. 나는 둘을 감싼 싸늘한 기운에 눈을 깜박이다 헙 하고 입을 막았다.

이…… 이건! 남자 주인공들끼리의 신경전, 대립! 로맨스 소설에서 여주인공을 가운데 두고 꼭 한 번씩은 나온다는 그거? 와, 대박! 와작와작.

근데, 지금 이건 좀 상황이 애매하다. 나는 팝콘을 갈구하던 것을 멈추고 좋지 못한 시선을 교환 중인 둘을 번갈아 살폈다.

이벨린이 원인이 된 건 맞는데, 여느 논점처럼 '내가 그녀를 더 사랑해', '아니, 나다', '나야' 이런 식의 갈등이 아니었다. 외려 '여주인공 핍박하지 마', '니가 뭔 상관', '이 새끼가', '뭐' 여기에 부합하는 느낌이었다.

으응? 왜 물고기들끼리 이런 걸로 싸우고 난리야? 지분 다툼을 해도 모자랄 판에 얘네 뭐시당가?

가만 보면 그래, 문제는 아윈에게 있었다. 원작이었다면 연극 도중 밖으로 도망치는 행동을 선택했더라도 이유를 묻는 것에 '급한 일이 있었다'는 식으로 둘러댔을 것이다.

앞장서서 연극을 보러 가자 이끈 이가 이벨린인데, 그 앞에 대고 '연극이 노잼이라 튄 건데' 하고 곧이곧대로 말해버리면 당사자는 면목이 없어지는 게 당연했으니까.

아윈이 본래 남의 입장 따위를 개의치 않아 하는 성격은 맞지만, 그게 이벨린에게도 적용되는 건 확실히 원작과는 사뭇 다른 부분이었다.

정말 뭘까? 물고기 3이 미쳐 날뛰고 있습니다!

아윈의 뻔뻔스런 얼굴에 케니스가 눈썹을 꿈틀거리는 게 보였다.

앗! 나 저 표정 전에 자주 봤는데. 냉미남 전용 한쪽 눈썹 씰룩이잖아! -_-^ 이거.

아무튼 저건 케니스의 기분이 상당히 구리다는 증표였다. 마찬가지로 아윈도 웃고 있는 반면 눈빛이 싸늘했다.

어…… 설마 이대로 싸우나? 자, 잠깐만.

세계 멸망의 위협을 느낀 내가 황태자를 급히 찔렀다.

"전하."

"음?"

"좀 말려 봐요, 저기 둘."

"내가 왜?"

잘 보니 이 자식은 팔짱까지 끼고 있었다.

아니, 이놈이? 자기 일 아니라고 태평함이 굉장하신데?

"싸움 나면 어떡해요."

"싸우면 되지?"

"뭘 돼요, 옆에 있다가 죽게 생겼는데. 휘말리면 전하가 저 건져 줄 거예요?"

황태자는 내 말에 황녀와 이벨린을 차례로 눈에 담았다. 그러더니 심각하게 대꾸한다.

"손이 모자라."

야 이…….

"발로 건지는 것도 괜찮다면 고려해 보겠다."

이게 아윈 같은 대답을 하고 앉았다. 나는 가면도 썼겠다, 관리하지 않은 표정을 원하는 대로 구기며 말을 받았다.

“그러다 실수해서 상반신만 건지면요?”

“그건…… 안타까운 일이지만 명복을…….”

“치워요! 흑흑, 이벨린!”

나는 불경하게 황태자의 말을 자르고 이벨린에게로 들러붙었다. 멀거니 서 있던 그녀가 나를 돌아본다. 점점 흉흉해지는 아윈과 케니스의 분위기에 내가 막 저 둘 좀 말려달라며 부탁하려던 참이었다.

때마침 아윈의 품에서 요란한 소리가 울렸다. 갑작스레 알람처럼 울려대는 소리에 멀뚱히 굳어 있자니, 아윈이 제 상의에서 조그만 구슬 같은 걸 꺼냈다. 구슬은 아윈의 손에 닿는 즉시 뚝 소리를 멈추더니 이내 제 위로 화면을 크게 띄웠다.

저건…… 통신구?

–탑주님! 탑주님 저 보이십니까? 큰일 났습니다! 도와주세요, 탑주님!

간달프!

나는 간만에 보는 아는 얼굴에 자칫 손을 흔들 뻔했다. 고작 한 번 만난–그것도 공적인 일로–사이였지만 외양이 간달프라 그런지 느껴지는 친밀감이 남달랐다. 속으로 반가워하고 있으려니 아윈이 귀찮다는 듯 대꾸한다.

“뭔데?”

–지난달에 의뢰를 넣었던 끼다로와 왕국의 애래서기어 왕자 있잖습니까, 그 양반이 지금…… 어이쿠! 부수지 마세요! 어이쿠!!

난리였다. 상세한 사정은 모르겠지만 어쨌든 저쪽 상황이 매우 급박하다는 것 하나는 생생히 전해져 오고 있었다.

가, 간달프……. 타이밍은 고마운데 거기 괜찮은 거니? 애래서기어 왕자는 대체 누구기에 이름이 그렇게 재수 없는 거니?

다급함이 넘치는 화면 너머의 판국을 지켜보던 아윈은 이내 짜증이 묻은 손길로 머리를 한번 쓸어 넘기곤 통신을 끊었다.

아, 가는가 보다.

통신구를 도로 품에 넣은 아윈이 찰나 내 쪽으로 시선을 주었다.

응? 나 왜?

생각이 들기 무섭게 뭔가가 날아든다.

뭐, 뭐야!

엉겁결에 받아 들자 인형이었다.

인형? 어…… 나 이 성의 없는 눈, 코, 입 어디서 많이 본 것 같은데. 야 잠깐만.

"고객님 분신, 소중히 모셔."

호칭이 다시 고객님으로 돌아왔구나, 다행…… 이 아니라 뭐?

"이게 왜 내 분신……."

슉.

미처 따지기도 전에 아윈은 그대로 사라졌다. 순식간에 텅 비어버린 자리와 양손으로 잡은 인형을 번갈아보다 난 마음속에서부터 우러나오는 아연한 표정을 지었다.

이런 미친, 이건 대체 언제 산 거야?

"분신?"

아윈이 던지고 간 단어에 황태자가 관심을 보였다. 위치가 제멋대로인 눈, 코, 입에 노란 실타래가 머리카락이랍시고 붙어 있는 인형을 발견한 론드미오가 순간 멈칫한다.

야, 너 표정이…….

“다, 닮았군.”

너 지금 웃음 참니?

케니스도 막 내 손에 들린 인형을 알아차린 것 같았다. 말은 없었지만 대신 느낌이 알려주고 있었다. 저건 필시 닮았다고 생각하는 안색이다.

짧은 시간이었지만 분명 내 얼굴과 인형을 번갈아 쳐다보는 거 내가 방금 봤거든, 얘? 아오, 이 망할 것들이!

“무슨 소리세요, 오라버니. 인형도 귀엽지만 라테의 귀여움에는 못 미치죠.”

황녀 언니는 그 와중에 미적 감각이 의심되는 주장을 펼치고 있었다. 이 인형을 귀엽다고 말하는 것부터가 신뢰성이 바닥이다.

아니, 얘 눈, 코, 입이…… 엉엉.

나는 당장 목이라도 비틀고 싶은 충동이 이는 인형을 손에 든 채 갈등하다, 결국 오래 고민하지 못하고 눈물과 함께 그것을 얌전히 품에 안았다. 아윈이 훗날 인형의 안부를 확인했는데 잘 지내지 못하고 있으면 그 죄로 내가 죽을지도 모른다는 예감이 강하게 들었기 때문이다.

아나, 졸지에 인형을 모셔야 하는 처지가 되다니. 노점 아저씨, 아저씨는 왜 이런 걸 파셔서 저를 슬프게 하시나요……? 꼭 얘를 이런 얼굴로 만드셔야만 했나요? 네? 왜 너는 나를 만나서 왜 나를 아프게만 해.

[연기 대회를 무사히 마쳤다면]

죽는 연기를 훌륭히 선보인 라테.

"……후회 없는…… 삶…… 이었다……."

털썩.

"10."

"10."

"10."

"크크큭, 이것이 너희와 나의 눈높이다."

흑막 같은 웃음소리와 대사를 읊어준 뒤 당당히 1등 상품을 챙겼다고 한다.

[장붉피를 보러 간 케니스]

보러 가자 이끌기에 보러왔다. 어차피 연극이란 다 거기서 거기가 아닌가. 별 생각 없이 케니스는 자리에 착석한다.

오는 길에 스친 웬 행인이 '감독 새끼 죽여 버리겠어'라고 중얼거렸던 것도 같지만 그는 대수롭지 않게 그 기억을 넘겼다.

이내 연극의 막이 오른다.

30분 뒤.

"……."

심연처럼 깊은 남색 눈동자가 남들은 눈치채지 못할 미세한 지진을 일으켰다.

재미없다.

심각하게 재미없다.

당황스러울 만큼 재미없다.

이걸 기획한 놈을 잡아다 중무장 상태로 연무장을 백 바퀴는 돌게 하고 싶을 정도로 재미가 없었다. 힐끗 쳐다본 이벨린은 아이처럼 눈을 빛내며 연극에 몰입하고 있었다. 순간 갈등의 순간을 겪은 케니스가 다문 입가에 힘을 준다.

참는다. 참자. 관람할 수 있다.

그렇게 얼마나 더 시간이 지났을까?

감추지도 않고 '와, 이 연극 정신 나갔네' 하는 표정을 짓고 있던 아윈이 돌연 자리에서 혼자 사라진다. 그걸 목격한 케니스의 동공이 한 차례 크게 떨렸다.

저런 배신자 새끼……!

다시 연극이 상연 중인 무대로 눈길을 돌린 케니스는 고민에 빠져들었다. 대체 무얼 하며 남은 시간을 보내야 한단 말인가. 그때 마침, 열연 중인 극 위의 남자 배우가 그의 눈에 들어온다.

'근소하지만 왼팔에 더 힘이 들어가는군. 만약 검을 배운다면 왼손잡이로…….'

그렇게 시작된 케니스의 상상은 점점 더 구체적이고 길어지기 시작했다.

'내가 가르친다면 이 정도 수준까지 몇 년이 걸리겠고…… 블라블라.'

상상 속에서 남자 배우는 512년이 걸려 결국 소드마스터의 경지에 올랐다.

'좋아, 다음.'

남자 주인공, 여자 주인공, 조연 및 기타 엑스트라, 감독, 그리고 시야에 들어오는 근처의 관객까지. 그들은 모두 케니스의 머릿속에서 한 번씩은 소드마스터를 달성했다.

상연 시간이 끝나 연극의 막이 내릴 때까지 케니스는 그렇게 장붉피를 이겨냈다.

❄

"어렸을 적 헤어진 쌍둥이 동생인가?"

망할 놈의 론드미오는 1절만 할 줄을 몰랐다.

닥쳐. 그만해라. 내가 금발, 벽안 인형 주문 제작해서 심심할 때마다 배에 송곳 찔러버린다.

"호호~ 즈언하, 농담이 대단히 노잼이옵니다."

"농이라니? 에스반데 공, 공도 그리 생각하지 않나? 아무리 봐도 헤어진 쌍둥이가 인형이 되는 저주에 걸린 것이 틀림없어."

"같은 사견입니다."

넌 뭘 또 거기에 끄덕거리고 앉았냐.

나는 기가 차서 그 둘을 번갈아 쳐다보다 조만간 맞춤 인형 세 개를 주문해야겠다고 다짐했다.

나 오늘부터 흑마술 배운다. 말리지 마.

"전혀 안 닮았는데요, 뭘. 다들 너무 놀리지 마세요."

두 물고기의 유치한 행동을 보다 못하겠던지 이벨린이 나섰다.

봐봐! 안 닮았다잖아!

난 이벨린의 변호에 십분 동감하며 그녀를 향해 감격에 겨운 눈빛을 날렸다.

흑흑…… 여주인공 언니, 역시 언니가 짱이에요. 어서 저 망측한 물고기 둘에게 공포의 때찌 때찌를! 대륙 서열 0위의 파워를 보여주세욧! ……어? 잠깐, 나 방금 뭐 생각났는데.

속으로 개드립을 치다 말고 원작의 내용이 떠오르다니, 타이밍이 참 뜬금없다. 어쨌든 생각난 김에 나는 솟아난 기억을 더듬었다. 상기된 장면은 다름 아닌 이벨린과 아윈이 등장하는 장면이었다.

어, 이거 꽤 중요한…… 아항!

구체적으로 떠오른 내용은 다음과 같았다.

아윈이 조금 전처럼 마탑의 급한 연락을 받고 자리를 비우는 장면은 원작에서도 두 번 정도 나왔다.

첫 번째 부름 때는 이번에 그랬듯 저 혼자 쉭 사라지는 놈이, 두 번째 연락이 왔을 때에는 곁에 있던 이벨린에게 함께 가자고 제안한다. 그렇게 아윈을 따라 마탑으로 가게 된 이벨린은 그날 처음으로 아윈의 신분에 대해 상세히 알게 되는데…….

이벨린은 아직 아윈이 마탑주라는 걸 모른다. 주변 반응만 봐도 티가 다 나는데 어떻게 모를 수 있냐고 물으신다면 대답해 드리는 게 인지상정이지만 나도 모름.

과연 여주인공 짜응……!

그 직후 아윈에게 '솔직히 조금 놀랐지만, 그래도 아윈은 아윈일 뿐이잖아' 하는 크리티컬한 대사를 날림으로써 상대의 마음을 휘어잡는다.

그렇다. 바로 물고기 3이 어장에 완전히 입주하게 되는 핵심적인 장면이었다!

뭐야, 보고 싶잖아! 재밌겠잖아! '넌 너일 뿐이야'라니 완전 명대사 감인데? 난 나일 뿐이야, 누구도 날 대신할 순 없어~ 피할 수 없는 운명의 시간 모든 걸 보여줄 거야! 빰빰 쿵덕쿵.

이벨린에게 잘 붙어 있다가 저 때가 왔다 싶으면 '어머낫! 대단히 공교롭게도 나도 마침 마탑에 볼일이!' 하며 스크롤을 찢어볼까. 그래, 좋아! 괜찮은데?

가까운 시일 내로 마탑행 이동 스크롤을 하나 사야겠다. 그러고 보니 여주인공에게 하트를 빼앗긴 뒤 아윈은 극이 후반부로 갈 즈음 무려 이런 대사까지 입에 담는다.

'이벨린, 너도 내가 괴물 같아?'

괴물…… 하…….

난 속으로 씁쓸한 웃음을 토했다.

괴물이라니, 어떻게 자기 자신을 그런 대상으로 표현할 수 있을까. 당장 괴물한테 사과해라, 엉?

"아무튼 로젤리아, 넌 이만 들어가도록 해라. 밤이 너무 늦었어."

팔불출 론드미오는 못내 여동생이 걱정된 듯 황녀에게 곧장 귀성할 것을 권했다. 황녀 언니는 여기서 헤어진다는 것이 썩 아쉬운 눈치였으나 지금이 늦은 시각이라는 것은 인정하고 있는 것 같았다. 머뭇거리던 황녀가 대답을 꺼냈다.

"오라버니께서 함께 돌아가 주신다면요."

맞아, 혼자 가는 건 싫지. 나는 집에 보내고 너만 남아서 놀면 불공평하잖아.

황태자는 잠시 고민하는 기색을 보이더니 이내 알았다며 고개를 끄덕였다. 분위기를 보아하니 슬슬 파장의 때가 다가온 듯싶었다.

아이구야! 물고기들 억울하겠다. 기껏 축제에 나와서 장붉피만 보고 집에 가다니……! 또르륵.

"라테도 이만 귀택할 건가요?"

황녀의 물음에 난 딱히 갈등할 것 없이 바로 고개를 끄덕였다. 축제는 길었다. 그리고 내일은 장붉피처럼 여주인공 혼자만 재밌는 게 아닌, 너도 재밌고 나도 재밌는 꿀잼 구경거리가 예약되어 있었다.

오늘은 이만 집에 들어가서 체력 충전하고 내일 그거 봐야지. 꺄륵! 기대된다.

"이름으로 부르는군."

"라테요?"

"그래."

'그러고 보니 조금 전에도 그렇게 불렀지' 하고 황태자가 덧붙였다. 황녀 언니는 그 말에 거리낌 없이 나와의 친분을 적극적으로 인정했다. '로즈 짱'이라고 외치는 듯한 강렬한 눈빛이 해맑은 미소와 함께 내게 꽂힌다.

으음! 이렇게 다시 한 번 느끼는 비모르의 파워!

론드미오는 제 여동생이 날 향해 고스란히 드러내는 애정에 다소 신기해하는 눈치였다. 한편으론 납득하지 못하는 것도 같았다. '왜?', '아니, 왜?' 하고 생각하는 게 상판 위로 잘만 비친다.

저기…… 짜샤, 그런 실례되는 생각은 표정 관리 좀 하면서 떠올려줄래?

"라테는 그럼 혼자 돌아가나요? 위험하지 않겠어요?"

염려가 그득그득 묻은 목소리가 내 귀환 방법을 묻는다. 나야 뭐, 스크롤 한 장만 찢으면 바로 집 앞에 도착하는 터라 전혀 문제될 것이 없었다.

참, 생각해 보니 나도 통신구 같은 게 있으면 좋겠네. 필요할 때마다 비숏 소환하게.

사람을 부린다는 양심의 가책은 이리 점점 희미해지고 있었다.

앗! 원래 없었나?

스크롤 언급은 피하고 대충 걱정할 거 없다는 식으로 둘러 대답하려는데, 한발 앞서 황녀 언니가 파격적인 돌발 선언을 던졌다.

"에스반데 공께서 데려다주시면 안 될까요?"

"……예?"

한 박자 늦은 대답은 지목당한 당사자에게서 나왔다. 방금 제가 제대로 들은 게 맞나 의심하는 황당한 얼굴이었다.

아니, 이게 갑자기 뭔 소리여?

당황스러워 얼이 빠지긴 나도 마찬가지였다.

에엥? 누가 누구를?

"아무래도 너무 걱정이 되어서……. 저는 오라버니와 함께 돌아가야 하니, 부디 공께서 도와주셨으면 해요."

"……굳이 그럴 필요 없을 겁니다."

탐탁지 않은 얼굴로 케니스가 나를 힐끗 돌아보았다.

쟤 입장에서야 내가 집에 홀로 서서 가든 기어가든 가열하게 굴러가든, 그러다 도중에 묻지 마 살인마를 만나서 조각조각 땃따따로 전국에 흩뿌려지든 조금도 알 바 아닐 테지만, 직접 대상이 '걱정된다'고 말하는 황녀의 면전에다 대고 그런 내심을 드러낼 수는 없을 것이다.

그는 솔직 담백하게 '저 노란 머리가 집에 가다가 목만 남더라도 1도 상관없습니다'라고 답하는 대신 돌려서 다른 이유를 댔다.

“과한 염려십니다. 오늘은 축제일이라 새벽까지 마차가 운행하기도 하고, 뭣보다 설마 이 야밤의 축제에 참가하면서 귀족의 신분으로 제 몸 하나 지킬 방도조차 없이 나왔겠습니까.”

그렇게 말하고 케니스는 한마디를 덧댔다.

“멍청이가 아니라면.”

오호라! 이 녀석 좀 보게? 그런 식으로 말하면 내가 자진해서 ‘그렇습니다! 전 믿는 바가 있으니 집에 무사히 혼자 갈 수 있습니다! 그러니 에스코트 서비스는 노 땡스!’라고 나서줄 줄 알았던 거니?

원래 그럴 생각이긴 했지만 멍청이란 단어를 운운하는 걸 들으니 마음이 바뀌었다.

내 손수 너에게 짜증이 솟구치는 최악의 에스코트 길을 선물해 주마, 케니스야.

“어쩌죠, 저 아무것도 없이 몸만 달랑 나왔는데.”

“뭐…….”

“멍청이라서요, 죄송.”

몽총이라서 뎨동하다는.

난 대꾸하며 천연덕스레 웃었다. 마주한 케니스의 얼굴이 싸하게 굳는다.

그러고 보니 쟤, 저번 몬스터 사건 때문에 내가 스크롤을 들고 다닌다는 걸 대강 알고 있으려나? 하긴 그럼 뭐할까, 본인 입으로 아무것도 없다고 주장 중인데.

나는 웃음을 지우고 그 위로 짐짓 울상을 덧그렸다.

“갑자기 집에 가는 길이 무서워졌어요. 괴한이라도 만나면 어쩌죠? 마차 강도가 나타나면요? 어쩜 좋지……?”

"정말 맨몸으로 혼자 나온 건가?"

듣고 있던 론드미오가 끼어들었다. 정말로 그리 대책 없이 행동한 거냐고 묻는 듯한 시선에 난 조금 기가 차 그를 빤히 보다 이벨린을 슬쩍 눈으로 가리켰다.

야, 니가 말하는 노대책의 최고봉은 사실 여주인공이거든?

어차피 너네가 지켜줄 거라 상관없긴 하지만, 그래도 정말 가면 딱 하나 챙겨서 무모하게 뛰어든 건 나 말고 저쪽이거든요?

내 눈짓에 자기도 막 그걸 깨달았는지 황태자가 멈칫한다. 곧 그는 말을 바꿨다.

"……뭐, 그럴 수도 있지."

빙신…….

케니스도 마침 그 사실을 알아챘는지 흠칫하는 게 눈에 보였다.

아유, 멍청이들.

이 와중에 황녀 언니는 나서서 쐐기를 박았다.

"부탁드릴게요, 에스반데 공."

케니스가 함부로 명령을 받을 만한 위치는 아니었지만, 이건 명령이 아니라 부탁이었다. 황녀가 손수 부탁이라는 말을 입에 올렸는데 거절하기란 아무리 케니스라도 쉽지 않을 것이다. 결국 그는 그 내키지 않는 청을 어쩔 수 없이 받아들였다.

호호홋, 비록 무표정을 가장하고 있지만 지금 너의 속은 실로 오만상일 게 뻔하도다. 껄껄, 꼬숩다능!

"도트 영애께서도 이만 들어가실 거죠?"

황녀 언니의 눈길이 이벨린에게로 닿았다. 물고기들도 다 해산하는 분위긴데 당연히 그렇겠지. 혼자 남으면 위험하기도 하고. 아마 케니스가 함께 움직여 여기서 저택의 위치가 가까운 이벨린을 먼저 데려다주고, 그다음 순번이 내가 될 것이다.

혹시 이놈 나중에 황녀 언니 없다고 나 그냥 길바닥에 버리고 가는 거 아냐? 딱히 상관없긴 하지만 그럼 일러야지.

그런 생각을 하는데, 황녀의 물음에 긍정한 이벨린이 이어서 다소 의외의 요청을 꺼냈다.

"황녀 전하, 혹 폐가 되지 않는다면 전하와 함께 이동하고 싶습니다."

그 발언에 황녀 언니가 눈을 동그랗게 떴다. 그리고 나도 눈을 동그랗게 떴다.

"왜 저와……?"

그러게?

"그냥, 가는 동안이나마 전하와 이런저런 담소를 나눌 수 있으면 좋겠다는 생각이 들었습니다."

나는 이벨린이 꺼내는 이유를 들으며 속으로 고개를 갸웃했다. 기억이 맞다면 원작에서 이벨린은 저런 청을 받기만 했지 먼저 요구해본 적이 없었다.

물고기 셋을 필두로 난다 긴다 하는 주요 인물들이 죄 알아서 미리 친해지자고 손을 내밀어대니 당연한 일이었지만, 어쨌든 그녀는 늘 제자리에서 상냥한 미소와 함께 상대방의 접근을 허락하는 역할만 해왔었다.

그런데 여기선 황녀 언니가 그런 포지션의 첫 예외가 됐네? 으음?

딱히 엄청 신기한 일까지는 아니었지만 의외이긴 했다.

황녀 언니가 마음에 들었나?

"어머, 그런가요? 저야 괜찮지만……."

힐끗 올려다보는 여동생의 시선을 받은 론드미오가 고개를 끄덕였다. 자기도 괜찮다는 뜻이었다.

물론 그렇겠지!

나는 황태자의 입가가 통제를 벗어나 씰룩거리지는 않나 유심히 관찰했다. 졸지에 황녀 언니 덕에 물고기 1은 뜻밖의 개이득을 얻었다.

그리고 물고기 2는…….

"……."

뜻밖의 핵봉변.

그래그래, 나를 달고 가는 것도 짜증 났는데 심지어 나만 달고 가게 됐으니 그 심경이 오죽하겠어. 나는 금이 가기 직전인 케니스의 표정을 보며 고개를 절레절레 저었다.

쯧쯧. 그러게 누가 멍청이 운운하래, 이 멍청이야.

"그럼 각자 출발하지."

어딘지 승리자의 미소 같은 걸 매단 황태자가 이만 찢어질 것을 제안했다. 마차를 타야 하는 나와 걸어가면 그만인 저쪽은 확실히 여기서 길이 갈리긴 한다.

나는 마음속 오만상이 점점 겉으로 드러나려 하는 케니스와 함께 황태자 일행에게 인사를 올리고 뒤를 돌았다. 아니, 돌려고 했다.

"아, 참!"

"……?"

"에스반데 공, 엑트리 영애를 잘 부탁하지. 더불어 그녀의 쌍둥이 동생도."

내 품속 인형에게 눈길을 준 황태자가 진지하게 이야기한다.

아니, 이놈이? 끝난 줄 알았더니 3절을?

"그리고 엑트리 영애."

"……예?"

"조만간 쌍둥이 동생의 저주를 꼭 풀 수 있길 바라겠네."

4절까지? 이거 애국가냐?

나는 그 말을 끝으로 멀어지는 황태자의 뒷모습을 보며 주문을 넣은 금발, 벽안 인형이 도착하는 즉시 못질 전에 명치부터 몇 대 때려줘야겠다고 다짐했다. 그리고 그건 저러한 황태자의 유치한 놀림에 기분이 조금 풀어진 것처럼 보이는 케니스도 마찬가지였다.

너네 둘 다 조만간 명치 형이다, 이것들아!

하마터면 큰일이 벌어질 뻔했다.

이번에 새로 들어온 신입의 호승심과 쉬이 발끈하는 성격은 익히 알고 있었지만, 이 정도까지 생각이 없으리라곤 미처 예상하지 못했었다.

호위대 대장의 매서운 눈빛이 절로 원인을 향해 내리꽂힌다. 제 실수를 인정하고 움츠러들어 있던 신입이 그 책망의 시선에 어깨를 더욱 움찔거렸다.

"죽을 수도 있었다. 아니, 그 영애가 아니었다면 필시 죽었을 것이다. 다들 알고 있는 거냐?"

크기는 속삭임이었지만 내용은 모두의 뇌리에 천둥처럼 울려 퍼졌다. 호위대의 구성원은 하나같이 잊을 수 없는 아까의 순간을 떠올렸다.

은발에 붉은 눈, 소문이 무성한 마탑의 주인.

역대 최강이라 일컬어지는 마탑주의 발언에 성질을 참지 못한 신입이 감히 찰나였지만 살기를 흘렸다. 다소의 자만심도 포함되어 있었을 것이다. 그들도 이 분야에서는 나름 내로라하는 천재로 대우받았으니까.

그러나 그것은 결과적으로 오히려 자신의 미숙함을 드러내는 행동에 불과했다.

'너희를 지금 당장에라도 소멸시킬 수 있다' 그 의미를 담은 스산한 마나가 다섯의 목을 조였다. 그들은 순식간에 누가 먼저랄 것 없이 손 하나 까딱 못 한 채 호흡을 억누르는 차가운 공기에 갇혀야 했다.

경고의 차원이었기에 손상을 입기 전에 풀려났지만, 상대에게 조금이라도 진짜 살의가 있었다면 전원이 몰살당하기까지는 단 몇 초의 시간도 걸리지 않았을 것이다. 너무나도 자명한 사실이었다. 그 자리에 있던 모두가 그것을 깨달았다. 천재라는 이름 아래 하늘과 땅이 있었다.

"목숨이 문제가 아니다. 만약 우리가 그 상황에서 그대로 죽었다면? 그래서 차후 황녀 전하의 신변에 무슨 일이라도 일어났다면? 얼마나 끔찍한 사태로 번질 수 있었는지 이제 알겠나?"

호위대 대장의 눈이 가라앉았다. 그들에게 있어 황녀의 안위에 문제가 생기는 것은 죽음으로도 감히 변명할 수 없는 불명예였다.

대장의 질책을 듣는 호위대의 안색이 한층 침중해졌다. 무엇 하나 사실이 아닌 말이 없었다. 그들은 전부 한마음이 되어 공통된 사항을 인정했다.

그 영애에게 대단히 큰 빚을 졌다. 그녀가 몸을 던져 마탑주를 막

아주었기에 지금 이 자리에 자신들이 존재할 수 있었다. 만약 그렇지 않았다면……. 잔뜩 얼어 있던 신입이 저도 모르게 몸을 부르르 떨었다. 상상조차 하고 싶지 않다.

"이제부터 그 영애는, 아니, 그분은 우리의 은인이다. 반드시 기억해라. 은혜는 무슨 일이 있어도 갚는다."

낮은 어조에서 진심이 읽혔다. 말을 귀에 담은 모두가 고개를 끄덕였다. 목숨보다 더한 은혜를 입었으니 기필코 보답해야 할 것이다. 그게 언제가 되었든.

어둠 속에서 다섯 명의 눈빛이 결연하게 빛났다.

기실 나라고 케니스와 단둘이 함께하는 귀갓길이 즐거운 건 아니다.

그야 당연하지.

나는 단지 나를 거슬려 하는 상대가 빡치는 게 짜릿할 뿐이지, 그 상대와 오붓한 시간을 보내고 싶은 마음은 요만큼도 없었다. 물론 그렇다고 이 상황이 오붓하다는 건 개뿔 아니지만.

"각하."

"……."

"각하! 혹시 그 방향에 마차 대여소가 있던가요? 제 지식은 그쪽이 아니라고 외치고 있습니다만?"

"걸어간다."

이게 미쳤나! 우리 집까지?

마차로도 한 시간이 넘게 걸리는 거리를 걸어가겠다고 말하는 케니스의 흔들림 없는 등판이 뺀뺀하기 짝이 없었다. 성큼성큼 마차가 있을 법한 곳과는 정반대의 길로 들어서는 발걸음은 또 어찌나 빠른지 나는 종종걸음으로 겨우 그를 따라잡고 있는 지경이었다.

아오! 이 회를 떠도 맛없을 것 같은 물고기가! 이런 방법으로 나를 엿 먹이겠다?

유치한! 치졸한! 니가 그러니까 여혐이 안 낫는 거다, 이 세상의 반이 곱 선생인 헬 월드에 살고 있는 병 걸린 물고기야!

"방금 뭐라고 했지?"

"네? 제가 무슨 말을 했나요? 바람 소리인가?"

촉은 또 좋아가지고.

나는 미간에 깊은 주름을 잡은 채 결단의 시간에 들어갔다.

이대론 안 된다. 안 돼! 발바닥 터져!

게다가 저놈이 가는 방향이 제대로 된 길이라는 보장도 없었다. 나는 생각에 잠겨 점점 지쳐 가는 걸음걸이의 속도를 늦췄다.

아, 그냥 이대로 점차 멀어지다가 스크롤 찢어서 튈까? 진짜 사요나라 할까 걍?

그런 갈등이 발목을 잡고 늘어져 안 그래도 굼떠진 걸음 속도가 거북이에 필적하게 되었을 무렵이었다. 갈수록 인적이 드물어지는 길에서 별안간 비명이 터졌다.

"꺄아아악!"

이게 뭐시여! 갑자기 웬 비명?

놀라 고개를 들자 전방에서 누군가가 맹렬하게 가까워지는 것이 시야에 들어왔다. 형체는 뛰는 걸 넘어서서 거의 이쪽으로 돌진하고 있었다.

뭐, 뭐야! 아무래도 저 사람이 비명의 주인공 같은데……?

뜀박질이 어찌나 필사적인지 괴한 한둘이 아니라 알리바바와 40인의 강도단이라도 만났나 싶을 정도였다. 그 기세에 당황해 걷는 것도 멈추고 멍하니 앞을 쳐다보고 있자니 금세 여인이 차림새가 식별될 정도로 거리를 좁혀왔다.

헐! 드레스? 저걸 입고 그렇게 뛰었어?

그런 생각이 들기가 무섭게 여인의 장렬한 외침이 귓가를 때렸다.

"각하!!!!"

……엉?

아니, 잠깐. 네? 방금 누구요?

"각하!! 보고 싶었사옵니다!"

내 귀가 잘못된 게 아니었다. 연달아 목 놓아 각하를 부르짖으며 가까워진 여인이 이내 케니스에게로 확 달려들었다.

세상에! 그리고 케니스가 그걸 피했다!

"……하, 운수가 거지 같군."

중얼거리는 목소리엔 굉장히 짙은 혐오감이 배어 있었다.

앗! 나 저 목소리 아는데. 전에 맨날 나한테 하던 거. 아니, 그보다 이게 무슨 상황이야?

나는 제자리에 굳어 돌아가는 광경을 황당한 기분으로 눈에 담았다.

설마 그거? ……설마 저거 사생팬? 케니스 사생팬?

"각하, 피하지 마시옵소서!!"

심지어 제정신이 아닌 사생팬?

아무리 봐도 머리에 이상이 있는 스토커로밖에 보이지 않는 여인은 풍성한 드레스 자락을 나풀거리며 잘도 케니스에게로 계속 덤벼들었다. 그런 그녀의 공격(?)들을 요령 좋게 요리조리 피하며 케니스가 씹어뱉듯 말을 던졌다.

"지러브 크레이 영애, 이게 무슨 짓이지? 미친 건가?"

지러브 크레이? 그거 순서만 바꾸면 이름이 꽤나…… 아니, 거기다 귀족이야?

"사랑하옵니다, 각하! 제발 소녀를 피하지 마시어요! 각하께서 저를 구해 주신 그 순간부터 저의 몸과 마음은 모두 각하의 것이 되었습니다!"

"그딴 쓰레기 같은 거 받은 기억 없다."

평소 같으면 말이 심하다고 여겼을 텐데, 저 지러브 어쩌고 영애의 행동을 보아하니 오히려 말로 하는 게 대단하다는 생각이 들었다.

여인은 서릿발 같은 독설에도 눈 하나 깜박하지 않고 계속해서 몸을 던지기 바빴다.

와…… 진짜 장난 아니다. 사생팬 수준이…… 저건 무슨…….

케니스는 용케 상대의 목을 날리지 않고 얌전히 어택을 피하고만 있었다. 드문드문 달빛에 드러나는 표정이 마치 벌레라도 씹은 양 일그러진 채다.

우와, 안 때리네? 아니, 닿기조차 싫은 건가?

설마 이 와중에 상대가 명색이 레이디라고 참아주고 있는 거면…… 잠깐.

거기까지 생각이 미친 내가 눈썹을 들어 올렸다.

이 자식이 나는 죽이려고 했었잖아? 뭐냐? 이거 차별?

떠오르는 과거의 취급에 내가 눈앞의 상황을 대조하며 막 콧김을 뿜을 때였다.

“……이년은 누구죠?”

이년? 뭐? ……나?

지러브 영애의 딱히 정상인스럽지 않은 시선이 내게 날아들어 꽂힌다. 나는 그 광년이의 것만 같은 이글거리는 눈동자를 마주하곤 깜짝 놀랐다.

엄마야! 세상에……. 그, 그래도 생긴 건 예쁘네.

“뭐야? 네년이 감히, 감히 각하를 꼬셔?!”

지러브는 정말로 눈이 돌아간 것 같았다. 그렇지 않고서야 저 상태를 설명할 길이 없었다. 물론 눈 돌아간 엑스트라 악역이야 여주인공에겐 툭하면 만나는 대상에 불과하겠지만, 공교롭게도 난 당연히 아니었다.

낯설다. 으아아, 미친 언니 낯설어요!

이를 으드득 간 지러브가 돌연 내게 맹수처럼 달려들었다.

아니, 잠깐만요! 저는 그, 당신의 각하를 꼬신 적이 없는데요?!

항변도 하지 못했다. 덮쳐드는 게 너무 갑작스럽다. 당황한 내가 이도 저도 못 하고 눈동자만 열라 흔드는 순간이었다.

턱!

“……!”

어이쿠, 살았다!

나는 반쯤 튀어나온 심장을 도로 제자리에 넣고 나와 지러브의 사이를 타이밍 좋게 가로막은 기다란 무언가를 응시했다.

와, 진짜 깜짝 놀랐네! 하마터면 내 소중한 심방이와 심실이들 실종 신고할 뻔했다!

내게 달려드는 지러브의 허리께를 막아 움직임을 차단하고 있는 물체는 다름 아닌 짙은 흑색의 검집이었다. 정체를 확인하고 난 눈을 동그랗게 떴다.

검집? 누구 거?

퍼뜩 시야를 돌리자 다름 아닌 케니스가 언제 이동했는지 검집을 쥔 채 지척에 서 있었다. 그야말로 이 상황이 짜증 나서 죽을 것 같다는 끔찍한 표정으로.

나는 케니스가 검집으로 지러브를 막고 있는 그 충격적인 광경을 응시하다 눈을 부릅떴다.

헛! 케니스가 날 구했다? 얘가 웬일이래!

다른 사람도 아니고 케니스에게 도움을 받고 있으니 마음속 깊은 곳에서 문득 개드립이 넘실거리며 올라왔다.

크큭, 케니스야 놀랐느냐? 너도 모르게 네 몸이 멋대로 움직여 나를 구하고 말았을 테지. 네 통제를 벗어나버린 움직임! 그렇다, 이것이 바로 내 필사의 비기 꼭두각시 조종술! 크하하핫!

……이걸 꺼냈다간 케니스가 손수 지러브를 다시 내게로 밀어주겠지? 참자.

나는 미친 사생팬의 진로를 방해하고 있는 소중한 검집님을 보며 침을 꼴깍 삼켰다.

일단 살긴 살았는데 어떻게 해야 좋지?

검집은 지러브의 배 부근을 후려치거나 하진 않고 다만 허리춤에서 그녀의 달려듦만을 봉쇄하고 있었다.

제 소행을 케니스가 나서 막았다는 사실에 거한 타격을 받았는지 지러브의 얼굴에는 충격과 놀람이 가득했다. 한 꺼풀 누그러진 기세로 그녀가 믿을 수 없다는 듯 몸 앞의 검집과 케니스를 연달아 응시한다.

나는 그 모습을 보다 결심하고 주먹을 힘껏 쥐었다.

지러브를 퇴치하자!

날도 어둡고 난 지금 가면까지 쓰고 있었다. 설마하니 그녀가 나를 기억했다가 훗날 보복하러 쫓아오진 못할 것이다.

그래, 해치우자! 쫓아 보내자!

마음 같아선 스크롤이라도 써 혼자 내빼고 싶었지만 그래도 도움을 받은 마당이었다. 그리고 나는 염치가 있는 여자지.

행동을 결정하자마자 난 숨을 깊게 들이마시고 있는 힘껏 외쳤다.

"썩 물렀거라! 사악한 사생팬아!!"

"……?!"

지러브가 흠칫 놀란다. 나는 그러한 그녀의 면전에 대고 계속해서 같은 말을 마치 주문이라도 외듯 소리 질렀다.

이이제이. 미친년에는 역시 미친년이지! 대신 난 격투기가 안 되니까 목청으로 간다!

"썩 물렀거라! 사악한 사생팬아!!"

"무, 무슨……."

"썩 물렀거라! 사악한 사생팬아!!"

"이게 뭐 하는……!"

"써억 물렀거라!! 사악한 사생팬아아!!!"

복식호흡까지 해가며 소리쳤다. 흡사 고장 난 기계처럼 같은 외침을 반복하는 내 행동에 지러브가 점점 움찔거리기 시작했다.

올, 이거 왠지 퇴마하는 기분인데?

나는 계속해서 힘껏 우렁찬 뱃심을 질렀다.

"썩 물렀거라!! 이이이 사악한 사생팬! 사악하다, 사악해! 아아아, 사악하도다! 사악한 사생팬……! 사생팬! 사생팬! 사생팬!! 사악한 사생팬!!"

"……!"

앗, 너무 심취했나?

영혼까지 담은 피를 토하는 외침에 그녀가 꼭 저주라도 받은 사람처럼 새하얗게 질린 안색을 했다.

저 낯색은 익숙한 게 어째 비숏을 떠올리게 만드는걸. 지금쯤 무도회에서 잘 놀고 있으려나?

이내 검집을 사이에 두고 나와 마주하고 있던 지러브가 주춤거리며 뒤로 물러났다.

"가, 각하……."

떨리는 눈빛, 떨리는 목소리. 거리를 벌린 그녀가 부들부들 떨며 입을 열었다.

"어, 어찌…… 소녀를 마다하시고 태, 택하신 것이…… 저런……."

뭔가 대단한 오해를 하고 있는 것 같았지만 어차피 꺼져 주기만 한다면 상관없었다. 나는 여기까지 온 김에 아예 발을 쿵 구르며 몸을 한 발짝 앞으로 들이밀었다. 내 허세에 지러브가 흠칫한다.

"어, 어찌 저런 미, 미……."

"미 뭐? 뭐!! 야! 그냥 뜰까? 어?! 드레스 자락 떼고 한판 붙을까!!"

물론 그랬다간 십중팔구 이쪽이 발리겠지만 일단 지금 이 순간 말만큼은 내가 세계 챔피언!

나는 재차 복식호흡으로 고함쳤다.

"덤벼! 이 사악한 사생팬아!!"

"……!"

"덤벼! 사생팬! 사악한 사생팬!!"

"크윽……!"

"사악한 사생팬! 아아아아, 사악한 사생팬!!!! 사! 생! 팬!!!"

결국 지러브는 도망쳤다. 나는 뒷걸음질 치다가 마침내 등을 돌려 달아나는 지러브의 뒷모습을 흡족하게 응시했다.

하하하! 아, 완전 뿌듯하다. 악령 퇴치에 성공한 퇴마사의 기분이 바로 이런 걸까?

나는 입가에 저절로 걸리는 흐뭇한 미소를 매단 채 조금 전까지 지러브가 있던 자리를 훑었다.

퇴치했도다. 비록 배랑 목은 좀 아프지만 어쨌든 물리쳤다!

과연 미친 여자한테는 마찬가지로 미친 여자 콘셉트가 딱이라니까! 효과가 끝내준다.

나는 시원하게 웃음 짓다가 그대로 케니스와 눈을 마주쳤다.

"……."

넌 왜 움찔하냐?

"……."

그건 무슨 표정이니?

난 침묵 속에서 케니스와 시선을 교환하다 헛기침을 두어 번 했다. 열기가 가라앉고 생각해 보니 아주 조금, 정말 조금이지만 부끄러운 기분이 들지 않는 건 아니었다.

하지만 괜찮아! 밤이고 가면도 썼고 무엇보다 길에 인적이 없으니까!

내게 남은 건 지러브를 퇴치했다는 영광스러운 결과뿐이다. 나는 일부러 고개를 빳빳이 들고 생색을 냈다.

"도와드린 겁니다."

그래, 지러브를 물리친 건 나도 좋지만 너도 몹시 좋은 일이 아니더냐. 그리고 어떻게 보면 좀 전의 퇴치는 나와 케니스의 합작이라고도 할 수 있었다.

그 언니의 돌진이 막혀 있어서 내가 용기를 낸 거거든.

"덤벼드는 걸 먼저 막아주셨으니까 쌤쌤으로 칠까요?"

서로 한 번씩 도와준 거지. 공평하다. 딱히 대꾸를 바라고 한 말은 아니었지만 케니스는 의외로 고개를 끄덕이는 걸로 선선히 긍정의 답을 주었다.

음음~ 장하다, 푸딩 케니스야. 따지고 보면 애초에 너 때문에 지러브를 만난 거긴 하지만, 지러브가 등장하자마자 나를 버리고 사라지는 선택지를 택하지 않았으니 봐주도록 하겠노라.

그렇게 나 혼자 속으로 케니스를 용서하네 마네 하고 있는데, 문득 한 가지 궁금증이 떠올랐다. 지러브가 처음 등장했을 때 케니스는 짜증과 혐오감은 넘치게 내비쳤지만 놀라는 기색은 거의 보이지 않았다.

솔직히 지러브 정도면 일생에 한 번 만날까 말까 한 막장 수준인 것 같은데 안 놀랄 수가 있나? 물론 그녀가 역사 깊은 오래된 사생팬이라 그럴 가능성도 있었지만, 나는 문득 다른 가정을 생각했다.

케니스 얘…… 설마하니 이런 일 자주 겪나?

"저기, 각하."

"……?"

"혹시…… 음…… 좀 전의 광년, 아니, 지러브 영애 같은 경우가…… 흔한가요?"

말을 던지면서도 '에이~ 설마' 하는 심정이 들었다.

솔직히 말이 되나? 이 세계 사교계의 미래가 어찌되려고 저런 크레이지 걸들이 흔하겠어.

뭐, 찾아보면 곳곳에 제법 숨어 있을 순 있겠지만 그렇다고 그 숫자가 죄다 케니스한테 덤벼든다는 건 또 말이 안 되는…….

"……."

너 왜 부정 안 하냐?

"가, 각하?"

내 동공이 아까 전과는 다른 의미로 떨렸다. 케니스는 도저히 부정의 기운이 느껴지지 않는 고요함을 지키다가 시간이 조금 흐른 후에야 입을 뗐다. 그리고 꺼낸 것은 지러브와 방향은 달랐지만 일맥상통하는 이야기들이었다.

"관심을 끌기 위해 마차 앞에 일부러 뛰어드는 영애도 있었다."

"……!"

"임무를 나가면 어떻게든 알아서 쫓아오기도 하더군."

이어서 그는 어느 산맥으로 몬스터 토벌을 나갔을 때 그 험준한 산세에서 예쁘장한 드레스를 차려입은 영애들이 하나같이 위기에 처해 '도와주세요'를 외치고 있었던 기억도 들려주었다. 토벌 도중에 최소 다섯 이상은 만났던 것 같다고.

미, 미친.

우연인 척하며 일거수일투족을 따라다니는 스토커들은 아주 기본이었다. 나는 그 구구절절한 사연담을 들으면 들을수록 들끓어 오르는 애잔함을 막을 도리가 없었다.

심지어 가만 경청해 보면 애 어릴 때부터 시달렸어……! 와, 핵너무해! 얘 원래 이렇게 불쌍한 캐릭터였나?

원작에서는 자세한 사례들까진 나오지 않고 다만 '유독 시달림이 심했다' 정도로만 언급되었었기에 구체적인 정도를 알 수가 없었다. 그냥 인기가 하도 극성이라 여혐에 걸렸다는 설정이 나오기에 그런가 보다 하고 넘겼었는데…….

와…… 진짜 심했다. 여혐 인정. 곱 선생 인정.

나는 케니스의 안쓰러운 인생사(?)를 들으며 현대에서의 인기 아이돌과 극성 사생팬의 모습을 떠올렸다. 방송에서 다루는 내용들을 보면서 저 아이돌 저러다 정신병 걸리는 거 아닌가 싶었었는데, 그 판타지 버전이 여기 있었다니.

사생팬이 비유하는 말이 아니라 진짜 사생이었어!

게다가 직접적으로 위해를 끼치기보다는 정신적으로 빡치게 하고 거슬리게 하는 것이 대다수였기에 딱히 처벌하기도 마땅치 않은 것이 실상이었다.

케니스를 후드려 패는 것도 아니요, 흉기로 공격하는 것도 아니요-내 콧구멍 팝콘 어택은 공격이었군!-단지 '사랑한다'는 핑계를 뒤집어쓰고 들러붙는 겉보기엔 가녀린 레이디들이었으니 당하는 사람만 그 미치고 팔짝뛰는 심정을 이해할 것이다.

크흡, 나는 손으로 입을 가렸다.

불쌍해!

불쌍하다. 어느 정도냐면 마음을 울리는 짠내에 저절로 상대의 어깨를 두드려 주고 싶다는 충동이 일 만큼이었다.

힘내라며 어깨를 토닥토닥! 도닥도닥!

"각하……."

"말해라."

"죄송한데 저 검집 잠시만 빌려주시면 안 될까요? 아, 절대 맨손으론 안 만질게요."

나는 품에서 손수건을 꺼내 보였다. 길을 걷다 언제 어디에서 상처투성이 기사님을 만날지 모른다며 에슐라가 챙겨주었던 건데-그녀가 요즘 읽는 로맨스 소설이 어떤 내용일지 뻔했다-여기서 이렇게 쓰게 될 줄이야.

난 케니스가 갈등 끝에 건네주는 검집을 손수건으로 감싼 손으로 조심히 받아 들었다. 그리고 맨손이 닿지 않도록 신경 쓰며 검집을 쥐고 팔을 뻗었다.

토닥토닥.

"……."

나는 그렇게 케니스의 어깨를 토닥여 주었다.

나뭇가지보단 그래도 이게 낫겠지?

나름의 배려가 듬뿍 담긴 내 토닥임을 받은 케니스는 도무지 형용할 수 없는 표정을 지었다.

음…… 저기, 그 눈빛은 어떤 의미니?

어째 싸한 바람이 스쳐 가는 것 같기도 했다.

그 후 방향을 바꿔 케니스는 나를 마차 대여소까지 데려다 주었고, 합의하에 내가 마차에 올라탄 시점에서 각자 헤어졌다. 그리고 나는 오늘 이후로 물고기 2를 보다 가엽게 여기기로 했다. 과거의 행적들도 없었던 일로 치고 용서해 주기로 하고.

그래, 내가 먼저 팝콘을 콧구멍에 먹여줬었으니까 뭐. 훗…… 나도 참 대인배란 말야.

스스로의 드넓은 이해심과 포용력에 감탄하며 돌아온 집 앞에는 마침 저도 막 귀택했는지 입구에서 서성거리는 비숏이 있었다. 딱 잘 만났다 싶어 막장 대회에서 얻었던 외알 안경을 선물로 주자 감격한 표정을 짓는다.

응, 왠지 이 안경을 손에 넣은 순간부터 이건 비숏한테 어울리겠다 싶었는데 확실히 어울리긴 잘 어울린다.

전보다 조금 더 연륜이 있어 보이는 것만 빼면…….

"흠흠, 어떻습니까? 괜찮습니까? 학자 느낌이 좀 나는 것 같기도 하고."

당사자가 몹시 좋아했기에 그 감상은 꺼내지 않기로 했다.

"한층 지적으로 보이네요. 참, 오늘 무도회는 어땠어요?"

"그건 말이죠……."

질문을 받은 비숏은 기쁜 듯 시무룩한 듯 그 사이쯤에 서서 내게 무도회 감상기를 늘어놓았다.

자작저로 함께 들어가면서 들은 이야기는 우선 회장에 눈부신 미인들이 정말 많았다는 것, 그래서 매우 들떴으나 마음 아프게도 그 중 누구와도 춤을 추지 못했다는 것, 때문에 내일 무도회에는 참석을 해야 하나 말아야 하나 고민된다는 내용이었는데 내가 볼 때는 백 퍼센트 내일도 참석할 것 같았다.

비숏, 너란 노안…… 미녀밖에 모르는 노안……. 그래, 내일은 꼭 춤을 추렴, 파이팅!

방 안으로 들어온 후에는 옷을 갈아입고 데운 물로 몸을 씻었다. 헝클어진 머리를 정돈해 주는 에슐라의 손길과 함께 릴리와 방앗간네 챔시의 장황한 데이트 스토리-둘은 손만 잡았다고 한다-를 듣다, 나는 어느 순간 비몽사몽 침대로 기어들어가 잠이 들었다.

'으으음……!'

챔시의 이야길 들어서 그런가 꿈에 곡시그가 나왔던 것도 같았다.

으아아…… 내 신성한 꿈에서 꺼져……. 으윽.

좋지 못한 아침이었다.

"기침하셨…… 어머나! 에슐라 얘가 어디 있더라?"

간만에 파격적인 형상을 하고 있는 승천 갈구 머리 스타일은 그렇다 치고, 난 눈을 뜨자마자 머리맡에서 영 찜찜한 사실 하나를 불쑥 떠올려야 했다.

덕분에 기분이 참 상쾌하지가 못해.

나는 피곤하기도 피곤하고 덤으로 신경을 건드리는 사실을 곱씹으며 조식으로 나온 풀떼기를 포크질했다. 어제 축제에서 이벨린을 만났을 때 왠지 뭔가가 빠진 것 같다고 느꼈던 이유가 오늘 아침에서야 뜬금없이 생각이 났다. 미세하지만 어째 있어야 할 게 없었던 듯한 허전한 느낌.

그건…….

'왜 괜찮냐고 물어보지 않았을까?'

에이레네의 첫날 밤 난 무도회에서 꽤나 강렬하게 퇴장을 했다. 샴페인을 뒤집어쓴 채로 바닥도 구르고, 소리도 지르고. 심지어 그걸 죄다 이벨린의 눈앞에서 벌였다.

그렇게 인간의 존엄성을 잃은 대단히 엉망인 몰골로 인사도 없이 폭풍처럼 헤어지고 그다음 날 축제에서 첫 재회를 한 마당이었다.

'보통 묻지 않나?'

나 같으면 궁금해서라도 물어볼 것 같은데.

무슨 일이었는지까지는 개인사겠거니 하는 배려의 차원에서 넘긴다 하더라도, 괜찮은 거냐는 말 한 마디 없는 건 솔직히 의아했다.

이벨린이 그렇게 무심한 성격이었던가? 아닌데? 거 기분 묘하네.

물론 황태자나 아윈으로부터—별로 상상은 안 가지만—걔 내가 봤는데 멀쩡하더라 하는 안부를 전해 들었을 가능성도 있기는 했다.

뭐, 그렇겠지. 사실 이거 오래 고민한다고 해서 뭔 답이 나오는 주제도 아니고. 음…… 그래! 생각 그만하자!

나는 빠르게 생각을 멈췄다.

후식 맛있네, 냠냠.

깨끗하고 맑고 자신 있게 머리를 비운 나는 식후 산책이나 할 겸 저택 한 바퀴를 빙 돈 후 다시 방으로 돌아왔다. 문을 열어 발을 디디자마자 침대 맡에서 강한 존재감을 표출하고 있는 인형과 눈이 마주친다.

아…… 잠만, 저거 진짜 어쩐담……?

난 한숨을 한번 푹 쉬고 인형을 집어 들었다. 사람처럼만 생겼어도 내가 많이 예뻐해 줬을 텐데.

얘, 너도 아니? 넌 정말 중구난방이란다, 얘. 너의 눈은 이 맑은 세상을 담기엔 너무 따로따로 붙어 있어! 따로따로 땃~ 따따 붙여놓고 땃~ 따따.

"아가씨, 그건 뭐예요?"

노크와 함께 방을 정리하러 들어온 에슐라가 내가 목덜미를 잡은 채 들어 올리고 있는 인형을 보더니 묻는다. 웬 인형이냐는 눈빛에 나는 말을 조금 고르다가 체념과 함께 대답했다.

"나라고 생각하고 소중히 모셔줘……."

흑흑흑.

에슐라는 고개를 슬쩍 갸웃하더니 이내 씩씩하게 알겠다며 응답했다. 그러더니 방 정리를 끝낸 후 다가와 인형의 머리털을 손보기 시작한다.

"……?!"

노란색 털 뭉치가 진정한 머리카락으로 거듭나는 순간이었다. 나는 머리털이나마 정상 수준으로 탈바꿈한 인형의 조신한 자태를 보며 새삼 에슐라의 특출 난 재능에 감탄했다.

굉장한 아이……! 미용실 천재 박수를 드려요, 짝짝짝.

덕분에 인형에 대한 애정도가 약간 올라갔다. 나는 '눈, 코, 입 따로따로'를 줄여 '눈따따'라는 이름을 인형에게 붙여준 뒤 그것을 선반 위에 장식처럼 잘 올려두었다.

좋든 싫든 이제부터 아윈이 건망증이나 돌연사를 겪기 전까지는 함께 지내야 할 테니까.

후, 잘 부탁한다! 눈따따!

눈따따에게 인사를 건네고 난 재차 방을 나왔다. 축제는 날이 진 후에야 시작된다. 원작 에피소드도 밤이 되어야 벌어질 테고, 나는 그사이의 잉여 시간 동안 스크롤 가게에 다녀오기로 했다.

그러고 보니 마탑행 이동 스크롤은 얼마 정도 하려나? 마차로 3일 거리니 어마무시하게 비쌀 것 같은데.

난 내가 사야 하는 품목의 가격을 어림짐작하며 부엌으로 내려갔다. 아니나 다를까, 한참 성장기인 비숏이 팝콘을 한가득 입에 주워 넣고 있었다. 톡톡 두드려 방문해야 할 곳이 있다고 하자 알아서 외출할 채비를 한다.

아, 편하다……. 비숏 반납하기 시렁, 흑흑. 단언컨대 텔레포트는 가장 완벽한 마법입니다.

"으…… 아이고……."

"괘, 괜찮으십니까?"

멀미 빼고.

매번 느끼는 건데 정말 딱 하나, 멀미가 아쉽다. 낮술 한 것도 아닌데 머리가 핑핑 도는 것에 난 선 자리에서 눈을 여러 차례 감았다 떴다.

비숏의 설명에 의하면 내가 몸에 지닌 마나와 마법이 발현될 때 몸 외부를 감싸는 마나가 서로 차이가 심하여 그 간극 때문에 신체에서…… 어쩌고저쩌고라는데 길게 얘기했지만 결론은 내가 허접이라서 어지럽다는 소리였다.

크윽……! 서러운 세상. 나도 마음 같아선 넘치는 마나로 정령왕 같은 거 막 소환하고 싶고 그렇단 말야. 정령계의 노란 사신 그런 거 하고 싶다구! ……그건 좀 아닌가?

"헉! 라테 님 굉장하시군요. 도, 돈이 많으십니다."

서러웠던 기분은 스크롤 가게에서 엄청난 고액을 선뜻 지불하는 내 모습에 비숏이 우러러보는 눈빛을 보내는 것으로 상당수 해소되었다.

응, 그래. 역시 돈이 짱이지. 이것이 돈의 맛……! 할짝.

저택으로 돌아온 비숏은 연달아 두 번의 텔레포트를 쓴 탓에 다소 기력이 빠진 듯 희게 질린 얼굴로 도로 팝콘을 찾아 사라졌다.

오호라, 나중에 우리 팝콘 가게의 호구…… 아니, 우량 고객이 될 가능성이 다분하군.

나는 저녁까지 그가 알아서 쉬도록 내버려 두고 방에 들어와 체력을 장전했다. 말이 장전이지 꼼짝도 안 하고 뒹굴거렸다는 게 맞지만.

나는 오늘 밤 품에 안고 섭취할 팝콘을 위해 식사를 대부분 풀떼기로 하는 고행까지 감내했다.

허어어, 이것이 바로 강제 자연인이 되는 맛이로구나!

"아가씨! 곧 나가실 거죠?"

달이 뜨는 건 금방이었다. 나는 어느덧 어둑해진 창밖으로 시선을 주며 에슐라의 물음에 고개를 끄덕였다.

오늘은 릴리 대신 제가 나가놀 차례라던 에슐라는 채비를 전부 끝낸 채 기대감으로 발만 동동 구르고 있었다.

그래, 같은 목적지니 출발하는 김에 에슐라도 데려다 줘야겠다. 나는 그녀에게 함께 이동하자고 얘기한 후 비숏을 불렀다. 부름에 팔랑팔랑 뛰어온 비숏이 나와 에슐라가 나란히 서 있는 걸 보곤 멈칫한다.

"혹시……."

"같이 출발할까 해서요."

비숏의 안색이 어두워졌다.

엄…… 설마 이거 무리? 세 명은 안 되나?

빤히 올려다보자 비숏이 갈등의 기색이 역력한 얼굴로 머뭇거리는 게 보였다.

바로 못 한다고 하진 않는 걸로 봐서 할 수는 있는 것 같은데.

"비숏."

"예?"

"한계에 도전해 보아요!"

그렇게 나는 비숏을 멋대로 한계에 도전시켰다.

"꺄악! 우와~ 엄청 신기해요, 아가씨!"

"고마워요, 비숏. 고생했어요."

"아, 아닙니다……."

원치 않은 도전을 해낸 비숏은 많이 힘든 것 같았다.

앗, 약간이지만 양심이 좀 따끔거리는 것도 같은걸.

나는 비숏을 위해 황성까지 가는 가능한 좋은 마차를 불러주었다. 에슐라는 원래부터 가고 싶은 곳들을 정해놨었는지 거리에 도착하기가 무섭게 작은 몸을 쪼르르 움직였다.

난 생쥐처럼 멀어지는 에슐라에게 손을 흔들어준 뒤 슬슬 내 목적지를 찾았다. 그러니까 오늘 예정된 에피소드가…….

"작년에는 누가 우승했었지?"

"튤리브, 그 왜 꽃집 가게 아가씨가 노래를 기가 막히게 불러서 일등을 땄었잖아."

"맞아, 맞아. 2등 한 아가씨도 굉장히 예뻤는데, 노래에서 좀 밀렸어."

"이번에도 가창을 중점으로 보려나?"

그래! 바로 저거였다. 나는 마침 지나가는 행인들의 대화에 아닌 척 귀를 기울기며 정보를 줍줍 긁어 챙겼다.

에이레네의 세 번째 밤, 저잣거리의 축제에서 열리는 '여신을 뽑는 대회'. 다름 아닌 금일 이벨린이 참가해 매력을 뽐내게 될 경연장이었다.

처음 그녀는 가면을 쓴 채 무대 위로 올라가지만, 노래의 클라이맥스 부분에서 우연찮게 가면이 벗겨짐으로써 온 관중들의 앞에 미모를 드러내게 된다.

갑작스레 얼굴이 노출되었음에도 당황하지 않고 노래를 완곡하는 여주인공. 박수갈채를 받으며 퇴장한 그녀는 이내 당연한 수순처럼 대회의 우승을 뜻하는 '여름의 여신' 타이틀을 획득한다.

작중에서 이벨린은 노래 실력이 뛰어나다는 설정이었다. 달빛을 받으며 유명 음유시인이 작곡한 아름다운 곡조를 노래하는 그녀의 모습에 지켜보는 세 물고기의 심장이 새삼스레 두근거릴 만큼.

타이밍 좋게 원작의 한 구절이 떠오른다.

「세 남자는 누가 먼저랄 것 없이 이벨린에게서 고아한 달의 여신을 겹쳐 보았다.」

크으, 달의 여신! 얼마나 예쁘면!

나는 원작을 읽을 때 나름 집중해 상상했었던 장면을 곧 두 눈으로 직접 확인할 수 있다는 사실에 마음이 들떴다.

설레어라, 얍!

그러고 보니 사회자 언니의 가슴이 대단한 다이너마이트라는 묘사도 있었던 것 같은데. 하아 하아, 그것도 볼 수 있는 건가!

"참, 대회 시작할 시간 다 되어가지?"

"그래, 이럴 게 아니라 얼른 가자구!"

웬일로 지금 난 운도 좋았다. 대회장의 위치를 모르니 길을 물어서라도 찾아갈 계획이었는데, 지나가던 행인 서넛이 알아서 목적지를 떠들어대며 앞장서고 있었다.

나는 내 볼일을 보는 척 그들을 졸졸 뒤따라 회장까지 함께 이동했다.

오, 이거 자동 내비게이션. 개이득.

그리고 곧이어 도착한 목적지. 난 인파 속에서 발을 멈췄다.

'자, 잠깐…….'

문제가 있었다.

'안 보여!'

무대가 너무 멀었다.

어? 아니, 진짜 엄청나게 멀리 있는데……?

난 당황해서 계속 몸을 기웃거렸다. 인파 때문에 내가 나아갈 수 있는 한계는 딱 여기까지인 것 같았다.

근데 무대가 개미만 해.

"어라?"

나는 급속도로 혼란에 빠졌다.

엄청 일찍 왔어야 하는 건가? 하지만 물고기들도 나보다 늦게, 거의 대회가 시작하고 나서야 도착할 텐데? 그럼 걔네들은 이 거리에서 무대 위의 이벨린을 보며 달의 여신이 어쩌고 했단 말이야? 그야 물론 초인들이니 시력 하나는 엄청나게 좋을 테지만, 아무리 그래도…… 이, 이건 좀…….

현재 이 자리에서 내 눈에 들어오는 건 그야말로 점이었다. 웬 점들이 좀 더 큰 점 위에서 움직이고 있다.

으아니, 잠깐만요! 이게 무슨 기대 박살 나는 일이야! 꼭 봐야 하는데, 사회자 언니의 가슴…… 이 아니라 여주인공의 매력 발산!

당황 가득한 몸짓으로 열심히 기웃기웃만 반복하던 내가 도저히 이 상황을 타개할 방법을 찾지 못하고 넋을 놓을 무렵이었다. 점프를 해봐도 당연히 아무 소용이 없다.

와, 이런 건 진짜 생각도 못 했는데…….

"고객님, 이제 춤 다 췄어?"

춤은 뭔 개뿔 춤…… 어?

"엥?"

난 얼빠진 소리를 내며 휙 몸을 돌렸다. 누군지 못 알아채면 치매를 의심해 봐야 할 익숙한 목소리와 호칭이었다. 아니나 다를까, 뒤돌아본 시야에는 지척이라고 할 수 있을 만한 거리에서 팔짱을 낀 채 나를 내려다보고 있는 아윈의 반질한 얼굴이 있었다.

아니, 뭐야 얜! 언제 튀어나왔어!

홍길동 같은 등장은 새삼스럽지도 않았지만 하고 있는 자세가 대단히 남주인공스러운 건 조금 놀라웠다.

어허, 저 팔짱 끼고 고개 기울인 각도 좀 보게. 황태자만 저러는 줄 알았더니 걔도 은근히 저게 잘 어울리네.

나는 속으로 아윈의 남주인공력을 측정하다가 퍼뜩 정신을 차리고 물었다.

"무슨 춤?"

언제까지 어깨춤을 추게 할 거야! 내 어깨를 봐…… 아, 이건 아닌가?

"방금까지 췄잖아."

방금?

방금 전까지 내가 하던 몸짓이라고는 아무리 떠올려 봐도 무대를 눈에 담기 위한 필사의 기웃기웃이 다였다. 덤으로 기웃거림 사이에 가벼운 폴짝 정도.

……아이고 별.

아윈이 지칭하는 춤의 정체를 깨닫고 나는 떨떠름하게 한쪽 입꼬리를 끌어 올렸다.

"춤 아니거든."

"고객님 분신은?"

이 자식은 사람 대답을 씹을 거면 문장 뒤에 물음표는 왜 붙이는 걸까?

"집에서 아주 호화롭게 푹 쉬고 계시니까, 걱정 마렴."

"그래, 잘 보살펴."

안 그래도 눈따따라는 이름까지 붙여줬다. 난 여기 없는 눈따따에게 속으로 안부 인사를 건넨 뒤 다른 화제를 입에 담았다.

"근데 너 혼자야?"

"아니, 하나 더."

"누구?"

"고객님."

"말고……."

본래라면 이벨린의 매력 발산은 물고기 셋이 나란히 함께 감상하는 장면이었다.

흐름이 얼추 비슷하게 흘러간다면 근처에 얘 말고 나머지 둘도 있어야 하는데, 시선들이 여기로만 쏠리는 걸로 봐선 황태자와 케니스는 아직 등장 전인 모양이었다.

얘가 좀 일찍 나타난 건가 보네.

"아무튼 됐어. 그보다 너 여기서 무대 보여?"

"무슨 무대?"

"저기 앞에 있는 거."

"흐음…… 왜, 고객님은 안 보여?"

당연하지.

솔직히 저게 보이는 게 비정상이다. 나는 결코 내가 허접이 아니라 네 시력이 비인간적으로 말도 안 되는 수준이라는 것을 최대한 강조하며 무대가 보이지 않음을 시인했다.

아윈은 내 긍정에 골몰하는 기색도 없이 불쑥 말을 던졌다.

"잘 보이게 해줄까?"

"……어떻게?"

잘 보이게 해준다니, 그거 듣던 중 환호할 만한 얘기였지만 냉큼 '감사합니다!' 하고 받아 물기엔 방법이 잘 상상되지 않았다.

설마 모세의 기적? ……피로 물든 모세의 기적? 그, 그건 안 되는데.

"다른 사람들이 죽지 않는 방향으로 가능?"

"그것들이 왜 죽어?"

"아, 다행이네. 그럼 나도 죽지 않는 방향으로 가능?"

"고객님은 또 왜 죽어?"

혹시나 했지. 머리만 무대 가까이 가져가서 보여준다는 방법도 있으니까……. 나 요즘 상상력이 왜 이렇게 고어 할까? 아윈을 자주 마주쳐서 그런가? 어쨌든 목숨의 희생이 없는 평화로운 방법이라니 잘

된 일이었다. 나는 기대감을 담아 아윈을 올려다보았다.

"잘 보이게 해주시죠."

"응, 얼마나?"

"그냥 사람 생김새만 무난히 눈에 들어와도……."

"좋아."

답이 끝나기도 전에 고개를 끄덕인 아윈이 손가락을 튕겼다.

'오, 나 저거 튕기는 소리 못 내는데 쟤는 잘하네' 하는 실없는 생각이 든 것과 동시에 내 몸이 두둥실 떠올랐다.

아니, 이 익숙한 느낌은?

본능적인 손짓으로 치맛자락을 한쪽으로 말아 고정하자마자 몸이 위로 후욱 솟구쳐 오른다. 공중으로 뜨는 것만 해도 정신이 없어서 어어어 하고 있는데 이번엔 또 허공에서 멈춘 몸이 전방을 향해 쏜살같이 돌진을 시작했다.

"……!"

잠깐, 핵빨라! 뭔 말을 못 하겠네!

속도감이 지나쳐 제대로 뜨지도 못 하는 시야 사이로 순식간에 가까워지는 무대의 모습이 얼핏 들어온다. 가까이 드러난 무대는 생각보다 크지 않았는데, 멀어서 몰랐을 뿐 이미 시작한 뒤였던지 웬 참가자가 중앙에서 가무를 뽐내고 있었다. 돌진을 멈추고 우뚝 멈춰 선 상공에서 난 비몽사몽 눈을 깜박였다.

아이고, 내 정신이야…….

"잘 보이지?"

언제 따라왔는지 아윈이 옆에서 둥둥 뜬 채로 물었다. 나는 오다가 떨어뜨린 것처럼 사라진 정신머리를 겨우 반쯤 끌어와 장착하고 눈앞을 가리는 머리카락을 뒤로 쓸어 넘겼다. 아직 대답할 정신은 못 된다. 아니, 뭔가 혼이 빙빙 도는 것 같아.

잠시 후 간신히 온전한 정신을 차린 내가 재차 허공에서 눈을 껌벅이며 말을 텄다.

"……저기, 그냥 여기까지 오는 게 목적이었으면 텔레포트를 써도 되지 않았을까?"

"이게 더 재밌잖아."

누가?

정말 충격적인 이동이었다. 나는 평범한 사람이 겪기엔 다소 무리가 있는 경험에 펄떡이는 심장을 진정시키며 아래를 내려다보았다.

아윈이 손수 데려다(?)준 곳은 확실히 무대가 한눈에 확 들어온다는 조건 하나는 딱 맞게 충족시키고 있었다. 문제는 너무 위쪽이라 정작 중요한 참가자들은 가르마만 보인다는 거지만.

"야, 무슨 자리가 이래?"

"왜?"

"눈에 들어오는 거라고는 온통 머리통……."

통…… 과 함께 사회자 언니의 폭발적인 가슴이 있었다.

핫! 자, 잠깐. 여기 혹시 명당?

나도 모르게 말을 바꾸자 아윈의 시선이 곧장 날아와 꽂힌다. 무대와 나를 번갈아 응시한 아윈이 묘한 미소를 지었다.

"내려가자."

"아, 왜!"

"저런 거 오래 보지 마. 고객님만 슬퍼져."

너 그거 무슨 의미니?

전혀 슬프지 않다고 반박하고 싶었지만 이미 내 몸은 상공에서 훨씬 아래로 떨어진 뒤였다.

에이, 아깝다.

입맛을 다시는 사이 슬슬 하강하던 몸이 적당한 지점에서 멈춘다. 나는 이번에야말로 자타공인 명당이라고 할 법한 위치에 둥둥 떴다.

오, 여기 진짜 잘 보인다.

그런데 새로운 문제가 탄생했다.

"있잖아."

"뭐가 있어?"

"그냥 부른 거야. 저기, 우리 투명화 마법 같은 거 쓸 순 없나?"

"왜?"

"언니들이 집중을 못 해……."

말 그대로였다. 솔직히 이해가 되는 게 나 같아도 정신 팔려서 뭐를 못 하겠다. 가무를 중심으로 장기를 보여주러 나온 예쁜 언니들은 구경꾼들 위로 허공에 둥둥 떠 있는 나와 아윈을 보곤 그대로 행동을 잃기 일쑤였다. 아마 공중에 떠 있다거나 두 명이라거나 하는 것보단 높은 확률로 아윈의 얼굴 때문이겠지만. 아무튼 지금 우리는 경연 방해가 낙낙하기 짝이 없었다.

"허공에……."

"마법사?"

"요정……."

수군거리는 목소리들이 띄엄띄엄 들려왔다. 아윈이 보여주고 있는 건 누가 봐도 마법이었고, 이 세계에서 마법사가 지니는 위상은 꽤나 높은 편이었다. 적어도 평민들이 말도 못 붙일 정도는 된다. 행사 주최 측에서도 민폐가 낙낙한 우리더러 꺼지라고 말하지 못 하는 이유가 그래서일 터였다.

후우, 오늘도 가면을 쓰고 나온 나에게 치얼스!

“투명화 쓰면 안 될까?”

재차 말했지만 이번엔 대답조차 없었다. 나는 양심 없는 민폐 무법자에게 싸한 눈길을 보내다 다시 무대로 시선을 주었다.

그래, 내가 무슨 힘이 있다고…… 주륵.

그나마 이번 참가자는 담력이 대단한 듯 이 상황에서도 준비해 온 끼를 마음껏 펼치고 있었다. 다만 목적이 대회의 우승이 아니라 아윈 꼬시기인 듯 보이는 게 문제라면 문제였지만.

이야, 이 언니 눈빛 대박! 완전 도발적 대박! 그나저나 이벨린은 언제쯤 나오려나?

대회에 출전하는 언니들은 하나같이 평균 이상의 미모를 자랑하기는 했지만, 그렇다고 눈이 휘둥그레질 만한 수준의 미인은 아니었다. 아무래도 수도 사교계에서 고운 드레스 자락을 팔락거리는 천상 귀족 영애들과 간혹 여건이 될 때나 이런 곳에서 제 외모를 뽐내는 평민 아가씨들과는 비교하는 것 자체가 어불성설일 것이다.

확실히 이 대회에서 가장 아름다운 미모의 참가자는 이벨린이었다. 가면이 벗겨지는 게 참 신의 한 수란 말이야. 아무튼 애초에 주인공은 마지막에 등장하는 게 정설이니 좀 더 기다려봐야겠지.

아, 잠깐! 그러고 보니 나 팝콘 안 샀잖아? 아…… 헐…… 이런 병……!

스스로의 건망증에 충격을 받아 떨고 있으려니 그새 사회자 언니가 마지막 참가자를 알리는 것이 들려왔다.

어? 벌써?

예상보다 이른 등장이다. 처음부터 대회의 참가자 수가 많지는 않았던 모양이었다. 이내 호명당한 이벨린이 무대 한가운데로 차분히 걸어 나온다. 걸음걸이부터가 다른 후보들과는 사뭇 달랐다.

"……!"

무대에 선 이벨린이 이쪽을 보고 깜짝 놀란다. 녹색 눈이 커다랗게 뜨여 나와 아윈을 담는 것에 나는 일단 슬쩍 손을 흔들어 보였다.

음…… 하이!

"……라테, 아윈?"

이벨린은 내 생각보다 더 놀란 것 같았다. 당황이 역력한 기색으로 연신 이편에만 시선을 주기 바쁘다. 나는 그 짐작 이상의 반응에 오히려 고개를 약간 갸웃했다.

그렇게까지 놀랄 일인가? 아윈이라면 여기서 이러고 있고도 남을 놈인데.

아무것도 하지 않고 가만히 서 있으니 사회자 언니가 이벨린을 재촉했다. 독촉받은 이벨린이 머뭇거리다 이내 입을 연다. 곧이어 투명하다는 감상을 주는 듣기 좋은 목소리가 확성구를 타고 회장에 울리기 시작했다.

어멋! 드디어!

기다리던 장면의 전개에 나는 귀를 쫑긋 세우고 경청 자세에 들어갔다.

'노래 진짜 잘한다.'

이벨린의 가창력은 원작에서 언급했던 그대로 몹시 수준급이었다. 맑고 깨끗한 목소리와 감미로운 곡조가 그야말로 완벽하게 어우러져 듣는 귀를 즐겁게 한다.

나는 점차 넋을 놓고 이벨린의 노래에 빠져들었다. 마치 유명 가수의 공연을 직접 관람하는 듯한 기분이다.

'와…….'

진짜 대박……. 완전 대박!

난 속으로 몇 번이고 감탄을 일삼았다. 부서지는 달빛, 무대의 조명, 하늘하늘한 몸짓, 그리고 점점 높아지는 노래의 음정까지.

마침내 클라이맥스! 이벨린의 얼굴을 가리고 있던 가면이 필연처럼 벗겨졌다. 도자기처럼 티 없이 새하얀 피부와 사슴 같은 눈동자가 모두의 앞에 드러난다. 은색 가루를 뿌린 듯 빛나는 달빛 아래에서 그녀의 청흑발이 비단처럼 나부꼈다.

관객들이 동시에 약속이나 한 듯 숨을 죽이는 가운데, 눈을 한번 감았다 뜬 이벨린이 멈칫하는 기색 없이 노래를 이어나간다.

청아한 목소리와 어우러지는 신비한 듯 아름다운 이목구비가 노래를 듣던 이들의 눈길마저 순식간에 빼앗아 삼켰다. 누가 보아도 이벨린은 지금 이 무대의 유일한 주인공이었다.

'물고기들이 빠질 만하네.'

매력 발산이 아주 제대로다. 나는 고개를 주억거리며 문득 이 순간 납득이 되는 원작의 표현을 떠올렸다.

그래, 맞다. 그 비유대로 현재의 이벨린은 정말 달의…….

"지겨워."

달의 지겨움…… 뭐?

"지루하네. 고객님, 이게 재밌어?"

뭐어?

나는 눈을 부릅뜨고 빠르게 시선을 옆으로 돌렸다. 잘못 들은 게 아니라는 걸 확인시켜 주듯 아원이 따분하기 그지없다는 표정으로 자세마저 풀어진 채 둥둥 떠 있었다. 허공에 반쯤 드러눕기 직전인 그 작태를 보다 내가 입을 떡 벌렸다.

"뭐라고?"

"고객님, 귀 왜 그래? 지루하다니까."

"……지루하다고?"

"그래."

"지금 저 경연이?"

"어."

"……이벨린인데?"

"이벨린인 게 뭐?"

"이벨린 안 예뻐?"

"내가 더 예뻐."

아니, 이 미친놈이. 대화가 왜 이렇게 가고 난리야. 저건 맞는 말이긴 하지만.

"그러니까, 지금 무대에서 이벨린이 달빛을 받으면서 노래를 부르고 있는데 그게 재미없고 지루하다?"

같은 대답을 계속하기도 귀찮은 듯 아원이 고개만 까딱였다. 그리고 나는 그대로 풍덩 충격의 인당수에 몸을 던졌다.

얘가 지금 뭐래!

"왜……?"

"고객님은 재미없는 거 하나하나 이유 따져?"

그건 아니지만.

난 아윈의 대답에 할 말을 잃고 입을 다물었다. 물론 모든 사람이 노래를 들으며 감명에 빠져야 하는 건 아니다. 세계 제일의 가수가 눈앞에서 일생일대의 라이브를 한다 해도 관심이 없으면 집에서 키우는 햄스터 밥이나 주러 떠나버릴 수도 있는 일이었다.

그래, 그야 그렇지. 근데 이벨린인데? 이벨린은 여주인공인데? 그리고 넌 남주인공이고? 로맨스 소설 속의 여주인공이랑 남주인공인데?

"어장의 상태가……?"

나도 모르게 속마음이 입 밖으로 흘러나왔다. 그간 아윈이 보여준 행동거지는 확실히 원작에 충실하다기엔 다소 무리가 있었지만, 그렇다고 내가 정말로 물고기 3의 탈주에 가능성을 두었던 건 아니었다. 애초에 말이 안 되니까.

로맨스 소설에서 남주인공이란 여주인공을 사랑하기 위해 존재하는 인물이다. 솔직히 그게 가장 주요한 그들의 존재 이유였다.

약방의 감초 같은 조연들이 누구를 짝사랑하고 말고 같은 양념 수준의 이야기가 아니라, 절대 비틀려서는 안 되는 중심 가지. 글 전체의 핵심!

물고기즈 러브 어장 주인!

'저 혼자 어장 입주가 엄청 늦나?'

나는 고민하다가 습관적으로 엉망이 된 머리를 쓸어 올렸다.

아니…… 잠깐, 이건 또 언제 이렇게 엉켰어! 꺄악, 사자 갈기!

"이런 걸 그렇게 보고 싶어서 춤까지 춘 거야?"

"아…… 그거 춤 아니래도."

아윈은 내 항변을 듣는 둥 마는 둥 하더니 여전히 따분한 얼굴로 앉은 자리에서 목을 두어 바퀴 돌렸다. 그러더니 돌연 나를 지면에 내려놓았다. 발 디딜 틈도 없다고 생각했는데 알아서 모세의 기적이 생긴다.

난 바닥에 사뿐히 안착해 고개를 위로 젖혔다.

"다음부터 지겨운 건 고객님 혼자 봐. 정 외로우면 고객님 분신 껴안고 보든가."

허허, 저놈이 누가 들으면 같이 봐달라고 애원한 줄 알겠네.

기가 차서 대꾸하려는데 순간 무대 가까이에서 소란이 일었다. 술렁임을 따라 고개를 돌리자 경연장 위 이벨린이 쓰러져 있는 게 눈에 들어온다.

"이벨……!"

진짜 깜짝 놀랐다. 당황해서 인파 사이를 헤집는데, 한두 걸음 나아가기도 전에 이미 무대에 도착한 황태자와 케니스가 그녀를 부축하는 것이 보였다.

엄마야! 스피드……. 쟤네 언제 뛰어온 거니?

딱히 내가 필요 없어 보이는 그 광경을 응시하다 문득 허공으로 시선을 회귀하니 그새 아윈은 자리에서 사라진 뒤였다. 본래라면 마탑 업무도 내팽개치고 이벨린과 하하 호호 해야 할 아윈이 그렇게 갔다. 쓰러진 이벨린에겐 눈길도 주지 않고.

'……그런데 이벨린은 왜 쓰러진 거지?'

난 붐비는 사람들을 피해 최대한 효율적으로 몸을 움직이려 노력하며 원작의 내용을 더듬었다.

이벨린은 비록 청순가련한 외모의 소유자였지만, 실제로 뭔 일만 생겼다 하면 픽픽 쓰러지는 가녀린 타입의 여주인공과는 거리가 멀었다. 외려 강단이 있어 페리도트가 계획한 갖은 사건에 휘말리면서도 기절 한 번 하지 않는다. 스쳐 가듯 언급했던 내용에 의하면 심한 빈혈 같은 것도 앓지 않았다.

"누가 내 발 밟았어!"

"악! 방금 누구야!"

핫! 얌전히 있어야겠다.

나는 잠시 움직이던 걸 멈추고 휴식 겸 고개를 쭉 빼 하늘을 올려다보았다. 새카만 하늘에 떠 있는 달이 유독 밝다.

기분 탓인가 싶었는데 문득 전에 들었던 얘기가 생각났다. 에이레네의 밤에 뜨는 달은 특히 평소보다 크고 밝다고.

따지자면 슈퍼문인가?

'슈퍼문이든 뭐든…….'

밝아봤자 눈부신 정도까지는 아니었지만 난 부러 눈을 가늘게 떴다.

끄응, 어째 에이레네의 밤이 아니라 혼란의 밤인 것 같았다.

영문 모르게 쓰러졌던 이벨린은 다행히 금세 정신을 차렸다. 제대로 인사도 나누지 못하고 물고기들의 에스코트하에 빠르게 작별한 그녀는 이튿날 오후쯤이 되어서야 서신에 대한 답장을 보내왔다. 잠깐 어지러웠던 것뿐이고 지금은 괜찮아졌으니 걱정 말라는 것이 답신의 주된 내용이었다.

에이레네의 밤 축제는 그렇게 막을 내렸다.

축제 자체는 기한이 꽤 남아 있었으나, 원작에서도 얼굴이 드러나는 걸 계기로 축제에 참가하는 것이 마지막이 되는 전개였다. 그러니 굳이 쓰러지지 않았더라도 그날이 피날레가 되었을 것이다.

나는 원작 에피소드도 마감된 김에 별 미련 없이 집으로의 귀환을 택했다. 덧붙이자면 비숏은 그날도 춤을 추지 못했다. 그날뿐만 아니라 무도회가 진행되는 기간 내내 비숏은 회장에서 찬밥 신세를 면할 수 없었다고 한다.

하긴, 그 예쁜 언니들의 눈이 여간 높은 것이 아닐 테니 아주 짐작 못 한 결과는 아니었다. 나는 서럽게 훌쩍이는-이제 보니 무서울 때만 우는 게 아님-비숏의 성장기 어깨를 토닥여 주며 내년에는 다를 거라는 근거 없는 위로를 건넸다.

나중에 듣기로는 비숏이 짝사랑하던 여성에게 뻥 차였다는 내용의 발원지 모를 소문이 온 저택에 돌아, 사용인들이 소소한 위안 파티를 열어주었다고도 한다. 그리고 황녀 언니는 조금이나마 염려했던 것과 달리 케니스에게 별반 관심이 없었다.

그녀는 물고기 2보다 오히려 내 신작 발간 시기에 백배쯤 흥미가 많은 듯했다. 최근의 담화에서 황녀는 제 친우가 근래 사랑을 시작해 몹시 바쁘다는 이야기를 들려주었는데, 그때 그녀는 '꼭 현실의 사람을 사랑해야만 할까요? 기실 모든 종류의 사랑이 다 이 안에 들어 있잖아요'라는 발언을 비모르 책을 든 채 함으로써 내가 다른 의미로 그녀의 미래를 걱정하게 만들었다.

며칠을 집에서 빈둥거리면서 나는 중간에 에슐라를 통해 몰랐던 소문을 접할 수 있었다. 다름 아닌 에이레네의 첫날 밤 무도회에서의 이벨린에 관한 입방아였다.

'웬 영애가 황태자와 마탑주와 동시에 춤을 췄다', '두 남자가 한 영애를 두고 신경전을 벌였다', '어디서 봤는데 에스반데 공작도 그 영애와 데이트를 했다더라', '제국에서 가장 잘난 세 미혼 남자가 한 영애를 두고 다투고 있다', '어딜 갈 때면 늘 세 남자를 동시에 거느리고 다닌다'…….

소문이 꼬리에 꼬리를 문 형국이었지만 기실 크게 틀린 말은 없었다. 저 이야기들이 보다 악질적인 풍설로 거듭나는 건 페리도트가 시동을 건 뒤였다.

아마 지금쯤 페리도트는 탐색 중일 것이다. 소문은 어디까지가 진실일지, 더불어 이벨린이 간단한 경고 하나로 치울 수 있는 대상일지 아닐지.

조만간 있을 이벤트는 그녀가 아니라 잠깐 나왔다 사라질 모 엑스트라의 작품이었다.

"오호호~ 글쎄요, 요새 영 손이 녹슬어서요."

그래, 바로 얘!

날짜가 벌써 이렇게 되다니, 시간이 참 빠르기도 했다. 나는 어느새 첫 '소소한 여주인공 엿 먹이기'가 시작되는 장소에 참관해 있었다.

플라이 백작가의 1층 연회장, 그 가운데 모임의 개최자인 핑거즈 플라이 영애가 간드러지는 목소리를 높이기 바쁘다. 나는 그녀에게 잠깐 시선을 주었다가 이벨린의 옆자리로 이동했다.

"몸은 괜찮아요?"

"네. 걱정해 줘서 고마워요, 라테."

말뿐이 아니라 정말로 멀쩡해 보였다. 보이는 것에 약한 시각적 생물인 나는 곧 이벨린이 쓰러졌었다는 사실을 기억 저편으로 날려 보냈다.

자기네들끼리 깔깔거리며 떠들어대던 핑거즈 플라이 영애가 문득 이쪽으로 시선을 주는 게 느껴졌다.

핑거즈 플라이! 신분은 백작 영애. 발군이라 할 만큼 뛰어난 피아노 연주 실력 소유. 더불어 오늘 이벨린을 엿 먹이려다 되려 본인이 엿을 낼름하게 되는 비운의 운명도 소유. 피아노 재능과 엿을 겸비한 그녀는 본인이 초대해 놓고 찬밥 취급을 하던 상대에게 이제야 또각또각 가까이 다가왔다.

"반가워요, 플라이 영……."

"저는 별로 반갑지 않네요."

이벨린이 먼저 상냥한 미소와 함께 건넨 인사를 핑거즈가 건방진 말투로 끊었다.

어멋, 정말 당황스러울 만큼 건방지시군요! 건방 점수 10점 드리겠습니다.

시작부터 10점을 득한 핑거즈가 턱을 치켜들고는 오만하게 이벨린을 내려다보았다.

누가 보면 황녀라도 되는 줄 알겠네.

나는 그 와중에 부담스러울 만큼 높게 틀어 올린 그녀의 적발을 구경했다.

적발은 적발인데 색깔이 좀 드릅당. 마치 셀프 염색에 실패한 색? 분명 빨간색을 누르려고 했는데 하필 그때 일시적 색맹이 와서 실수로 잘못 클릭해 버린 색?

"기대해요, 곧 톡톡히 망신을 줄 테니. 오호호!"

핑거즈 플라이는 정말로 멍청했다. 안 그런 엑스트라 악역이 어딨겠냐만은.

왜 저런 걸 제 입으로 미리 나불거리고 난릴까? 저랬다가 상대방이 '망신이요? 헐, 후진 거 주시네요. 저 그냥 집에 갈게요' 하고 파티장에서 나가버리면 어쩌려고?

기껏 준비해 놓은 게 허사가 될지도 모르는데 그녀는 뻔뻔한 예고에 거리낌이 없었다. 기껏 초대받아 간 모임에서 주최자가 보자마자 저런 말이나 지껄이는데도 우리의 천사표 여주인공은 그저 고개만 갸웃거릴 뿐 자리를 떠나지 않았다.

나였으면 진작 '뭐래, 안녕' 하고 집으로 돌아왔을 텐데.

이벨린은 순진무구한 얼굴로 '플라이 영애가 왜 저러시는 걸까요?' 하고 내게 묻기까지 했다. 나는 그녀에게 맞춰 전혀 모르겠다는 듯 어깨를 으쓱거리며 답했다. '도저히 모르겠군요. 세기의 미스터리네요!'.

"다들 초대에 응해 주셔서 감사해요. 이렇게 모인 김에 분위기를 좀 띄워볼까 하는데……. 혹시 피아노 연주 모두들 좋아하시나요?"

때가 됐다 싶었는지 핑거즈가 슬슬 운을 띄웠다. 나는 그녀가 저런 화두를 꺼내는 이유를 대충 알고 있었다. 오늘의 스토리가 최근에 생각이 났거든.

미리 말을 맞춰둔 핑거즈의 측근들이 좋다며 호응하자 그녀가 생긋 웃었다.

"마침 제가 이번에 새 피아노를 장만했답니다. 이벨린 도트 영애! 영애께 연주를 한 곡 부탁드려도 될까요?"

핑거즈의 지목에 파티장 안 사람들의 시선이 한쪽으로 쏠린다. 좌중의 주목을 받은 이벨린은 영문을 모르겠다는 얼굴로 멀거니 서 있었다.

핑거즈가 재차 입을 뗐다.

"물론 저도 답례의 연주를 들려드릴 거랍니다."

그렇다! 핑거즈 플라이의 목적은 단순했다. 우선 분위기를 몰아 이벨린에게 피아노 연주를 시킨다. 그리고 그다음 이벨린이 친 것과 똑같은 곡을 훨씬 뛰어난 실력으로 본인이 다시 연주한다.

두 번째 언급이지만 핑거즈의 피아노 실력은 정말 빼어났다. 다른 건 몰라서 피아노에 한해서만큼은 콧대를 넉넉히 세워도 만인이 인정할 정도다.

그런 남다른 실력으로 같은 곡을 친다면 누가 봐도 전자의 연주가 형편없게 비칠 수밖에 없었다. 똑같은 곡을 연주한다는 행위도 가능한 게, 애초에 이런 자리에서 귀족 영애가 선보일 만한 곡 자체가 몇 개 없었다. 대체로 영애들은 교양 수업의 한 일환으로 획일화된 피아노 교습을 몇 년씩 받는 경우가 일반적이었고, 자연히 그를 통해 습득하는 곡들도 전부 거기서 거기였다.

최소 이곳에 자리한 영애들이 칠 수 있는 모든 곡은 핑거즈도 완벽하게 아는 곡일 것이다.

이벨린을 마주 보며 핑거즈가 자신만만하게 미소를 지었다.

핫! 근데 언니, 틀어 올린 머리카락이 몇 가닥 빠져나와 있는데? 저 부분 모양이 꼭 파인애플 꼭지 같다.

"도트 영애의 연주라니!"

"정말 궁금하네요. 꼭 들어보고 싶어요."

"응해 주실 거죠, 도트 영애?"

핑거즈의 측근 및 지인들로 이루어진 회장의 사람들이 기다렸다는 듯 바람을 넣기 시작했다. 쏟아지는 요청에 눈만 깜박이던 이벨린이 이내 부드럽게 웃으며 알겠다고 응수한다.

"좋아요, 부족한 실력으로도 괜찮으시다면."

대답한 그녀가 사뿐사뿐 피아노로 다가갔다. 아마 핑거즈는 계획이 성공했다며 흡족해하고 있을지 모르겠지만, 사실 전혀 아니었다.

이벨린은 여주인공이다. 여주인공이 이런 유치한 술수에 당할 리가…….

"……!"

"이 곡은 대체……?"

당연히 없자낭?

상황은 핑거즈가 원하던 것과는 완전히 다르게 흘러갔다. 이벨린이 연주를 시작한 곡의 선율이 파티장 안을 가득 채운다. 곡은 아름답고, 생동감이 넘치고, 물결처럼 부드러우며, 무엇보다 새로웠다.

예스! 새로움!

핑거즈를 포함한 이 장소의 모든 사람은 백 퍼센트 이 곡을 처음 들어볼 것이다. 왜냐면 미공개 신곡이었으니까. 그것도 유명 작곡가가 온 심혈을 기울여 만든 더할 나위 없는 명곡이었다.

우왕…… 노래 진짜 좋긴 좋다.

"어떻게 이런 곡을!"

"세상에, 너무 아름다워요."

모임의 참석자들 사이로 술렁거림이 번졌다. 조금도 예상하지 못했던 전개에 핑거즈가 충격을 받아 굳어 있는 꼴이 보인다.

나는 그새 전보다 약간 더 튀어나와 있는 그녀의 머리 가닥들에 시선을 주었다.

아앗, 삐져나온 정도가 너무 애매하잖아? 저거슨 머리 스타일이 망가진 것도 아니고 안 망가진 것도 아니여! 안 망가진 것도 아니고 망가진 것도 아니여!

"전혀 들어본 적 없는 곡이에요."

"도대체 누가 만들었을까요?"

"하아…… 어쩜, 빠져들 것 같아."

감수성이 풍부한 몇몇 영애는 이미 멜로디를 타고 자기들만의 세계로 날아간 듯 몽롱한 낯으로 두 손을 맞잡기까지 하고 있었다.

반응 대박이구만.

모로 봐도 핑거즈가 꾀했던 '이벨린 망신 주기'는 저 어디 외딴섬으로 물 건너간 상태라고 할 법했다.

완전 망했어, 얘!

부들부들 떨던 핑거즈가 부채를 콱 움켜쥔다.

부채 : 아파욧!

핑거즈 : 나는 피도 눈물도 없는 냉혈한 악역 핑거즈. 부채의 고통 따위 신경 쓰지 않지! 크크크, 얌전히 내 악력의 희생양이 돼라!

부채 : 너무해…… 으흐흑.

핑거즈의 반응을 관찰하다 파생된 딴생각에 잠시 빠진 사이, 이벨린의 연주가 드디어 마침표를 찍었다. 홀 내부를 삼키고 다수의 마음마저 빼앗은 감미로운 곡이 마지막 건반의 울림과 함께 끝을 알린다.

선율이 사라지고 내려앉은 정적은 이벨린이 의자에서 일어나 목례를 건넬 때까지 계속됐다.

"들어주셔서 고마워요."

미소를 지으며 인사한다. 그리고 법석이 시작되었다.

"맙소사! 곡이 무척 좋네요."

"누구의 곡인가요?"

"어떻게 배운 거죠?"

한 영애는 눈치 없이 박수를 치다가 핑거즈의 무시무시한 눈길에 뻘쭘히 손을 내리기도 했다. 돌아가는 분위기에 핑거즈가 분한 듯 입술을 깨물었다.

처음 듣는 신곡에다 그 곡의 수준까지 파격적인 이상, 핑거즈가 아무리 화려한 연주를 보여준다 해도 이벨린을 비웃을 순 없었다. 설령 억지로 선동하여 깎아내리더라도 몹시 작위적인 티가 날 것이다. 그녀의 계획은 빼도 박도 못 하게 사요나라행 열차를 탔다.

이벨린이 연주한 곡은 무려 천재 작곡가로 유명한 매지커루 한드 자작의 작품이었다. 곡을 얻게 된 경위는 간단했다. 물고기와의 데이트-구경하지 못했던-도중 우연한 기회로 구해 주었던 남자가 알고 보니 매지커루 한드였던 것이다. 구명을 받은 매지커루는 보답으로 이벨린에게 발표 전인 명곡을 가르쳐 주었고, 그 곡이 지금 이러한 역할을 하게 되었다.

뭐랄까, 여주인공의 운을 우습게 보면 안 된달까? 핑거즈 짜응 절레절레.

빡침 지수가 굉장해 보이는 핑거즈의 모습에 속으로 애석함 섞인 고갯짓을 할 때였다. 돌연 핑거즈가 휙 시선을 돌린다.

응? 왜 나랑 눈이 마주치지?

"한 분의 연주를 더 듣고 싶은데, 여러분의 생각은 어떠세요?"

엥?

그녀가 막 가리킨 건 한편에서 멀뚱히 구경이나 하던 나였다.

갑자기 이게 무슨? 날 왜?

"저요?"

"네."

황당하게 묻자 태연히 고개를 끄덕인다.

아니, 핑거즈야…… 너 내 이름도 모르잖아?

애초에 이벨린의 초대에 끼어 덤으로 온 거니 모를 만하지만.

"제가 누군지는 아세요?"

"……뭐, 아까 보니 도트 영애와 친분이 있으신 것 같더군요. 친구라면 도트 영애와 마찬가지로 좋은 연주를 들려주시지 않겠어요?"

쟤가 뭐래? 친한 거랑 피아노 실력이 뭔 상관인데?

핑거즈의 말엔 억지가 낙낙했지만, 그렇다고 그녀의 제안에 이의를 제기하는 사람은 한 명도 없었다.

에엥……?

'꿩 대신 닭인가?'

이벨린 물 먹이기에 실패했으니 그 친구라도 좀 건드려 줘야 속이 풀린다는 걸까?

나는 핑거즈의 집념에 혀를 한번 차고 성큼성큼 앞으로 나갔다. 피아노야 뭐, 기실 못 쳐줄 것도 없긴 했으니. 내가 딱히 머뭇거리지도 않자 핑거즈가 살짝 흠칫했다.

"자신 있으신가 보네요! 멋진 연주를 기대하죠."

가시나, 일부러 저러네.

나는 건반 위에 손을 올린 채 어떤 곡을 칠지 잠시 고민했다. 이벨린의 연주처럼 천재 음악가의 미발표 곡 같은 건 당연히 개뿔 없고.

으음…….

이내 짧은 갈등을 끝낸 내가 오른손으로 흰색 건반을 눌렀다. 난 떴다 떴다 비행기를 치기 시작했다.

떴~ 따 떴따 비~ 행~ 기! 날아라~ 날아라! 높~ 이 높이 날~ 아~ 라! 우리 비행기. 딴!

"……."

"……."

"끝이랍니다."

끝이고 나발이고 시작이나 했었냐는 듯한 표정들이었다. 나는 그런 면면들에 대고 천연덕스럽게 말을 던졌다.

"이런 이런, 앙코르를 원하시는 눈빛들이 너무나 뜨겁네요. 정 그렇다면 한 곡 더 들려드리도록 할게요!"

다음 노래는 개나리였다.

나리 나리 개~ 나~ 리~ 입에 따다 물고요 병아리 떼 종~ 종~ 종~ 봄나들이 갑니다! 따란.

"끝났답니다."

"……."

"……."

"어머, 이 만족을 모르는 욕심꾸러기들! 이번이 정말로 마지막이에요."

반짝반짝 작은 별.

반짝반짝 작은 별! 아름답게 비치네. 서쪽 하늘에서도~ 동쪽 하늘에서도~ 반짝반짝 작은 별! 아름답게 비치네. 따라란.

"휴, 세 곡이나 연주했더니 좀 힘들……."

"지금 뭐 하는 거죠?"

새된 목소리가 앙칼지게 내 소회를 잘랐다. 연주를 마친 소감을 미처 한 문장도 끝맺지 못하고 말이 끊긴 나는 날카로이 눈을 치뜨고 있는 핑거즈에게로 앉은 자세에서 시선을 주었다.

이벨린 때보다 더 빡친 듯 얼굴색이 아주 시뻘겋다.

아, 갑자기 그 대사가 생각나네. 나…… 난 토마토지롱!

"지금 저랑 장난하자는 건가요?"

"네? 장난이라뇨?"

나는 무슨 말인지 도통 영문을 모르겠다는 표정으로 고개만 이리저리 갸웃거렸다. 순진무구를 넘어 그냥 백치 같을 내 모습이 핑거즈의 분노를 업시켰는지 그녀가 부채를 파들거린다.

오, 혈압 올리기 재밌당. 잰 반응이 진짜 즉각적이네.

"왜 그러시나요?"

"그걸 지금 몰라서 묻는 건가요! 장난이 아니고서야 어떻게 그따위 연주를……!"

"아아."

"하, 이제야 알아들었……!"

"으읏, 손목이……."

역시 이럴 땐 아픈 척. 난 그대로 침통히 눈을 내리깔며 자연스레 손목을 아래로 늘어뜨렸다.

안녕, 연기 웨건? 이제부터 연기 웨건의 무대가 시작됩니다! 최근에 불의의 사고를 겪은 손목 환자, 나와 주시죠!

"죄송해요. 실은 얼마 전 승마 수업 도중 낙마를 하는 바람에 손목이 부러졌었거든요……. 얼추 완쾌되었다고 생각했는데, 실제론 그렇지 않았나 봐요. 건반 위에 손을 올리는 순간 갑자기 통증이…….”

“……?!”

“연주를 포기하자니 핑거즈 영애께서 기껏 요청까지 해주셨는데 차마 그럴 수가……. 나름 아무렇지 않은 척하려 노력했지만, 결국 이렇게 형편없는 연주밖에 들려드리지 못했네요. 정말 미안해요, 영애. 영애께서 화내실 만도 해요. 다 저의 잘못이에요.”

마법의 문장이 등장했다.

“다 제 잘못이에요.”

그리고 이쯤에서 처량하게 어깨를 떤다!

“억지로라도 손목을 움직였어야 하는데…… 정말 죄송…… 흐흑.”

“아, 아니…….”

내 혼신의 연기에 핑거즈가 당황한 기색으로 주춤거렸다. 고작 말 몇 마디에 핑거즈는 돌연 사정도 모르면서 환자에게 막말한 무도한 사람이, 나는 알고 보니 힘없고 안쓰러운 다친 피해자가 되었다.

원래 이런 건 먼저 불쌍한 척하는 사람이 장땡이지!

난 속으로 혀를 날름 내밀면서 겉으로는 천하제일 불쌍 대회에 나온 사람처럼 애처롭게 고개를 떨궜다.

“뭐라고 화를 내셔도 할 말이 없어요. 달게 받을게요. 흑, 하지만 저는 정말로 장난을 하려던 건…….”

“돼, 됐어요. 그냥 넘어가죠.”

결국 핑거즈는 내게 더 이상 뭐라 따지지 못하고 물러나는 길을 택했다.

솔직히는 ‘엑스레이!(?) 엑스레이 가져와 봐! 시방 구라치다 걸리면 손모가지 날아가는 거 안 배웠냐? 네년의 손모가지가 멀쩡하다는 것에 옆 사람 십이지장을 걸 수 있어!' 하고 외치고 싶을 핑거즈의 내심이 눈에 훤했지만, 내 영혼을 담은 연기는 그리 만만치가 않았다. 이미 훌륭한 한 명의 환자로 거듭난 내게 추궁을 더해 봤자 그건 합리적인 의심은커녕 핍박이나 될 뿐이다.

얘, 그러게 왜 가만있던 나한테 연주를 시키고 그래. 바보 같은 가시나.

와, 근데 이거 먼 옛날 당하는 입장이었을 땐 죽빵 갈기고 싶더니 내가 하니까 꿀잼이잖아? 후우, 역시 인간이란…….

"손목을 다쳤었어요?"

피아노를 떠나 다시 구경꾼의 자리로 회귀한 내게 이벨린이 물어왔다. 나는 그 순진한 질문에 대답 대신 조용히 웃음만 지어주었다.

언니, 그거 지금 말 못 해줘요. 묻지 말아욧.

그나저나 핑거즈가 정말로 내가 한 연주를 그대로 따라 쳐줬어도 재밌었을 텐데. 만약 그랬다면 난 온 마음과 열과 성을 다해 그녀에게 리액션을 선사했을 것이다.

파티장 중앙, 최고의 실력을 지닌 이의 손놀림을 통해 연주되는 떴다 떴다 비행기, 개나리, 작은 별. 거기에 피아노 건반이 한 개씩 눌러질 때마다 소스라치게 몸을 떠는 방청객이 한 명.

'엑설런트! 퍼펙트! 최고! 정말 완벽해요! 환상적인 솜씨예요! 아아, 이것은 내 인생 최고의 떴다 떴다 비행기! 최고의 개나리! 최고의 작은 별! 전율이 몸을 타고 흐른다……!' 하며 박수를 쳐대면 핑거즈는 또 휩싸이는 알 수 없는 분노에 빡침 포인트를 적립하겠지. 즐겁구나.

상상하던 도중 우연히 핑거즈와 눈이 마주쳤다.

'앗!'

망가짐과 안 망가짐 사이에서 아슬아슬한 줄타기를 하고 있던 그녀의 머리 스타일이 잠깐 사이 결국 망가짐 쪽으로 기울어져 있었다.

우왕, 파인애플.

페리도트의 출격 전 비중 없는 엑스트라 악역들이 열심히 이벨린에게 깔짝대는 시간은 그 뒤로도 한동안 계속되었다. 그리고 나는 여주인공의 옆자리에서 그 깔작거림들을 열심히 구경하다가, 어느 순간 똑같은 레퍼토리 하나가 반복되고 있다는 걸 깨달았다.

'얘네 이벨린 물 먹이려다 실패하면 나한테 눈 돌려!'

그랬다!

처음에는 핑거즈만 그러는 줄 알았더니 아니었다.

그녀의 뒤를 이은 다양한 악역 엑스트라들은 하나같이 '이벨린한테 시비 → 막힘 → 분노 → 주변 탐색 → 나 발견 → 만만해 보임(!) → 시비' 이 루트를 타기 일쑤였다.

아니, 왜!!

나는 남주인공이 바로 지척에 있어도 알아차리지 못하고 여주인공한테 물을 끼얹을 정도로 시야가 좁은 그녀들이 어떻게 나를 찾을 때만 탐색력이 그리 높아지는지 의문이었다.

내가 씨…… 그런 짓까진 안 하려고 했는데 커튼 뒤에 숨어 있다가도 들켰어! 이벨린 건드릴 땐 유명한이던 것들이 왜 나 찾을 때만 코난이고 난리야?

다행히 아직까지는 악역 언니들이 핑거즈처럼 시비인 듯 시비 아닌 시비 같은 귀여운 싸움만 걸어오거나, 이벨린을 도와주러 나타난 물고기가 나도 함께 덤으로 건져 주거나 한 덕분에 내게 실질적인 피해는 없었다.

하지만 앞으로도 그러리라는 보장은 없다. 엑스트라 악역들 중에서도 입만 조잘거리는 온건-나불파, 손을 마구 치켜 올리는 급진-번쩍파가 따로 나뉘지 않겠는가.

그중에 후자만 갑자기 막 대거 등판하면 어떡해! 내 뺨의 순결!

'내 몸은 내가 지킨다!'

나는 특훈의 때가 왔음을 실감했다. 막연히 언젠가 하게 되지 않을까 짐작만 했던 그 훈련을 이제는 더 이상 미룰 수 없게 된 것이다.

피할 수 없는 운명의 시간! 각오를 다진 내가 에슐라를 불러 앞에 세웠다.

"으음."

"뭐 필요한 거 있으세요, 아가씨?"

에슐라는 신장이 작았다. 나도 작은 편이라 이벨린이나 황녀에 비해 반 뼘 정도 아래의 공기를 맡고 살았는데, 에슐라는 그런 나와 재어도 다시 반 뼘이 모자란 키였다.

160 중후반대의 이벨린이 딱히 큰 것이 아니라 평균 언저리인 것을 생각하면 에슐라는 평균 키에서 무려 한 뼘이나 작은 것이다.

'안 되겠어.'

쿵짝은 잘 맞춰주겠지만 신체적 조건상 특훈에 적합하지가 않았다. 나는 선 채 고심하다 퍼뜩 꽤 괜찮은 다른 대상을 떠올렸다.

"릴리 지금 바쁠까?"

"릴리요?"

생각하듯 눈을 한 바퀴 굴린 에슐라가 곧 '아닐걸요!' 하고 대답해 온다.

나는 마침 잘됐다며 릴리를 방으로 불러다줄 것을 요청했다. 그렇게 에슐라가 쪼르르 방을 나선 잠시 후, 똑똑 문을 두드리는 소리가 들렸다.

"들어와!"

"부르셨어요?"

"응, 부탁할 게 있어서."

난 방 한가운데에서 릴리를 마주 보고 섰다. 정면에서 봤을 때 시선이 코 언저리쯤.

음, 딱 좋군!

신장의 적절 정도를 가늠한 내가 결연한 표정으로 입을 열었다.

"특별 훈련을 할 거야."

"특별…… 훈련이요?"

"그래."

어리둥절한 얼굴의 릴리에게 난 대강 훈련의 방식과 목적을 설명해 주었다. 이야기를 들은 릴리가 눈을 깜빡거리곤 이내 크게 뜬다.

"그런 훈련까지 해야 해요?"

"냉혹한 사교계의 세계!"

정확히는 여주인공 옆에 붙은 조연의 세계겠지만. 나는 재차 릴리에게 훈련의 목적과 이유를 강조했다.

이건 다 내 가녀린 육신과 멘탈의 무사한 안녕을 위해서란다.

잠시 동안 놀란 기색을 유지하던 릴리는 곧 알겠다며 고개를 끄덕였다. 저라도 괜찮다면 최선을 다하겠다는 릴리의 비장한 태도가 든든하다.

난 흡족하게 웃었다. 훈련의 앞날에 순풍이 부는 것 같았다.

"그럼 시작할까?"

"네!"

"어디 한번 천~ 천히 들어와 봐."

"넵."

그리고 머지않아 두 사람의 공방이 만들어내는 가열찬 단련의 열기가 실내를 뒤덮기 시작했다. 숨소리들이 거칠다.

"좋아, 이 각도! 감 잡았어!"

"다시 갈까요?"

"응, 방금은 하프스윙이었지? 이번엔 풀스윙으로!"

"네!"

열띤 단련의 중심에서 나는 조금씩 성장을 이루어냈다. 비록 더딘 속도였지만, 분명 전과는 달라져 가는 스스로의 움직임이 생생히 느껴지고 있었다.

좋아, 이대로 성공적인 강화까지 간다!

"더 빠르게!"

"하앗!"

"더 세게!"

"합!"

"그렇지, 연속으로!"

"이얏!"

"이번에는 변칙 공격!"

"이야압!"

훈련은 해가 저물 때까지 초심을 유지하며 세차게 이어졌다. 끝이 없을 것만 같았던 훈련을 간신히 마무리한 그날 밤, 나는 완전히 녹초가 되어 시체처럼 침대 위로 자빠져야 했다.

'……해냈다.'

힘든 와중에도 입가의 미소가 떨어지질 않는다. 특훈은 성공이었다.

피나는(?) 수련의 성과를 보여줄 기회는 그로부터 이틀 뒤 찾아왔다.

최근 이벨린에게 깔짝대다 우연히 지나가던 케니스한테 걸려 욕 몇 마디 먹고는 눈물과 함께 사라진 쿠크 디아스 영애, 그 영애의 절친인 아이언 멘타르 영애가 제 애완견의 생일 파티를 주최하니 꼭 참석해 주십사 하는 초대장을 이벨린 편으로 보내온 것이다.

어떻게든 자기네 앞마당으로 불러들이고자 키우는 개의 생일 파티까지 연 영애도 영애였지만, 부른다고 남의 집 멍멍이 생일 파티에 고대로 참석하는 이벨린도 참 이벨린이었다.

나는 이미 몇 번 그래왔듯 이벨린의 일행 신분으로 파티에 동반 입장했다. 예의상 선물로 개 껌도 챙겼다.

"뭐야, 별거 아니잖아?"

빠른 시비!

챙겨온 개 껌은 미처 꺼내줄 시간도 없었다. 파티장에 등장하자마자 기다렸다는 듯 또각또각 걸어온 아이언 멘타르가 짙게 화장한 눈매로 이벨린을 위아래로 훑는다.

직후 건방 점수 10을 자랑하는 전형적인 대사들의 향연.

"소문만 듣고는 무슨 대단한 미인인 줄 알았더니……. 나 참."

아이언 멘타르 영애는 이름처럼 멘탈이 참 단단한 모양이었다. 우선 자기보다 열 배는 예쁜 사람을 얼굴로 까는 것부터가 그랬다.

그 뭐지? 드라마에서 가장 예쁜 여주인공을 못생긴 조연들이 둘러싸고 '평범한 년!' 하고 구박하는 느낌이랄까? 나라면 저런 대사 던지고 거울을 보는 순간 멘탈이 깨질 텐데 과연 아이언은 남다르다. 그녀는 도도하게 고개를 치켜들었다.

"그 정도 수준으로 어떻게 황태자 전하와 에스반데 공작 각하를 유혹했죠? 아, 마탑주까지. 참 대단도 하여라."

"유혹이라뇨?"

"내숭 떨지 말고 비법 좀 전수해 주지 그래요? 무슨 수를 쓴 건지 참 궁금한데."

엑스트라 악녀가 여주인공에게 되도 않는 시비를 터는 장면은 매번 퍽 흥미진진한 구경거리였지만, 안타깝게도 뭘 주워 먹으면서 볼 수는 없었다. 너무 관람하는 티를 내서는 안 됐기 때문이다.

그야 나 같아도 상대랑 막 열심히 기 싸움하고 있는데 누가 옆에서 과자나 와작거리면서 쳐다보면 개 죽빵을 갈기고 싶을 것 같긴 했다. 멀리서 구경하는 것도 아니고 코앞이라.

에잉, 역시 주전부리가 없으니 재미가 반감되는데. 다음엔 투명화 마법 스크롤이라도 사볼까? 아, 근데 마법을 써도 나만 투명해지지 음식은 그대로겠구나. 헉! 설마 소화되는 과정도 보이려나?

어딘지 그로테스크한 상상을 하는 사이 아이언의 언성이 높아졌다.

"얘길 못 해주는 걸 보니 부덕한 방법이기라도 한가 봐요? 제 말이 틀렸나요?"

"영애, 아까부터 대체 무슨 말을……."

"주제에 몸뚱이라도 가볍게 굴린 건지."

앗! 아이언의 최후가 생각났다!

지금 아이언 멘타르는 원작에서 보여주었던 행동을 고대로 반복하고 있었다. 저 대사를 들으니 기억이 난다.

그녀는 이벨린을 향해 몸뚱이를 운운하는 천박한 모욕을 던진 대가로 후에 꽤나 애잔한 일을 당하게 될 예정이었다.

그걸 담당했던 게 누구더라? 음, 아윈이었나?

"아이언 멘타르 영애, 진심으로 하시는 얘긴가요?"

"어머, 제가 그만 정곡을 찔렀나 보네요? 호호호!"

"영애께서 제게 왜 그러시는진 모르겠지만, 좀 전의 말은 취소해주세요. 그건 저뿐만 아니라 그분들께도 실례가 되는 언사니까요. 제가 마음에 들지 않는다면 부디 저를 욕하는 것에서 끝내주세요."

"……!"

"저 때문에 그분들이 모욕을 당하는 건 원치 않아요. 부탁드릴게요."

"하!"

아이언이 기가 차다는 듯 헛웃음을 내뱉었다. 그러곤 이를 갈며 눈가에 힘을 준다. 이벨린의 여주인공다운 대꾸가 상당히 신경을 건드린 모양이었다.

저를 욕하는 건 참겠어요……. 하지만…… 남주분들을 욕하지는 말아주세욧! 그럼 그냥 '네, 알겠어요' 하고 여주인공만 계속 욕하면 되는 거 아닌가?

하지만 비틀린 뚝심을 지닌 아이언 멘타르는 하던 욕을 계속해서 유지하고 싶은 것 같았다.

아무도 내 욕을 막을 순 없으셈!

치뜬 도끼눈을 번뜩이며 그녀가 외쳤다.

"닥쳐! 네년이 몸을 굴린 것을 굴렸다고 하는 것뿐인데, 어디서 감히 이래라 저래라야?"

아앗! 아이언 영애의 있는지 없는지 헷갈렸던 새우젓만 한 이성이 결국 없는 것으로 판명 났다!

분노 조절 장애를 앓고 있었던 듯 그녀는 상황도 상대의 신분도 잊은 채 고작 말 한마디 들었다고 미쳐 날뛰기 시작했다.

암만 그래도 이벨린네 가문이 자기네보다 못하진 않을 텐데 반말에 네년은 좀 심했다, 얘. 하긴, 그런 걸 가릴 줄 알았다면 이런 엑스트라 악역에 발탁되지도 못 했겠지.

아이언의 무뇌력은 과연 맡은 역할에 적합하다고 볼 수 있었다.

"……말이 통하지 않는 분이시군요. 저는 이만 돌아가 보겠습니다."

"거기 서!"

이벨린의 담담한 퇴장 선언에 아이언은 더 열이 뻗치는 것 같았다.

'감히 네까짓 년이 날 무시해?!' 뭐, 이런 대사가 나올 때가 됐군.

생각하기가 무섭게 떠올렸던 문장을 거의 그대로 뱉으며 아이언이 손을 번쩍 치켜 올렸다.

핫, 역시 급진-번쩍파!

대다수의 상황에서 말보다는 폭력을 숭상하는 번쩍파답게, 그녀는 허공으로 올린 손을 그대로 이벨린의 뺨에 내려칠 심산인 듯 보였다.

물론 저거 때렸다간…… 흩날려라, 모가지!

"그만, 아이언. 때리는 건 안 돼. 너도 알잖아?"

"웨이 하우스! 하지만 저년이……!"

"그래그래, 네 맘 알아. 그래도 여기서 손을 휘두르면 후에 네가 너무 불리해져."

언제 나타났는지 아이언 멘타르의 친구 웨이 하우스가 그녀를 말렸다. 실로 원작을 그린 듯이 재연하는 전개였다.

점차 선명해지는 기억이 맞다면 아마 지금쯤 어딘가에서 물고기들 중 한 명이 이 판국을 우연히 지켜보고 있을 것이다.

아원이었나 케니스였나? 아, 그게 자꾸 헷갈리네.

아이언은 그나마 생각이란 걸 할 줄 아는 친구 덕분에 흩날려라 목본앵을 피했다는 걸 아는지 모르는지, 붉어진 얼굴로 씩씩거리며 분한 심정을 마구 드러내고 있었다.

근데 솔직히 이벨린이 뭘 했다고 저렇게 화내는 거람? 악역들은 여주인공이 숨만 쉬어도 빡친다더니 정말인가 보다.

이벨린의 들숨 날숨에 화가 한계까지 치솟은 듯 아이언이 이를 부득부득 갈았다. 그러더니 갑자기 주변을 막 살핀다.

어, 나 저거 아는데. 꿩 대신 닭을 찾는 분노의 고갯짓!

"네년은 뭐야?"

그리고 나는 어째 당연한 수순처럼 닭이 되었다.

내게 꽂히는 이글이글한 눈빛을 보며 난 어깨를 으쓱했다. 특훈을 해둔 터라 그런지 내 육신의 안위는 딱히 걱정되지 않았다. 다만 기껏 생각해서 파티 선물까지 챙겨왔는데 초면에 년 소리를 들었다는 사실이 조금 슬프긴 했다. 나는 붙을 때 붙더라도 가져온 선물은 줘야겠다는 생각에 품에 안고 있던 개 껌을 내밀었다.

"일단 선물 먼저 받으세요."

"뭐?"

"생일 파티니까."

"……개 껌?"

내밀어진 것의 정체를 확인한 아이언이 잠시 말을 멈췄다. 그러더니 이내 전보다 더 화를 뿜기 시작한다.

엥? 왜?

"포장이 마음에 안 드시나?"

"이 개 같은 년이 감히 선물이랍시고 이딴 걸 내밀어?! 개 껌?!"

"네? 아니, 제가 개 같은 게 아니고 받을 주인공이 개인데."

"지금 네년이 날더러 개라고 한 것이냐!"

뭐야 얘…….

아이언은 머리가 많이 나빠서 그런지 본인이 연 생일 파티가 뭐였는지도 까먹은 것 같았다.

니 개 생일 파티잖아요. 그럼 개 선물로 개 껌을 챙기지 버블 버블 풍선껌을 챙기냐?

"뭐, 알겠어요. 다음부턴 비록 멍멍이 선물이지만 프릴 원피스 같은 걸 준비하도록 노력해 볼게요."

"아니, 이년이!"

놀린다고 생각했던지 아이언이 격분을 표출하며 손을 번쩍 들었다. 그러곤 망설임 없이 그대로 내려친다. 웨이 하우스도 이번엔 제 친구를 말리지 않았다.

나는 가까워지는 손바닥에 찰나 눈을 빛냈다.

특훈의 효과를 확인할 순간이군!

탁!

“아, 아니?”

“홋!”

간단하지.

난 가볍게 아이언의 손목을 스윙 도중 붙잡았다. 그녀는 자신의 뺨 후리기가 도중에 막힐 거라곤 전혀 예상하지 못했는지 깜짝 놀란 표정으로 눈을 부릅떴다. 나는 그런 그녀의 반응을 보며 여유에 찬 웃음을 흘렸다.

그래! 내가 이때를 위해 얼마나 열성적으로 수련에 매진했던가!

그렇다. 나는 릴리와의 훈련을 통해 이미 악역들이 날릴 수 있는 모든 싸다구의 각도, 방향, 스윙, 강도에 익숙해진 상태였다. 내 부탁에 따라 릴리는 팔을 이렇게도 휘두르고, 저렇게도 휘두르고, 요렇게도 휘둘렀다. 그럼 난 그걸 반복해서 막고 피하고, 막고 피하고, 막고 피하고, 핫! 헛! 핫!

현재 내 수준은 한 손으로 샴페인을 마시면서 동시에 다른 손으로 날 향한 싸다구를 막아낼 수 있을 정도에 도달해 있었다.

과연 훈련의 힘이란……!

스스로도 대단히 만족스러운 성과였다.

“제 뺨이 많이 소중해서요.”

“네 이년!”

탁.

“이, 이년이!”

탁.

“에잇!”

탁.

"좀 맞아라!"

탁.

"이이익……!"

탁.

"아아아악!"

양팔까지 활용한 스윙이 연달아—그것도 엄청 간단히—막히자 아이언이 결국 화를 참지 못하고 비명을 마구 내질렀다. 분이 솟구쳐서 아주 기절 직전인 것 같았다.

쯧쯧.

애잔한 포효를 힘껏 내지른 아이언은 포기를 몰랐다. 씩씩대더니 별안간 손톱을 세워 내게 소처럼 달려든다.

핫, 이건 데자뷔인가!

나는 그녀에게서 익숙한 지러브 크레이의 향기를 맡으며 몸을 슬쩍 비틀었다.

난 이제 이런 것도 잘 피하지롱!

마치 투우사가 된 기분으로 아이언을 피하고 슥 뒤를 돌자, 날 공격하는 것에 실패한 아이언이 그대로 바닥을 굴러 파티장 구석에 처박히는 것이 보였다.

쿵! 와장창! 쨍그랑!

"꺄아악!"

"꺅!"

……응? 뭐지, 저게?

그녀가 암만 세게 달려들었다 한들 고작 반동으로 저 지경이 되는 건 솔직히 무리였다. 기껏해야 휘청거리거나 그 자리에서 넘어지는 꼴이 현실적일 텐데, 아이언은 무슨 스스로의 의지로 돌진한 것처럼 바닥을 세차게 굴러 파티장 한편의 테이블까지 덮쳤다. 테이블 위에 놓여 있던 식기며 음식들이 요란하게 쏟아져 사방을 어지럽힌다. 그야말로 탄성이 나오는 난장판이었다.

"우와."

"다, 당신 지금 무, 무슨 짓을!"

"네? 제가 뭘요?"

얼결에 내게 따지고 든 웨이 하우스는 내가 어리둥절한 얼굴로 빤히 쳐다보자 곧 할 말이 없어진 듯 입을 다물었다.

그야 자기도 알겠지.

누가 봐도 나는 얌전히 방어나 하던 애꿎은 피해자였다. 아이언은 그냥 본인 혼자 알아서 저 꼴이 된 것이다.

맹세컨대 난 손끝 하나 안 댔어요?

"난리 났네. 이벨린, 가요."

나는 점차 소란이 낙낙해지는 내부를 지켜보다 이내 이벨린과 함께 파티장을 빠져나왔다. 조금 불쌍하긴 하지만 어쨌든 자업자득이니.

아이언 짜응 사요나라!

아, 개 껌은 시종을 통해 나오는 길에 전해 줬다. 회장을 벗어나 고작 몇 걸음 걸었을 무렵이었다. 퇴치의 뿌듯함을 제대로 만끽하기도 전 우연히 케니스와 마주쳤다.

"각하."

이벨린이 곁에 있었으니 딱히 놀랍지도 않은 만남이었다.

여기서 만난 걸 보니 그럼, 후에 아이언 단죄는 케니스가 하려나?

그리 짐작하는데 웬일로 녀석이 나한테 말을 걸었다.

"너……."

"저요?"

불러놓고 케니스는 왜인지 말이 없었다.

……뭐? 불렀으면 어서 내게 토킹을 해! 난 독심술 못 써!

소심하게 마음으로 재촉하고 있자니 잠시 후 케니스가 입을 열었다.

"언제 마탑주랑 그렇게…… 아니다."

어엉? 그렇게? 그렇게 뭐?

케니스는 또 기껏 꺼내나 싶던 말을 도중에 요상하게 잘라먹었다.

마탑주랑 그렇게? 그렇게 다음이 대체 뭔데요, 님아?

케니스가 말을 찜찜하게 끊어버리니 내 기분도 덩달아 찜찜해졌다. 나는 뭐라고 항의해야 하나 고민하다 눈을 가늘게 뜨며 말했다.

"그러는 각하께서야말로 언제 황태자 전하랑 그렇게…… 아닙니다."

묘한 어조로 끝을 흐리니 케니스가 곧장 눈썹을 꿈틀거렸다. 내가 마치 다 안다는 듯이 음흉하게 웃자 바로 따지고 든다.

"무슨 뜻이지?"

"뭐가요?"

"그렇게 뭐? 말을 똑바로 완성해서 해라, 사람 답답하게 하지 말고."

"각하께서 먼저 그랬거든요?"

그제야 내가 자길 일부러 따라한 걸 알았는지 케니스가 할 말을 잃고 조용해졌다.

이래서 역지사지가 명언이라니까.

지러브 사건 이후로 나름 말랑해지고 친해진-내 착각일 가능성 존재-케니스는 잠깐의 침묵 이후 순순히 내게 끊었던 뒷말을 들려

주었다.

“친분이 있는 듯 보여 한 얘기다.”

“친분이요? 마탑주랑 제가요?”

“그래, 그러니 녀석이 일부러 널 도왔겠지.”

“도와요?”

앵무새도 아닌데 자꾸 들은 말을 반복하게 된다. 첫 번째는 그래, 그렇게 보일 여지가 있는 걸 나도 대충 인정하니 그렇다 치고, 정말 고개를 갸웃거리게 만드는 건 두 번째였다.

아윈이 날 도와?

“언제요?”

“파티장.”

짤막한 대답은 고작 한 단어였지만 내가 원하는 정보를 습득하기에 부족함이 없었다. 나는 파티장이라는 말을 듣자마자 장엄한 기세로 바닥을 구르던 아이언의 모습을 가장 먼저 떠올렸다.

아, 설마 그게…….

그럴 법하네. 가능성이 푸짐하다. 어째 반동이라거나 발을 헛디뎠거나 하는 이유로는 설명이 되지 않을 만큼 맹렬히 구른다 싶었는데, 아윈이 한 짓이라고 생각하니 절로 납득이 갔다.

나는 고개를 끄덕이며 한 가지 의문을 제기했다.

“그거, 절 도와준 게 아닐 수도 있지 않을까요?”

“뭐?”

“그냥 상대가 마음에 안 들었는데 마침 굴리기 좋은 위치에 있었다거나?”

“…….”

"아니면 별 이유 없이 심심해서 굴렸다거나?"

대답은 없었지만 표정을 보아하니 제법 그럴싸하다고 느끼는 것 같았다.

응, 나도 그렇게 생각해.

아무래도 날 위해서라는 이유보단 저편이 더 신빙성이 있었다. 이 주제가 일단락되자 케니스는 이벨린에게로 관심을 전환했다. 원래부터 그랬어야 하는데 아윈이 나를 도운 걸로 보였던 게 어지간히도 놀라운 일이었던 모양이다. 그러니 여주인공을 두고도 나한테 우선 말을 걸었지.

……되새기니까 열 받네? 도와준 게 뭐? 뭐!

주고받는 대화와 흘러가는 분위기로 보아 두 사람은 곧 데이트라도 시작할 낌새였다.

요즘 이벨린도 참 바쁘다. 하루가 멀다 하고 덤벼드는 자잘한 엑스트라들 상대해 주랴, 번갈아 우연히 만나는 물고기들이랑 공평히 썸 타랴. 덕분에 나야 볼거리가 풍성한 나날이었지만.

아, 아윈은 제발 마주칠 때마다 눈따따 안부 좀 그만 물었으면. '내 분신 잘 지냄' 하고 쓰인 카드를 하나 만들어두고 아윈만 등장했다 하면 이마에 붙여 버릴까 보다.

"전 이만! 즐거운 시간 보내세요."

나는 몽실몽실 핑크색 구름을 만들기 시작하는 물고기와 어장 주인을 응시하다 슬슬 작별 인사를 건넸다. 따라다니며 구경할 수도 있었지만, 오늘은 왠지 아이언과의 사투(?)를 벌인 걸로 할당량(?)을 다 채운 기분이라 딱히 구미가 당기지 않았다.

집에 가야지!

케니스는 확실히 많이 말랑해졌다. 무시할 줄 알았더니 웬걸, 인사도 받아준다.

권력자와 사이가 좋아진다는 건 나름 기쁜 일이지.

난 가벼운 발걸음으로 저택에 귀환했다.

돌아온 나는 제일 먼저 릴리에게 달려가 쾌거의 하이파이브를 나눴다. 분노 조절 장애 아이언 몹을 물리친 무용담은 마음 같아선 과장을 왕창 덧대고 싶었으나, 인간 확성기 에슐라를 의식해 최대한 실제보다 순화하고, 순화하고, 또 순화해서 들려주었다.

착한 릴리는 고된 훈련의 보람이 있었다며 눈물까지 글썽였다. 난 축배 대신 축 팝콘을 들며 원작에서 그려진 아이온의 말로를 회상했다. 그녀는 머지않아 한 괴팍한 늙은이가 가주로 있는 귀족 가문에 시집을 가게 된다. 그것도 늙은이의 다섯 번째 첩으로.

대개 가난한 가문의 버린 여식들이 지참금 때문에 팔려가듯 부인이 되는 최악 중의 최악의 혼처였는데, 멘타르 가문은 멸문지화를 당할 테냐 딸을 버릴 테냐 하는 물고기의 협박에 후자를 택하여 아이언을 그곳으로 보낸다.

아, 그거 아윈인가 보다. 마탑이랑 척질래 딸년 버릴래 뭐, 이랬던가?

아무튼 아이언은 시집을 가 늙은이의 다섯 번째 첩이 되는데, 문제는 늙은이가 성격만 괴팍한 게 아니라 손버릇도 험했다는 거다. 그녀는 그야말로 생판 모르는 곳에서 비참한 첩살이를 시작하게 된다.

아이구…… 불쌍한 아이언. 그러게 왜 다른 사람도 아니고 여주인공한테 그 난리를 쳐선.

기실 뺨도 못 때렸겠다. 고작 말 몇 마디 한 것에 대한 대가론 지나친 감이 있었지만, 성질 머리를 보건데 그간 아랫사람들에게 손찌

검 발찌검을 숱하게 해왔을 것이 뻔해 따지고 들면 적당한 인과응보라고도 할 수 있었다.

아이언 애도. 다시 한 번 사요나라.

현실도 현실이지만 소설 속에선 정말 착하게 살아야 한다.

저 늙은이도 언젠간 첩들 중 한 명한테 칼 찔려 죽겠지?

"좌우간 이제 근심 무!"

나는 중얼거리며 뒤로 벌러덩 드러누웠다. 온건-나불파는 물론이요, 이제 급진-번쩍파도 걱정 없다. 엑스트라의 스윙 따위 밥 먹다가도 막을 수 있었다.

오호홋! 가소로운 것들!

떼로 덤비면 또 모르겠지만 그럼 그냥 황녀 언니한테 가서 일러야겠다.

더 이상 내 구경에 장애물은 없었다. 옥체 보존하며 이 꼴도 관람하고 저 난리도 관전하고 그래야지!

난 태평하게 위기 없는 구경꾼의 훈훈한 앞날을 상상했다.

한바탕 신나게 구경하다가 페리도트 언니가 진격할 때쯤만 잠시 몸을 사리지 뭐!

하지만 그 안일한 생각은 날이 밝은 뒤 내 앞으로 날아온 초대장을 확인하는 순간 와장창 박살 났다.

"나는 똥멍청이야."

자학은 취미가 아니었지만 지금만큼은 스스로를 욕하지 않을 수가 없었다. 나는 가까스로 벽에 머리를 박고 싶은 충동을 참아냈다.

여긴 연회장이었다. 발광석을 대체 몇 개를 심었는지 번쩍거리는 샹들리에가 너른 홀을 골고루 비추느라 바쁘다. 눈을 떼기 힘든 찬란한 장식품들, 기다란 테이블을 가득 채운 휘황한 각종 디저트까지 눈이 가는 곳마다 온통 고가의 향기가 진동을 한다.

평소 같으면 '이것이 돈의 맛!' 그러면서 샴페인이라도 하나 들어 맛봤을 텐데, 현재는 도저히 그럴 기분이 아니었다. 난 참담한 심정으로 화려한 홀 내부를 둘러 살폈다.

허엉.

나는 페리도트 가넷이 주최한 연회에 초대받았다. 물론 초청을 나만 받은 건 아니다. 초대장은 이벨린에게도, 황태자에게도, 케니스에게도, 아마 마탑주에게도 갔을 것이다. 문제는 본래 초대장이 그들에게만 발송되었어야 한다는 점이다. 난 빼고!

라테 엑트리는 아는 사람이 있는 듯 없는 듯한 미진한 지위의 자작가 여식이었다. 위세 높은 후작가 금지옥엽인 페리도트와는 조금도 인연이 있을 리 없다. 있을 수도 없고 있어서도 안 된다.

'아이고오.'

나는 한탄했다. 빨빨거리면서 이벨린의 곁에서 구경을 일삼을 때, 구경만 하면 또 모르겠는데 내게 걸어오는 시비를 이리 받아치고 저리 받아칠 때, 난 이런 상황을 예기했어야 했다.

페리도트가 수집한 정보 중에 분명 일말이지만 내 이야기가 있었을 것이다. 단 한 줄, '이벨린의 곁에 껌처럼 붙어 다닌다더라' 하는 겨우 이 정도의 언급일 뿐이더라도. 페리도트는 이용할 수 있는 모든 걸 이용한다.

그래! 개는 눈에만 띄면 남의 집 햄스터도 써먹는다! 으앙! 이걸 왜 이제야 실감하니!

이 똥멍청이가 집에만 칩거하며 한동안 바깥공기를 회피해도 모자랄 판에 구경한다고 싸돌아다니긴 뭘 싸돌아다닌 건지. 뒤늦은 후회에 난 그저 한숨만 늘렸다. 거기다 페리도트도 내 예상보다 조금 일찍 출격했고.

"라테 엑트리 님, 맞으신가요?"

자책에 빠져 있는데 이름을 부르는 소리가 들렸다. 돌아보니 저택의 사용인으로 추정되는 여인이 정갈한 자세로 가만 서 있다. 맞다고 긍정하자 내게 심장 떨리는 소식을 전해 왔다.

"페리도트 아가씨께서 영애를 따로 뵙길 원하십니다."

꺄아악!

벌써! 넘 빨라! 갑작스러워!

난 속으로 온갖 비명을 지르며, 겉으로는 최대한 침착한 척 차분히 사용인의 뒤를 따랐다.

음, 뭐랄까……? 둘만의 밀회를 가지기엔 우리 사이, 아직 많이 이르지 않을까요? 난 천천히 가는 게 좋은데.

심지어 페리도트는 현재 홀에 입장하지도 않은 상황이었다.

바, 방에서 만나자는 거니?

똑똑.

"아가씨, 라테 엑트리 님을 모시고 왔습니다."

"들어와."

달칵, 소리를 내며 문이 열렸다. 문 옆에 자리한 호위 기사의 매서운 눈길이 내게 잠깐 닿았다 떨어진다.

저기 호위님, 솔직히 페리도트를 지킬 게 아니라 페리도트한테서 다른 사람들을 지키는 게 더 알맞지 않을까요? 예를 들면 나라든가. 가령 나.

"들어가시죠."

떨어지지 않는 발을 겨우 떼 문턱을 넘었다.

으어어, 무슨 면접 보러 가는 것보다 더 떨리냐.

쿵더쿵 널뛰는 가슴을 애써 달래며 호화로운 방 안 풍경을 눈에 담자, 광활한 실내 한가운데 소파 위를 차지한 페리도트가 보인다. 사용인은 그녀에게 공손히 인사를 올린 뒤 이내 자리를 비켰다.

……둘만 남았네.

이 와중에도 페리도트는 여상히 예뻤다.

워후~ 여신.

"엑트리 영애?"

"네."

"이리 와서 앉아요."

나는 자동적으로 조신히 몸을 움직였다. 페리도트는 여러모로 가장 대하기 어렵고 시종일관 경계를 기울여야 하는 인물이었다. 지닌 권력 및 힘으로만 따지면 감히 물고기들에 비할 수 없었지만, 이벨린 실드가 통하지 않는다는 것과 내가 굳이 깝죽대긴커녕 제자리에서 숨만 쉬어도 잡아다 죽이려 할 가능성이 풍부하다는 점에서 위험요소가 낙낙했다.

후, 벌써 정신력 소모 쩐다. 자꾸만 심쿵해! 그나저나 이 언니는 날 왜 부른 걸까?

"이벨린 도트 영애와 친분이 있다죠."

"……네."

"자주 함께 다닌다는 소문을 들었어요."

과연 소문까지 났으려나?

엑스트라 악역 언니들은 그냥 그 자리에 내가 있기에 건드린 것뿐 매번 나에 대해선 거의 모르는 눈치였다. 그녀들은 늘 이벨린 한 명만으로도 씹고 뜯고 물고 다지기 바빠서 기실 내가 옆에 붙어 있든 아니든 관심이 없었다.

실제 이벨린도 나보다는 물고기들과 시간을 더 많이 보냈기 때문에 나는 딱히 화제 근처에도 오르지 않았다. 당연히 일부러 캐낸 거겠지. 이벨린 근처의 사소한 어떤 것들까지 모조리 다. 이렇게 생각하니 내가 한동안 구경을 포기하고 집에서 은둔형 외톨이 노릇을 했었더라도 어차피 불려왔을 거라는 추론이 나왔다.

뭐얌, 이거 정해진 운명인가…… 또르르.

"다른 게 아니라, 제안할 게 있어서 보자고 했어요."

"제게요?"

"그래요, 별건 아니고."

페리도트는 운을 띄워놓곤 말을 한 호흡 쉬었다. 난 그사이 이어질 내용을 추측하느라 머리를 열심히 굴려댔다.

이런, 두뇌 회전이 오랜만이라 상당히 삐걱거리는걸? 도대체 나한테 뭔 제안을……. 잠깐, 설마 그거?

그럴듯한 상상이 머리를 때림과 동시에 상대가 입을 열었다.

"도트 영애를 배신해요."

"헐, 대박."

내면의 반응이 나도 모르게 고스란히 튀어 나갔다. 나는 대단히 솔직하게 짓고 있던 표정을 재빨리 수습한 뒤 헛기침을 했다.

와, 나 예상 적중. 이게 무슨 일이래?

"무슨…… 크흠. 말씀이신가요, 그게? 배신이라니……."

"말이 배신이지 거창한 건 아니에요. 영애는 단지 지금까지 그래 왔듯 그녀의 친구 노릇을 유지하다가, 필요할 때만 내가 원하는 대로 움직여 주면 되니까."

페리도트는 나더러 본인의 장기말이 되어 친구의 뒤통수를 후리라는 말을 '오늘은 날씨가 참 맑네요'라는 주제처럼 평온하게 이야기했다.

어, 으응. 제안이라는 게 역시 그런 거구나. 내 충견이 돼라!

"전 캐비아로 만든 사료 이하는 안 먹습니다."

"네?"

"아뇨. 음…… 제안이라는 건, 거절해도 된다는 뜻인가요?"

그야 높은 확률로 안 될 게 뻔하긴 하지만.

페리도트가 물끄러미 나를 응시했다. 탐스럽게 붉은빛을 띠는 입술이 호선을 그린다.

"딱히 거절할 이유는 없을 것 같은데. 솔직히 말해보죠. 이벨린 도트는 영애에게도 눈엣가시이지 않나요?"

뭐라!

"왜 그렇게 생각하세요?"

"이벨린 근처의 남자들이 영애가 그녀에게 붙어 있는 목적 아닌가?"

청량한 목소리가 은근한 어조로 말을 읊는다. 그녀는 그러면서 동시에 탁자 위에 장식된 꽃병 안의 꽃을 만지작거렸다. 전문가의 손길로 다듬은 듯 흰색 히아신스가 정갈하게 꽂혀 고아한 자태를 자랑하고 있었다. 연녹색 줄기에 페리도트의 흰 손가락이 닿는다.

"돌리지 않고 얘기하죠. 난 황태자를 원해요. 나머지는 필요 없으니, 이벨린 도트를 눈앞에서 치운 뒤 남는 두 남자를 영애가 가지더라도 상관없다는 얘기예요."

개뺑치시네.

페리도트는 거짓말을 눈 하나 깜빡 않고 태연하게 입에 올렸다. 저래놓고 내가 아윈한테 들이대면 데이트의 디귿 자도 꺼내기 전에 야산에 파묻을 거면서. 내 참, 완전 어이리스. 그리고 어차피 못 가져!

나는 이 당황스럽기 짝이 없는 제안을 어떤 말로 거절해야 내 신상에 가장 이로울지 고민하기 시작했다. 마음 같아선 그냥 '집에서 키우는 인형이 아파서요' 하는 핑계를 대고 자리에서 튀고 싶었지만, 그랬다간 내가 진짜로 아파질 테니 참는다.

난 한숨을 삼켰다.

"저는……."

"동성에게 화젯거리가 되는 여자는 두 가지 부류가 있어요."

말 씹혔다. 페리도트는 여전히 꽃줄기를 쓰다듬으며 하던 소리를 이어나갔다. 그녀의 호박색 눈동자도 어느 샌가부터 화병에 고정되어 있었다.

"굉장히 아름답고 격이 높아 절로 동경의 대상이 되는 존재이거나…… 아니면."

움직이던 손가락이 멈춘다.

"아주 미친 듯이 거슬리거나."

뚜둑!

돌연 히아신스가 페리도트의 손에서 운명을 달리했다. 바로 좀 전까지 아이처럼 부드럽게 매만지던 꽃줄기를 처참히 끊어버리는 손속엔 찰나의 주저도 없었다. 나는 싸늘한 주검이 된 흰색 꽃을 보며 눈망울을 잘게 떨었다.

그, 그건 이벨린을 저렇게 하고 싶다는 너의 마음이니? 큰일 났다. 이벨린은 실드가 세 개나 있지만 난 없단 말야. 없어! 돈 해브! 실드 빵 개!

자꾸만 시야에 들어오는 꺾인 꽃의 몰골에 내 동공지진이 진도를 높여갔다.

나 진짜 망한 것 같은 예감이 드는데, 어쩌면 좋담?

"난 거슬리는 년은 눈앞에서 치워야 직성이 풀려서."

페리도트는 굳이 말을 가리지 않았다. 하긴 내 앞에서 입 조심해서 뭐 할까. 그 예쁜 얼굴로 살벌하게도 웃은 악녀 언니가 다시 내게로 시선을 준다.

기분 탓인가 어째 눈동자에 살기가……? 아, 잠시만요. 이 언니 진짜 짱 무서운데.

"시간이 필요하다면 주죠. 마음을 정하면 날 찾아와요."

그녀는 달라고 하지도 않은 시간을 거의 반강제로 내게 안기고 이어 축객령을 내렸다.

으응, 구랭. 꺼지라면 꺼져야지, 뭐.

난 일단 알겠다 답하고 앉았던 자리에서 몸을 일으켰다. 뒤돌아 나가는 내게 페리도트의 목소리가 날아든다.

"현명한 선택을 하길 바라요."

갸, 갸아악.

으앙! 이제 어쩐다. 거절은 그야 정해진 거지만 내가 가장 걱정되는 건 제의를 걷어찬 후 '조연 주제에 감히 내 제안을 거부해? 이 건방진 년 뒤져 봐라' 하고 페리도트가 내게 진격하는 일이었다. 물론 여주인공을 처리하게 위해 들이는 노력의 십분의 일 정도나 이쪽에 쏟을까 싶었지만, 그 정도 주력으로도 실드가 전무한 내 신변은 충분히 위험해질 가능성이 있었다.

"저 멀리 어딘가 땅끝 마을로 여행이나 다녀올까?"

기한은 이벨린을 죽이려던 페리도트가 결국 꼬리를 밟혀 뎅강당할 때까지. 여주인공 신경 쓰기도 바쁠 텐데 굳이 땅끝에서 감자나 캐고 있는 조연을 수고스럽게 밟으러 행차하진 않겠지?

오, 이거 나름 괜찮은 것 같다. 추이를 지켜보다 정 안 되겠으면 정말 저렇게라도…….

"이벨린 도트 영애께서 입장하십니다!"

왔구나.

돌아온 회장엔 마침 이벨린의 등장을 알리는 시종의 외침이 울리고 있었다. 나는 홀 한편에 자리를 잡고 여주인공의 입장을 구경했다.

그녀가 나타났으니 이제 곧 황태자도 입장하고, 케니스도 입장하고, 아윈도 입장…… 얘는 조금 걸리네.

나는 요 근래 이벨린을 거의 무시에 가깝게 대하느라 바쁜 아윈의 행동거지를 떠올렸다. 물고기 3은 질풍노도의 사춘기처럼 점점 원작을 마구 걷어차고 있었다.

소설 속 세계이니만큼 흐름을 따라가려는 강제력이 어느 정도 있는지 두 사람은 전처럼 자주 마주치는 듯했으나, 아윈은 심한 경우엔 그녀를 공기 취급도 마다하지 않았다.

'뭘까?'

이래도 되나? 소설인데? 로맨스 소설 속인데?

참 아리송한 일이었다.

이상하네.

그래 봤자 고민한다고 아윈의 머릿속이 투시되는 건 아니었으니 난 이내 생각을 접고 발을 움직였다. 일단 이벨린에게 인사라도 건넬까 싶어 홀 안을 이동하는데, 나보다 먼저 그녀에게 당도한 누군가가 보였다.

반쯤 까진 머리, 오뚝이 같은 애매한 몸매, 금박과 장식이 지나쳐 상당히 부담스러운 연미복.

으음?

"저, 저, 저는 기, 기니 람보르 남작이라고 합니다."

앗! 기억남!

기니 람보르 남작. 지방의 작은 영지를 운영하던 그저 그런 귀족이었으나, 어느 날 운 좋게 영지에서 보석 광산이 발굴되는 바람에 순식간에 돈방석에 앉음. 광산 관련 투자를 맡은 중앙의 귀족과 함께 오늘 우연히 이 연회에 참석하게 됨. 특이 사항, 이벨린을 보고 한눈에 반함! 후에 페리도트의 장기말이 됨.

나는 훗날 악녀 언니에게 이용당할 만큼 이용당한 뒤 저 하늘의 별이 되는 기니 람보르 남작을 안쓰러운 눈길로 바라보았다.

불쌍한 조연……. 근데 뒤태가 꽤 부담스럽네. 원작에서 묘사한 바로는 앞모습이 그보다 다섯 배는 부담스럽다고 했던 것 같은데. 대체 어떻게 생겼기에?

궁금증이 일기 무섭게 마침 이벨린에게 차인 기니 람보르 남작이 울먹거리며 돌아섰다. 그리고 동시에 나는 헉 숨을 들이켰다.

'구레나룻!'

턱수염과 구레나룻이 하나를 이루고 있었다! 거기에 마치 인형처럼 길고 풍성한 속눈썹과 커다란 눈망울의 조합!

'으으음!'

나름 멋을 내는 의도였던 건지 왼쪽 가슴께에 달려 있는 주먹만 한 핑크 다이아몬드는 그야말로 화룡점정이었다. 나는 반사적으로 눈을 돌릴 뻔한 스스로를 가까스로 제어했다.

아니야, 라테. 그러는 거 아니야. 사람 얼굴 보고 깜짝 놀라서 고개 돌리고 그러는 거 아냐. 히익거리는 거 아니야.

예의를 지키고자 노력하며 최대한 자연스럽게 천~ 천히 음식이 있는 테이블로 시선을 옮기는데, 하필 람보르 남작이 그쪽으로 몸을 이동시키는 게 눈에 들어왔다. 다과를 맛볼 의향인 것 같았다.

오, 이런. 나랑 가깝네!

"와우! 냄새 좋은데? 저기 혹시, 이거 드셔 보셨나요?"

얘는 왜 실연의 상처가 없냐?

람보르 남작은 불과 몇십 초 전에 차인 사람답지 않게 명랑한 기색으로 과자를 골라 담고 있었다. 심지어 나한테 말도 건다. 의외로 친화력이 좋은 성격인 듯 그는 단지 가까이 있다는 이유만으로 내게 이리저리 입을 나불거렸다.

"제가 이런 큰 연회는 처음인데 말이죠. 거참, 딱 운명의 상대를 만났다고 생각했더니 곧바로 차여 버렸네! 하하. 오오~ 이건 과자가 별 모양이네요? 초콜릿인가?"

난리다. 나는 상대에게 별반 반응이 없어도 저 혼자서 열심히 주절대기 바쁜 남작을 떨떠름히 응시하다, 이내 지척에 있는 샴페인 한

잔을 집어 들었다.

나쁜 사람 같지는 않고. 뭣보다 예정되어 있는 그의 애잔한 미래에 측은지심이 일었다.

페리도트에게 찜당한다는 점에선 크게 남일 같지도 않으니까…….

난 람보르 남작에게 샴페인을 내밀었다.

"샴페인도 같이 마시면서 드세요. 너무 과자만 먹으면 목 막혀요."

어느 정도의 동정심과 약간의 유대감으로 건넨 친절이었다. 람보르 남작은 멀뚱멀뚱 내 손에 들린 잔과 나를 번갈아 쳐다보더니 금세 감격에 젖은 표정을 지었다. 얼굴에 감동이 막 그렁그렁하다.

어머, 너무 기뻐하는데? 그렇게 고마워하고 좋아하면 내가 좀 쑥스…….

"당신을 사랑합니다."

뭐야, 이놈! 금사빠야? 잠깐.

나는 샴페인 한 잔을 받더니 난데없이 내게 사랑을 고백하는 람보르 남작을 뜨악한 심정으로 바라보았다.

뭐야? 얘 뭔데 이렇게 쉬워?

"죄송한데 전 남작님이 별……."

"당신도 저를 마음에 두신 것을 알고 있습니다."

"네?"

"이 샴페인이 바로 사랑의 증표가 아닙니까?"

"……?"

제정신인가?

나는 머리 한구석이 약간 맛이 간 것 같은 람보르 남작을 응시하다 본능적으로 조금씩 걸음을 뒤로 내뺐다.

아무리 착각이 심해도 저건 좀……. 원래 저런 캐릭터였나?

"그딴 거 아니에요."

"부끄러워하지 마십시오!"

"뭐야, 이거!"

당황해서 소리를 안 지를 수가 없다. 딱히 소란 피우고 싶진 않았는데 람보르 남작의 상태를 보아하니 이미 조용한 해결은 글러 먹은 것 같았다.

이거 잘못하다간 소리 지르는 게 문제가 아니라 육탄전까지 갈 삘이다. 왜냐면 먼 옛날 자기 혼자 착각해서 변태처럼 덤벼들었던 동아리 선배가 딱 저런 눈빛이었거든.

"앙탈 부리시는 겁니까?"

"와…… 사람 살려."

"수줍어하지 말아요, 나의 피앙세!"

"저 남작님 피앙세 아니고요, 남작님한테 마음도 전혀 없으니까 헛소리 그만하……!"

"우리 춤부터 춥시다!"

대뜸 춤추자는 소릴 지껄인 람보르 남작이 급작스럽게 내게 손을 뻗었다.

갸앙! 미친놈아!

식겁한 내가 이걸 어찌어찌 피하고 나면 스크롤이라도 꺼내 갈겨야 하나 갈등한 순간이었다. 내 손목을 노리던 람보르 남작의 손이 도중에 우뚝 멈췄다.

"엇……!"

퍽! 데굴데굴 데굴데굴.

"꺄악!"

람보르 남작이 구르기 시작한다. 나는 마치 공기에라도 얻어맞은 듯 퍽 소리를 내고 넘어지더니 바닥을 맹렬하게 굴러대고 있는 람보르 남작을 멍하니 주시했다. 데굴거리는 의태어와 함께 남작이 이곳에서 점점 멀어져 간다.

"오!"

대박! 완전 빨라! 굴러가는 거 진심 볼링공!

눈앞의 놀라운 광경에 마음에서 우러나오는 감탄을 내뱉다 난 퍼뜩 정신을 차렸다. 무려 회장 끝까지 구르는 람보르 남작의 모습에서 어떤 기시감이 느껴졌다.

상기하자마자 난 뒤를 돌았다. 아니나 다를까, 아윈이 찬란한 존재감을 뽐내며 입구에서부터 안으로 걸어 들어오고 있었다.

'역시!'

역시 재였어! 하긴 재 말고 누가 사람을 저렇게 굴릴까. 이번엔 웬일로 텔레포트로 안 나타나고 직접 걸어서 등장한대?

나는 연미복을 차려입은 아윈에게로 시선을 고정한 채 생각에 빠지다 순간 깜짝 놀랐다.

눈 마주쳤어.

아윈은 내가 있는 방향으로 곧게 직진했다. 눈 몇 번 깜박이는 사이 성큼성큼 다가와 앞에 선다.

"고객님."

"응, 어?"

"덕분에 살았지?"

"어? 아."

그건 그렇지, 참.

난 고개를 크게 끄덕였다. 아이언은 그렇다 치고 방금은 확실히 도움을 받았다. 아윈이 일부러 날 도와줬다는 건 솔직히 믿기 힘든 일이었지만 굳이 인사에 박할 이유는 없었다.

나는 공손히 두 손을 모았다.

"감사합니다."

"저거 어떻게 할 거야?"

"저거? 설마 람보르 남작?"

"방금 굴러간 느끼하게 생긴 돼지."

"어…… 람보르 남작. 글쎄? 어떻게 할 거냐고 물어도……."

내가 어떻게 할 권한이 있을까? 있나?

나는 회장 구석에 대자로 뻗은 람보르 남작을 향해 흘끗 눈길을 주었다. 물론 마탑주를 등에 업으면 구워먹든 삶아먹든 내 마음일 것 같긴 한데.

그보다 살아 있는 거 맞지?

"람보르 남작, 죽진 않았지?"

"죽일까?"

"아뇨! 잠깐만."

혹시 아직 의식을 잃지 않았다면 해주고 싶은 얘기가 있었다. 나는 드레스 자락을 붙들고 뛰듯이 빨리 걸어 대상에게 다가갔다. 점점 시야에 자세히 들어오는 람보르 남작은 일단 숨은 쉬는 것 같았다.

뱃살이 오르락내리락.

"저기요, 남작님?"

"으…… 어……."

"정신 있으시네. 제가 하는 말 잘 들어요."

난 널브러진 남작의 머리 근처에 쭈그려 앉았다. 이 정도 거리면 작은 목소리라도 잘 들리겠지.

나는 입을 열었다.

"착각이 심한 건 죄가 아닐 수도 있어요. 상대가 예의상 한번 웃어줬다고 '날 좋아하는구나' 하고 오해하는 사람은 남작님 외에도 사실 뒤져 보면 은근히 더 있을 거거든요. 미친년, 미친놈, 묻지마 살인마도 있는 마당에 그런 사람들이라고 없겠어요? 혼자만의 망상은 자기 자유니까요. 그런데요, 남작님. 명심하셔야 하는 게, 그 착각이 남에게 피해를 주는 방향으로 표출되면 그때부턴 그게 죄가 돼요. 잘못이구요."

잘 듣고 있으려나 모르겠네.

난 설교를 이어나갔다.

"남작님이 제게 하셨던 행동은 큰 잘못이에요. 강제로 손목을 잡으려고 하셨죠? 그거 폭력이랍니다. 전 아니지만 다른 심약한 여성이었다면 정신적 외상으로 남았을지도 모르는 일이었어요. 오랜 상처가 된다구요. 지금 본인이 어떤 죄를 지었는지 대충 아시겠어요?"

난 슬슬 목소리를 낮게 깔았다. 이 얘기는 결론이 중요하다.

"그러니까 결론은, 내 말 똑똑히 기억해 둬. 내가 다시 돌아오면 그땐 널 부숴 버리겠어."

흠칫한다. 얘 배때기 방금 분명 움찔했다.

"조각내 버린다. 엉? 알아서 해. 목 안 돌리고도 정면에서 니 등 볼 수 있게 해준다. 알아듣지?"

더 크게 움찔한다. 음산한 목소리로 경고를 마친 내가 쭈그렸던 몸을 일으켰다.

앞의 장황한 훈계는 마지막의 협박을 위한 들러리였을 뿐이지! 아이고, 다리야.

아무튼 기니 람보르 남작이 저런 설정의 캐릭터였다니 충격이다. 원작에선 하도 짧게 언급돼서 몰랐는데. 앞으론 안 저랬으면.

나는 도로 제자리로 회귀했다.

"한 번만 더 그러면 목 잘라서 이마를 등에 붙여주기로 했어. 어때?"

"고객님이 그걸 원한다면."

난 마치 검사 말듯 아윈에게 남작의 처우를 이야기했고, 그에 아윈은 어깨를 으쓱하며 답해 주었다.

저거 긍정이지? 좋아! 람보르 남작이 또 저러다 걸리면 아윈한테 붙어서 목 떼 달라고 조르면 되겠다. 예스!

"고객님 분신은 같이 안 왔네?"

"아, 걔?"

그 얘길 왜 안 꺼내나 했다. 난 아윈의 언급에 천연덕스럽게 대꾸했다.

"집에서 마사지받고 있어."

눈따따의 형편이 날이 갈수록 좋아지고 있었다.

"풀코스로. 조만간 내 분신한테서 장미 향기가……."

"페리도트 가넷 영애께서 입장하십니다!"

"……!"

평온한 마음으로 드립이나 치던 내게 다시 다급함이 닥쳤다. 난 눈을 휘둥그레 뜨고 회장의 입구와 아윈을 번갈아 응시했다. 페리도트가 곧 회장 안으로 등장한다고 한다. 그리고 난 공교롭게도 현재 아원과 붙어 있었다.

위기다. 적신호가 반짝거렸다. 이 꼴이 자칫 페리도트의 눈에 잘못 뜨였다간 내 처지가 회유의 대상에서 끔살의 대상으로 바뀌는 건 시간문제였다.

안 돼!

난 황급히 외쳤다.

"당장 바깥공기를 쐬지 않으면 죽을 것 같은 기분이!"

말을 내뱉으면서 나는 동시에 주변을 두리번거렸다. 목표는 정원이었다. 연회장과 이어진 외부 정원으로 향하는 문이 분명 여기 어딘가에 있을 것이다.

엇, 찾음!

난 재빨리 몸을 날렸다. 정확히는 날리려고 했다.

"고객님이 죽으면 곤란하지."

"뭐? 엄흐억!"

시야가 뒤집혔다. 딱 발에 힘을 주어 튀어 나가려던 차에 풍경이 돌아가니 놀라 비명은 질렀지만, 기실 제법 익숙한 현상이었다.

이거, 아윈 표(?) 텔레포트는 오랜만이군.

찰나에 뒤바뀐 환경이 내게 선선한 바람을 안겨준다. 땅거미가 질 무렵이라 알맞게 시원한 공기에 내가 탁 트인 숨을 뱉었다.

후아, 정원! …… 이 아니네?

괜히 간만의 고급 마법을 즐기고자 잠깐 눈을 감았던 나는 덮은 눈꺼풀을 도로 올리자마자 뜨악 입을 벌렸다.

아니, 미친! 여기 뭐야!

"아윈."

"왜?"

"여기…… 음…… 설마 내가 생각하는 그곳?"

"말고 더 있어?"

내 경악에도 아윈은 태연하기 짝이 없었다. 난 전방의 경치와 아윈의 긍정이 알려주는 현재 내 위치에 그야말로 할 말을 잃었다. 선선하다고 생각했던 바람이 갑자기 춥게 느껴진다. 나는 심리적인 쌀쌀함에 시늉으로나마 옷깃을 여몄다.

내가 발을 디디고 선 곳은 다름 아닌 저택의 지붕이었다. 가넷 후작저의 가장 위, 저택 내 모든 인물의 머리 꼭대기를 감싼 까마득한 높이의 덮개. 잘 가꿔진 후작저의 부지가 선 자리에서 한눈에 들어온다.

난 침을 꼴깍 삼켰다. 고소공포증이 없어서 다행이다.

"너 이상한 취미 있다?"

"바깥 공기 쐬고 싶다며?"

"이렇게 높은 곳의 공기를 뜻한 건 아니었거든."

"고객님, 보기보다 까다롭네?"

"야, 바른말로 누가 봐도 내가 까다로운 게 아니라 니가 비……."

'비정상이야, 이 미친놈아'는 당연히 곧이곧대로 말할 수 없었다.

나 왜 이렇게 입조심이 되다 말고 그러니?

나는 내 옆에 있는 인간이 만만한 동네 친구가 아니라 공포의 은빛 사신이라는 사실을 재차 상기하고 문장을 이었다.

"비밀스럽고 운치 있는 장소를 너무 잘 안다고 할까? 응. 감각 있어, 감각. 보통 사람은 따라갈 수 없는 특별한 감각."

얘기하고 나니 말마따나 운치가 아주 없지는 않았다. 난 혹시라도 미끄러질까 발끝에 힘을 주며 눈에 들어오는 전경을 관찰했다. 부지 한쪽에는 후작가의 소유인 듯한 마차가 흡사 장난감처럼 작은 크기로 앙증맞게 놓여 있었다.

여기서 봐서 그렇지 실제론 앙증이랑 영 거리가 멀겠지?

나는 눈에 비치는 사물들의 실제 크기를 대략적이나마 가늠해 보며 중얼거렸다.

"여기서 떨어지면 전치 몇 주일까……?"

"궁금해?"

"아니. 별로. 전혀."

궁금하다고 하면 손수 등을 밀어줄 것 같았다. 딱히 생사의 기로에 서면서까지 답을 알고 싶진 않다. 난 전방에서 시선을 떼고 이번엔 내 발치를 응시했다. 디딘 곳에서 살짝살짝 발을 굴러본다.

흠, 이 아래는 뭐가 있을까? 층이야 물론 여러 개일 테지만, 혹시 맨 밑은 연회장이려나?

"만약 여기에 구멍이 뚫리면 연회장으로 떨어지나?"

"알고 싶어?"

"……."

기분 탓인가, 얘가 왜 자꾸 나한테 실천을 권하는 것 같지?

"해보든가. 도와줘?"

"아닙니다. 원래 별로 안 궁금했어."

실험 정신이 넘치지 않는 나는 고개를 저어 사양했다. 육신의 안녕도 안녕이지만 지금 연회장으로 귀환했다간 페리도트와 정통으로 마주칠 게 뻔하다.

그건 아니 돼. 나와 아윈과 페리도트라니, 그런 묘한 구성원은 정말 아니 되오.

바닥을 쳐다보며 악녀 언니가 물고기들에게 슥삭당하기까지는 얼마나 시간이 걸릴까—원작에선 아직이었다—고민하고 있는데, 문득 아윈이 나를 불렀다. 호칭에 반응해 고개를 드니 허공에 아까까진 없던 웬 물체가 둥둥 떠 있었다.

……구슬?

"이게 뭐야?"

"구슬."

"나 맹인 아니거든. 말고 용도가 뭐……."

"까다롭고 성격도 급한 고객님, 일단 봐."

이놈이 사람 성격을 이상하게 만들고 있다. 나만큼 무던하고 인내 깊은 레이디가 어디 있다고 참나……. 기막혀 하는 사이 허공의 구슬에서 뭔가가 비치기 시작했다.

"연회장이잖아?"

구슬이 보여주는 것은 연회 홀 내부의 풍경이었다. 가만 살펴보니 이벨린도, 페리도트도, 물고기 둘도 보인다.

어머, 세상에 이거 대박! 얘 완전 구경의, 구경에 의한, 구경을 위한 아이템 아냐?

'관음 구슬인가……?'

난 대단히 선명한 화질을 보며 구슬의 악용을 잠깐 염려했다.

"어? 노래도 들리네."

집중해 귀를 기울이니 구슬에선 영상뿐 아니라 음악도 흘러나오고 있었다.

와, 성능 진짜 짱이다.

당연히 마법이겠지만 어째 첨단 기계를 보는 것 같았다. 악단의 잔잔한 연주가 공기 중을 수놓는다. 곡조가 더해지니 지붕 위의 공간에 분위기가 생겼다. 선선한 바람이 이는 높은 꼭대기는 허공을 떠도는 감미로운 선율과 만나 꽤나 긍정적인 조화를 이루었다.

음…… 오오, 운치가 막 솟아나는 느낌?

음악의 효과에 한창 신기해하고 있는데, 아윈이 내게 귀를 후비게 만드는 제안을 던졌다.

“고객님.”

“어?”

“춤출까?”

“어…… 뭐?”

넹?

순간 정말로 귀 후빌 뻔했다. 난 행동 대신 말로 되물었다.

“춤?”

“그래.”

“춤추자고? 너랑 나랑?”

“나랑 고객님 말고 누가 더 있어?”

그건 그런데…….

나는 당황스러울 정도로 태연한 아윈을 응시하며 가장 큰 문제점을 입에 담았다.

“여기서?”

이 꼭대기 중의 꼭대기는 실로 발 디디기도 모자를 만큼 공간이 협소했다. 서 있기에 모자라다는 건 조금 과장이고, 무리하면 한 걸음 정도는 걸을 수 있겠지만, 그래도 춤춘다고 나대면서 발을 뻗어댔다간 그대로 객사하기 딱 좋은 환상적인 환경이었다.

난 여기에 처음 이동했을 때보다 더 경악스러운 표정을 지었다.

이게 무슨 죽음의 탭댄스를 추자는 소리야?

“최신 유행하는 춤 중에…… 음…… 상반신만 움직이는 춤이 있었나?”

아윈의 표정을 보니 없는 것 같았다.

“설마 너는 손짓으로 지휘만 하고 나 혼자서 현란하게 브레이크 댄스를 추는? 뭐, 그런 건 아니지? 생각해 보니 내가 요즘 허리가…….”

기어이 이놈이 조연의 고공 낙하를 보고자 이러는가 싶어 열심히 핑곗거리를 찾는데, 난데없이 아윈이 내 팔을 덥석 잡더니 오른쪽으로 휙 힘주어 당겼다. 그대로 중심을 잃은 내 몸이 자연스럽게 힘을 받은 방향으로 기울어진다.

아, 허공! 잠깐만 미친놈아, 이쪽 허공!

난 비명을 빽 질렀다.

“사람 살려!”

“발.”

“선량한 조연 살려…… 뭐?”

“고객님, 발.”

발?

나는 필사의 목숨 구걸을 멈추고 아윈의 언급대로 내 발을 응시했다. 휘청거리다 나도 모르게 움직였던지, 드레스 밑으로 빼꼼 드러난 발은 지면이 아닌 허공을 밟고 있었다.

응, 밟고 있다.

“……어라?”

나는 아래로 낙하하지 않고 공중에서 버티고 있는 내 발등을 물끄러미 주시했다. 보이지 않는 유리 벽이 지탱하고 있는 것처럼 발바닥을 통해 단단한 감촉이 느껴졌다. 공기가 아니라 웬 벽이 있다.

난 마치 확인하듯 발을 쿵쿵 굴렀다.

"오오!"

"매번 안 쪼는 날이 없네, 고객님은. 웃기긴 하지만."

누구 때문인데 이게!

나를 쫄보로 만든 주요 원인이 뻔뻔스럽게도 내 작은 간을 논하고 있었다. 이미 간이 멸치만 해진 나는 감히 당사자를 향해 눈을 부라리거나 할 순 없었지만, 대신 괜히 발을 더 세차게 굴렀다.

쾅쾅.

"안 죽인다고 말해줘도 패턴이 똑같다니까."

"아, 예. 그 말씀 언제나 성은이 망극."

"내가 정말 고객님을 죽일 것 같아?"

"엉?"

갑자기 왜 저런 걸 묻지?

난 답을 고민하는 척하며 아윈의 낯을 살폈다. 평소와 다름없는 아윈의 얼굴은 역시 그 의중을 짐작하기가 힘들었다. 나는 시간을 끌다 나름 솔직한 심정을 꺼냈다.

"……빡치면?"

"흐음, 빡치면이라."

아윈은 내 대답을 소리 내 한번 되새기더니 잠시 동안 말이 없었다.

뭘 생각하는 걸까?

고요 속에서 숨을 두 번쯤 쉬었을 무렵 아윈이 입을 열었다.

"안 죽일 것 같은데?"

"뭐가? 나를?"

"응. 빡쳐도 안 죽일걸? 그래, 안 죽이겠다."

아윈은 만약의 상황에 대한 제 행동을 추측을 넘어 확신한 듯 고개까지 끄덕였다. 그 장담에 나는 어째 대우가 좀 상승된 것 같은 기분이 들어 멀뚱히 눈을 껌벅거렸다.

음, 그러니까 엔간하면 안 죽인다에서 빡쳐도 안 죽인다로 변했네. 이거 진화라고 봐도 되나?

"안 죽여."

눈만 감았다 떴다 하는 내게 아윈이 재차 못을 박았다.

으, 응. 그거 정말 굉장히 고마운 쐐기로구나.

빡쳐도 안 죽인다는 말은 다시 말해 내가 신경을 거슬릴 정도로 깐죽거려도 살려준다는 뜻이었지만, 그렇다고 작아진 내 새가슴이 벌컥 호랑이 기운으로 부풀어 오르진 않았다. 당장 깝치기엔 솔직히 많이 떨린다.

나 뭔가 학습된 쫄보 같아.

"그럼 다음 기회에 한번 빡치게 해볼게."

나는 소심한 예고나 던졌다. '언젠가는'이란 쫄보다운 내심은 덧대지 않고 삼키며.

눈가를 접어 웃은 아윈이 대뜸 내게 손을 내밀었다.

"고객님, 손."

난 눈앞에 놓인 손바닥을 물끄러미 바라보았다. 왠지 고객님 대신 예삐나 뽀삐라는 호칭이 더 어울릴 것 같은 제스처였다.

지금 이건 날더러 손을 얹으라는 거겠지? 마치 복슬복슬한 예삐나 뽀삐나 밍키처럼? 어허, 인간의 존엄성이 있지!

나는 용기를 내어 튕겼다.

"나 멍멍이 아닌데."

멸치 담력을 쥐어짠 사소한 개김이었다. 이에 아윈은 빙긋 웃더니 곧장 대사를 바꿨다.

"부디 손을 주시죠, 요정님?"

악! 그냥 손 할 때 얹을걸!

간만에 들으니 소름이 다 끼치는 호칭이다.

으으, 면역력을 잃었어.

난 고개를 흔들어 수치를 털어내고 내밀어진 손바닥에 내 손을 뻗어 올렸다. 감싸 끌어당기는 손놀림이 의외로 부드럽다.

나는 아윈에게 이끌려 원위치에서 반걸음 그에게 가까워졌다. 서로의 거리가 딱 사교댄스를 추기에 알맞다.

아…… 그래. 춤 추잰지, 얘가.

맞잡은 두 손이 허공으로 들리고, 아윈의 다른 팔이 내 등을 받친다. 예전 한참 춤을 배우던 때를 제외하고는 꽤 오랜만에 잡아보는 자세였다.

내가 이 포즈를 다른 인간도 아니고 아윈이랑 하고 있다니. 별일이다, 진짜.

나는 상대를 올려다보는 대신 잠시 아래에 시선을 주었다.

아…… 잠깐. 아, 이런 시각적 괴로움.

"정말로 이거, 아무 데나 막 밟아도 되는 거 맞지?"

면역도 안 되는 건지 볼 때마다 사람을 쫄깃하게 만드는 풍경이었다. 나는 괜스레 발을 더듬더듬 뻗어 두드렸다.

어우, 스릴 넘치는 허공 걷기. 저 나무들은 대체 왜 저렇게 작단 말이냐.

"굴러도 돼."

"반경 어디까진데?"

"고객님이 뛰다가 체력 부족으로 반시체 될 정도까지."

과장이겠지만 거 안심이 되는군. 미, 믿어본다.

생각하자마자 아윈이 성큼성큼 자리를 옮겼다. 덕분에 나는 눈을 휘둥그레 뜬 채 가는 데까지 질질 끌려 이동하는 수밖에 없었다.

으앙아! 아깐 반만 허공이었는데 여긴 이제 완전 허공이야!

"내, 내가 고소공포증이 있었다면 너는 못 볼 꼴을 보았을 것이다."

"그거 아쉽네."

난 숨을 크게 한번 들이마시고 내쉰 뒤 고개를 돌려가며 사위의 경치를 눈에 담았다.

이전에도 아윈이 제멋대로 날 띄운 경험들은 있었지만, 공중에서 남의 의지로 몸이 이리저리 움직이는 것과 내가 스스로 뻥 뚫린 공간에 발을 뻗는 것은 그 느낌이 많이 달랐다.

스릴 점수로 따지면 이쪽이 한 두 배는 되겠습니다. 끄앙.

"진정. 후우, 근데 춤은 왜 추자는 거야?"

"고객님, 춤꾼이라며?"

"춤…… 뭐시기?"

"고객님 입으로 그랬잖아?"

네? 내가 내 입으로 그런 망발을?

의아해하다 불쑥 생각이 났다. 페리도트를 구경한다고 설쳤던 에이레네의 밤 첫날, 황실 무도회에서 아윈에게 이런저런 잔망스러운 헛소리를 되는 대로 나불댔던 것을.

헐, 그걸 기억하고 있었어?

"……미안하지만 그 솜씨는 지금 보여줄 수 없다."

"왜?"

"봉인했거든."

헛소리를 수습하기 위해 또 다른 헛소리가 등판한다!

나는 상대의 얼굴 대신 휑한 사방을 시야에 올리며 말했다.

"내 춤 실력을 시기한 나머지 라이벌이 최근 암살자들을 보냈지. 난 더 이상 그녀의 타락을 지켜볼 수 없었기에 죄 많은 나의 춤 솜씨를 그만 봉인하기로 했어……."

"라이벌이 누군데?"

"……대륙 댄스 서열 1위."

내가 나를 0위라고 했었지? 아, 이 섬세한 기억력.

아윈은 내가 주절거리는 말도 안 되는 변명에 딱히 가타부타 반응이 없었다.

아니지, 방금 웃었나?

짧은 웃음소리가 들린 것 같다고 여기는 순간 아윈이 나를 재차 끌어당겼다. 놀라 휘청거리다 발을 움직여 선다. 올려다보니 곡선을 그리는 입매에 웃음기가 남아 있었다.

뭐냐, 그 웃음은?

난 공연히 미간 사이를 좁혔다.

"고객님, 춤 못 춰도 돼."

"뭐?"

"내가 잘 추니까."

궁금하지 않았던 아윈의 댄스 실력을 본인의 춤밍 아웃으로 알게 됐다.

춤꾼은 사실 너였니?

원작에서 아윈의 춤 솜씨를 언급한 대목이 있었나 떠올려 보는데, 마침 구슬을 통해 흘러나오던 악단의 연주가 그 볼륨을 높였다.

부러 소리를 키운 건가?

귓가를 선연히 맴도는 선율과 함께 아윈의 속삭임이 내려앉는다.

"따라와, 잘."

그리고 그는 춤을 리드하기 시작했다.

제국에서 즐기는 사교댄스는 대체로 남자 쪽에서만 파트너를 잘 이끌어도 얼추 성공적인 춤을 추는 게 가능했다. 물론 여자도 솜씨가 빼어나다면 한결 좋겠지만, 그렇지 않고 그저 팔다리만 움직일 줄 알더라도 그럭저럭 그림은 나왔다. 춤의 구성 자체가 남자에게 보다 큰 역할을 부여했기 때문이다. 지금 이 순간 내가 신경 쓸 것은 오직 하나였다.

발.

'발을 밟지 않는다!'

나는 바짝 긴장했다.

'발을 밟는 순간 추락하는 건가!'

춤이 아니라 마치 공포의 발 피하기 게임을 하는 기분이다. 난 신경을 곤두세우고 정확한 박자로 움직이는 아윈의 스텝을 매의 눈으로 주시했다.

밟으면 추락! 밟으면 사망! 밟으면 사후 세계……! 아, 이거 은근 땀나네.

물론 빡치게 해도 안 죽인다고 호언장담을 한 마당에 발 좀 밟았다고-킬 힐도 아님-날 떨어뜨릴 리야 없겠지만, 내 몸은 나도 모르게 아윈의 발을 피하고자 고군분투하고 있었다.

과연 학습된 쫄보.

춤을 잘 춘단 얘기는 빈말이 아니었는지 아윈은 몹시 능숙하게 나를 이끌었다. 동작마다 어색한 기색이나 군더더기가 전혀 없다.

나야 붙어 있으니 한눈에 보이지는 않았지만, 몇 발자국 떨어진 곳에서 타인의 시야로 지켜본다면 제법 근사하게 비칠 거란 생각이 들었다.

으음, 잘난 남자! 그대의 이름 남주인공!

아, 방금 위험. 발 밟을 뻔, 위험.

내가 자기 발을 열심히 신경 쓰고 있다는 걸 아윈도 막 알아챈 모양이었다. 동작을 멈춘 아윈이 돌연 크게 웃어대기 시작했다. 청명한 웃음소리가 곡을 가린다.

난 상대의 큰 웃음에 벙쪄 발치에 못 박고 있던 시선을 위로 들어 올렸다.

저기 님아?

아…… 아, 잠깐. 눈부셔!

생각해 보니 거리가 너무 가까웠다. 눈을 반달로 접고 치아 모델 같은 흰 이를 훤히 드러내며 웃는 얼굴은 이 근접한 위치에서 상면하기엔 인간적으로 너무 치명적이었다.

소시민의 심장이 내게 말한다. '해로운 놈이다!'.

저건 해로운 놈이야!

나를 방어하고자 가늘게 실눈을 뜨는데, 그새 실컷 웃은 아윈이 고개를 숙여 속닥였다.

"고객님, 그렇게."

"그렇게?"

"굳이 노력할 필요 없어. 밟으려고 일부러 공격해도 안 밟히니까."

"……."

"내가 고객님한테 발이나 밟힐 정도로 병신으로 보여?"

으응…… 하긴. 그래, 그렇겠구나. 나의 스피드가 너무나 느려 면목이 없네, 얘.

안심시켜 주는 말이 퍽 고맙기도 했다. 난 가늘어진 시야를 더 가늘게 떴다. 뱁새눈을 하고 있으려니 아윈이 말을 잇는다.

"알았으면 발 그만 보고 지금부턴 고개 들어."

어멋, 박력 있으시네요! 박력분인 줄.

나는 더 고개를 숙이지는 않았지만 괜한 반항심에 파트너의 얼굴 대신 애꿎은 허공이나 빤히 응시했다.

오늘따라 하늘이 참 예쁘군…… 은 정말 예쁜데?

마침 석양이 지고 있었다.

"와."

난 짧게 감탄사를 내뱉었다. 하늘을 주황빛으로 물들인 저녁노을이 대단히 찬연한 경관을 만들어내고 있었다.

대저택이라 그 꼭대기가 그만큼 높기 때문인지, 마치 언덕에 올라 일몰을 구경하는 듯한 느낌이 든다. 저무는 해가 사방에 공을 들여 따스한 그림을 그렸다.

누가 그랬는데, 자연만큼 아름다운 건 없다고. 절로 고개가 끄덕여질 만큼 어여쁜 광경이었다.

'감수성 폭발한다.'

주변을 물들이는 온화한 석양. 더불어 감미롭게 깔리는 음악. 누구나 마음에 품고 있을 소녀 감성이 나 여기 있다며 마구 머리를 들이밀기 시작했다.

으아, 마음이 촉촉해진다.

나는 문득 눈을 들어 아윈을 쳐다보았다. 마찬가지로 노을을 보고 있을 거라 여겼던 상대의 시선은 의외로 나를 향하고 있었다.

붉은 눈동자에 익숙한 인물이 비친다. 지는 해의 물감이 아윈마저 물들였다.

'맙소사.'

그 순간 나는 입을 다물 생각도 못 하고 눈을 껌벅거렸다. 무려 아윈의 얼굴이 평소보다 훨씬 반짝이고 있었다.

훨씬.

2권에서 계속…